CAMPAMENTO FREAK

UN MONSTRUO CON CUALQUIER OTRO
NOMBRE
LIBRO 1

LAURA RYE

BAILEY R. HANSEN

Traducido por
ELIZABETH GARAY

CAMPAMENTO FREAK

ACERCA DEL CAMPAMENTO FREAK

Los monstruos son malvados, entonces, ¿por qué Jake quiere rescatar a uno?

Tobias no puede recordar por qué fue encerrado en el Campamento Freak cuando tenía cinco años. Todo lo que sabe son las reglas del campamento: los otros monstruos no son tus amigos; nunca desobedecer a los guardias; no esperar que nada mejore. El mundo es más seguro con él tras estos muros reforzados con hierro.

Pero luego conoce al hijo de un cazador que desafía todas las reglas. Jake no es el único destello de luz en su mundo, sino la prueba de que la bondad existe.

Heredero de una larga línea de cazadores de monstruos, el único propósito de Jake es acabar con el mal. Tiene la seguridad de que todos los monstruos son malvados para el Campamento Freak, administrado por el gobierno, donde el tímido y dulce Tobias sacude todo lo que ha conocido y cambia su propósito de cazar monstruos para proteger a uno.

Dos jóvenes solitarios, dañados de diferentes maneras, se encuentran unidos a pesar de las adversidades.

Liberar a Tobias en un mundo donde puede definir sus

propias reglas podría costarle a Jake su familia y la única vida que ha conocido. Pero el fracaso tiene un precio aún más alto, ya que la vida de Tobias pende de un hilo .

CAMPAMENTO FREAK es el primer libro de "Un Monstruo con cualquier otro nombre" (A Monster By Any Other Name), una serie de romance paranormal H/H (Hombre-Hombre) de lento desarrollo para lectores adultos. El Libro Uno es el dolor que lleva al consuelo, y cada libro tiene un 'feliz por ahora' o 'felices para siempre'.

CAMPAMENTO FREAK

UN MONSTRUO CON CUALQUIER OTRO NOMBRE

LIBRO UNO

por

Laura Rye y Bailey R. Hansen

Traducción de Elizabeth Garay

Campamento Freak © Laura Rye 2022.
Diseño de Portada por Christine Griffin.

Todos los derechos reservados. Ninguna parte de esta historia puede ser utilizada, reproducida o transmitida de ninguna forma o por ningún medio sin el permiso por escrito del titular de los derechos de autor, excepto en el caso de citas breves incluidas en reseñas y artículos de crítica.

Este libro es un trabajo de ficción. Los nombres, personajes, lugares y eventos son producto de la imaginación de la escritora o se han utilizado de manera ficticia y no deben interpretarse como reales. Cualquier parecido con personas, vivas o muertas, eventos reales, lugares u organizaciones es pura coincidencia.

Primera edición. 1º de abril de 2023.

Publicado por Laura Rye.
www.freakcamp.com

Traducción de Elizabeth Garay
garayliz@gmail.com

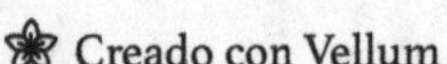
✿ Creado con Vellum

NOTAS DE CONTENIDO

U N MONSTRUO CON CUALQUIER OTRO NOMBRE, es una serie acerca de la recuperación del trauma, no solo del trauma en sí. Sin embargo, el primer libro (CAMPAMENTO FREAK) es la parte de la historia donde ocurre el trauma.

Las escenas de este libro incluyen violencia gráfica, abuso y abandono de niños, agresión sexual y física, tortura, deshumanización institucional y referencias a la violencia doméstica que provoca abortos. Por favor, anteponga siempre su salud mental.

Ninguna de estas oscuras escenas está escrita para el entretenimiento, sino como un marco para un viaje de amor, sanación y recuperación. Esta es una historia de dolor y consuelo al máximo. Por cada gramo de dolor, habrá un kilo de consuelo en el futuro. Un 'Felices para siempre' garantizado.

LA DEDICACIÓN

Por todos los niños que han estado encerrados en jaulas.

1

PARTE UNO

CAPÍTULO UNO

Septiembre de 1990

Las paredes de hormigón gris del Campamento Freak no eran tan altas como Jake lo había esperado, tomando en cuenta todos los monstruos que había en el interior. Estiró el cuello para mirar sobre el alambre de púas en la parte superior cuando su padre, Leon, detuvo el auto frente al puesto de guardia.

«¿Hawthorne?».

Jake miró, sorprendido de escuchar su verdadero apellido. El guardia se inclinó para mirar a través de la ventana del auto, con cara de curiosidad y escepticismo.

Papá le devolvió la mirada, implacable. «¿Y a ti qué te pasa?».

El guardia se encogió de hombros. «No esperaba verte por aquí. Pensé que te habías alejado del ACS».

«¿Hay algún problema con mi licencia de cazar? A menos que hayan cambiado las reglas en la última hora, cualquier cazador ACS con licencia tiene acceso a las instalaciones de FREACS».

El guardia seguía dudándolo, su mirada se movió hacia Jake. «¿Ya tienes una licencia para el chico?».

Papá resopló mientras Jake lo fulminaba con la mirada. «Como si los Dixon nunca trajeran a sus hijos aquí. No me jodas, él viene conmigo y puede cuidarse solo».

Con un último encogimiento de hombros, el guardia dio un paso atrás y le indicó que pasara. Jake sonrió, y se recostó. La grava crujía bajo los neumáticos del Eldorado mientras avanzaban hacia el pequeño estacionamiento.

Incluso tan al norte de Nevada, el calor de fines de septiembre sofocaba el aire mientras caminaban desde el automóvil hasta la puerta de metal pesado, donde se detuvieron debajo de una cámara para escuchar un pitido que les permitía la entrada.

Jake siguió a su padre, atravesaron los escáneres de detección de espíritus, cruzaron los pentagramas y giraron el torniquete de plata y hierro para entrar en el vestíbulo. Mientras se dirigían al mostrador de recepción, el chico trató de aparentar que ya antes había estado allí, que todo esto era rutinario. En el lugar se encontraba una mujer de mediana edad de aspecto sombrío situada detrás de una pantalla de plástico reforzado. En realidad, solo había sido en los meses posteriores a su décimo cumpleaños que papá había dejado que Jake se uniera a algunas cacerías, en lugar de dejarlo solo en el motel o con una niñera. Bueno, a veces su trabajo era solo proteger el Eldorado mientras papá perseguía a los vampiros dentro del almacén, pero ese era un trabajo muy importante. Jake sabía cómo usar la radio para pedir ayuda si las cosas se ponían feas.

Y ahora, papá confiaba en él lo suficiente como para llevarlo al *Campamento Freak*. Jake estaba más que listo para ver monstruos reales a la luz del día y no solo las secuelas a la medianoche en una casa destrozada.

[Nota de la T.: *Freak en español significa anormal, raro, friki*]

Papá anotó sus nombres en el registro, y la recepcionista,

con los ojos muy abiertos, lo acercó para revisarlos. «Sr. Hawthorne. ¿Es la primera vez que visita FREACS?».

«Supongamos que así es».

Miró a Jake. «Normalmente no tenemos menores merodeando por la recepción, pero él podría esperar aquí...».

«No», interrumpió papá. «Él entrará conmigo. De nada sirve protegerlo. Siempre y cuando no tenga a los reclusos dirigiendo el espectáculo». Su tono era desdeñoso, desafiante.

La boca de la mujer se frunció. «Ciertamente no. Bueno, esta no es una situación que haya surgido antes, pero el liderazgo de ACS lo deja a discreción de los padres. Llamaré a un guardia para que los acompañe».

VICTOR TODD LLEVABA MENOS de un año trabajando en FREACS, por lo que todavía estaba obligado a realizar trabajos duros, como el servicio de escolta en recorridos del lugar. Cuando escuchó la orden por el walkie-talkie, puso los ojos en blanco y dejó de patrullar la Casa de Trabajo para dirigirse a la Recepción. Al menos, tener la oportunidad de dar un recorrido a un boquiabierto cazador adolescente podría romper la monotonía de la semana, reflexionó mientras marcaba el código para abrir la puerta de seguridad.

La puerta se abrió para revelar a un hombre canoso de mediana edad, con el rostro tan duro como el de los guardias y cazadores más experimentados que Victor había conocido. Cuando entró, un niño saltó detrás de él, sus propios ojos azul grisáceos estaban muy abiertos y escudriñaban el patio ante ellos.

Victor los evaluó, luego se aclaró la garganta. «Bienvenidos al Campamento Freak. Soy el oficial Todd y hoy seré su guía turístico».

El hombre no apartó la mirada de su fría consideración del campamento. «Hawthorne».

Victor volvió a dar otra mirada. El chico que estaba al lado de Hawthorne imitaba la postura del hombre, con los pies separados y una mano apoyada en un cuchillo de vaina corta que llevaba sujeto al cinturón de sus jeans. ¿Este era el hijo de Sally Dixon? Nadie lo había visto desde seis años atrás, cuando su madre había sido asesinada en la Masacre de Liberty Wolf. Su padre había desaparecido con el niño antes de culminar los funerales.

El niño aún no iría en la secundaria. Parecía de la misma edad que los primos más jóvenes de Victor. La única arma que ellos podían manejar era un bate de béisbol, aunque darían miedo con uno, y Victor iría a trabajar desnudo antes de dejar que pusieran un pie aquí.

Con esfuerzo, Victor volvió a concentrarse en el hombre que tenía delante. Aunque su hijo era todo un misterio. Leon Hawthorne era una leyenda entre los cazadores y aquellos dentro de la Agencia de Control Sobrenatural, la ACS. Con un hacha y en solitario, era un hombre que iba tras monstruos que otros cazadores atacaban en grupos, armados con metralletas.

«Esta es su primera vez aquí, ¿verdad?», preguntó Victor, y Hawthorne asintió brevemente. «Bueno, bienvenidos a la instalación número uno más segura y exclusiva de Estados Unidos que alberga criaturas sobrenaturales; podemos arrastrar y transportar aquí a cualquier monstruo debajo de la cama de Timmy. Estoy seguro de que ha escuchado muchos apodos, pero el nombre oficial es Instalación para la Investigación, Eliminación y Contención de seres Sobrenaturales, más conocido como FREACS. Construido y nombrado hace cinco años por el director Elijah Dixon, fundador y director del ACS...».

Victor se interrumpió tosiendo, al darse cuenta de que estaba hablando del suegro de Hawthorne y del abuelo del niño. Ninguno de los dos lo miró, pero Victor pensó que las sombrías líneas alrededor de la boca y ojos de Hawthorne se tensaban.

Apresuradamente dijo, «Empecemos con el Edificio A, del que acaban de salir. Esa es la Recepción y la Administración. Si desea reservar una de las docenas de salas de interrogatorio estándar que hay allí, acceda a través de la Recepción. La Administración ocupa la otra mitad del edificio y ocupa todo el segundo piso, pero solo entrará ahí si tiene una cita con el director Dixon. Ahora, vamos por aquí». Victor señaló hacia su izquierda y los Hawthorne lo siguieron por el camino de tierra compactada.

«El edificio B alberga el comedor donde alimentamos a nuestros monstruos, cuenta con un ala de enfermería, si tenemos una razón para mantener vivo al monstruo enfermo. A continuación, el Edificio C. Esas son las barracas para la población principal de seres sobrenaturales de bajo nivel: sus vampiros, hombres lobo, brujas, cambiaformas, todos los demás monstruos básicos con apariencia de humanos». Victor volteó hacia atrás para ver al niño Hawthorne, con los ojos muy abiertos, trotando un poco para seguir el ritmo de su padre. «Ahí está el Edificio D, la Casa de Trabajo, donde mantenemos a nuestros monstruos empleados de manera productiva haciendo todas las rondas de sal y encargados del Equipo de Protección Personal, el EPP de cazador que pueda encontrar. Por supuesto, algunos de ellos son alérgicos a los ingredientes, pero es por eso que tienen guantes».

Victor se detuvo a la mitad del complejo, señalando dos imponentes edificios sin ventanas, hechos del mismo hormigón reforzado con hierro que las paredes exteriores. «Ese es el Edificio E, dividido entre Investigación Especial y Contención Intensiva, la CI. Ahí es donde encuentran los monstruos más desagradables: los djinn, wendigos o cualquier otro monstruo que quiera causar problemas. Solo se permite la entrada o salida de personal especializado, o cazadores si han realizado los trámites. Investigación especial es donde llevamos a los monstruos para los interrogatorios especiales». Ya no dio más detalles.

«Ahí es donde me dirijo», dijo Hawthorne.

Hasta ahora, Jake consideraba bastante decepcionante al Campamento Freak. No había monstruos arañándose ni gritándose unos a otros en el patio, ni grupos de guardias luchando para someter a un vampiro o a un hombre lobo, o algo aún más extraño, algo de lo que Jake nunca antes hubiera visto u oído. Tal vez no hoy, pero algún día, se enfrentaría a un monstruo del que incluso Roger solo habría leído en sus libros.

Fuera de los edificios, el patio estaba en silencio, pero cuando pasaron por la Casa de Trabajo, vieron algunos grupos de prisioneros vestidos todos de gris. Parecían humanos, aunque, por supuesto, sabía que eso no significaba nada. Muchos monstruos eran buenos para parecerse a los humanos.

Cavaban una zanja con palas de plástico. Cuando Jake pasó, levantaron la vista, sus ojos parpadearon hacia el padre de Jake y el guardia, y luego se dieron la vuelta para ocultar sus rostros. Jake sonrió, apresurándose para alcanzarlos. Incluso los monstruos de aquí reconocían a su padre.

Cuando se acercaron a la puerta electrificada y con cadenas que conducía a Investigación Especial, el oficial Todd se detuvo y miró a Jake. «Eh, ¿desea que el niño espere afuera?».

Leon siguió su mirada. «Me parece bien. Jake, necesito que te quedes aquí».

Jake plantó las manos en las caderas. «Pero papá, yo puedo...».

«Jake. Hoy no».

Jake se detuvo, dejando caer los brazos a los costados. Le confiaba a su padre cada hueso de su cuerpo, así como cualquier otro hueso que se le ocurriera, pero no tenía por qué gustarle. Al menos si papá decía que *hoy no*, eso significaba *algún día*, y eso estaba bien, supuso. Algún día, cuando papá supiera que Jake estaba realmente listo para unirse a él en la cacería como socio de pleno derecho, papá se lo haría saber.

Suspiró en voz alta, pero todo lo que dijo fue, «Sí, señor».

Una sonrisa apareció en el rostro de Leon, y palmeó el hombro de Jake. «Ese es mi chico. Me iré por. . .». Se volvió hacia el guardia. «¿Cuánto tiempo suelen tomar estas cosas?».

«Eso depende de cómo...», Todd miró a Jake. «Depende, señor. Desde media hora hasta unos pocos minutos».

«Bueno, probablemente no será tanto hoy, Jake, volveré en una hora, más o menos».

Jake asintió. «Sí, señor».

Papá volvió a mirar al guardia. «¿Lo cuidas por mí?».

Todd pareció desconcertado. «Señor, no sé si eso sea una buena...».

«Jake sabe que no debe molestar a los monstruos. Solo asegúrate de que sepa permanecer fuera». La boca de Leon se torció de nuevo. «Mi hijo no es tonto. Sabe mantener la distancia. Y no va a hacer ningún movimiento estúpido en este lugar, ¿verdad, hijo?».

Jake puso los ojos en blanco y quejándose respondió, *«Papá».*

«Una hora».

«Aquí estaré, señor».

«Bien». Papá avanzó hacia la puerta, donde Todd hizo algo complicado con un teclado y una cerradura grande y esta se abrió. Sin mirar atrás, Leon Hawthorne atravesó la puerta de Investigación Especial y desapareció en su interior.

Cuando la puerta se cerró con un ruido metálico detrás de su padre, Jake se encontró solo con el guardia Todd, quien lo miró como si nunca antes hubiera visto a un cazador.

O tal vez, pensó Jake con orgullo, nunca antes había visto a un *Hawthorne*.

Finalmente, Todd se aclaró la garganta. «Así que, chico...».

«Jake», corrigió. «Mi nombre es Jake. ¿Todd es tu nombre de pila?».

El guardia parpadeó hacia él. «No, es Victor. Entonces, Jake, ¿qué te interesa?».

Jake le dirigió a Victor una mirada que decía *¿Qué tan estúpido eres?* Tocó el cuchillo en su cinturón. «Soy un cazador. ¿Qué crees que me interesa?».

Victor soltó una carcajada. Miró alrededor del patio detrás de Jake, luego se agachó hacia él. «¿Quieres ver a los bebés monstruos en su corralito?».

Jake sintió un salto de emoción. «¡Por supuesto! Espera, ¿tienen monstruos bebés? Pensé que siempre eran solo adultos o cosas muertas que mataban gente».

«Oh, sí, hay monstruos bebés. Y están tan jod..., tan dañados y aterradores como los monstruos grandes. Bien, por aquí».

El guardia lo condujo por el sendero, atravesando el patio de tierra apisonada, más allá de un par de postes que sobresalían hacia el cielo con grilletes atados a ellos. Junto a la casa de trabajo, se acercaron a un bloque cercado de tierra suelta. En el interior, había grupos de niños, desde más jóvenes que Jake, hasta algunos que parecían estar en la escuela secundaria, si estuvieran fuera del Campamento Freak.

Decepcionado de nuevo, Jake se detuvo. Todos parecían normales, no diferentes de los niños que veía en los parques infantiles, excepto que este no era un parque infantil, y nadie parecía estar jugando. Miró a Victor con escepticismo. «¿Estos son monstruos?».

Los adultos habían intentado tomarle el pelo en el pasado, y a él le gustaba dejar claro que no aguantaría las tonterías de nadie, aunque fueran mayores que él. El único adulto en el que confiaba implícitamente era papá, porque él siempre sabía qué era lo mejor y no le mentiría.

Pero el guardia parecía sincero, aunque divertido, como si estuviera ayudando a un compañero cazador a corregir un error elemental en lugar de meterse con un niño estúpido. Él asintió. «No te dejes engañar si se ven débiles e inocentes. ¿Tu papá no te enseñó cómo algunos monstruos pueden parecerse a nosotros?».

Jake se burló. «Por supuesto que lo hizo. Él me enseñó todo. Solo pensé que a la mejor los tendrían atados o algo así». Sin embargo, no había pensado eso al principio, sino que solo se veían como niños. Pero no estaba dispuesto a admitir eso a un hombre que lidiaba con monstruos todos los días.

Victor sonrió. «No hay necesidad de hacerlo, están bien entrenados. No tienes nada de qué preocuparte. Incluso podrías entrar y pincharlos con ese cuchillo que tienes en el cinturón, y ni siquiera responderían». Hizo la mímica de golpear a alguien con su porra.

«¿En serio?». Si alguien pinchaba a Jake, haría todo lo posible por romperle los dedos. Había pensado que los monstruos intentarían arrancarle la cabeza, cuando menos.

El guardia le indicó que continuara. «¿No me crees? Adelante, compruébalo». Su tono agregaba un '*te reto*', pero de una manera amistosa y fácil. El guardia podría pensar que Jake era solo un niño, pero el hombre no lo querría exponer a ningún tipo de peligro real. Después de todo, si dejaba que Jake resultara herido, tendría que responder ante Leon Hawthorne, y Jake sabía, así como conocía el ronroneo del Eldorado en caminos interminables, el retroceso de una escopeta y el olor a huesos quemados, que su papá aplastaría a cualquiera que lastimara a Jake.

El chico caminó hacia adelante, ni lento ni rápido, y el guardia le abrió la puerta. Era una simple cerca de tela metálica, algo que Jake probablemente podría haber derribado si se hubiera propuesto, pero marcaba el límite de un lugar que contenía más monstruos que humanos reales. Caminó con la cabeza en alto y las manos abiertas, confiado, listo para sacar su cuchillo en cualquier momento, tal como caminaba papá. Jake era un cazador, incluso si era joven, y sería mejor que ningún monstruo lo subestimara.

Pero los niños monstruos no parecían interesados. Una pareja lo miró, sus ojos parpadearon sobre sus manos y cuchillo antes de alejarse de él, pero la mayoría mantuvo su atención baja. Ahora que estaba más cerca, Jake pudo reconocer algunos como monstruos. Los niños vampiros, algunos de ellos quizás con siglos de antigüedad, tenían una piel anormalmente pálida que se descamaba por el sol de Nevada, y sus bozales de hierro, como aparatos ortopédicos de gran tamaño, les impedían abrir la boca lo suficiente como para morder un dedo. Los cambiaformas tenían etiquetas reveladoras de color verde neón ondeando en sus brazos, mientras que aquellos con algún tipo de poderes de control mental tenían una marca T en la frente para indicar el peligro. Dos hombres lobo llevaban hebillas plateadas en sus cuellos.

Dondequiera que Jake miraba, veía los mismos tipos de monstruos que él y papá cazaban. Se veían tristes y derrotados, pero el peligro en ese espacio aún hacía que se le erizaran los vellos de la nuca. No podía ver a ninguno de ellos mirándolo, sin importar lo rápido que volteara, pero podía sentir su atención, el hambre que algunos de ellos debían haber tenido por su carne, sangre o dolor.

Esa conciencia hacía que Jake se estremeciera, pero también lo tranquilizaba. Había visto todos estos monstruos antes y sabía cómo luchar contra ellos. Hoy, ninguno de ellos lo tomaría por sorpresa, no como mamá que en una ocasión había sido sorprendida.

Jake estaba casi listo para dar la vuelta, salir del recinto y deambular tanto como pudiera por el resto del campamento, cuando de repente notó que un niño recostado contra el edificio lo miraba. Con solo un parpadeo de sus ojos, provocó que Jake se congelara.

No podía decir qué tipo de monstruo era el niño. Lo veía ... común.

Era bastante pequeño, tal vez tendría unos seis años, con el pelo corto rapado y la piel enrojecida por el sol. Estaba tan delgado que Jake podría haberlo levantado por encima de su cabeza, y su ropa de campamento gris colgaba de él como si hubiera comprado un conjunto destinado a un niño mucho más grande. No llevaba etiquetas en su cuello, ni en el hocico, ni en la marca. Nada que indicara a Jake lo que era.

Eso no habría sido tan inusual, un par de otros niños monstruos tampoco tenían marcas distintivas, pero lo que hizo que Jake dudara fue que cuando lo miró, Jake no pudo ver ningún tipo de amenaza en él. No había odio, ni hambre, ni mostraba repugnancia como la que sentía por los otros monstruos, incluso cuando trataban de ocultarlo.

Jake miró al guardia, queriendo preguntar qué había de diferente en el niño pequeño, pero cambió de opinión. Victor le sonreía y se movía como si intentara golpearlo con el garrote. La expresión de su rostro era desagradable. Jake sintió que el tipo lo estaba desafiando a hacer algo estúpido.

Pero Jake nunca había tenido miedo de un desafío.

Se acercó al niño, se detuvo a medio metro de distancia y miró al guardia. Luego miró al chico, que estaba encorvado sobre sí mismo, con cuidado de no mirar a Jake.

Jake levantó un dedo y le dio dos golpes en el hombro.

El chico se tensó, sus hombros se encorvaron un poco más,

pero cuando no pasó nada más, cuando Jake se quedó allí parado esperando su reacción, sorprendido levantó la vista. Tenía ojos color avellana claros y brillantes que parecían enormes en su cara delgada. Lo hacían parecer una especie de pájaro asustado.

Por un momento, Jake y el monstruo se miraron entre sí, antes de que el monstruo pareciera darse cuenta de lo que estaba haciendo y bajó los ojos.

Jake se sintió incómodo. Siempre se sentía así cuando en realidad quería hablar con alguien. Estaba bien si tenía una historia de tapadera, como la que papá siempre le contaba cuando iban a una nueva ciudad, a una nueva escuela, además de tener un nuevo nombre y una nueva razón por la que mamá no estaba con ellos, pero tenía problemas para ser él mismo.

«Entonces», dijo, y puso sus manos en sus caderas. «¿Qué clase de monstruo eres tú?».

El niño levantó la vista, luego volvió a bajarla rápidamente. «No identificado, señor».

Jake frunció el ceño. «No soy señor. Señor es mi papá. Puedes llamarme Jake».

El chico monstruo alzó los ojos, parpadeando hacia él. «Jake», dijo, y luego agachó la cabeza. Jake no estaba seguro, pero podría haber captado el borde de una sonrisa. «Sí, señ... Jake».

Jake sintió que el niño no lo entendió del todo. Como si pensara que Jake era solo otro sustituto de *señor*. «Jake», insistió. «Ese es mi nombre. ¿Cuál es tu nombre?».

El monstruo respiró hondo y mantuvo las manos rectas a los costados. Rápido y llano, dijo, «Ochenta y nueve U I seis siete cero tres».

Jake se burló. «Ese no puede ser tu nombre. Ese es un número ¿Cómo te llama la gente?».

Sus ojos parpadearon de nuevo y vaciló antes de responder: «Tobias. Becca me llama Toby».

Si Jake lo conociera mejor, habría pensado que el chico

monstruo era tímido. Era extraño incluso pensar en él como un "niño monstruo", porque se parecía a cualquier otro chico. Mejor que cualquier otro, en realidad. Otros niños por lo general no se quedaban tanto tiempo hablando con él. Tan solo querían saber cómo encajaba en la cadena alimenticia de cualquier nueva escuela o pueblo en el que estuviera, y eso era todo. Jake pasaba la mitad de cada primera semana, y a veces no había una segunda semana, si papá lograba provocar a alguien o terminaba la cacería, demostrando que estaba en la cima, intocable, en cualquier orden social que ya existiera.

Pero parecía que a Tobias no le importaba quedarse cerca, incluso después de averiguar a qué atenerse.

«Toby», repitió Jake. Era un nombre extraño para un monstruo. «¿Así que no has sido identificado? ¿Qué significa eso?». Se recordó a sí mismo que no estaba hablando con un niño. Estaba hablando con un monstruo. Toby probablemente había hecho algo horrible, como comerse el perro de alguien o algo así. No encerraban a los niños pequeños en el Campamento Freak solo porque alguien los señalaba diciendo que era un monstruo.

«Todavía no saben qué clase de monstruo soy».

«Pero, ¿qué *hiciste*?», Jake se inclinó hacia delante. «Todos los monstruos hacen algo, tienen algún tipo de poder».

Tobias encogió sus pequeños hombros, mirando de nuevo al suelo. «No lo recuerdo».

Debía ser algo realmente horrible si Tobias ni siquiera podía recordar lo que había sido. Tal vez se había despertado cubierto de sangre y gritando. Tal vez todos los animales de peluche en una sala de juegos se habían incendiado a la vez cuando él estaba cerca, o había apuñalado a alguien, o algo así.

Pero cada vez que Jake intentaba imaginarse a Tobias en esas escenas, no funcionaba. Era imposible imaginar a este niño tímido y nervioso haciendo algo parecido a lo que hacía un monstruo. No ayudaba que cuanto más lo pensaba Jake y no decía nada más, Tobias parecía más pequeño y abatido, como si la conversación hubiera sido tan genial e inusual para él como lo había sido para Jake y no quisiera que se acabara.

«No te preocupes por eso», dijo Jake finalmente. «Está bien si no lo recuerdas. ¿Tienes muchos amigos? Quiero decir, ¿amigos monstruos?».

Tobias negó con la cabeza. «Tengo a Becca. Pero muchos de los otros. . . todos somos monstruos, pero yo *realmente* soy. . .». Se calló y se encogió de hombros. «Becca dice que no saben qué hacer conmigo. ¿Eres un cazador?».

Jake hinchó el pecho y puso su mano sobre su cuchillo. Tobias se encogió echándose hacia atrás, agachando la cabeza más abajo. «Por supuesto yo . . . . oye, espera, está bien, no te haré daño. Quiero decir, eres un monstruo controlado, ¿verdad?».

Tobias asintió.

«Y no quieres lastimar a nadie, ¿verdad?».

Tobias asintió de nuevo, tan fuerte y rápido que Jake pudo ver el collar en su garganta rozando su oreja.

«Así que estamos bien». Continuó diciendo algo totalmente ordinario que llenó el rostro de Tobias de sorpresa y un toque de asombro.

Jake estaba acostumbrado a pensar que era un chico genial, pero esa era una opinión que compartía principalmente él mismo y nadie más. Y cada vez que decía algo que era incluso moderadamente amable, recibía una de esas miradas que le hacían querer seguir siendo amable. Jake se giró para ver al guardia, pero Victor no le prestaba atención, sino que seguía concentrado en una esquina hacia unos cuantos monstruos que estaban muy juntos.

«Vamos a sentarnos», dijo Jake, y esa sonrisa en el rostro de Tobias le provocó algunas sensaciones bastante impresionantes.

«¿Qué haces aquí todo el día?», preguntó Jake cuando se

acomodaron contra una pared, todavía a la vista del guardia, pero lo suficientemente lejos como para que Victor no pudiera escuchar su conversación. «¿Tienes que aprender y esas cosas, o simplemente caminas todo el día y, como que, por ejemplo, juegas a las cartas?».

«¡Aprendo!», Tobias sonaba casi a la defensiva, como si alguien pudiera estar a la defensiva sin levantar la voz. «Puedo leer cualquier cosa».

«Vaya, ¿en serio?». Jake no era un gran lector. *Podía* leer, no era un tonto, pero este niño podría haber estado en primer grado si no fuera un monstruo, y Jake tenía la sensación de que la lectura no había sido su punto fuerte cuando tenía esa edad. «¿Qué tipo de cosas lees?».

De todo, aparentemente. Biología, geografía y folclore. Historia general, así como detalles sobre los ataques de monstruos que condujeron a la Masacre de Liberty Wolf. Incluso, Tobias tenía algún conocimiento sobre animales no sobrenaturales. Con cautela, comenzó a enumerar libros y temas en un tono monótono, pero cuando Jake se sentó y lo escuchó, habló con mayor rapidez y entusiasmo.

«¿Todos los niños monstruos aprenden estas cosas?», preguntó Jake.

Tobias negó con la cabeza. «Ayudo a Becca en la biblioteca. Ahí es donde nos asignan. Solía ser bibliotecaria antes de que la atraparan y viniera aquí, así que le dijeron que se encargaría de la investigación para los científicos. Ella es realmente buena en eso, y también me está enseñando». Miró a Jake, quien casi podía ver la orgullosa sonrisa en los ojos de Tobias, aunque aún no había llegado a su rostro. «La biblioteca es donde guardan todos los libros», susurró, como si fuera un secreto que no debería compartirse con cualquiera.

Jake se rió. Tobias pareció nervioso por un segundo, luego se relajó. Jake no se estaba riendo de él, sino que estaba asombrado de que estuviera pasando el rato con un niño monstruo de seis años que estaba explicando acerca de bibliotecas, y en realidad no estaba aburrido para nada. Hablar con Tobias hizo que casi quisiera ir él mismo a ver una biblioteca.

«¿Podría conseguir algunos de estos libros?», preguntó Jake.

Tobias asintió. «Claro que podrías, eres un cazador. Los cazadores consiguen lo que quieren. Pero . . .». Se mordió el labio. «Si te los llevas, entonces no podré terminarlos. Así que si pudieras esperar un poco. . .». Tobias repentinamente pareció horrorizado. «N... n... no es que te esté diciendo qué hacer, solo digo que los extrañaría, haz lo que quieras. Solo soy un monstruo, no me escuches».

«No te preocupes, Toby, no voy a tomar tus libros. Estoy seguro de que hay otras copias en algunas de las bibliotecas en las que he estado». Aunque Jake no estaba seguro de eso. Algunos de los libros que Tobias había enumerado sonaban bastante raros y Jake no creía que la mayoría de las escuelas públicas los tendrían. Pero no iba a decirle eso a Tobias, quien se había visto tan molesto ante la idea de que Jake le quitara sus libros.

«¿Has estado en otras bibliotecas?», Tobias se quedó boquiabierto. «¿Quieres decir que hay más que la que está en Administración?».

«Toby, hay *cientos* de bibliotecas. Una en cada escuela en la que he estado, y he estado en muchas, y al menos una en cada ciudad». Jake le contó sobre su última escuela, donde había pasado el rato en la biblioteca solo porque los niños eran tontos y no valía la pena hablar con ellos. Había leído ocho libros de la serie "Escalofríos", porque no había mucho más que hacer. Había pretendido que se trataba de una investigación, pero la mayoría de las historias parecían inventadas. De ninguna manera los niños civiles serían tan inteligentes y rudos con los monstruos.

«Quiero decir, nunca he estado en un campamento de verano, pero de ninguna manera es algo como el Campamento

Freak, y la vigilancia nunca ayuda». En la vida real, Jake sabía que los policías solo se interponían en el camino o llegaban demasiado tarde para ayudar. Eso era lo que decía su padre.

Tobias inclinó la cabeza. «¿Qué es un campamento de verano?».

Jake buscó a tientas una explicación. «Es un campamento al que vas, pero solo durante el verano. Te quedas con otros niños en una cabaña y cuentas historias de fantasmas, y durante el día te obligan a hacer manualidades y mier... cosas». Aunque Toby era un monstruo, se sentía raro maldecir frente a él. Toby no parecía un monstruo, solo parecía un niño pequeño, como los que Jake veía a veces empujados por sus padres en el columpio al otro lado de la calle de su escuela.

Toby parpadeó. «¿Y luego a dónde vas?».

«De vuelta a casa. Y a la escuela. Mmm». Jake se dio cuenta de que esto podría no ser tan fácil de explicar a un niño monstruo como había pensado al principio. A pesar de lo inteligente que era Toby, no sabía nada de bibliotecas. Tal vez ni siquiera había visto un programa de televisión. «De todos modos, debes saber que no existen los consejeros monstruos».

«¿Qué es un consejero?».

«Es un . . . eh...», Jake miró al guardia fuera de la cerca de tela metálica. «No importa, olvídalo. Tampoco es como si hubiera estado en un campamento de verano. Así que sí, esa biblioteca no era ni la mitad de grande que la de mi escuela de tercer grado en Amherst. . .».

Tobias escuchaba como si nunca hubiera escuchado nada tan genial en su vida. En un momento, se echó hacia atrás y miró hacia el cielo, demasiado asombrado para quedarse quieto por más tiempo. Fue entonces cuando Jake realmente notó el collar, impreso con el número de identificación 89UI6703 en cifras de hierro.

«¿Duele?», Jake hizo un gesto hacia su propio cuello.

Tobias parpadeó hacia él. Sus ojos se veían aún más

grandes e inocentes de cerca. Jake no creía que los ojos de los monstruos debieran verse así. «¿Qué duele?».

«Eso». Jake se acercó a él, pero se detuvo antes de tocar el cuero. Tobias no había reaccionado, solo miraba su mano.

«Oh». Bajó la mirada y se tocó el cuello. «Algunas veces. Lo he tenido por un tiempo, así que ya no lo siento mucho».

Jake frunció el ceño. «¿Alguna vez te lo quitas?».

Tobias negó con la cabeza.

«¿Ni siquiera cuando te duchas? ¿O cuando duermes?».

Volvió a negar con la cabeza.

«Oh», Jake picoteó el suelo, sin saber qué más decir.

«¡Jake!».

Jake se puso de pie de un salto al ver a su papá esperándolo al otro lado de la cerca. Rápidamente se sacudió las rodillas. «Lo siento, tengo que irme».

Tobias levantó la vista, mirándolo directamente a los ojos. «¿Volverás?».

Jake se detuvo, sobresaltado. «Sí», dijo, con una oleada de certeza. «Sí, volveré. Ahora soy lo suficientemente mayor, y papá dijo que probablemente tendremos que volver aquí ahora que ha encontrado algo. Volveré a verte, Toby».

Por primera vez, Tobias sonrió. Algo pequeño y vacilante que desapareció casi tan pronto como había aparecido, pero hizo que Jake se sintiera extrañamente orgulloso.

«¡Jake!».

Sin más palabras, Jake se dio la vuelta y corrió hacia su padre.

«Lo siento, papá», dijo cuando llegó a la puerta, sin aliento más por la sorpresa que por la corta carrera. «Perdí la noción del tiempo. ¿Cómo te fue en la investigación especial?».

Papá miró a Victor con el ceño fruncido. El guardia escudriñó el patio, mirando hacia cualquier parte menos a los Hawthorne.

«Bien», dijo papá. «Estuvo bien. ¿Qué hacías hablando con ese monstruo?».

Jake se quedó en blanco. No tenía idea de lo que había estado haciendo con Tobias. Pero le había gustado, y lo había hecho sentir mejor y más útil que cualquier otra cosa desde su última cacería. Pero no había forma de que le dijera eso a *papá*. «Yo también estoy investigando. Estaba conociendo a los monstruos para poder reconocerlos más tarde, ¿sabes?».

Papá frunció el ceño, pero Jake se dio cuenta de que su mente no estaba en su conversación. Probablemente era por lo que fuera que había estado haciendo en la Investigación Especial, cualquier nueva pista que había obtenido sobre la muerte de mamá.

Jake realmente no sabía por qué papá todavía estaba obsesionado con la muerte de mamá. Claro, todavía le dolía a Jake, seguía doliendo como la sal bendita en una herida abierta al pensar en cómo ella ya no estaba allí y nunca volvería, pero se había ido la mayor parte de su vida, y todos en el país sabían que el monstruo que lo había hecho estaba muerto.

Todos sabían cómo había muerto Sally Dixon, porque había sido captado en la televisión durante la Masacre de Liberty Wolf. La habían llamado la primera víctima de la nueva Guerra contra lo Sobrenatural, aunque eso no era realmente cierto. Algunos guardias del Servicio Secreto habían sido derribados antes que ella.

Jake sabía que había una estatua de ella en Washington, D.C., pero él y papá nunca la habían visitado. No estaba seguro de si alguna vez quería verla.

Desde entonces, papá los había mantenido a salvo del cabrón de Dixon y de todas las demás personas entrometidas en este estúpido país. Por eso usaban nombres falsos dondequiera que iban.

Excepto hoy, cuando finalmente habían llegado al Campamento Freak.

Así que entendía que odiaba a los monstruos, pero no sabía lo que papá estaba tratando de averiguar con tanto empeño de las criaturas dentro de Investigación Especial.

Pero no necesitaba saberlo ahora. Un día, papá sabría que Jake estaría listo, y entonces le confiaría todo. Cazarían juntos y nadie podría detener a los Hawthorne. Nadie sería capaz de acercarse sigilosamente a ninguno de ellos.

Al salir del Campamento Freak junto a papá, Jake reconoció que ese día probablemente estaba bastante lejos en el futuro. Pero sonrió cuando llegaron al Eldorado y se subió al asiento del copiloto. Al menos ahora, cuando estuviera aburrido, podría pensar en el Campamento Freak y en Tobias.

TOBIAS APENAS PUDO CONTENERSE hasta esa noche, cuando vio a Becca salir de la Casa de Trabajo con un grupo de otros monstruos. Sabía que no debía correr hacia ella, pero caminó rápidamente, zigzagueando entre los monstruos hasta que llegó a su lado.

«¡Becca!».

Ella lo miró, tocando con las yemas de los dedos la parte posterior de su cabeza.

«Hoy conocí a uno real», susurró Tobias. «¡Me dijo que lo llamara Jake!».

Como todos los monstruos en el Campamento Freak, la cara de Becca no cambió mucho, pero Tobias generalmente podía decir lo que estaba pensando. Vio sorpresa seguida de alarma, y su entusiasmo se redujo a casi nada. Conocer a Jake no se había sentido como algo peligroso, pero Becca sabía mucho más que él.

Salió de la fila que se formaba en el comedor y Tobias se movió con ella. Había reglas sobre quién iba primero, y Becca y Tobias solían estar cerca del final. Él estaba en la parte de atrás porque era pequeño y no estaba identificado, y Becca estaba allí porque era una bruja. Por eso solo tenía una mano.

Becca frunció el ceño. «¿Donde lo conociste?».

«En el patio. Victor lo dejó entrar al corralito y luego me habló».

El ceño fruncido de Becca se profundizó, pero miró a su alrededor y se enderezó. «Hablaremos más tarde».

Después de que ella entró, Tobias contó hasta quince antes de seguirla. Se acercó a la ranura de la pared y un cuenco se deslizó por la encimera de acero. Tobias lo tomó y encontró un asiento en un banco con los otros niños monstruos. Ninguno de ellos hablaba mucho, y Tobias estaba acostumbrado a comer en silencio, lo más rápido posible, antes de que alguien más tomara su comida.

Tobias miró en su tazón por un momento antes de llevárselo a la boca. No sabía a nada, lo cual estaba bien, y no había nada duro que necesitara masticar.

Cuando terminaron, cada monstruo se puso de pie y empujó su tazón vacío a través de una segunda ranura hacia los monstruos que estaban en servicio de limpieza. Luego abandonaron el comedor, dirigiéndose la mayoría al cuartel para descansar antes del toque de queda, excepto los que tenían más funciones laborales. Tobias siguió a los que se dirigían a las barracas.

Las barracas eran dos edificios alargados con revestimiento y techos de aluminio. Cada uno tenía una sola puerta y las cerraduras estaban en el exterior. Solo a los guardias se les permitía tocar esas cerraduras. Dentro había dos filas de literas, cada una atornillada a una pared, y ningún otro mueble. En la parte de atrás había tres baños con paredes de barrera entre ellos y puertas batientes sin cerraduras. Los nuevos monstruos tenían que dormir en las literas más cercanas a los baños.

Las mujeres y los niños monstruos eran colocados en las Barracas 1, aunque a veces las Barracas 2 se quedaban sin espacio y algunos de los monstruos masculinos eran enviados ahí. Ambas tenían muchas cámaras e intercomunicadores instalados, además de fuertes bocinas y luces estroboscópicas e incluso gas, si los monstruos se comportaban lo suficientemente mal. Eso solo había sucedido una vez en la experiencia de Toby y en esa ocasión, Becca le había empujado al suelo y contra la pared, le había tapado la boca con la camisa y le había dicho que no se moviera ni abriera los ojos. Aún así, el sabor había sido horrible y durante semanas cada noche, le hizo toser y que le ardieron los ojos. A veces creía que todavía podía oler el gas.

Sin embargo, la mayoría de las noches, los monstruos estaban tranquilos. Solo cuando llegaba un grupo de nuevos monstruos solía ponerse ruidoso.

Becca le había dicho a Tobias que estaba bien que él fuera a su litera después de que se apagaran las luces, porque esa era la última verificación que hacían los guardias para asegurarse de que todos estuvieran en sus camas por la noche.

Tobias contó hasta sesenta, luego se deslizó de su litera y se dirigió sin hacer ruido a la de Becca. Subió. Ella levantó la manta para dejarlo entrar, luego lo colocó entre ella y la pared, alisándole el cabello hacia atrás con el brazo que terminaba en un muñón.

En silencio, respirando en el espacio entre la estera de lona y su barbilla, susurró: «El chico de verdad me dijo que lo llamara Jake. Me preguntó qué puedo leer y le conté sobre nuestra biblioteca, pero dijo que no se llevaría nuestros libros».

Becca puso un dedo sobre sus labios y luego preguntó con su voz muy seria: «¿Lo hiciste enojar? ¿Qué te dijo que hicieras?».

«Él no me pidió que hiciera nada. Simplemente nos sentamos y me preguntó mi nombre y qué clase de monstruo era. Dijo que estaba bien que yo no lo supiera. ¡Y dijo que volvería!».

«Shh, shh». Becca volvió a tocarle la boca. «¿Dijo por qué estaba aquí? ¿Cuantos años tenía?».

«Era un niño. Tal vez la edad de Nala. ¿Qué edad tiene ella?».

«¿Nala?».

Tobias trató de recordar el nombre que usaban los guardias. «¿Muñeca de trapo?».

«¿Jake era solo un niño? ¿Escuchaste un apellido, Toby? ¿Alguien mencionó su apellido, como lo han hecho los reales?».

Tobias empezó a negar con la cabeza, luego recordó. «Después de que el padre de Jake lo llamara, ...*oh*, Jake tiene un *papá*, uno de los guardias dijo: 'Ese mequetrefe Hawthorne tiene las pelotas como su padre'».

La mano de Becca se tensó en su hombro. No dijo nada durante varios momentos, luego dijo en voz baja: «Él no volverá, Toby. Trata de no pensar más en ello. No hables de eso. ¿De acuerdo?».

«¡Pero él dijo que lo haría!».

«Tobias. Haz lo que digo».

Cerró la boca y apoyó la cabeza junto a la de ella.

Sabía que Becca no era su mamá. Ella se lo había dicho. Era una bruja, y por eso solo tenía una mano. Pero ella le decía cuándo quedarse callado y cuándo no mirar, y él siempre hacía lo que ella decía. Sucedían cosas malas cuando no la escuchaba, pero no creía que pudiera dejar de pensar en Jake.

MÁS QUE NADA en el mundo, alguna vez Rebecca Marlow había querido tener un hijo propio.

Ese sueño había muerto con el impacto de los puños de su novio. Había sido joven e ingenua, creyendo que podía confiar en quién era hombre solo cuando estaba sobrio y no cuando estaba borracho. Su hermana la sostuvo mientras Rebecca sangraba y temblaba con sollozos tan fuertes que pensó que antes de la mañana moriría en el piso del baño. Pero sobrevivió. Se puso de pie como una mujer diferente, una que no necesitaría que le enseñaran la misma lección dos veces.

Eso no fue todo lo que aprendió. Regresó a su trabajo en la biblioteca de la ciudad de Oklahoma, lista para abrir libros que le habían llamado la atención durante mucho tiempo. Nunca volvería a estar tan indefensa, y su antiguo amante sabría exactamente cómo se sentía su dolor.

Pronto perdió el apetito por la venganza, pero descubrió que tenía un don para la brujería. En su adolescencia, había incursionado lo suficiente en los encantamientos y rituales, como para estar asustada e intrigada por lo que unas pocas palabras y hierbas podían ofrecer a una persona dispuesta a llegar hasta el final.

Con más conocimiento llegaron los contactos, y aprendió que se podía ganar la vida si uno estaba dispuesto y era capaz de lanzar maleficios básicos. Descubrió una demanda interminable de amargados y desesperados que buscaban infligir su propio dolor a quien pensaban que se lo merecía. La gente estaba dispuesta a pagar, y pagaban bien, para hacer daño a otros. Rebecca se ocupaba de los celos y la venganza, y cada vez le importaba menos lo que estaba causando. Era solo un medio bien pagado para la malicia de otras personas.

Renunció después de la Masacre de Liberty Wolf y quemó todos sus materiales ilícitos, pero no fue tan fácil darse por vencida para siempre. Se había acostumbrado a los ingresos adicionales, al igual que su familia. Era la que tenía el trabajo más estable entre ellos, y se habían acostumbrado a acudir a ella cuando tenían problemas de dinero. Para ella era difícil decir que no cuando se trataba de sus sobrinas y sobrinos, a quienes amaba más que a nada en el mundo, cada uno de los cuales era un precioso atisbo del hijo que nunca había tenido.

Meses después de Liberty Wolf, la primera agitación

sobre los hombres lobo y los vampiros se calmó, y la gente parecía menos inclinada a volverse contra sus vecinos debido a cuestiones tan insignificantes como un olor extraño en su patio trasero. Rebecca reconstruyó su negocio con cautela, utilizando nombres falsos y apartados postales fuera de la ciudad. Solo hacía hechizos en habitaciones de motel, nunca en casa.

La ACS seguía intentando atraparla. Un día, acababa de empezar a gritar los nombres habituales, alcanzando el cuchillo con una mano y la llama con la otra, cuando la puerta del motel se abrió de golpe. Se encontró tumbada boca abajo, con las esposas puestas en las muñecas y los hombres gritando exactamente los pocos derechos que tenía.

Más tarde, al reproducir todos los trabajos para ver qué había hecho mal, se dio cuenta de que no había habido señales de advertencia, ni detalles que estuvieran mal. Acababa de aceptar demasiados trabajos y alguien había ensamblado las piezas.

El proceso judicial transcurrió con la velocidad habitual para una bruja inculpada: una audiencia a puerta cerrada para considerar la evidencia, sin jurado. Esa misma noche fue arrastrada a una camioneta que se dirigía al Campamento Freak.

La mayor parte del terror ciego que la había asfixiado desde su arresto, y durante las largas horas de insomnio del juicio y el transporte, se desvaneció después de que le cortaron la mano derecha.

Dos meses después, llegó un nuevo envío de monstruos, incluido un niño pequeño de unos cinco años, uno de los más jóvenes que había visto detrás de estas paredes. Su mirada de inocencia con los ojos muy abiertos y cabello color arena alborotado chocaba horriblemente con el nuevo collar de cuero atado alrededor de su cuello. Todavía estaba llorando y retorciéndose cuando ella lo encontró acurrucado en una litera, con la cara presionada contra una manta rota y manchada. Lucía un ojo morado, aunque desconocía si era por el viaje o por el proceso de detención.

Tobias fue un regalo, aunque agridulce. Un niño de su edad debería haber estado en cualquier lugar menos en el Campamento Freak, y se sintió enferma cuando pensó en la crueldad que le esperaba. Al menos ella había quebrantado la ley a sabiendas, corrido los riesgos; Tobias y los otros niños que nacieron con habilidades extrañas o que habían sido víctimas de ataques, no habían hecho nada para merecer esta pesadilla de cadena perpetua.

Pero ahora tenía algo en qué concentrarse, una razón para estar agradecida de haber sido estúpida y haber sido atrapada. Esto era lo que tanto había deseado, y aunque Tobias no había nacido de ella, había pagado por él con dolor y sangre, y a su vez, ahora era la única que lo cuidaba. Nunca volvería a ver a su verdadera familia humana. Y si la criatura iba a vivir para ver su próximo cumpleaños, la necesitaba.

Todo lo que alguna vez había soñado hacer por un hijo propio era imposible aquí. Nada de comprarle ropa a la medida según fuera creciendo, ni inscribirlo a clases de natación y ligas de fútbol. Ni siquiera podía planear ayudarlo durante la adolescencia. Los monstruos, especialmente las brujas con una sola mano, más débiles incluso que el humano promedio en el exterior, no duraban mucho en el Campamento Freak, y no podía contar con estar allí mucho tiempo para Tobias, haciendo todo lo posible para asegurarse de que él durara más de lo que ella lo haría.

Pero incluso mientras regateaba y luchaba por la mejor comida que podía conseguir para Tobias, lo veía devorarla y volverse hacia ella con los ojos muy abiertos para pedir más, no podía evitar pensar que, si realmente se preocupaba por él, estaría negociando una dosis letal de morfina en su lugar. Una inyección rápida sería el boleto de salida de Tobias del campamento, el único escape posible además de la Investigación

Especial y el incinerador. Le estaría ahorrando años de dolor y abuso, de crecer para ser el juguete de los guardias, el saco de boxeo y cosas peores.

Pero cada vez que pensaba en ponerle fin, incluso empujando suavemente la manta doblada sobre su rostro mientras dormía, sosteniéndola con fuerza hasta que él dejara de moverse, sabía que no podía hacerlo. Podría haber sido la elección más egoísta que jamás había hecho, no podía matar a este niño, no podía quitarse la única pieza brillante de alegría y amor de su vida. Incapaz de tomar la decisión verdaderamente misericordiosa, eligió la segunda mejor opción: preparar a Tobias para sobrevivir.

Le enseñó a callarse, a obedecer rápido y sin preguntas, para no llamar la atención. Le enseñó a no correr hacia ella ni abrazarla en público, a no mostrar lo que quería, a no querer. Él era un monstruo, le dijo, y así era como los monstruos eran tratados y debían comportarse. No había nada que él o cualquier otra persona pudiera hacer para cambiarlo.

Podía decir que era un niño inteligente. Escuchaba y, aunque al principio no entendía, las lecciones fueron asimiladas. Hizo lo que ella le enseñó y eso les hizo la vida un poco más fácil. Era todo lo que Rebecca tenía para consolarse; finalmente, ahora ella importaba. No sentía la necesidad de expiar lo que había hecho, todas las maldiciones que había lanzado, pero se alegraba de que, por fin en su vida, lo estaba haciendo realmente bien.

Trataba de proteger a Tobias de todas las formas que podía, que generalmente consistía en prepararse para lo peor. Cuando tenía comida, ella le advertía que tal vez no habría mucho más. Cuando los guardias lo ignoraban durante unos días, ella le recordaba que mañana podría recibir una paliza por nada más que mirarlos mal. Cuando el clima era soportable, le recordaba que en la noche haría demasiado frío, que al día siguiente podría hacer demasiado calor.

Intentó entrenarlo para que no tuviera expectativas, porque entonces no se rompería cuando se las quitaran. Le enseñó a temerlo todo, a aceptar el miedo como una condición cotidiana, y a hacer que, cuando las cosas que temía sucedían, hacer que no importaran.

De alguna manera, ella lo mantuvo con vida y lo más saludable posible en el Campamento Freak, incluso cuando no había suficiente comida para todos, y cuando el hijo de ese cazador comenzó a charlar con el chico.

De todas las amenazas a las que se enfrentaban todos los días, esa era la que más la aterrorizaba. La atención de los cazadores, ya fueran sádicos adultos como Victor, o cazadores de bebés como el hijo de Hawthorne. Esto no significaba nada bueno para ella ni para Tobias.

Tobias se lo creía todo, que el mundo siempre podía empeorar, pero ella nunca logró que él temiera al otro chico, que podría haberlo hecho azotar o matar con una sola palabra. Ella solo esperaba que el primer niño humano que había conocido no fuera lo que lo quebrara.

«ENTONCES, JAKE. ¿QUÉ APRENDISTE HOY?».

Jake se enderezó, soltando su Game Boy sobre la colcha del motel. Papá se sentó en la mesa pequeña, escribiendo en su cuaderno de cuero. Jake siempre odiaba esa pregunta cuando venía de un maestro, pero cuando papá preguntaba, era diferente. La Sra. Morales solo preguntaba porque quería que Jake dijera que había aprendido una lección tonta sobre jugar bien con los otros niños, pero cuando papá preguntaba, sí era algo importante.

«El Campamento Freak tiene seguridad de primer nivel para todo tipo de sobrenaturales. Organizan todos sus edificios según el tipo de monstruos que se permiten tener en el interior.

Nunca se les ha escapado ninguno». *Y aprendí que los bebés monstruos existen.*

«¿Qué notaste sobre los guardias?».

«Parecían bastante geniales. Como si supieran lo que estaban haciendo. Ninguno de los monstruos podía asustarlos».

«¿Sí? ¿Notaste a alguno de ellos holgazaneando, alguna debilidad?».

Jake hizo una pausa. «El que nos acompañó, el oficial Todd. A veces no era tan cuidadoso como los demás. Miraba algo durante un tiempo, en lugar de mirar siempre a su alrededor».

Papá asintió.

Jake vaciló. Estaba en la punta de su lengua preguntarle a papá qué había aprendido *él* en el Campamento Freak, pero sabía que eso no llevaría a ninguna parte. En cambio, preguntó: «¿Adónde vamos ahora? ¿Seguiremos el rastro de ese duendecillo raro con su pasión por Taco Bell?».

Papá resopló. «De regreso a Albuquerque. Tienes una semana o dos de escuela para ponerte al día».

«¡Ay, papá! Pensé que íbamos a Las Vegas. ¿Solo una noche? Está de camino».

Papá no cedía ni un milímetro. Nunca lo hacía. «No. Esta vez terminarás todo el año escolar en un solo lugar. Y mantendrás un perfil más bajo que el que tenías en Kentucky. Se acabaron las historias de fantasmas sabelotodo que hacen que los maestros hagan preguntas».

Jake se dejó caer en la cama. «¿No puedo simplemente recibir la educación en casa? De esa manera nadie me notaría».

Papá soltó una carcajada. «¿Crees que puedo lograr eso mientras hago la búsqueda de monstruos? ¿O como si realmente hicieras tu tarea sin que nadie la revisara? No me parece. ¿Qué tipo de cazador crees que serías si no terminas el quinto grado?».

«Muchos buenos cazadores probablemente no lo hicieron. Como los de la Edad Media».

«Y cayeron muertos después de su primera herida superficial porque no tenían idea de cómo lavar o esterilizar nada. O cómo calcular fracciones cuando se estaban quedando sin munición y tú necesitas hacer que cada onza de sal cuente».

Jake suspiró ruidosamente. «¿Podemos al menos ir a ver a Roger en T o C?».

Papá hizo una pausa. «Sí, ¿por qué diablos no? El bastardo siempre tiene un libro nuevo o algo que nadie ha visto todavía. No estaría de más pasarse por allí».

EN TRUTH OR CONSEQUENCES (T o C), Nuevo México, no era inusual que las olas de calor se reflejaran sobre la tierra. En los peores días de verano, en el depósito de chatarra de automóviles destripados de Roger Harper, el calor podría irradiarse hacia algo parecido a un horno.

Esta noche de septiembre no estaba tan mal, ya que Roger estaba sentado en su porche con una lata fría como compañía, revisando su canasta de amuletos del mercado negro, hasta que levantó la vista y escuchó el estruendo de un Eldorado negro que entraba en su camino.

Los Hawthorne nunca llamaban por adelantado.

Roger se puso de pie y subió a la parte superior de los escalones del porche cuando el Eldorado se detuvo y la puerta del conductor se abrió, seguida un momento después por la puerta del pasajero. El paso de Leon era lento y deliberado, pero Jake corría delante de él, con la mochila rebotando, subiendo los escalones del porche de dos en dos.

«¡Hola, Rog!».

«Qué tal chico». Roger alborotó su cabello, incluso cuando Jake trató de agacharse.

La puerta mosquitera se cerró de golpe detrás de Jake

cuando Leon llegó al primer escalón, con el ceño fruncido mientras miraba a Roger. «Harper».

«Hawthorne. ¿A qué debo el placer?».

Leon se encogió de hombros y subió los escalones con una bolsa de lona colgada del hombro. «Intercambio de información. Como siempre».

Roger puso los ojos en blanco cuando Leon pasó junto a él y luego se giró para seguirlo al interior de la casa. «Correcto».

Jake había cogido una Coca-Cola mexicana del frigorífico y ya estaba sentado delante de la televisión, recostado en el suelo con la espalda apoyada en el sofá mientras cambiaba de canal. Leon y Roger fueron a la cocina, donde Roger sacó dos cervezas y le pasó una.

«Acabo de regresar de Nevada», dijo Leon.

Las cejas de Roger se arquearon. «¿Cómo te trató Las Vegas?».

Leon negó con la cabeza y luego bebió su cerveza. «Estuve en Winnemucca».

Roger hizo una pausa. «¿Quieres decir en el Campamento Freak? ¿Tú?».

«Sí, yo», Leon dejó su cerveza en la mesa de la cocina y se cruzó de brazos, sin dejar de mirar hacia la sala de estar. «Sabía que tenía que hacerlo tarde o temprano».

Roger lo asimiló. «¿Así que tienes una pista?».

Leon no respondió.

Roger revisó su despensa, buscando bocadillos apropiados para un niño de diez años. Sacó una caja medio vacía de caramelos *Fruit Gushers* que Jake había dejado en su última visita. «¿A quién encontraste para cuidar a Jake? Dime que no lo dejaste en el auto». Intentó sonar despreocupado, no sospechoso.

«No. Lo llevé conmigo».

Roger no creía que todavía pudiera sorprenderse con Leon,

pero maldita sea. «Jesús, Hawthorne, ¿llevaste al niño adentro?».

Leon lo miró fijamente. «¿Tienes algo que decir, Harper?».

Roger frunció el ceño, mirando a Jake, que parecía estar de una pieza. «Bueno. ¿Conseguiste algo?».

Después de una pausa, Leon dijo: «Tal vez». Roger pensó que eso era todo lo que obtendría.

Desde que la esposa de Leon, Sally, murió en la Masacre de Liberty Wolf en 1984, él había tenido una sola obsesión: cazar a los monstruos detrás del intento de asesinato del presidente por parte de los hombres lobo. Habían derribado a una docena de agentes del Servicio Secreto, mordido a la Primera Dama y matado a Sally Hawthorne mientras ella se arrojaba ante el presidente. Ella había estado allí con su padre, Elijah Dixon, quien sobrevivió al ataque. Usó la conmoción nacional y el centro de atención para exponer la existencia de criaturas sobrenaturales en las sombras en todo el país. Le dijo al mundo que él era uno de las pocas docenas de cazadores profesionales en Estados Unidos que arriesgaron sus vidas para detener a estas criaturas inhumanas empeñadas en matar.

Roger había sido uno de esos cazadores que operaban antes de la Masacre de Liberty Wolf. Había conocido a Elijah Dixon, aunque no a nivel personal. Los Dixon eran los únicos en la forma de transmitir la caza de monstruos como una reliquia familiar, supuestamente desde las colonias estadounidenses, antes de la Guerra Revolucionaria. Sin duda tenían el mayor poder y dinero de todos los cazadores de inmundicias que normalmente operaban solos.

Roger supo más tarde que Elijah ya había estado usando sus contactos en el gobierno para presionar por fondos federales para crear una agencia oficial, aunque secreta, de caza de monstruos. Algo así como la CIA: División Sobrenatural. Pero la tragedia de la masacre de Liberty Wolf le dio a Elijah la oportunidad de hacer público el apoyo nacional a un nivel que nunca había soñado.

Fue una tormenta perfecta para lograr su ambición de toda la vida. La conmoción y el horror nacional le dieron el escenario para enfrentar las cámaras y decirle al país que sabía exactamente qué amenaza "desconocida" había tratado de matar a su presidente, y sabía cómo acabar con ellos.

El Congreso le entregó un cheque en blanco en un mes, y Elijah Dixon lo usó para crear la Agencia de Control Sobrenatural, la ACS, y construir la primera instalación para albergar seres sobrenaturales: el Campamento Freak. La instalación abrió el 2 de enero de 1985 y la Primera Dama, Dorothy Peterson, se convirtió en la reclusa 85WW0001. Nunca más se la volvió a ver en público o ante las cámaras.

El yerno de Elijah, Leon Hawthorne, no se unió a su misión. Antes de que terminaran todos los funerales, tomó a su hijo de cuatro años, Jake, y desapareció en las carreteras secundarias de Estados Unidos, lejos del centro de atención nacional y de las cámaras enfocadas en la tragedia y sus héroes, incluida la joven madre asesinada.

Un par de años después, en un bar de cazadores, Roger había conocido a Leon, quien viajaba bajo un alias, como siempre lo hacía, y Roger se unió a él para acabar con un par de troles de montaña, antes de saber quiénes eran en realidad Leon y su hijo.

Incluso aparte del agresivo secreto con el que Hawthorne protegía su vida y la de su hijo, no era fácil llevarse bien ni mantenerse en contacto con él. De forma intencionada o no, Hawthorne tendía a desanimar a quienes lo intentaban. Roger solo lo había logrado durante tanto tiempo porque Leon sabía que Roger podía guardar un secreto y que podían recurrir a la granja de Roger en Nuevo México si necesitaban una parada técnica o prepararse para una cacería. Para bien o para mal, cuando se trataba de convivir con Hawthorne, Roger era un hombre estable y ecuánime que había sobrevivido a tantas cacerías sin perder nunca la cabeza, por lo que podía tolerar bastante bien los estados de ánimo sombríos y melancólicos de Leon.

Además, estaba el niño. Cuando Roger lo conoció, Jake había sido un pequeño terror que había aprendido bien la desconfianza y la paranoia de su padre hacia todo el maldito mundo. Le tomó algunas visitas a Jake decidir que Roger no era una amenaza y que no necesitaba una navaja en su dirección cada vez que entraba en la habitación. Unos cuantos años más habían suavizado el nerviosismo de Jake, reemplazándolo con bravuconería, que al menos se había ganado a medias. Ni siquiera los hijos de Dixon sabían más que Jake sobre lo sobrenatural o podían cargar una escopeta más rápido, incluso si el retroceso lo derribaría.

Roger nunca había tenido hijos propios ni siquiera quería seguir la ruta de la paternidad, pero no podía ignorar el hecho de que era una de las pocas personas en el país que tenía el privilegio de saber quién era realmente el hijo de Sally Dixon. Tampoco le pasó desapercibido que era uno de los pocos rostros familiares y confiables en el mundo de Jake. El niño necesitaba algunos modelos a seguir que no fueran más que la mitad del idiota que era su padre.

Los Hawthorne se quedaron a cenar. *Sloppy joes*, uno de los favoritos de Jake. El maíz enlatado era de sus menos favoritos, pero quedaba mejor que los chícharos que Roger había probado antes. [Nota de la T.: *Sloppy joes, son sándwiches con carne molida*]

Después, Leon pidió prestados un par de libros sobre subespecies vampíricas y se instaló en la sala de estar para leer y tomar notas. Roger llevó a Jake a su porche trasero, donde tenía algunos walkie-talkie que necesitaban arreglar. Jake tenía dedos rápidos con cualquier cosa mecánica, y le encantaba presumir que su padre ya le había enseñado todo lo que había que saber sobre la reparación de automóviles.

«Así que pudiste ver el interior del Campamento Freak, ¿eh?», preguntó Roger. «Probablemente no hay ni cien cazadores que hayan estado adentro».

Jake sonrió, enderezándose. «Sí. Papá sabía que podía manejarlo, sería pan comido». Roger enarcó las cejas y Jake se apresuró a agregar: «Pero nunca bajé la guardia. Sé lo peligrosos que son los monstruos».

«Puedes apostar tu trasero a que lo son. Y recuerda que solo porque algo se sintió fácil la primera vez, no significa que no provocará serios problemas la segunda vez. Muchos cazadores son eliminados por su común espíritu vengativo cuando se vuelven arrogantes».

Jake asintió. «Papá siempre me dice eso también». Luego vaciló y Roger levantó la vista. «¿Sabías que hay niños monstruos en el Campamento Freak?».

Roger no respondió de inmediato. Desde su inauguración en 1985, solo había visitado las instalaciones dos veces. Todo el lugar y las personas que lo administraban le dejaron un mal sabor de boca. No recordaba haber visto monstruos allí que no fueran del tamaño de un adulto, pero no podía decir que estaba sorprendido de que el ACS hubiera creado una política para retener también a los más jóvenes. «¿Qué tipo de niños monstruos?».

Jake se encogió de hombros. «Todos los tipos. Quiero decir, solo parecen niños. Entiendo que los vampiros y los cambiaformas pueden tener cualquier edad. Pero también tienen algunos raros. Cosas que no saben ni cómo etiquetar».

Roger observó el rostro de Jake. Algo estaba molestando al chico, aunque no sabía cómo hablar de ello. «¿Sabes?», dijo al fin, «tienes el doble de edad que todo el maldito ACS y su Campamento Freak. Por derecho, ellos deberían estar en el jardín de niños».

Jake sonrió y Roger dejó sus herramientas y se estiró. Todavía le dolía la espalda por una pelea reciente con un trol de montaña. Eran su especialidad, ya que vivía tan cerca de las Montañas Black Range. Jake siempre preguntaba cuándo podía acompañarlo para una cacería de trol de montaña, y Roger siempre le decía que no fabricaban arneses para niños para viajes de caza, por lo que tenía que crecer un poco más.

«Vamos a echar a tu papá de la sala de estar y ver qué hay en la televisión».

Jake se burló, ampliando su sonrisa. «Me gustaría verte intentarlo».

«Niño, yo como trol de montaña para el desayuno». Roger inclinó la cabeza en fingida consideración. «Así que está bien, diría que tengo un cincuenta por ciento de posibilidades contra Leon Hawthorne».

FIEL A SU PALABRA, papá llevó a Jake de vuelta a Albuquerque, donde alquilaron una casa rodante en agosto. Jake había comenzado el quinto grado allí, en la escuela primaria César Chávez, pero solo un mes después, papá lo llevó a un viaje de caza por carretera a través de Colorado, Utah y finalmente Nevada. Papá le había dicho a la maestra de Jake que había una emergencia familiar, que era su excusa habitual. No mucha gente quería discutir con él o hacerle preguntas.

Ahora, Jake tenía que volver a la vieja y aburrida rutina de viajar en el autobús escolar, sentarse en las clases y esperar el recreo como todos los niños aburridos que lo rodeaban. Ninguno de ellos sabía ni una fracción de lo que hacía, y Jake sabía que dijera lo que dijera papá, probablemente los dos estarían en otro lugar para Navidad, así que no tenía mucho sentido hacer amigos. En su última escuela solía meterse en peleas, hasta que papá le dijo que no era justo para los otros niños pelear con alguien que ya era más de la mitad de un cazador.

A veces, Jake pensaba en el chico monstruo que había conocido dentro del Campamento Freak. Sabía que Tobias no tenía nada parecido a una escuela normal para humanos, pero parecía que había aprendido mucho en esa biblioteca. A Jake le resultó difícil imaginárselo sentado en su aula de colores brillantes con todos los dibujos de los niños en la pared y carteles tontos que les decían lo maravilloso que era aprender matemáticas. Nada había sido colorido en el Campamento Freak. Aquí en Albuquerque, no se sentía real.

Cuando terminaba la escuela, Jake era libre de vagar por el vecindario, haciendo amigos y enemigos con niños mayores, descubriendo formas de colarse en los cines o robando cosas de las tiendas de conveniencia. La clave era correr rápido y no volver a aparecer por el mismo lugar.

Papá había regresado a su trabajo de medio tiempo en una tienda de autos. Cuando no podía tener suficientes horas, pasaba las tardes en los salones de billar de la ciudad. Papá podía tener un largo y gran juego de billar o de póquer, y Jake había aprendido cómo calentar las cenas congeladas.

A veces, papá hacía otras cosas que no eran billar ni póquer, y se suponía que Jake no debía saber nada al respecto. Pero sabía lo suficiente como para no sorprenderse cuando tenían que abandonar la ciudad a toda prisa. Eso siempre ocurría tarde o temprano.

El fin de semana antes de Halloween, papá le dijo a Jake que hiciera su maleta, pero que regresarían al tráiler. Salieron a la carretera al amanecer del sábado por la mañana, conduciendo hasta la frontera, llegando a México.

~

Leon se recostó con su botella de tequila en una silla plegable rota frente a su alquiler en Chihuahua, México. El crepúsculo se estaba convirtiendo en noche, y Jake había desaparecido hacía una hora en las calles, persiguiendo a algunos chicos e intercambiando burlas en *espanglish*.

Esta semana era el sexto aniversario de la muerte de su esposa, que también era el día nacional de luto por la Masacre de Liberty Wolf. Leon prefirió pasarlo lo más lejos posible de Washington, de los Dixon y de los televisores.

Él y Sally se habían conocido en uno de esos cuentos románticos pasados de moda: un vampiro lo había clavado al capó de su coche, y ella había saltado de la nada y le había enterrado una estaca. Esa había sido la introducción de Leon a los monstruos de la noche, las criaturas que nunca había soñado que fueran reales.

Pero Sally quería dejar el negocio de la caza, y después de la estancia de Leon en Vietnam, también vio el atractivo de una vida más tranquila, del tipo de hogar con cercas de madera. Escapar para fugarse a Las Vegas había sido idea de ella, y él había estado ansioso por dárselo al idiota de un padre que nunca vio a Leon como nada más que basura de Virginia Occidental. Los Dixon pertenecían a la sangre azul de Pensilvania, como si individualmente tuvieran tatuada la Declaración de Independencia en sus nalgas. En su opinión, Sally había estado en los barrios bajos desde el momento en que cruzó la frontera estatal, incluso si estaba persiguiendo a un vampiro.

Pero, Leon no había sido quien la había asesinado. Ese había sido su padre hijo de puta que la había engatusado para que regresara a una misión más, en un tiroteo en el que no tenía por qué estar cerca. Por lo que dijo el cabrón, ella quería escaparse de casa, como si fueran algunos malditos problemas maritales los que la llevaron a eso. Como si supiera algo sobre su matrimonio o sobre lo que Leon y Sally habían discutido.

Dixon culpó a Leon de la muerte de su hija porque no

podía enfrentar la verdad. Había sido su idea ir a Liberty, su idea llevar a su hija a pesar de que ella no había ido de cacería en años. Y cuando se desató el infierno, Sally terminó en una pira mientras su padre salía ileso.

Entonces sucedió que las secuelas de la masacre alinearon las cosas perfectamente para que Dixon lograra su sueño de tener poder en el gobierno, y el Congreso se esforzó por entregarle las llaves del Tesoro de los Estados Unidos. El asesinato de su única hija había sido un pequeño precio a pagar por ese legado.

Así que Dixon había hecho la vista gorda a lo que realmente había sucedido la noche de la Masacre de Liberty Wolf, lo que todos querían olvidar, al igual que era más fácil hacerles creer que la Primera Dama había muerto esa noche. La gente había dicho eso, incluso insistido en ello, no escucharían lo contrario. La verdad era que nadie fuera del ACS tenía idea de cuándo murió realmente Dorothy Peterson en las instalaciones de FREACS, o incluso si todavía podría estar viva.

A Leon no le importaba mucho su destino. Quería saber quién había matado realmente a su esposa, la madre de su hijo, porque estaba seguro de que no habían sido solo los hombres lobo los que fueron derribados esa noche.

De ninguna jodida manera había sido un ataque al azar. Dixon también lo sabía, aunque no lo admitiría. Leon descubriría la verdad, aunque tuviera que desenterrar todas las tumbas del país.

～

Dos semanas después de que regresaron de México, durante el almuerzo, Jake escuchó su nombre en el sistema de megafonía de la escuela. Se preparó para un interrogatorio sobre la mochila de Carla (él no había tenido nada que ver con todas las hojas de trucos que había dentro, dijera lo que dijera Noah), pero cuando llegó a la oficina principal, papá lo estaba esperando. Jake supo en un instante que se marchaban.

Un extraño tipo de entumecimiento se apoderó de él. No escuchó lo que papá le dijo a la recepcionista, no recordaba dónde había recogido su mochila y no se dio cuenta de que estaba subiendo al auto. Papá ya había metido sus otras maletas en el asiento trasero, y lo siguiente que Jake notó fue que estaban conduciendo hacia el norte por la autopista 550.

Fuera de los límites de la ciudad, Leon apagó la radio y miró a Jake. «¿Estás bien, hijo?».

Jake se encogió de hombros.

Después de una pausa, Leon dijo: «¿Quieres saber qué pasó?». Su tono lo convirtió en una oferta, una historia divertida para entretenerlo como las persecuciones de policías en la televisión, pero al revés. A Jake le encantaba escuchar las escapadas por los pelos de papá, cómo engañaba al cantinero, a los camioneros y al alguacil local.

Hoy se daba cuenta de que no quería saber por qué dejaban atrás a la simpática señora Capizzo y a esos chicos con los que salía después de la escuela, Enrique y Alberto, que tal vez no eran tan tontos como los demás chicos de su clase. No volvería a ver a ninguno de ellos nunca más. Esa era la regla férrea de su vida y la de papá: se encendía la calefacción y ya estaban a kilómetros de distancia antes de que el horno se calentara. Como si nunca hubieran estado allí.

Jake no quería pensar en quién dejaban atrás, en la promesa que había hecho (y ahora no podía cumplir) de pagarle a Enrique por las historietas en su mochila. Así que respondió de la manera que papá esperaba. «¿Qué pasó, señor?».

Leon le contó, y resultaba ser el elenco habitual de idiotas que papá había engañado, como el juego de cartas más fácil, como si pudiera haberlo hecho todo con los ojos vendados.

Jake asintió y sonrió e incluso se rió cuando se suponía que debía hacerlo.

Pero cuando se puso el sol, después de que se detuvieron en McDonald's y luego regresaron a la autopista, todavía en dirección norte, Jake apoyó la cabeza en el brazo contra la ventana del pasajero. Fingió dormir y Leon volvió a encender la radio.

Con los ojos medio cerrados, Jake vio pasar los marcadores de kilómetros y las luces de los autos. No era como si pudiera recordar las caras y los nombres de los lugares en los que habían vivido antes de Albuquerque. Muy pronto la señora Capizzo y Enrique se desvanecerían. Se preguntó cuánto tiempo pasaría antes de que lo olvidaran a él también.

2

CAPÍTULO DOS
NOVIEMBRE DE 1990

Su siguiente visita al Campamento Freak fue cuando papá encontró una pista después de atrapar una llorona. Todo lo que Jake sabía era que lo despertó en medio de la noche y le dijo que tenían que salir de allí, pronto. Leon empujó a Jake fuera del motel mientras aún estaba medio dormido, lo acomodó en el asiento trasero antes de arrojar sus cuadernos, papeles y armas en el frente, luego enganchó un remolque a la parte trasera del auto.

Jake podría haber jurado escuchar ruidos tintineantes y gemidos en el remolque hasta llegar a Winnemucca.

Esta vez, Jake no tuvo que caminar con papá por la puerta principal y el vestíbulo porque Leon condujo el Eldorado y el remolque a través de las grandes puertas de carga.

Debió haber hecho una llamada mientras yo estaba durmiendo, pensó Jake, frotándose los ojos. Se había puesto un par de jeans y una camiseta cuando se detuvieron para ir al baño y desayunar sándwiches en la gasolinera, así que al menos no seguía en pijama.

Cinco o seis adultos se pararon alrededor del tráiler, observando el interior, discutiendo con papá sobre dónde debería ir y quién tenía "una primera oportunidad de obtener respuestas". Jake agarró una chaqueta para protegerse del aire frío de la mañana y una baraja de cartas y esperó con impaciencia a que regresaran a la puerta que daba acceso al campamento.

Papá lo miró caminando detrás de la camilla bien envuelta que el grupo había sacado del remolque. «Jake, no sé cuándo terminará esto, o qué podría averiguar, o incluso si maldita sea, estos imbéciles me dejarán estar presente en el interrogatorio de a quien les traje». Sacudió la cabeza. «Que no me ofrezcan una maldita recompensa y luego digan que no puedo hacer algunas malditas preguntas. Pueden quedarse con su puto dinero por lo que a mí respecta».

«Puedo pasar el rato, papá. No hay problema».

«Estaré en Investigación Especial. Intentaré no tardar. Si te metes en problemas, les das un infierno, ¿entendido, Jake?».

Jake no estaba exactamente seguro de a quién se suponía que debía dar el infierno, había muchas posibilidades, desde monstruos imprudentes hasta a los putos Dixon, y varios cazadores y personal de apoyo en el medio, pero asintió de todos modos. Asumió que estaría claro en ese momento. «¡Sí, señor!».

«Buen chico», dijo papá, y luego se fue a toda prisa. Ni siquiera cerró correctamente el Eldorado.

Jake sacó las llaves del encendido y cerró la puerta de golpe, miró el remolque; se preguntó dónde lo había encontrado papá en tan poco tiempo, si lo había robado, lo había comprado o si había pertenecido al monstruo que papá atrapó. Y luego fue en busca de Tobias.

Fue disuadido brevemente por un guardia que quería saber adónde se dirigía, pero Jake se burló y se abrió paso hasta llegar al patio. También lo había aprendido de papá, que la mayoría de las cosas se reducían a hacer alarde de la mezcla adecuada de confianza e impaciencia. Y si bien nunca lo usaban en ningún otro lugar, podía lanzar su nombre, '*sí, soy Jake Hawthorne, mi papá ya está adentro y si se pregunta cuál es el problema,*

¿quiere hablar con él?', y el guardia retrocedía, haciendo saber por radio que estaba dejando entrar al chico Hawthorne. 'Ábrete Sésamo'.

El amanecer se asomaba sobre el borde de las montañas distantes, y cuando Jake dobló la esquina hacia el patio central de FREACS, se detuvo repentinamente. Todos los monstruos estaban fuera de sus barracones, temblando a la luz de la mañana. Algunos estaban erguidos como varas, otros encorvados sobre sí mismos debido a diversas deformidades.

Mientras Jake miraba, un guardia parado frente a los monstruos gritaba números de su portapapeles. Monstruo tras monstruo contestaban, "Presente". Otros guardias fuertemente armados patrullaban y ocasionalmente golpeaban a un monstruo que no era lo suficientemente rápido para responder.

Encontrar a Tobias resultó fácil. Estaba de pie en la segunda fila entre una bruja y un cambiaformas y miraba al frente, más quieto que cualquier niño que Jake hubiera visto jamás.

El guardia que sostenía el portapapeles lo bajó. «Entonces, ya está. Todos los estúpidos cabrones siguen aquí. Menos mal también, o tendríamos que volver a arrancarles la piel de sus monstruosos culos, y eso nos llevaría todo el jodido día. No hay asamblea, así que vayan a buscar su estación de trabajo asignada».

Las ordenadas filas de monstruos se separaron y se dispersaron hacia los barracones, el comedor y la Casa de Trabajo. Tobias se quedó donde estaba. Jake se preguntó si Tobias tenía una "estación de trabajo asignada" o si este sería un buen momento para saludarlo. Realmente no había planeado esto. Simplemente había asumido que cuando regresara podría pasar el rato con Tobias. Nunca se le ocurrió a Jake que tal vez el niño tendría tareas que realizar. Aunque tal vez debería habérsele ocurrido. Jake no debería engañarse pensando que el mundo de Tobias giraba en torno a él.

El pequeño levantó la vista, con el rostro inexpresivo hasta que vio a Jake. Luego sus labios se abrieron con asombro, y se balanceó sobre sus talones antes de seguir adelante, no corriendo, sino caminando con un rebote en su paso y una mirada en sus ojos como si no pudiera creer lo que estaba viendo.

Parecía tan feliz que Jake sintió que el pequeño nudo de preocupación en su estómago se deshacía, reemplazado por una cálida sensación. Si Tobias también estaba emocionado, eso significaba que estaba bien que Jake se alegrara de volver a verlo. Aunque fuera un monstruo.

«Hola, Toby». Jake se apoyó contra una pared, jugueteando con su mazo de cartas. «Te dije que volvería».

Tobias le brindó la sonrisa más grande del mundo, como si Jake le acabara de dar un millón de dólares. Jake no podía recordar a nadie mirándolo así antes.

«Hola..., hola, Jake», dijo Tobias, suave y sin aliento, casi como si hubiera olvidado cómo decir su nombre.

Jake le devolvió la sonrisa y alargó la mano para alborotarle el pelo como lo hacía Roger con él. Tobias agachó la cabeza hacia un lado, pero no como si realmente estuviera tratando de escapar. «Vamos, busquemos un lugar fuera del viento». Volvió a ver ese destello encantador de una sonrisa.

Se dirigieron a la esquina de un edificio, cerca de la pared, donde estaban fuera de la vista de la mayoría de los guardias y monstruos, aunque Jake vio una cámara de seguridad apuntando en su dirección. Sin embargo, a él no le importó. Tenía sentido que quisieran hacer un seguimiento de sus monstruos cuando no había suficientes guardias para vigilarlos a todos.

Tobias se agachó, con los brazos envueltos alrededor de sus rodillas.

Jake se deslizó por la pared para sentarse junto a él. Hacía frío recargándose contra el cemento. Se preguntó si Tobias se sentiría como él. «¿Como has estado?».

Tobias parpadeó y luego se encogió de hombros. «Bien, supongo. ¿Co... cómo has estado?». Tropezó con las palabras.

Sí, era una pregunta estúpida, decidió Jake. ¿Qué iba a hacer, contarle a Tobias sobre Albuquerque y la gente que había conocido allí cuando no tenía sentido recordarlos?

«Sí, bien». Barajó las cartas y luego pensó en algo. «Revisé la gran biblioteca en el centro de Albuquerque. Es toda una manzana de la ciudad, amigo».

La frente de Toby se arrugó. «¿Qué es una manzana de la ciudad?».

«Es...», Jake hizo un gesto y miró a su alrededor. «Tal vez la mitad del tamaño del Campamento Freak. O como, de aquí a la Casa de Trabajo de allá».

Los ojos de Toby se abrieron. «¿Y todo eso es una biblioteca?».

«Sí. Pasillos y pasillos de libros, probablemente podrías pasar toda tu vida tratando de leerlos todos». Él y Alberto se habían encontrado una vez en la sección de referencia después de su último atraco en la tienda de la esquina, con sus chaquetas llenas de botellas de refrescos y bocadillos. Habían pasado una tarde triunfal (aunque tranquila) celebrando lo hábiles que eran.

«¿Jake?».

Jake parpadeó y miró a Toby, cuya sonrisa se había desvanecido un poco. «Sí, lo siento. ¿Quieres jugar a las cartas?».

Toby giró la cabeza, confundido. «N... n... no sé, Jake. Si quieres, por supuesto que lo haré. . . ¿Cómo se juega?».

Jake dejó de mover las cartas entre sus manos y se quedó mirando. «Quiero decir, son cartas. Como, Guerra o Bofetada o Siete Arriba o póquer. Todavía no soy tan bueno en el póquer, pero papá comenzó a enseñarme y....». Se alejó cuando Tobias todavía parecía perdido. En todo caso, parecía nervioso, moviéndose de un lado a otro sobre sus talones. «¿Nunca antes has jugado a las cartas?».

Tobias negó con la cabeza y se inclinó más sobre sus rodillas, mirándose los dedos de los pies como si tal vez le enseñaran los misterios de una escalera de color.

«Oye, no te preocupes, es genial. Quiero decir, muchos niños no juegan a las cartas». De acuerdo, según la experiencia de Jake, todos conocían al menos un juego de cartas, al menos Guerra, *algo*, pero supuso que Tobias realmente no podía pasar el rato con otros niños. Él era técnicamente un monstruo, después de todo.

«Lo siento, Jake», dijo Tobias. «A veces, soy realmente estúpido».

«¡Oye, eso no es cierto!». Claro, todavía era difícil imaginar que Tobias nunca antes hubiera manejado cartas, pero decir que era *estúpido*, era simplemente ridículo. Ningún niño que leyera tanto como Tobias podía ser estúpido. Ni siquiera había estado en ningún lugar interesante en su vida, pero sabía mucho más sobre libros e historia que Jake. «Vamos, será fácil. Conoces los números, ¿verdad?».

Tobias asintió rápidamente. «Por supuesto. Becca me enseñó».

«Genial. Y para Guerra, eso es todo lo que necesitas». Jake repartió las cartas; simplemente dividir el mazo hubiera sido más rápido, pero lo consideró importante para asegurarse de que cada uno tuviera un número par. Especialmente porque esta era la primera vez que Tobias jugaba con cartas. «Cada uno recibe el mismo número de cartas. Luego, cada uno da la vuelta a una carta, y el que tenga el número más alto se lleva las dos cartas. Si obtenemos el mismo número, tenemos guerra, donde colocas tres cartas, y luego volteas la cuarta, y quien tenga el número más alto se queda con todas esas cartas. Y gana el que acaba con todas las cartas de la baraja. ¿Entendido, Toby?».

Tobias tragó saliva con nerviosismo, con los ojos fijos en la pila de cartas que tenía delante. «Claro, Jake».

Comenzaron lentamente, Jake agregaba explicaciones cuando aparecía su primera reina, jota o rey.

En el segundo juego de Guerra, Tobias volteó un as como su carta final. Sonrió y comenzó a empujar todas las cartas hacia Jake. Casi parecía aliviado, lo cual fue extraño.

«No, quédate con esas», dijo Jake. «Tú ganaste esta Guerra».

Tobias se congeló. «Pero es un uno».

«Es un as», corrigió Jake. «Y es más alto que cualquier otra cosa».

«Es un *uno*», dijo Tobias. «Son demasiadas cartas, Jake. No necesito...». Agitó su mano, que ya era considerablemente más gruesa que la de Jake.

Jake resopló. «Quiero decir, no *necesitamos* las cartas. Es un juego, Tobias. No me enfadaré si ganas, lo juro. Después de todo, alguien siempre gana».

Tobias miró su gruesa pila de cartas y parecía un poco enfermo. «Sí, Jake».

Jugaron, los tamaños de sus mazos variaban salvajemente. Jake había olvidado lo *largo* que era el juego de Guerra.

Pero cuando Tobias tomó la última carta, Jake levantó sus manos vacías y le sonrió. «Mira, me limpiaste. No puedes ser tan malo con las cartas». Luego miró la cara de Tobias, que estaba inexpresiva y le hizo pensar que Tobias podría vomitar. «Oye, ¿qué pasa?».

«Gané», dijo Tobias. «Eso significa que tú . . . no ganaste. Lo siento. No fue mi intención. No pude . . .». Señaló el suelo entre ellos, con el rostro contraído.

«Amigo, no me voy a enojar porque me hayas ganado». Jake se burló. «Quiero decir, eso es lo que sucede en los juegos de cartas. Especialmente en Guerra. Todo es casualidad. Ahora, póquer. . .». Sonrió, pero cuando Tobias parecía aún más preocupado, dejó caer la sonrisa. «Vamos, es una broma. No me importaría incluso si me ganaras al póquer. O lo que sea».

«Pero soy un monstruo».

Jake parpadeó y tuvo que contenerse para no decir automáticamente, *¿Y qué?*

Porque *sí* importaba. Los monstruos eran peligrosos, y bajar la guardia alrededor de uno te mataba, como le pasó a mamá.

Podía escuchar la voz de papá en su cabeza, diciéndole que era un maldito tonto por relajarse incluso por un segundo estando cerca de un fenómeno. *Encuentran tus puntos débiles y te destrozan. No puedes confiar en esos hijos de puta ni por un segundo.*

Jake tomó lentamente las cartas y Tobias se las acomodó en las manos demasiado rápido. Como si no quisiera aferrarse a ellas más de lo que Jake quería.

Jake barajó las cartas lentamente, pensando mucho en los monstruos, en Tobias y en lo que diría papá.

Cuando levantó la vista, vio al niño mirando fascinado las cartas que volaban juntas.

Tobias captó la mirada de Jake y una sonrisa cruzó su rostro. De nuevo parecía un niño pequeño asombrado. «Eso es realmente increíble», dijo. «Esa . . . cosa». Hizo un gesto hacia las cartas e hizo la mímica de barajarlas. «¿Qué . . .? ¿Cómo haces. . .? ¿Es algo *real*?».

Jake frunció el ceño. «¿Algo real?».

«Ya sabes, ¿algo que los humanos reales pueden hacer que un monstruo no puede? Quiero decir, como yo. ¿Podría yo hacer eso?».

«Claro, inténtalo».

Jake observó a Tobias juguetear con la baraja. Le dio algunos consejos para barajar hasta que Tobias casi pudo hacerlo, aunque no tan rápido como Jake. Le gustaba enseñarle, y casi se rompe una costilla conteniendo la risa mientras observaba a Tobias manipular minuciosamente la baraja, con la punta de la lengua sobresaliendo de una comisura de la boca mientras sus pequeñas manos manejaban las grandes y desgastadas cartas.

Una vez que Tobias aprendió lo básico, sonriendo con

orgullo y con los ojos brillantes mientras miraba a Jake, este le devolvió la sonrisa. Sentía que acababa de tomar una decisión, una importante, aunque todavía no podía ponerla en palabras.

«¿Quieres aprender Salir a Pescar?», preguntó. «Es muy fácil».

Tobias todavía parecía preocupado. «Estás seguro de que no te importará si yo. . . no pierdo? Quiero decir, dijiste que no lo harías, pero si soy nuevo en un juego, no seré capaz de averiguar cómo. . .».

«Toby, hay una cosa que quiero que nunca hagas», dijo Jake.

Tobias se enderezó. «¿Qué?».

«Dejarme ganar». Jake barajó las cartas, el doble de rápido que Tobias. «Porque si te vuelves lo suficientemente bueno para asegurarte de que yo gane, eso significaría que soy muy malo en el juego y demasiado estúpido para verte hacer trampa. Y eso sería vergonzoso. ¿Lo entiendes?».

«Sí, Jake». Tobias sonrió con un gesto más grande de lo que Jake lo había visto desde que lo había visto por primera vez en el patio. «Eres el mejor».

Cuando un guardia dobló la esquina para decirle a Jake que Leon lo estaba esperando, él le había enseñado con éxito a Tobias los juegos de Guerra, Salir a Pescar y lo que sabía sobre el póquer. Tenía la sensación de que se había equivocado en alguna parte con el póquer, pero el resultado fue divertido para ambos. La próxima vez que viera a Tobias, Jake se prometió a sí mismo que podría enseñarle la versión real. Se aseguraría de que papá le enseñara el resto de las reglas.

«Lo siento, Jake», dijo papá, pasándose una mano por la cara. Parecía exhausto. Eso tenía sentido. Jake había dormido en el auto en el camino hacia aquí, pero eso significaba que papá había estado despierto por veinticuatro horas más o menos. Jake no podía esperar hasta poder ayudar a papá con la conducción. «¿Estuviste bien sin mí?».

«Sí, señor. Yo y . . .». Casi se le salió mencionar a Tobias, pero se detuvo. Papá había lidiado con muchos monstruos hoy. No necesitaba pensar en otro. Y Jake tenía todo bajo control con Tobias. No era en absoluto como otros monstruos. «Me cuidé. Sin problemas».

Leon asintió. «Bueno. Larguémonos de aquí».

Jake lo siguió. Justo antes de dejar el patio, miró hacia atrás.

Tobias le estaba sonriendo. Jake apenas se contuvo de saludar.

LO QUE FUERA que la llorona le había dicho a papá significaba que tenían más asuntos que tratar en el Campamento Freak. Él y Jake bordearon el estado de Utah, ocupándose de algunos espíritus rebeldes e investigando algunos avistamientos ocasionales de Pie Grande, pero cada dos semanas regresaban al norte de Nevada. Jake no sabía cuál era el problema, y sabía mejor que no debía pensar que papá le daría los detalles, pero por lo que papá murmuraba en voz baja durante los largos viajes, no confiaba en que los Dixon pudieran arreglárselas solos o que compartieran todo lo que encontraran.

Eso tenía sentido, por supuesto. A Jake no le importaban sus frecuentes viajes de regreso al Campamento Freak. Ahora, los guardias conocían a Jake y lo dejaban entrar al patio donde podía encontrar a Tobias. Se dirigían a algún rincón oculto donde Jake sacaba su mazo de cartas o algún otro juego de viaje por carretera en miniatura que papá le había regalado. Una vez encontró una barra de chocolate a medio terminar en su bolsillo y se la ofreció a Tobias, cuyo asombro ante el sabor hizo reír a Jake. No podía creer que el niño *nunca* antes había comido dulces, así que comenzó a traer diferentes tipos para que Tobias los probara, lo que pudiera meter en sus bolsillos.

No hablaba mucho sobre Tobias con papá. Sabía exactamente lo que diría él, y no era nada que Jake no supiera ya.

Claro, Tobias podría ser un monstruo, pero ya estaba asegurado en el Campamento Freak, y no tenía dientes ni garras demasiado afilados, ni ninguna otra forma que pudiera lastimarlo.

Jake estaba bastante seguro de que Tobias no habría tratado de lastimarlo, incluso si tuviera la oportunidad. Para el pequeño, siempre parecía que la llegada de Jake era la cereza del pastel, lo mejor que le podía pasarle esa semana. A Jake le gustaba sentirse importante, como si le importara mucho a alguien, incluso si solo era para un niño monstruo. Pero le resultaba cada vez más difícil pensar en Tobias como un monstruo, al menos, no como los que mataba papá. Este niño era diferente. Era solo *Tobias*, y eso era suficiente para Jake. Sin embargo, no creía que sería capaz de explicárselo a papá.

Por eso también le gustaba llevar a Tobias a algún lugar sin guardias vigilando todo lo que hacían. No importaba si los dos niños estaban jugando a las cartas o comiendo barras de chocolate Snickers, no era asunto de los adultos: Jake era un cazador, por lo que debían confiar en él y dejarlo en paz.

Un día inusualmente cálido de noviembre, se sentaron contra una pared del cuartel, lo más lejos que pudieron de los ojos curiosos de los guardias, y se pasaron una bolsa de maní recubierto de chocolate de un lado a otro.

«Entonces, esta chica Becca, es como tu mamá, ¿verdad?», dijo Jake, tirando cuatro o cinco cacahuetes en su boca y luego tendiéndole la bolsa a Tobias.

El pequeño nunca tomaba la bolsa ni agarraba más de un par de cacahuetes a la vez, pero al menos no se estremecía ni miraba a los guardias cada vez que Jake le empujaba la bolsa en la cara. «Sí. Ella me cuida, ella. . .». Tobias se encogió de hombros y se llevó los caramelos a la boca. «Debes tener una mamá. ¿Cómo es ella?».

Jake miró hacia otro lado y trató de actuar casual. «Ella es perfecta».

Tobias solo lo miró con sus grandes ojos marrones expectantes. No parecía importarle qué detalles Jake elegía compartir sobre su vida, simplemente amaba que Jake hablara con él. Jake se miró la rodilla izquierda, donde los vaqueros se estaban desgastando, y se preparó para la siguiente pregunta. Pero Tobias esperó la historia, paciente de una manera que pocas personas tenían en la vida de Jake.

Jake podía inventar lo que quisiera, y Tobias sonreiría de la misma manera, con la expresión que iluminaba todo su cuerpo y parecía ser solo para él.

Jake solía desear tener un hermanito, alguien que lo admirara, a quien pudiera enseñar sobre la caza, como papá le enseñó a él. Alguien que confiaría en él como él lo hacía con papá, incluso cuando papá estaba borracho o enojado, o lo dejaba con otros adultos durante semanas. Ahora era casi un adulto y sabía que en realidad no necesitaba amigos y que jugar era una estupidez, pero aun así sería bueno tener a alguien. Por supuesto, Tobias era un monstruo y no debería ser su amigo, pero Jake seguía sintiendo calor cuando se sentaban juntos y Tobias lo miraba como si Jake estuviera hecho de todo el pastel del mundo. Tobias creería cualquier cosa que dijera Jake, no porque fuera estúpido, sino porque confiaba en Jake.

Y Jake no podía mentirle. Incluso sobre mamá.

«Ella está muerta», dijo, sin levantar la vista de su rodilla. «Era Sally. Dixon Hawthorne». Siempre decía su nombre de esa manera, porque cada parte era importante. El nombre que era ella, el nombre que era cazadora, y el nombre que la hacía suya, suya y de papá, y de nadie más. Por alguna razón, la gente tendía a olvidar esa última parte de su nombre. Decía su nombre como si fuera un canto que, dicho suficientes veces de la manera correcta, la traería de vuelta.

Sabía que no lo haría, por supuesto. Ya no era un niño estúpido.

Esperó la reacción. Todos tenían una reacción. A veces asombro ("Oh, ¿ustedes son *esos* Hawthorne?") o decepción ("¿*Él* es el hijo de Sally?"), o una expresión que decía que esperaban más del hijo de una heroína nacional, que debería ser mejor de lo que era. Pero no lo era, y ella nunca estaría allí para enseñarle cómo hacerlo.

Pero Tobias no reaccionó. Cuando el silencio se prolongó, Jake miró a Tobias. El chico también se miraba las rodillas.

«No quise preguntar sobre algo que. . .», Tobias se toqueteó el dobladillo de sus holgados pantalones grises. Respiró hondo, todavía sin mirar a Jake. «Mi mamá también morirá pronto», ofreció. «Ella dice que así es como salimos del campamento. Es algo bueno. Así que tal vez Becca y tu mamá. . . ¿Quizás estarán juntas?».

La cabeza de Jake se levantó de golpe. «¿Qué quieres decir con que tu mamá va a estar muerta pronto?».

Tobias se encorvó y no lo miró. «Ella irá a Investigación Especial. Por ser bruja. Los monstruos no salen de Investigación Especial».

«Tobias». Jake lo miró fijamente. No podía entenderlo, sabiendo que su madre estaba a punto de morir y no hacer nada al respecto, sin patear, gritar ni luchar cada segundo de cada momento para detener esa cosa horrible, horrible. «Tobias, no lo sabía».

Tobias lo miró y luego desvió la mirada. «Quiero decir, no es gran cosa, ella es un monstruo. Todos los monstruos van allí. ¡Oh!». Pareció darse cuenta de lo que había dicho, los ojos se abrieron de par en par y miró fijamente a Jake. «Soy un . . . tonto. Becca y tu mamá no estarían en el mismo lugar. Siento haber dicho eso. Quiero decir, estoy seguro de que tu madre fue increíble».

Jake respiró hondo y se deslizó más cerca de Tobias. Le ofreció los cacahuetes y, tras dudar, Tobias tomó uno. «Ella fue increíble», dijo. «Fue una heroína, y ella...», *mataba monstruos*. «Me amaba, hacía los mejores waffles, y cuando estaba cerca, *papá sonreía, a menos que se estuvieran gritando..., éramos una familia».*

«Eso suena increíble», dijo Tobias, alcanzando la bolsa y sirviéndose otros cuantos dulces. «¿Qué es un waffle?».

Jake estaba encantado de que Tobias *tomara* la comida; había tenido la misma emoción una vez, cuando en uno de sus apartamentos hizo que algunos pájaros se acercaran al alféizar de la ventana después de dejar migas allí, maravillándose ante la idea de que algo tan asustadizo. y salvaje confiara en él. Podía devolver los recuerdos de mamá a donde pertenecían, lo suficientemente lejos como para que no le hicieran sentir tantas ganas de golpear a alguien. De todos modos, era mucho más importante arreglar la horrible falta de conocimiento de Tobias sobre los alimentos para el desayuno.

Jake se lanzó a un monólogo de quince minutos en elogios y descripciones de los waffles, con gestos, sonidos al comerlos y recomendaciones de los mejores a los peores ingredientes. Todo el tiempo, Tobias lo miraba como si fuera lo único que quería en el mundo. Lo cual era ridículo, porque cualquier persona en su sano juicio también debería querer waffles.

«Eso es todo, amigo», dijo Jake al final, cuando Tobias no parecía estar más cerca de entender qué era un waffle. «Incluso los monstruos deberían saber qué es un waffle. La próxima vez que venga, te traeré uno».

Tobias masticó el último caramelo. «No pasará», dijo, con un brillo en los ojos que otro niño tendría al escuchar que Santa era tan real como todos los monstruos malos que había por ahí. «Aquí no».

«¡Oye!», Jake agarró la mano de Tobias. «Si digo que te traeré waffles, te los traeré. Es una promesa».

Entonces vio a papá cruzando el patio hacia ellos, y rápidamente lo soltó mientras se ponía de pie. Es hora de irse antes de que uno de esos idiotas de los guardias se acerque. Pero se volvió hacia Tobias por un segundo, deslizando la bolsa de maní arrugada en el bolsillo de su chaqueta. «Oye, Tobias. Sería genial si nuestras mamás estuvieran juntas. Igual que es genial cuando estamos juntos. ¿Sabes?».

Tobias asintió, muy rápido y sonriéndole como el amigo que Jake nunca había tenido, alguien que confiaba en él, le gustaba y escuchaba.

Jake no podía dejar de sonreír, incluso cuando papá lo miraba, hasta que salieron del campamento y regresaron al Eldorado.

~

La siguiente vez que Jake fue al Campamento Freak, trató de traerle un waffle.

Técnicamente, era más un pastel, porque los waffles no eran realmente buenos si intentabas llevarlos a cualquier parte. Jake había visto en una gasolinera un postre envuelto en plástico en una lata etiquetada como un pastel de cereza con una base de waffle, y pensó que eso era lo más cerca que iba a estar. Además, era lo suficientemente pequeño como para encajarlo en sus pantalones por la parte baja de su espalda, donde papá guardaba su arma, y caminar sin que nadie notara el bulto.

No se le ocurrió que la lata de waffles aparecería en un detector de metales hasta que saltó la alarma. Las armas estaban permitidas en el campamento, pero a menos que ingresaras por la entrada trasera con una entrega anormal, tenías que sacarlas todas y pasarlas a través de la máquina de rayos X.

Su primo, Lucas Dixon hizo un gran alboroto al cachearlo, luego sacó el postre. Riendo, abrió el envoltorio, lo olió y levantó la lata como un trofeo. «¡Miren esto! ¡Jake Hawthorne ha traído un pequeño postre al Campamento Freak!».

Los otros guardias se rieron.

Lucas le sonrió a Jake. «¿Tu padre lo sabe?».

«Cállate, Lucas», dijo papá con cansancio.

Jake lo fulminó con la mirada teniendo su rostro enrojecido, consciente de que se estaban burlando de él, pero más enfocado en la mitad de waffle que de alguna manera tenía para hacerle llegar a Tobias. «Me da hambre», dijo, ignorando las risitas en la habitación. Se volvió hacia papá y sacó la mandíbula. «Te vas por tanto tiempo y me da hambre, y no hay nada decente para comer en el campamento, así que sí, traje un refrigerio. Demándame».

«No puede meter la lata, Hawthorne», dijo Lucas. «Quiero decir, les hacemos muchas cosas a estos monstruos, ¿pero pasarles un pastel en la cara? Eso es inhumano, hombre».

Papá tiró de la lata de las manos de Lucas con tanta fuerza que el primo casi se tropieza. Continuó mirando al otro hombre mientras entregaba el waffle a Jake. «Toma lo que quieras. Tira el resto».

«Sí, señor». Jake recogió rápidamente la base del waffle, la dobló alrededor del relleno de cereza y se la metió en el bolsillo. Arrojó el resto de la lata a la papelera de tamaño industrial junto al detector de metales.

Más tarde, compartiendo el waffle aplastado con Tobias, Jake le contó la historia. Agitó sus manos manchadas de cereza de una manera que hizo sonreír a Tobias y lamentó la injusticia de la vida. «Lo siento, está todo aplastado», dijo. «Tenía que pensar rápido. ¿Quién podía saber que esos idiotas odiaban los waffles?».

Tobias asintió, con la boca llena de relleno de cereza. «Tenías razón, Jake», murmuró. «Esta es la mejor cosa de todos los tiempos». Se detuvo y arrugó la frente de una manera que Jake había llegado a reconocer como si estuviera pensando mucho. «Bueno, lo segundo mejor».

Jake estaba indignado. «*Segundo mejor*. ¿Qué diablos es mejor que los *waffles*?».

Tobias tragó saliva y cerró los ojos con dicha. «Que tú me traigas un waffle».

Esa respuesta, a Jake le tomó un largo e inusualmente silencioso proceso. En ese momento, Tobias empezó a verse preocupado, masticando más despacio. Pero Jake finalmente lo atrajo hacia sí y le revolvió el pelo corto.

MÁS TARDE, en el Eldorado con papá conduciendo hacia el este, siguiendo una pista que había obtenido en Investigación Especial, Jake movió los dedos en los residuos de cereza en sus bolsillos y no podía dejar de sonreír. Tobias había llegado a comer algo que era al menos en parte waffle, y Jake se las había arreglado para llevarlo al campamento. Concedido, casi había salido mal, pero estaba bien. A veces era necesario el ensayo y error. Por eso papá siempre se quedaba unos días después de la quema de un fantasma para asegurarse de que habían encontrado el cadáver correcto, por si acaso.

«¿Por qué un pastelito?», finalmente, papá preguntaba, cuando estaban a una buena media hora del Campamento Freak. Había estado mirando las montañas que se acercaban con la expresión tensa y concentrada que Jake asociaba con un largo día en Investigación Especial.

«Se veía muy bueno», dijo Jake. «Y decía que era un waffle». *Se lo prometí a Tobias*, que no mencionó en voz alta.

El cabello de papá estaba húmedo y peinado hacia atrás. Debió haberse duchado antes de salir de Investigación Especial, pero tenía rojo debajo de las uñas donde sostenía el volante. Esta vez, había estado allí durante más de dos horas, y aunque a Jake no le importaba tener mucho más tiempo para pasar con Tobias, los guardias no obligaban al niño a hacer cosas que los monstruos normalmente tenían que hacer, siempre y cuando Jake estuviera con él, todavía no le gustaba pensar en lo que eso significaba. Tobias había dicho que los monstruos morían en Investigación Especial y que su madre iría allí. Jake sabía que papá mataba monstruos, y nunca antes le había molestado, pero de repente los monstruos que imaginó en Investigación especial se parecían más a Tobias y a su mamá que al vampiro que casi había matado a papá hace un mes.

Papá miró como si Jake pensara en Tobias y papá en el mismo momento, y frunció el ceño, torciendo la boca hacia abajo con disgusto. «Lo compartiste con ese monstruo, ¿no?».

Papá podría averiguarlo si realmente quisiera saber. Un par de preguntas a los guardias que se habían cruzado con Jake y Tobias en sus rondas, y sabría casi todo lo que habían hecho. Realmente no tenía mucho sentido tratar de ocultarle algo a papá. Todo el mundo lo sabía, incluso los monstruos. «Sí, señor».

«No me gusta que andes con ese chico monstruo», dijo Leon. «¿Lo han revisado los guardias para asegurarse de que no sea una especie de sirena o algo así?».

Jake no lo sabía, pero asumió que no estarían tan tranquilos si Tobias fuera peligroso en una forma de control mental. «Eso creo, señor. Quiero decir, él no tiene una marca T ni nada, y ya sabes que yo sé cómo buscar las otras señales. Estoy bastante seguro de que han comprobado todo».

«Malditos estúpidos si no lo han hecho», murmuró. «No lo sé, Jake. Podría ser peligroso. Ese chico en Tulsa había pensado que estaba invitando a un amigo a hacer la tarea, y ya viste lo que pasó. La maldad, la maldad real encuentra un camino».

«¡Vamos, papá!», dijo Jake, inmediatamente nervioso por el rumbo de la conversación. Había sido un buen día. La expresión de Tobias cuando vio el waffle había sido *perfecta*. Ahora, todos los buenos sentimientos se le estaban escapando. ¿Por qué papá tenía que tratar esto como una cacería? Sí, Tobias era un monstruo, pero no era como si fuera un misterio. Esa era toda la razón por la que estaba en el Campamento Freak, y Jake no era tan tonto como para ignorarlo. Entonces, ¿por qué papá tenía que seguir *insistiendo* en ello todo el tiempo?

Porque le importa, dijo una voz en la parte posterior de la cabeza de Jake. *Porque no quiere que termines como mamá.*

Jake le dijo a la voz que se callara. Papá hacía cosas peligrosas todo el tiempo, y nunca parecía pensar en cómo él también podía morir en cualquier momento, y ¿dónde dejaría eso a Jake?

Como de costumbre, el cerebro de Jake se congeló ante la idea de que papá muriera. Era algo imposible. Papá no podía morir. Nada malo, nada realmente malo, podría pasarle a papá. Claro, podría salir lastimado, podría estar sangrando o en el hospital, pero eso no era algo *realmente* malo. Eso era justo lo que les pasaba a los cazadores.

Por primera vez desde que salió del campamento, ya que papá siempre estaba distraído después de una larga sesión, Leon se volvió para mirar directamente a su hijo. «Tienes que tener cuidado, Jake. ¿Me entiendes?».

«Sí, señor».

Por un segundo, ambos Hawthorne esperaron. Había muchas cosas de las que no hablaban, sus sentimientos, el pasado, la muerte de Sally Hawthorne, y uno de esos tabúes flotaba al borde de la conversación. Cuando no se manifestó, ambos se relajaron. Habían vivido juntos en este automóvil durante seis años, y el silencio, o la música rock demasiado alta en la radio, generalmente era mejor que hablar.

«¿Hambriento?», Papá preguntó por fin, cuando cruzaron la frontera estatal hacia Utah.

Jake se estaba muriendo de hambre. El único trozo de postre aplastado que había comido había sido hace mucho tiempo, y realmente había tratado de darle a Tobias tanto como pudo, porque después de todo era su regalo. Pero antes de dejarlo pasar, recordó que había dicho que el waffle había sido su merienda. Así que modificó. «Un poco, señor», dijo casualmente.

Solo después de que las palabras salieron de su boca se dio

cuenta de que era la primera vez que le había mentido a papá. Realmente había mentido y sobre un monstruo, nada menos.

Pero si papá se dio cuenta, no hizo ningún comentario al respecto. Jake se esforzó mucho para mantener los ojos en papá para que no sospechara. Si no se rompía el contacto visual, a menudo los civiles pensaban que se estaba diciendo la verdad.

O funcionó, o papá simplemente no estaba pensando en eso, o en lo que Jake estaba diciendo que estaba lo suficientemente cerca de la verdad para que papá no se diera cuenta, porque no siguió la conversación.

«Nos detendremos en la siguiente salida», dijo papá. «Para en el Autoservicio. Quiero que no nos detengamos y seguir avanzando. ¿McDonald's está bien?».

«Sí, señor», dijo Jake, recostándose y mirando por la ventana, pero todo el tiempo pensando en Tobias. Jake estaba demasiado orgulloso del exitoso comienzo de su carrera como Jake Hawthorne, contrabandista de waffles, como para preocuparse por nada más.

Cuando los guardias llamaban a Rebecca, normalmente cuando terminaba de ponerse de pie, podía prepararse para cualquier cosa que se avecinara. Su único temor era ser llamada para la final, cuando desaparecería en Investigación Especial.

Pero cuando llamaron a Tobias, usando ese nuevo apodo, 'Monstruo bebé', que siempre le ponía el corazón en la garganta, Becca pensó por un momento que se perdería allí mismo, sobre la mesa de empaque de balas en el segundo piso de la Casa de Trabajo.

Toby, sin embargo, ya había saltado del delgado banco y se dirigía hacia la salida detrás del guardia, sin perder el tiempo. Sabía que no debía confiar en ellos, que no debía esperar que sucediera algo bueno, pero aún no tenía idea de lo malo que podría ser, lo que podría estar a punto de sucederle. ¿Y si Toby iba ahora a Investigación Especial? Y Rebecca estaba temblando, incapaz de controlarlo, y odiándose a sí misma porque solo estaba haciendo que ella y Toby fueran más vulnerables, en caso de que alguno de ellos viviera un día más.

¿Qué podrían querer de Toby? ¿Qué podrían querer de su niño inocente que no debería estar aquí en absoluto, que ciertamente no podría saber nada ni proporcionar ninguna información útil en un interrogatorio? No podía mantenerse en el banco, llenando balas con una sola mano, no cuando lo único por lo que valía la pena vivir era salir con un guardia. Se acercó a la ventana, fingiendo que solo tenía que recuperar el aliento por un segundo, pero en realidad observaba el patio a través de la estrecha abertura en los barrotes. Tenía que ver adónde iba, si se desviaba hacia Investigaciones Especiales. Después de un minuto más o menos, vio a Toby salir del edificio a la sombra del guardia. Observó mientras se acercaban a otro chico que esperaba en el patio.

El chico real. Jake.

Jake Hawthorne.

Tal vez fue en parte porque últimamente no había comido lo suficiente (era difícil no dárselo todo a Toby), pero Rebecca tuvo que agarrarse con fuerza al borde del marco de la ventana para mantenerse en pie. Ahora, no podía apartar la mirada.

El guardia se había alejado, y Toby y Jake estaban allí de pie, mirándose el uno al otro. Santo Dios, Toby lo estaba mirando a la *cara*. ¿Había olvidado todo lo que ella le había dicho?

Pero nada más estaba sucediendo. Por la forma en que Jake movió la cabeza, supuso que estaba hablando. Y ahí estaba Toby, asintiendo. Luego, Jake miró hacia la recepción, volvió a mirar a Toby, quien volvió a asentir y ambos caminaron en esa dirección.

Incluso, Jake caminaba como un cazador, aunque probablemente no tendría más de diez u once años. La enfermaba físicamente ver a su pequeño niño, tan resistente y delicado, caminar junto a él. *A su lado*, ni siquiera quedándose un paso atrás. Apenas podía creer lo que estaba viendo, Toby era tan bueno recordándolo todo. ¿Cómo era posible que conocer a otro niño, un niño real, le hubiera hecho olvidar todo lo que era vital para mantenerse con vida?

Nada bueno podría salir de esto.

Desaparecieron al dar la vuelta en la esquina. Después de un momento más, empujada por los ojos especulativos del guardia, Rebecca se obligó a alejarse, forzando su mano temblorosa a volver a medir la sal y el hierro en los casquillos de bala. Ahora no podía hacer nada por Toby, pero esperaba que volviera con ella.

Lo hizo, deslizándose temprano en los barracones antes de que la mayoría de los monstruos regresaran para el toque de queda. Cuando la vio, su rostro se iluminó con la sonrisa más grande que probablemente jamás había visto en el Campamento Freak.

«¡Jake me dio un waffle, Becca!». A pesar de su emoción, mantuvo su voz en un susurro entrecortado. «¡Un waffle de cereza, del mundo real!».

El corazón de Rebecca dio un vuelco y el horror que debió mostrarse en su rostro oscureció la sonrisa de Toby. Ella tragó saliva, tirando de él hacia su regazo, agarrándolo con la mano y el muñón, como si pudiera sentir su rostro entre las palmas. Su piel tenía la misma temperatura que antes, solo un poco cálida; de todos modos, ella casi temblaba de nuevo, esta vez de rabia. Niño o no, ella quería matar a ese niño. Podría estrangularlo con una mano, si tuviera la oportunidad.

«¿Qué... qué tipo de comida, Toby? ¿Cómo se veía?». Como si tuviera alguna puta idea de lo que era un waffle o una cereza, como si alguna vez hubiera creído, pero ahí ella no podía regañarlo. No importaba si Toby lo hubiera sabido al mirarlo, si un cazador hubiera dicho *Cómelo*, habría tenido que hacerlo.

La sonrisa se había desvanecido por completo, reemplazada por un ceño desconcertado. «Un waffle. Estuvo bueno, Becca. Bueno, Jake dijo que era mitad waffle, mitad pastel de cereza. Era rojo y pegajoso y un poco aplastado, ya que lo sacó de su bolsillo».

«Su bolsillo», repitió ella.

«Sí. Becca, Jake me prometió la última vez que me traería un waffle, porque dijo que incluso los monstruos deberían conocerlo, y luego lo *cumplió*». Toby rebotó sobre sus rodillas y ella lo detuvo automáticamente con una mano en su hombro. Lo que podría ser dulce y lindo en el exterior, en el Campamento Freak, solo era una clara invitación para que los guardias vinieran y vieran qué estaba poniendo nerviosos a los monstruos. Y tal vez callarlos. «¡Incluso me dejó comer la mayor parte!».

Eso la detuvo en seco. «¿Él también comió, Toby? ¿Las mismas cosas que sacó de su bolsillo?».

«Sí». Toby parecía un poco exasperado. «Te lo dije, Becca. Jake no es como los otros cazadores. Él es diferente».

Es un Hawthorne. Eso era todo lo que importaba. Ese chico era el hijo de Leon Hawthorne, y cualquier cosa que los acercara a llamar la atención de ese hombre... Aún así, el constante nudo de ansiedad en el pecho de Rebecca se había aliviado, aunque seguía confundida y desconfiada. ¿Podría haber sido solo un postre? Pero, ¿por qué? ¿Por qué el hijo de un cazador, claramente ya criado en esa vida, por qué haría algo así?

Toby se había echado hacia delante para apoyarse satisfecho contra su costado, y ella podía sentir el latido constante de su corazón. Al mirar hacia abajo, le pareció ver una mancha roja en la comisura de la boca de Toby. Se la limpió con el pulgar y se lo llevó a los labios casi sin pensar.

Dulce. Dulce real.

3

CAPÍTULO TRES
INVIERNO 1990–1991

Dos semanas antes de Navidad, Leon y Jake dirigieron de nuevo el Eldorado hacia el Campamento Freak. Jake no podía decir si papá se encontraba tras una pista más grande que antes o si algo sobre el Campamento Freak los seguía atrayendo, pero, de cualquier manera, volver a ver a Tobias estaba bien para él.

Cuando papá se registró, Jake vio una discusión entre sus primos lejanos (al igual que papá y Jake, mamá había sido hija única).

Tina Dixon, que tenía unos quince años, levantó las manos con frustración y Matthew Dixon la miró con una sonrisa tensa, enfadada pero satisfecha. Se encontró con los ojos de Jake. Después del primer segundo de sorpresa, Matthew dejó de parecer sorprendido y sostuvo su mirada. Jake se preguntó si así era como se sentía ser atrapado por los ojos de un basilisco.

Matthew era un par de años mayor que Tina y ya era cazador y, a veces, guardia en el Campamento Freak. Jake estaba bastante seguro de que Matthew estaba en la vía rápida para convertirse en líder de caza regional algún día.

Si Jake hubiera sido criado de manera diferente, si no

hubiera querido ser como papá, pensaba que Matthew podría haber sido todo lo que quería ser, pero era un Dixon. Y Jake sabía que papá era mil veces mejor que cualquier Dixon en cualquier lugar (excepto mamá, y ella realmente no contaba como Dixon), y todos podían joderse entre ellos, sin que a él le importara un comino.

Jake miró hacia otro lado primero, y Matthew se movió para unirse a papá cuando abrió la puerta de seguridad hacia el patio, ofreciéndose a unirse a él en Investigación Especial mientras papá lo miraba con el ceño fruncido. Tina se acercó a Jake con una sonrisa amistosa obviamente falsa. «Hola, Jake».

Jake la miró con cautela. Se preguntó adónde llevaría Matthew a papá. No intentarían agarrarlo de nuevo, ¿verdad? La última vez . . . bueno, Jake era mucho más joven y no sabía realmente lo que estaba pasando, y no se había defendido lo suficiente.

Pero había otros cazadores en esa época, pensó. *No te habrías escapado si no fuera por ellos, y ahora no están aquí.*

Hace unos años, los Dixon habían tratado de alejarlo de papá en el Crossroads Inn. Jake había sido solo un niño pequeño, pero sabía que estos extraños, los cazadores de ojos fríos que *decían* ser familia, solo estaban tratando de robárselo a papá. Jake había reaccionado instintivamente sacando su cuchillo, asumiendo que eran una especie de monstruos tratando de separarlo de papá para convertirlo en una presa más fácil. Los Hawthorne siempre eran más fuertes juntos.

Esa fue la primera vez que conoció a Roger, quien había intervenido antes de que Jake pudiera hacer algo más que dar un golpe a los Dixon. Esa noche, Jake se dio cuenta de lo que quería decir papá cuando le decía que tuviera cuidado y que no confiara en nadie. *Especialmente* en los Dixon.

Él le dirigió a la chica un breve asentimiento. «Tina».

Mantuvo la sonrisa durante otro segundo, parecía incómoda, y luego la dejó caer. «Elijah quiere verte».

Jake la miró y ella frunció el ceño. «Sabes quién es Elijah, ¿no?». Su tono decía que siempre había sospechado que él era un idiota, pero, aun así, le irritaba lidiar con él.

«Elijah Dixon», respondió él bruscamente. «Él es el Director del Campamento Freak y de la ACS». No pensó que tenía que añadir algunas de las otras cosas que papá decía sobre Elijah Dixon. *Hijo de puta aterrador* y el *cabrón lameculos del gobierno* que resultaban ser algunas de las descripciones más suaves.

«Sí». Tina arrastró la palabra. «Podrías decir eso. También podrías decir que es tu abuelo».

Jake se congeló. Lo sabía. Era un hecho. Pero nunca se había permitido pensar en el Director de la ACS como . . . familia. Ni siquiera en el mismo pensamiento que mamá. Elijah siempre había sido su enemigo y el de papá, especialmente desde que él y los otros Dixon habían tratado de llevárselo.

«Sí», dijo. «Supongo».

«Sí, bueno . . .». El tono de Tina indicaba que en realidad no le importaba una mierda que Jake fuera familia, pero hablar con él era un deber que cumpliría. Se preguntaba qué habría dicho Matthew para que ella iniciara la conversación. «De cualquier forma, él te llama. Así que, ¿vas a comportarte como el cabrón de tu papá?».

«No hables de mi papá». Jake no estaba acostumbrado a que su voz saliera así, un gruñido duro y agudo. Tampoco había sentido a menudo esta ira suave, fácil y productora de adrenalina, pero pensó que tal vez podría acostumbrarse. La habitación se sintió más brillante, y él se sintió más agudo con esa ira zumbando bajo su piel.

Tina parecía interesada. «¿O qué harás?».

«Te destriparé», dijo Jake. Ni siquiera sonaba enojado. Así se escuchaba papá cuando hablaba de los monstruos que habían matado a mamá. Cuando le dijo a un idiota que acababa de conocer que podía callarse, que los Hawthorne no necesitaba nada de nadie.

Tina parpadeó, como si esa no fuera la respuesta que esperaba. Pareciendo un poco impresionada, asintió pensativamente. «Incluso podrías tenerlo dentro de ti. Tal vez haya más de la tía Sally en ti de lo que pensaba».

Podía pensar lo que quisiera. En realidad, no había conocido a la madre de Jake. Eso era solo la fanfarronería y la arrogancia habituales de los Dixon.

«Entonces», dijo ella, poniendo una mano en su cadera. «¿Vas a ir a verlo? Realmente quiere verte. Y no es... bueno, es viejo, ¿sabes?». Se encogió de hombros. En ese momento, casi parecía una adolescente normal, no una Dixon.

«Mi papá sabrá si me atrapan. Quemará este lugar alrededor de tus orejas». Papá también lo haría. Papá haría cualquier cosa para recuperar a Jake.

Tina puso los ojos en blanco. «No te vamos a atrapar. No sé por qué te querríamos. Elijah solo quiere hablar. Al menos, eso es lo que me dijo Matthew». Jake podía oír la irritación en su voz. *Y podría habérselo dicho él mismo, si realmente importara.*

«¿Por qué te obligó a hacerlo?», preguntó.

Tina frunció el ceño. «Mi encanto femenino».

Jake resopló y la boca de Tina se torció. Sus ojos se encontraron y, en ese momento, Jake sintió que podrían estar del mismo lado. Ambos entendieron lo estúpida que era esa idea. Tina Dixon, como todos los Dixon y Hawthorne, luchaba y mataba fenómenos, brujas y monstruos, y aunque el encanto era útil, no lo era todo. Cuando fallaba el encanto, como sucedía con tanta frecuencia, se recurría a las cuchillas plateadas, las escopetas y la gasolina.

Eso se sentía inquietantemente como *familia.*

«Sí, iré», dijo Jake.

Tina asintió. «Bueno. Eso me quitará a Matthew de encima. Y, ya sabes, haz feliz a Elijah».

Jake no sabía si quería hacer algo para hacer feliz a Elijah

Dixon, pero cuando Tina se volvió para llevarlo a Administración, Jake la siguió.

TINA LO CONDUJO a una escalera yerma donde resonaron sus pasos hasta llegar al segundo piso de Administración. Ella usó su cadera para abrir de golpe la puerta del pasillo, y él la siguió por el lugar alfombrado, más allá de las puertas de color marrón oscuro sin nombres ni marcas, hasta un gran par de puertas colocadas al final. Llamó dos veces y no esperó una respuesta antes de girar el pomo de la puerta asomarse hacia el interior.

«¡Lo encontré!», ella anunció, y Jake miró hacia las escaleras. Tenía una última oportunidad de escapar. «Es el verdadero Jake Hawthorne, o eso dice él», dijo Tina, y abrió la puerta de par en par.

Jake Hawthorne no corrió, a menos que supiera muy bien que debía hacerlo, y esa no era la primera impresión que quería dar a Elijah Dixon.

Entró en la gran oficina con un desgastado escritorio de madera que parecía más un banco de herramientas colocado en la parte de atrás. Parecía un poco raro en la brillante e imponente oficina.

Elijah Dixon se encontraba sentado detrás del escritorio. Para sorpresa de Jake, se veía viejo y un poco encogido. Había visto la foto de Elijah en libros y periódicos a lo largo de los años, y siempre parecía tan duro e intocable como papá.

Pero Elijah se puso de pie con una rapidez que sugería que no era demasiado lento para ser tomado por sorpresa todavía. Jake se tensó, pero Elijah no se desplazó de detrás del escritorio. Sonrió y señaló la silla de respaldo alto frente al escritorio. «Jake, entra. Por favor».

Jake caminó lentamente hacia adelante mientras Tina

cerraba la puerta, dejándolos a ambos solos. Elijah asintió hacia una lata de refresco al final del escritorio. «¿Quisieras beber una lata de gaseosa con un anciano?».

Jake se acercó al escritorio e inspeccionó la tapa de la lata de refresco. No parecía que hubiera sido manipulada, pero nunca se podía saberlo.

Elijah soltó una risa áspera que terminó en tos y le ofreció su propia lata a Jake. «¿Quieres cambiarla?».

Sintiéndose a la defensiva y un poco tonto, Jake tomó su lata y la abrió, sentándose. «No, gracias».

Elijah sonrió y se recargó en su asiento, abriendo su propia lata. «Jake. Es . . . bueno verte de nuevo».

Jake lo miró. ¿Cuándo se habían visto por última vez? Podría haber sido alrededor de la época en que murió mamá, pero él no lo recordaba. Aún así, conocía suficientes modales para usarlos cuando era necesario. «Encantado de conocerlo también, señor».

La sonrisa de Elijah se volvió más como una mueca, pero dijo con aprobación: «Escuché que ya eres un cazador. Y con pinta de ser uno condenadamente bueno».

Jake se enderezó, su pecho se hinchó incluso mientras trataba de no revelar lo genial que era que Elijah Dixon ya supiera sobre él como cazador. «Solo un poco de sal y quemaduras. Hago lo mejor que puedo».

«Y sigues aquí, así que lo mejor que puedes, debe ser lo suficientemente bueno. Los fantasmas han superado a muchos cazadores».

Jake resopló. «Una grieta en la acera puede hacer que un cazador baje la guardia».

La boca de Elijah se torció. «Tu mamá solía decir lo mismo. Nunca tuve que decirle dos veces que hiciera su investigación antes de salir al campo».

«¿Conociste a mi mamá?», Jake soltó, y luego inmediatamente se dio cuenta de que era un idiota. «Quiero decir, dah».

Elijah había retrocedido, la mueca de nuevo se veía en su rostro, pero la suavizó. «Sí, se podría decir que la conocí bastante bien durante los primeros veinte años de su vida. O casi veinte. Se fue con tu padre poco después de cumplir los dieciocho». Se hizo un silencio incómodo y Elijah se aclaró la garganta. «Una cosa que sí sé sobre ella, es que amaba muchísimo a tu papá. No debería haber discutido con ella sobre eso».

Jake no sabía qué decir. Eso era obvio, por supuesto, pero entendió que Elijah lo decía como una ofrenda de paz. A Jake no le importaba tanto la oferta de paz como la nueva acumulación de información que acababa de darse cuenta que tenía el hombre frente a él.

«Entonces, eh...». Tomó un trago de refresco, sin saber cómo preguntar. «¿Cómo es que ella . . .? ¿Cómo... aprendió a ser una cazadora?».

El rostro de Elijah se suavizó. «Mi Sally me dio tanto dolor como lo hizo con su parte de duendes y poltergeists. Era una gran cazadora en la escuela secundaria. El único problema era que ella no quería serlo». Captó la mirada de Jake. «No, ella odiaba a los monstruos tanto como tú y yo. Quería que se convirtieran en polvo, pero no le importaba mucho que la tradición de la familia Dixon cayera sobre sus hombros. Nos encontramos en desacuerdo más de unas pocas veces. Cuando se fue, tu abuela me dijo que era mi maldita culpa, y me temo que tenía razón».

Jake tenía un millón de preguntas, pero hizo una pausa. «¿Mi abuela?».

«Ruth», Elijah suspiró. «Sally se mantuvo en contacto con ella cuando no contestaba mis llamadas, así que pudo abrazarte cuando eras un bebé. Se quedó contigo cuando Sally y yo fuimos a Liberty».

La boca de Jake casi se abrió. ¿Su abuela había estado con él cuando murió su madre? No recordaba mucho de esa época, pero nadie... bueno, papá nunca lo había mencionado. «Y,

¿dónde está ella ahora? Mi abuela, quiero decir. ¿De vuelta en Pensilvania?».

Elijah negó lentamente con la cabeza. «Regresó a Maine, de donde es su familia. No la he visto en mucho tiempo. Nos separamos un par de años después de que yo abriera este lugar. Tuvimos algunos. . . desacuerdos... sobre las tácticas después de Liberty Wolf. Después de que mi hombre de confianza fue asesinado por la maldición de una bruja y yo impusiera la regla de quitarles la mano dominante, y eso, ella no pudo soportarlo». Se aclaró la garganta. «Todos tenemos que hacer sacrificios en esta guerra. No me importa qué nombres me llamen por deshabilitar a cualquier bruja que atrapemos. Nunca me he arrepentido de eso. Frank fue el mejor hombre que he conocido».

«Pero mi mamá, ¿ella era... qué le gustaba hacer? Ya sabe, cuando no estaba cazando».

Elijah se echó hacia atrás, sonriendo. «Sally, bueno. Tenía una colección de discos increíble. La llevábamos a conciertos en Boston y Nueva York; hasta la escuela secundaria cuando solo quería ir con amigos, por supuesto. Nunca tuvo suficiente de los Eagles o de Fleetwood Mac. Ruth quería que aprendiera a tocar el piano, pero Sally la convenció para que se dedicara a la guitarra».

Fueron interrumpidos por un golpe, seguido rápidamente por la apertura de la puerta. Jake se giró para ver a Lucas Dixon en la entrada, mascando chicle mientras asentía a Elijah. «Jefe, ¿listo para el concurso de meadas con esos imbéciles del Pentágono?».

Elijah suspiró. «Estaré en la sala de conferencias en un minuto». Lucas cerró la puerta y Elijah miró a Jake con tristeza. «Mi sobrino nieto Jonah siempre insiste en que debo inculcar más disciplina, pero no me quedan suficientes días para enseñar nuevos trucos a esta familia de obstinados cazadores».

Jake saltó de la silla y dejó su lata vacía sobre el escritorio. «Fue, eh, un placer hablar con usted».

«¿Tal vez podamos hacerlo de nuevo la próxima vez que te encuentres por aquí?».

Jake vaciló. Sabía lo que diría su padre si se enteraba. «Quizás».

Elijah le dedicó otra sonrisa torcida y luego asintió. «Sigue enorgulleciendo a tu mamá».

JAKE ENCONTRÓ a Tobias de pie a la sombra del edificio de Administración. Había esperado tener que buscarlo, como lo había hecho un par de veces antes, pero esta vez parecía que Tobias era quien lo estaba esperando.

Cuando Tobias vio a Jake caminando hacia él, el alivio llenó su rostro. Jake siempre se alegraba de que Tobias estuviera feliz de verlo, pero no era ese tipo de expresión.

«Hola, Tobias», dijo Jake, ignorando las miradas que los guardias les estaban dando. Jake no sabía si era porque estaba hablando con un monstruo o porque acababa de hablar con el Dir..., con Elijah, pero deseaba que todos dejaran de entrometerse.

«Jake». Tobias todavía parecía ansioso. Miró hacia Administración, a los guardias y luego a sus propios pies. «¿Estás bien?», él susurró.

Jake se detuvo más lejos de Tobias de lo que solía hacerlo. Había algo fuera de lugar en la pregunta, algo que no entendía. No quería lidiar con más cosas raras en este momento. Conocer a su abuelo había sido bastante extraño.

«Sí, estoy bien Toby», dijo. «¿Por qué no lo estaría?».

Tobias encorvó los hombros y miró a todos lados menos a Jake. No, eso no era completamente cierto. Miró a Jake con movimientos rápidos y furtivos que abarcaron cada parte de él, recordándole a Jake la evaluación de un cazador, pero no levantó los ojos para encontrarse con los de Jake. «Vi entrar a tu pad... al cazador Hawthorne, y supuse que no estabas. . . no digo que . . .». Se encogió de hombros, pareciendo pensar que eso había terminado su oración, aunque Jake todavía estaba confundido. «Pero *luego*. . .». Tobias se detuvo de nuevo y tragó, y Jake sintió que su corazón saltaba. «Entonces los guardias dijeron que estabas viendo al di...director, y que los D... D... Dixon te enviaron a Administración, y yo solo quiero saber si estás bien».

Tobias parecía tan preocupado. Jake no estaba muy seguro de por qué, claro, los Dixon había tratado de atraparlo antes, pero eso solo había sido una vez y ni siquiera le había dicho a Tobias sobre eso, pero podía ver que el chico *realmente* estaba inquieto. Lo que debía significar que le importaba.

Y en muchos sentidos, eso era mucho menos complicado que lo que acababa de pasar entre él y Elijah.

«Ni un rasguño en mí, ¿ves?», Jake dio un paso adelante y empujó el brazo de Tobias con los nudillos. Quería decir algo, pero no estaba acostumbrado a hablar de sentimientos y cosas así.

Tobias saltó como si Jake le acabara de dar una descarga estática. Lo miró fijamente, directamente a los ojos por primera vez en esa visita. Pareció aterrorizado por una fracción de segundo. Luego, lo que sea que vio en el rostro de Jake lo hizo esbozar una gran sonrisa.

«Bien», dijo Tobias. «Eso es realmente bueno».

Se alejaron de los guardias y Jake se agazapó junto a una de las paredes, donde el viento que azotaba el Campamento Freak no podía cortar tan fácilmente las costuras de su chaqueta.

«¿Quieres jugar a las cartas?», preguntó Jake, levantando la baraja. Hacía frío afuera, y podía ver su aliento, pero las cartas siempre eran útiles para tener algo a qué recurrir. «Y . . .», buscó en sus bolsillos. El abrigo nuevo que papá le había comprado era asombroso. Tenía toneladas de bolsillos; siempre podía encontrar algo interesante en ellos que había olvidado. Como hoy. «¡Y tengo M&M!».

Tobias se animó y se arrodilló con Jake mientras barajaba las cartas y comenzaba a repartir siete. Después de repartir, Jake barrió su montón y frunció el ceño al ver los cinco que tenía en la mano, pero Tobias titubeó al recoger sus cartas, las yemas de los dedos tratando de atrapar el borde debajo de la tierra. Levantó algunas, pero la mitad se le resbaló de la mano.

«¿Lo entendiste, Toby?».

Tobias encorvó un hombro hacia arriba, frunciendo el ceño mientras trataba de mantener las cartas. «S... sí». Sin embargo, no se veía bien. Sus pequeñas manos eran rojas y su chaqueta azul apenas cubría sus muñecas.

Jake dejó sus cartas y extendió las manos. Había sido un día extraño, pero de ninguna manera iba a dejar que Tobias temblara así. Tobias lo había esperado. Le preocupaba que Jake hubiera estado con Elijah. Era posible que papá nunca se enterara, y a los otros cazadores no les importaría una mierda, pero a Tobias... «Ven aquí».

Tobias levantó la vista con sorpresa, miró las manos de Jake y vacilante sacó las suyas. Jake atrapó las manos de Tobias entre las suyas para frotarlas con fuerza, como hacía papá cuando Jake olvidaba sus guantes. Tobias pareció sorprendido, pero no se movió hasta que Jake lo soltó.

«¿Eso está mejor?».

Curvó tentativamente y movió los dedos, luego sonrió. «Sí. Gracias».

Jake haría mucho por una de esas sonrisas. Sospechó que podría haber tenido una sonrisa tonta en su rostro. Recogió sus cartas y las sostuvo cerca de su pecho.

Cuatro juegos después, Jake se sentía mejor. Toby siempre lo hacía sentir mejor. Tal vez ese era su poder de monstruo.

«Anda, vamos a caminar». Jake se puso de pie y metió las cartas en su bolsillo.

Tobias saltó detrás de él, y comenzaron a rodear los bordes del patio, pasándose la bolsa de M&M de un lado a otro a medida que avanzaban.

Hacía demasiado frío para caminar al aire libre por mucho tiempo. Jake no sabía cómo se las arreglaba Tobias con su abrigo delgado. Se sentía un poco mal por su bonita chaqueta abrigada, pero no pensó que los guardias le dejarían llevarle un abrigo a Toby, incluso suponiendo que pudiera encontrar o arrebatar uno sin que papá se diera cuenta. Sin embargo, Tobias no se quejaba y Jake esperaba que él fuera el tipo de monstruo que no sentía el frío, incluso si sus manos habían estado rígidas antes.

Terminaron en una de las unidades de aire acondicionado externas adjuntas a la parte trasera de la Administración, comiendo el resto de los M&M. Tobias era lo suficientemente pequeño como para sentarse en el aire acondicionado con un impulso, pero Jake optó por apoyarse en él, con los brazos cruzados. Decidió que se veía muy bien con su chaqueta nueva. Y Tobias estaba bien porque estaba con Jake.

Estaban raspando el fondo de la bolsa, discutiendo sobre quién debería comerse el último M&M (Jake siempre hacía que Tobias se lo comiera, si recordaba, pero Tobias nunca tomaría el último si podía evitarlo) cuando Jake escuchó un fuerte «¡Tobias!», y levantó la cabeza. Si se trataba de algún guardia, Jake les daría una *mirada* furiosa, porque lo último que quería en este momento era tener que lidiar con otro estúpido adulto.

En lugar de que un guardia viniera a ver al niño Hawthorne y su monstruo, una mujer con una delgada chaqueta azul y pantalones grises holgados había doblado la esquina y se detuvo en seco al verlos sentados juntos.

La mano de Jake fue a su cuchillo, pero Tobias se animó, enderezándose en su posición. «¡Hola, Becca!».

Jake parpadeó. ¿Esta era la mamá de Toby? La miró dubitativo. No prestaba mucha atención a las chicas, aunque por supuesto, las chicas podían ser cazadoras, como mamá o Tina, pero si no era así, entonces no eran inherentemente *interesantes*, pero se dio cuenta de que ella no era tan bonita como lo había sido la madre de Jake. Becca era huesuda y delgada, con el rostro demacrado y chupado y el cabello rubio apelmazado recogido hacia atrás. Como todos los monstruos que Jake había visto en el campamento, después de una primera mirada sobresaltada y nerviosa, mantuvo la vista en el suelo. Se mantuvo a unos buenos dos metros de distancia de ellos, a pesar de que antes parecía tener prisa por hablar con Toby.

Si Tobias notó su vacilación, no dio señales. Movió las piernas de un lado a otro, tan abiertamente feliz y animado como nunca lo había visto Jake, pero no se movió para apagar el aire acondicionado. «Becca, mira, este es Jake, el chico real del que te hablé». Agarró la manga de la chaqueta de Jake, como si temiera que Becca no le creyera a menos que tuviera la evidencia física en sus manos.

«Hola», incómodo, Jake la saludó. Fue genial que Tobias lo hubiera agarrado de esa manera, diablos, contaba como una gran victoria, ya que al principio había sido una lucha para Tobias acercarse a él, pero este niño era el único monstruo con el que había hablado, y volvió a sentirse incómodo frente a otro, incluso si esta era la mamá de Tobias.

Becca se acercó un par de pasos, manteniendo los ojos en Tobias. Parpadeó hacia la mano de Toby en su manga y luego a Jake, tan solo segundos antes de volver a bajar la mirada. «Hola», dijo ella, con voz suave.

Tobias levantó la bolsa vacía de M&M entre ellos. «Mira, Becca, me trajo dulces».

El fantasma de una sonrisa tiró de sus labios. «Eso es muy amable de su parte. ¿Dijiste gracias?».

Ahora sonaba más como una madre, pensó Jake.

«Sí». Tobias rebotó en el aire acondicionado.

«También te traje algo». Ella extendió su mano, mostrando una pequeña manzana que asomaba por debajo de su manga. Cuando Tobias extendió ambas manos para tomarla, agregó: «Asegúrate de ofrecerle un poco a Jake».

«No, gracias», dijo Jake, levantando las manos para rechazar la fruta. «Las manzanas no son lo mío». Podía ver que la fruta era un placer para Tobias tanto como los dulces, lo cual era extraño, pero supuso que a los monstruos les gustaba mucho la fruta, y cualquier cosa que fuera un placer para Tobias debería ser toda suya.

Cuando Tobias le dio un enorme mordisco a la pequeña manzana verde, Becca se arrodilló para ajustar su zapato, que amenazaba con resbalarse de su talón. Sonriendo para sí mismo, Jake supuso que Tobias había estado demasiado ocupado balanceando sus pies contra el aire acondicionado para notar que se había soltado.

Entonces Jake vio, con un sobresalto, que la mano derecha de Becca terminaba en un muñón.

Bruja. La mamá de Toby era una bruja. Jake sintió una oleada de miedo y adrenalina. Sabía que Becca era un monstruo, pero nunca había pensado en preguntar de qué tipo. Una bruja en Aberdeen había enfermado tanto a papá que habían tenido que acudir al hospital, y Jake había tenido que esperar solo mientras le limpiaban el estómago a papá en busca del veneno que ella le había dado, con la esperanza de que papá saliera con vida, y que no siguiera tosiendo sangre.

Por un momento, la respiración de Jake se detuvo, su visión se volvió un poco gris en los extremos y tuvo la loca imagen de la bruja en Blancanieves repartiendo manzanas envenenadas a los buenos y dulces niños que quería matar.

Jake no estaba preocupado por sí mismo. Podía llamar a un guardia que le dispararía en la cabeza en el momento en que diera la alarma, e incluso las maldiciones más rápidas no podrían causar demasiado daño en ese momento, no con los recursos del ACS. Y algo en la forma de quitarle la mano a una bruja, hacía que fuera más difícil que sus hechizos funcionaran. Aunque tal vez eso era solo porque era más difícil hacer *cualquier* cosa con una sola mano.

No, Jake tenía miedo de pensar que Toby confiaba en esta bruja todos los días, que le permitía darle comida sin revisarla en busca de hechizos, veneno o suciedad, y que la *amaba* cuando era bruja y probablemente había matado gente, y tal vez ella también les había deslizado bonitas manzanitas. Los monstruos eran mentirosos, después de todo, y ella podría serlo...

Pero luego Jake se detuvo y se dijo a sí mismo que eso era estúpido. Las brujas no tendrían acceso al veneno en el campamento, y Tobias no se veía afectado por carraspera o asfixia, ni nada por el estilo por comer la fruta. Incluso Elijah le había dicho que debería investigar, y todavía no tenía suficiente información sobre esta bruja Becca.

Además, ni siquiera las brujas envenenarían a sus propios hijos. No por lo general, de cualquier forma. La malvada reina madrastra de Blancanieves no contaba, porque nunca se había preocupado realmente por Blancanieves. Becca claramente se preocupaba por Tobias. Jake podría decirlo. Mamá solía sonreír de la misma manera cuando lo ayudaba a ponerse el abrigo. A veces se lo volvía a quitar para poder verle la cara mientras se lo abotonaba.

Terminando con el zapato de Tobias, Becca se enderezó y levantó la mano que le quedaba para descansar los nudillos en su frente. Eso fue todo, el más mínimo toque, antes de que ella dejara caer su mano a su costado y se alejara, caminando fuera de la vista alrededor de la esquina sin decir una palabra más. Tobias tampoco dijo nada, todavía comía su manzana en grandes bocados rápidos, ya casi se había ido, pero sus ojos la siguieron.

Jake sintió repentinamente nostalgia, nostalgia y soledad, y lo que más deseaba en ese instante era a su *mamá*.

Inclinó la cabeza hacia abajo, lejos de Tobias, y apretó la boca. *No* lloraría, porque era un adulto y mamá nunca volvería y llorar no haría nada al respecto, y no era culpa de Tobias que extrañara tanto a mamá.

Antes, habían estado hablando bien, pero ahora no sabía qué decirle a Tobias. Extrañar a mamá era un dolor familiar, pero esta nueva parte era rara. Nunca había pensado en que las brujas fueran buenas madres, que cuidaran a sus hijos de la forma en que su madre lo había hecho con él. Eso no parecía posible, ya que eran brujas y lastimaban a la gente. Tal vez Becca había aprendido la lección cuando le cortaron la mano.

Si hubiera aprendido la lección. . . de repente Jake se preguntó si los monstruos serían liberados alguna vez del Campamento Freak, aunque todo lo que sabía le decía que no. Ninguno de ellos salía de ahí nunca, porque siempre eran peligrosos. Pero para aquellos que habían comenzado como personas, tal vez aprendieron la lección después de un tiempo en el campamento, de la misma manera que lo hicieron otros criminales...

Entonces Jake supo que quería que Becca y Toby pudieran dejar el Campamento Freak, para volver a tener una vida normal. Tobias especialmente no podría haber lastimado a nadie. Jake había estado convencido de eso por un tiempo, incluso si no podía admitirlo exactamente ante nadie. No sabía cómo había terminado Tobias aquí, pero estaba seguro de que el niño no intentaría lastimar a nadie si estuviera fuera.

Lo deseaba mucho, se dio cuenta. Quería a Toby fuera de este lugar desnudo, frío y peligroso casi más que cualquier otra cosa en su vida, cualquier cosa que realmente pudiera tener, cualquier cosa menos mamá. Quería que Tobias y su mamá estuvieran fuera del Campamento Freak, para tener una segunda oportunidad. Después de todo, Tobias todavía tenía a su madre. Tal vez el ACS podría vigilarlos para asegurarse de que no lastimaran a nadie o hicieran algo malo.

Pero los monstruos no abandonaban el Campamento Freak.

Tobias fue absorbido por la manzana hasta que se la comió entera, incluso el corazón. Solo le quedaba un puñado de pequeñas semillas negras en la palma de la mano, mirándolas como si se hubiera perdido algo. Luego miró a Jake y frunció el ceño. «¿Qué pasa?».

«Nada».

Tobias le tendió las semillas de manzana. «¿Estás seguro de que no querías un poco? Te hubiera compartido».

«No, hombre, estoy bien». Toby todavía parecía preocupado, así que Jake mintió impulsivamente. «Comí un par esta mañana».

«Oh», dijo Tobias, con los ojos muy abiertos y redondos. «¿*Dos*?».

Jake trató de no sonreír. «¿Quieres que la próxima vez te traiga fruta u otros chocolates *3 Musketeers*? He visto manzanas el doble de grandes que esa».

La boca de Tobias se abrió y juntó las manos en su regazo mientras se balanceaba hacia adelante y hacia atrás, abrumado.

Jake no pudo evitar reírse, y extendió la mano para revolver el cabello de Tobias y tirar de él para apretarlo con un solo brazo. «¿Qué tal si traigo ambos? ¿Te parece?». Fue recompensado con la sonrisa más deslumbrante que tenía Tobias. Solo pudo vislumbrarlo antes de que Tobias hundiera su rostro en el hombro de Jake.

«Eres el mejor, Jake».

Si no podía tener a mamá y no sabía qué hacer con un abuelo, ser el mejor en el mundo de Tobias era bastante bueno.

«MI CUMPLEAÑOS FUE LA SEMANA PASADA», le dijo Jake a Tobias. «Ahora tengo once años».

Tobias no dijo "feliz cumpleaños". Inclinó la cabeza, examinando a Jake como si hubiera sufrido algún cambio crítico. «¿Qué es un cumpleaños?».

Jake se quedó boquiabierto. Seguramente incluso los *monstruos* lo sabían. . . Pero Toby era solo un niño pequeño. «Ya sabes. *Cumpleaños*. Es el día en que naces, y todos en la escuela te cantan esa canción estúpida y, a veces, la maestra tiene pastelitos o algo así, si es que es amable. La gente te da cosas y se portan amables contigo. Papá me invitó a tomar un helado, y luego fuimos a disparar y me dejó probar su nueva escopeta». Jake sonrió, aunque todavía le dolía el hombro por el retroceso. Había sido un cumpleaños increíble.

«Oh». Tobias se encogió de hombros con desdén, un gesto que Jake reconoció que significaba que Tobias consideraba la información tan ajena que era completamente inútil. «Los monstruos no tienen cumpleaños».

Jake lo miró, estupefacto. «Sí, si tienen. Tienes que tener un cumpleaños. Quiero decir...», agitó una mano en el aire, tratando de encontrar la palabra correcta, «es el día en que *naces*. ¿Qué?, ¿acaso crees que solo. . . un día *apareces* y ya? ¿Que sales de un huevo? Incluso entonces, seguiría siendo un cumpleaños».

Tobias volvió a negar con la cabeza. «Los monstruos no tienen. No como los reales».

Jake se recostó. No era frecuente que se encontrara con una creencia obstinada que contradecía lo que sabía que era verdad, pero había estado aprendiendo a investigar para demostrar que tenía razón. Podía ser muy aburrido, pero a veces valía la pena. «Está bien, Toby. Voy a averiguar tu cumpleaños por ti. Solo tendrás que esperar».

Tobias lo miró como si estuviera loco, una mirada que Jake recibió al menos una vez en una visita, generalmente cuando

Jake le contó sobre su último enfrentamiento con un maestro, director o policía del centro comercial. «¿Cómo vas a hacer eso?».

«Ya verás». Jake se puso de pie. «Regreso en un minuto».

Tobias se mordió el labio, asintiendo mientras bajaba la mirada.

«En serio», insistió Jake, porque no le gustaba que Tobias mostrara la misma cara que él cuando Jake tenía que irse. «Regresaré en un instante». Dio media vuelta y se dirigió a Recepción, rápido y decidido.

Los guardias lo dejaron pasar con una prueba básica de corte de plata, solo para asegurarse de que no era un cambia-formas tratando de escabullirse. El vestíbulo estaba vacío, a excepción de la recepcionista, la Sra. O'Donnell, por lo que Jake se acercó directamente al escritorio, se cruzó de brazos y sonrió brillantemente a través del plexiglás. «Hola».

La Sra. O'Donnell parecía que iba a sonreír por un momento, pero en cambio dijo: «¿Dónde está tu padre?».

«Investigación Especial. No se preocupe, él puede cuidarse solo».

Ahora sonrió un poco, antes de volverse severa otra vez. «Deberías quedarte aquí para esperarlo».

«No. Le gusta que adquiera experiencia de primera mano con los monstruos. En realidad, me envió aquí para investigar un poco. Necesito información sobre uno de ellos».

La Sra. O'Donnell levantó las cejas, incluso cuando sus dedos se movieron hacia el teclado de la computadora. «¿Qué sobrenatural sería?».

«Ochenta y nueve U I seis siete cero tres». Se había asegurado de echar un buen vistazo al collar de Tobias antes de irse.

Ella lo escribió, frunciendo el ceño un poco. «¿Qué necesita saber?».

«¿Cuántos años tiene? Papá quiere saberlo exactamente, hasta la fecha de nacimiento». Cuando ella vaciló, Jake puso su mejor cara de '*Soy un joven muy digno de confianza*'. «Papá está muy interesado en 89UI6703».

La Sra. O'Donnell negó con la cabeza. «No siempre tenemos esa información, particularmente para aquellos traídos por recompensas».

El estómago de Jake se revolvió. No sabía de qué otra manera lo averiguaría, a menos que descubriera la ciudad natal de Tobias y de alguna manera persuadiera a papá para que visitaran el lugar. *Tenía* que averiguarlo después de prometérselo a Tobias; parecía muy importante probar que tenía razón acerca de que el niño tenía un cumpleaños.

«La mayor parte de la información en la sección 89UI está bloqueada, supongo que porque no está identificado. Pero tengo su cumpleaños aquí: 11 de abril de 1984».

Jake lo repitió, una vez en voz alta y otra vez en su cabeza para no olvidarlo. «Bien. Gracias, señora O'Donnell, mi padre lo agradecerá». Volvió a mostrar su mejor sonrisa —*nunca bajes la guardia, Jake, ya sea un monstruo o una estafa*— y salió corriendo antes de que ella pudiera detenerlo.

Tobias seguía todavía en el mismo lugar, y miró hacia arriba cuando Jake se acercó, con los ojos muy abiertos.

«¡Adivina lo que descubrí!».

«¿Qué?».

«Tú...», le informó Jake, «...tienes un cumpleaños». Tobias no parecía impresionado, así que Jake continuó. «Es el 11 de abril de 1984», *el mismo año en que murió mamá*, se dio cuenta, pero descartó el pensamiento de inmediato, «... y eso significa que cumplirás siete en unos meses».

Toby parecía que no sabía qué hacer con esta información. Parpadeó a Jake, luego miró al suelo.

El brillo de triunfo de Jake se desvaneció lentamente. Miró a su alrededor, al patio lleno de tierra, las vallas y los guardias que patrullaban, y se dio cuenta de que Tobias tenía razón. Los monstruos pueden tener un cumpleaños, el día en que nacieron, pero no era el mismo tipo de cumpleaños que todos los demás tenían. No podría ser, no aquí.

Lo molestó un poco, después de todo el trabajo duro que había hecho, después de haber prometido demostrarle a Tobias que tenía un cumpleaños.

«Está bien, Jake», dijo Tobias. «Tengo muchos cumpleaños. Es mi cumpleaños cada vez que vienes a verme».

Jake se rió, y aunque Tobias también sonrió, no parecía que estuviera bromeando.

Aún así, iba a traerle algo increíble a Tobias cuando llegara abril. Pero tal vez no le recordaría a Tobias que era su cumpleaños. Esta era una idea que Jake mantendría vigente para Tobias hasta que él mismo pudiera disfrutarla. Aunque no sabía cómo podría suceder eso.

Su siguiente visita, un par de meses después, comenzó con papá furioso. Mientras iba a buscar a Tobias, Jake dejó a su padre en la recepción gritándole a la nueva recepcionista, la Sra. Hart, que no se veía tan agradable como la Sra. O'Donnell. En sus bolsillos, Jake había metido un sándwich submarino de treinta centímetros de largo y papas fritas, además de una bolsa gigante de M&M, lista para compartir junto con la historia de lo que había enojado a papá *esta* vez (los Dixon, siempre se reducía a los Dixon).

Pero no pudo encontrar a Toby.

Jake exploró el patio, buscando en todos sus lugares habituales, pero no había ni rastro de Tobias. Estaba empezando a sentirse frustrado y un poco preocupado, cuando vio a un guardia dando una vuelta por el patio.

«¡Oye!», Jake corrió hacia él. «¿Sabes dónde está Tobias?».

El guardia enarcó las cejas. «¿Quién?».

Jake apretó los dientes, sintiéndose estúpido y molesto. «Monstruo, eh, 89UI6703».

«Vaya». El guardia miró a su alrededor. «Podrías revisar por las barracas. Durante los últimos dos días ha estado pasando el tiempo allí».

Jake encontró a Tobias en el callejón oscuro entre dos barracas, sentado con las rodillas pegadas al pecho y las manos apretadas contra las axilas. No levantó la vista ni siquiera cuando Jake lo saludó y se agachó a su lado.

«Oye», Jake se inclinó hacia adelante, tratando de echar un vistazo a su rostro. «¿Qué pasa, Toby?».

Tobias no dijo nada. Jake estaba a punto de preguntarle si Tobias estaba enojado y lo ignoraba por alguna razón (mierda, ¿por qué sucedía esto cuando papá también estaba enojado y Jake solo quería hablar con alguien que no estuviera echando chispas?) cuando Tobias susurró tan bajo que casi no alcanza a oír, «Becca se ha ido».

Un hoyo horrible se abrió en el estómago de Jake, y cayó de rodillas. Había olvidado que la madre de Tobias moriría pronto. Tobias no lo había mencionado después de esa primera vez. «Mierda», susurró.

Tobias sacó las manos y se frotó los ojos con las palmas de las manos. «Me dijo que no llorara, pero ya lo hice dos veces».

Jake quería levantarse y romper cosas, tomar la escopeta de papá y disparar a lo que fuera, que era lo que sentía cada vez que pensaba en la muerte de mamá. Pero ya sabía que no había posibilidad de llevarle un arma a Tobias. Miró sus manos vacías. «Lo siento, Toby». Odiaba cuando la gente le decía eso; siempre le daban ganas de pegarles. Ahora se daba cuenta de que lo hacían porque no había nada más que decir.

«¿Por qué?», dijo Tobias sin expresión, y Jake se dio cuenta de que no estaba llorando. «Ella era un monstruo. Eso es lo que les sucede a los monstruos».

Jake agarró su hombro con fuerza, enojado por una razón

que no entendía del todo. «Ella era tu mamá, Toby. No importa que sea un monstruo, ella era tu mamá. Lamento que esté muerta».

Tobias se estremeció. No levantó la cabeza, pero un momento después apoyó lentamente la cabeza contra el brazo de Jake. Seguía sin llorar, pero su respiración era irregular.

Jake tragó y se separó suavemente de Tobias, para no empujarlo. «Oye, ¿recuerdas de lo que hablamos? Tal vez nuestras madres estén juntas ahora».

Tobias miró hacia arriba, parpadeando confundido. «¿Cómo? Tu mamá es una heroína. La mía es un monstruo. No estarían en el mismo lugar».

Jake negó con la cabeza. «Becca también era una buena madre, incluso si era una bruja. Me di cuenta de eso. Creo que mi mamá también podría verlo y no le importaría andar con ella. Podrían ser amigas». Miró a Tobias. «Así como nosotros somos amigos».

La boca de Tobias se abrió. Observó a Jake con su mirada de asombro más amplia hasta el momento, más grande incluso que cuando Jake le habló de los waffles. «Amigas», repitió. Como si no pudiera creerlo. Jake vio como su respiración se volvió irregular otra vez, y sus ojos se llenaron.

Atrajo a Tobias contra su pecho, descansando su cabeza sobre la de Tobias mientras el niño hundía su rostro en el hombro de Jake y sus hombros temblaban. Jake lo abrazó hasta que escuchó que los guardias comenzaban a llamarlo. Dejó ambas mitades del sándwich en las manos de Tobias.

No estaba seguro de qué lo hacía sentir peor: lo cerca que había estado Toby de llorar o el hecho de que en realidad él nunca lo había hecho.

~

A MEDIA HORA de distancia del Campamento Freak, papá notó que Jake solo estaba respondiendo a medias a su diatriba sobre la puta burocracia de la ACS. Se detuvo en medio de otra descripción explícita del personaje de Matthew Dixon para mirar a Jake. Papá medio tosió, como si tuviera que aclararse la garganta para sacar la ira. «Estás terriblemente callado».

Jake se encogió de hombros, sin mirarlo, todavía mirando por la ventana. Había estado pensando y se le ocurrió algo sobre la madre de Tobias. Algo horrible que no podía sacarse de la cabeza. Realmente no quería preguntar, pero tenía que saberlo. «Papá, ¿qué les sucede a los monstruos en Investigación Especial?».

Papá pareció sorprendido, luego su expresión se cerró. «¿Por qué quieres saberlo?».

Creo que la mamá de Tobias fue allí. Jake se encogió de hombros. «Solo preguntaba. Es donde siempre vas».

Papá no respondió por un largo momento, hasta que Jake pensó que no lo haría. «No es bonito», dijo al fin. «Es donde los cazadores descubren lo que necesitan saber».

Jake lo miró fijamente. «¿Quieres decir... bajo tortura?».

Papá suspiró, volviendo a colocar sus manos en el volante. «No, no tortura. Siempre tiene un objetivo. Y son monstruos, Jake, como los que mataron a tu madre». Su voz se endureció. «No olvides eso. No vayas sintiendo lástima por ellos».

Jake nunca lo olvidaría, no podía creer que papá pensara eso, pero... la mamá de Toby no había matado a mamá. Pero, de nuevo, ella *había* sido una bruja. Ella había lastimado a la gente.

Pero Tobias no lo había hecho. Ni siquiera podía recordar qué lo convirtió en un monstruo. Jake no podía imaginar a Tobias lastimando a nadie.

Raspó sus zapatos en la alfombra del piso, tratando de ignorar la sensación de malestar y retorcimiento en su estómago. No quería pensar en cómo se sentiría Tobias si supiera que su madre había sido torturada antes de que la mataran.

«¿Todos los monstruos van a Investigación Especial?», preguntó, un poco desesperado.

«No lo sé, Jake».

El tragó. Nunca antes se había mareado en un auto; tener gripe o sacudirse las náuseas de una maldición no era lo mismo, pero estaba empezando a pensar que podría suceder pronto. «Sin embargo, no todos los monstruos son iguales. Algunos de ellos son atrapados cuando son bebés, antes de que hagan algo. ¿Por qué deberían...?».

«Jake». La voz de papá contenía una advertencia. «Sé que has estado hablando con ese niño raro, y nunca te habría traído al Campamento de monstruos si no hubiera pensado que habías aprendido lo que te enseñé y enderezado tu cabeza. Los monstruos son monstruos».

Tobias es un monstruo. Jake se desplomó hacia atrás. No lloraría ni vomitaría. No pensaría en Toby yendo a Investigación Especial. Monstruo o no, nunca dejaría que Toby fuera allí. No tenía idea de cómo podría detenerlo. Pero lo *haría*.

«Sí, señor».

CAPÍTULO CUATRO
VERANO 1993

5 *de julio de 1993*, Tobias escribió claramente en la esquina superior derecha de la página. Hizo una pausa antes de abrir el desvencijado libro encuadernado en cuero donde lo había dejado ayer, revisando las últimas secciones del grimorio del siglo XVI en busca de alguna mención de los djinn y su relación con el acónito, también conocido como luparia o hierba de lobo.

Hacía seis meses hoy, había sido el cumpleaños número trece de Jake, y hacía dieciséis días que había ido a ver a Tobias por última vez.

Esta era la peor parte del verano. Tobias sabía en el fondo que eso no era cierto, que agosto aún estaba por llegar, pero Becca se lo había enseñado años atrás. Cada mañana pensaba: *Hoy será el peor día*, ya sea el más caluroso, el más hambriento o el más desafortunado, en el que estaría en el lugar equivocado, en el momento equivocado, cuando los guardias buscaran algo de diversión, o los monstruos adultos decidieran que era un blanco fácil. De esa manera, estaría preparado. Tampoco dejaba que sus esperanzas aumentaran para el mañana. Cuando llegara el invierno, desearía este calor, calor que lo asfixiaba o hacía girar el mundo cuando tenía que estar afuera. En cada temporada del Campamento Freak, algo siempre era lo peor.

Salvo por una cosa. Una cosa que no contaba porque no era parte del Campamento Freak; venía de afuera, y siempre era solo para Tobias. Lo mantenía cerca y escondido en lo más profundo de sí mismo todo el tiempo, sabiendo que era mejor ni siquiera pensar en eso cerca de ciertos guardias o cuando algunas cosas sucedían a su alrededor. Esa era otra de las lecciones de Becca: cuanto más te importaba algo, más importante era nunca dejar que nadie más se enterara. Ni siquiera había dejado que Tobias le dijera lo que le importaba. Y este secreto era demasiado importante para arriesgarlo.

Así que Tobias no se permitió pensar en eso, no se permitió considerar la posibilidad de que hoy podría no ser el *peor* día, sino el *mejor* día si Jake entraba a verlo.

Sabía que Jake volvería a verlo, porque siempre regresaba y cada vez prometía volver. Sin embargo, era mejor para Tobias retrasar esa promesa, pensar que tal vez la próxima semana Jake volvería a aparecer, por lo que tenía que superar los próximos días. Podía arreglárselas sabiendo que hoy era el peor, y si lo lograba, sería recompensado, porque Jake vendría a verlo nuevamente, pero solo si lo lograba.

Algunos días sabía que no debía dejar que Jake cruzara por su mente. Otros días, pensaba que estaba bien fingir que Jake estaba allí con él, siempre y cuando nunca olvidara que no era cierto. Pensar en Jake lo ayudaba a pasar el tiempo, especialmente durante el pase de lista, las asambleas de castigo o la molienda de sal de roca: Jake paseando sin miedo a los guardias, o quejándose de lo aburrido que estaba y sacando sus tarjetas o tal vez una nueva bolsa de dulces para saludar a Tobias hasta que tomara algunos. Podía recordar exactamente cómo habían pasado cada momento de la última visita, principalmente porque lo repetía en su cabeza durante cada pase de lista matutino, cada momento libre de su día, aunque se aseguraba de no perderse a los guardias llamando su número.

Por supuesto, los guardias no eran los únicos de los que tenía que cuidarse. Los otros monstruos, aunque a menudo estúpidos, podrían ser aún más peligrosos.

Becca le había dicho repetidamente que no confiara, que ni siquiera hablara, si podía evitarlo, con ninguno de los otros monstruos. Tobias recordaba todas sus lecciones, pero esta había sido especialmente feroz. *No les creas, Tobias, por muy simpáticos que pretendan ser. Simplemente tomarán tu comida o tu manta o cualquier otra cosa que puedan obtener de ti. Sangre o energía o algo peor. No dejes que se te acerquen y siempre cuida tu espalda.*

Eso no era difícil de recordar. Ninguno de los otros monstruos era como Becca, y Tobias podía decir al mirarlos que lo lastimarían en un abrir y cerrar de ojos si pensaran que les daría un bocado extra de comida. O simplemente por diversión.

Tobias se había vuelto bueno para mantenerse fuera de la vista y no ser acorralado. Y nunca esperaron que un niño de nueve años peleara tan bien. Era más rápido de lo que esperaban (parecerse tanto a uno real tenía sus ventajas), y no dudaba en usar sus uñas, dientes o codos para golpear rápido y fuerte para salir de un aprieto. Al menos la mayoría de los monstruos no empezarían nada cuando los guardias estuvieran mirando. Tobias tampoco era estúpido como la mayoría de ellos; nunca atraía la atención de los guardias. Nunca respondía.

Tenía un sistema, y funcionaba. Lo mantenía lo más seguro posible en el Campamento Freak. Nunca lo habían lastimado demasiado, ni siquiera había perdido un solo dedo de la mano o del pie, y todavía no lo habían llevado a Investigaciones Especiales ni siquiera a ningún interrogatorio con cazadores. Pero lo que pasaba en el Campamento Freak era que justo cuando pensabas que habías descubierto cómo hacer que no fuera tan malo, algo cambiaba. Un nuevo envío de monstruos o un grupo diferente de guardias podría cambiarlo todo. Y nunca era para mejor. Porque la lección tácita más importante de Becca, una que Tobias solo había descubierto después de que ella se fuera, era que la vida en el Campamento Freak siempre empeoraba.

EL NUEVO GUARDIA, Elmer Sloan, no parecía gran cosa. Era musculoso, pero no de la forma en que algunos de los monstruos estaban construidos, como si pudieran romperse sus propios huesos simplemente moviéndose demasiado rápido. Tenía manos grandes y una cara chata que no mostraba mucha emoción mientras Matthew Dixon y Victor Todd le mostraban el campamento. Pero cierto foco en blanco en sus ojos puso nervioso a Tobias, lo hizo mantener la mayor distancia posible.

Después del segundo recorrido por el patio, a través de la Casa de Trabajo y los barracones, Victor se volvió hacia Elmer con una sonrisa. Le gustaba jugar con los nuevos guardias, especialmente si estaban un poco sorprendidos por su primera mirada real a FREACS. Le gustaba más cuando disfrutaban tanto del lugar como él. «Entonces, ¿qué piensas, Elmer, mi hombre?».

El nuevo guardia apenas lo miró. «No me llames así».

Victor levantó las manos a la defensiva. «Oye, estrictamente solo es una expresión. No es como si me balanceara de esa manera».

Elmer negó con la cabeza, sus ojos recorrieron el patio, de alguna manera fijándose en Tobias, donde estaba tratando con todas sus fuerzas de mezclarse con el gris del edificio. Los ojos de Elmer apenas parpadearon cuando le respondió a Victor. «No. Elmer, no. No me gusta ese nombre. No lo uses».

Matthew y Victor intercambiaron una mirada a sus espaldas. FREACS a menudo atraía a los cazadores que se habían vuelto un poco locos, con demasiadas llamadas de atención en la oscuridad, pero esto era diferente de la paranoia habitual y la picazón en el dedo del gatillo.

«Claro, Elm..., Sloan», dijo Matthew. «Lo que quieras».

«Ese tampoco me gusta mucho», dijo. «Así que podemos hacerles cualquier cosa, ¿verdad?».

«Dentro de lo razonable», respondió Matthew con cautela. «Hay un manual».

Victor tosió. «Entonces, ¿cómo diablos quieres que te llamemos?».

Elmer se encogió de hombros. «No sé. Nunca encontré un nombre que me gustara».

«Entendido», dijo Victor. «Bueno, supongo que seguiremos buscando algo que encaje».

Matthew lo fulminó con la mirada, pero si Elmer Sloan se dio cuenta de que se burlaban de él, le importó un carajo. En cambio, sus grandes ojos incoloros siguieron a Tobias fuera del patio.

MIENTRAS TRABAJABA EN LA BIBLIOTECA, Tobias se había imaginado que había llegado un nuevo envío de monstruos debido a los gritos y sollozos que había escuchado de la noche anterior. Eso se confirmó cuando vio figuras desconocidas cojeando por el patio después de pasar lista. Los nuevos siempre se destacaban por la forma en que se comportaban, ya sea congelados por el miedo o todavía aferrados a algunos restos de valentía u orgullo, lo cual era tan, tan estúpido. Los guardias podían oler el desafío a cien metros de distancia y disfrutaban rompiendo a cualquiera que se aferrara a eso. Los nuevos también estaban siempre tirando de sus collares, haciendo una mueca por cómo el cuero les irritaba la piel.

Tobias ya ni siquiera notaba el suyo, ni podía imaginar cómo sería no usarlo.

Se mantuvo fuera del camino de los nuevos monstruos, y ninguno de ellos se acercó a él tampoco, hasta la noche siguiente en el comedor, cuando una sombra se movió sobre su plato.

Tobias miró hacia arriba para ver que la sombra pertenecía a un chico robusto, de cabello oscuro con un nuevo moretón lívido sobre el pómulo y etiquetas plateadas de hombre lobo en el cuello.

Tiene más o menos la edad de Jake, pensó Tobias, y sintió un momento de incertidumbre. En general, podía tratar a otros monstruos con la cautela y el desprecio que se merecían, pero tenía el impulso de confiar en cualquier cosa que le recordara a Jake. Aplastó el sentimiento. Este era solo otro monstruo al que le encantaría explotar cualquier debilidad en Tobias.

Así que no se sorprendió cuando recibió la petición.

«Dame tu pan», dijo el niño, señalando el panecillo en el plato de Tobias.

Tobias lo miró. Por una vez, este era un buen pan, sin gusanos ni gorgojos, solo un poco seco. Lo había estado guardando para después de tragarse el resto del estofado para que se le quitara el extraño sabor amargo de la boca. Esperaba que no estuvieran haciendo un experimento de toxinas nuevamente. Becca haría...

Tobias apagó ese tren de pensamientos. Era solo él ahora, cuidándose a sí mismo. No podía confiar en nadie ni en nada para cuidarlo (*excepto en Jake*).

Ciertamente nadie más iba a enfrentarse al hombre lobo por él.

«No», dijo Tobias.

«¿Que quieres decir con que no?». El otro chico frunció el ceño y trató de amenazar a Tobias. Si su collar de cuero nuevo y brillante y su complexión bien alimentada no lo hubieran delatado, esa respuesta allí mismo lo habría marcado como dolorosamente nuevo en el Campamento Freak. Cualquiera en el campamento por más de una semana sabía que alguien que decía no a una amenaza no iba a ceder ante un poco de una mirada ceñuda y amenazante.

«No, no puedes tener mi pan». Tobias se preguntó qué más querría decir con no.

Tobias sabía cómo habrían reaccionado muchos monstruos ante eso. Ninguno de ellos se había visto tan desconcertado antes. «Oh», dijo el chico.

Los guardias se dieron cuenta. Mierda, los guardias estaban mirando al hombre lobo e intercambiando esas miradas y codazos que significaban que estaban decidiendo quién iría a golpear a los monstruos que no conocían su lugar.

«Siéntate», espetó Tobias. «Te están mirando».

Sobresaltado, el chico se sentó, a pesar de que era mayor y un hombre lobo. Incluso cuando no estaban en su forma de lobo, los hombres lobo solían ser más fuertes que un humano normal y siempre más fuertes que Tobias.

«Soy Marco», espetó el niño. Mientras Tobias trataba de averiguar exactamente qué se suponía que debía hacer con esta información, Marco miró por encima del hombro a los guardias que habían decidido que no eran lo suficientemente interesantes como para que valiera la pena terminar su propia conversación.

Después de un momento, Tobias compartió a regañadientes su propio nombre. «Tobias».

Si algunos monstruos comían juntos todos los días o parecían hablar demasiado, a veces los guardias los separaban. Una vampira, mayormente desnuda, en ese momento se encontraba encadenada al sol con la piel pelándose porque no había dejado de hablar con un par de otros vampiros cuando los guardias le indicaron que no lo hiciera. Pero a los guardias no les importaba tanto cuando los monstruos eran más jóvenes. Apenas habían dado a él y a Becca...

Tobias interrumpió el pensamiento enfocándose en el chico frente a él, quien le recordaba en las formas más breves y menos significativas a Jake. «¿Cuánto tiempo llevas aquí?».

Marco se encogió de hombros. «¿Unos pocos días? Tal vez una semana. No sé, todo va junto, y ellos. . .». Volvió a mirar a los guardias y tragó saliva. «No puedo preguntarles cuánto tiempo he estado aquí».

A Tobias nunca se le habría ocurrido preguntarles algo así a los guardias. Pero tal vez eso pasaba por pensar que eras una persona real durante toda tu vida. Te daba expectativas poco realistas cuando finalmente terminabas en el Campamento Freak con los otros monstruos.

Tobias estaba agradecido de que nunca había tenido ideas como esa, que nunca había tenido nada que desaprender. Eso es lo que hacía que fuera aún más increíble y maravilloso que Jake le dedicara un segundo de su tiempo.

«No has estado aquí durante la luna llena», dijo Tobias.

Marco parecía nervioso, y luego su expresión cambió a algo parecido al desafío. Las manos de Tobias se apretaron. Casi nunca veía desafío a menos que un monstruo estuviera a punto de intentar robar su comida o alguien estuviera a punto de hacer algo estúpido frente a un guardia. Y él ya se había comido el pan tan pronto como Marco se sentó.

«Sí», dijo Marco. «Solo espera. Yo les mostraré». Miró el plato de Tobias que no contenía nada más que la repugnante bazofia, y se levantó de nuevo cuando los guardias parecían distraídos. «Bueno, si te has quedado sin pan, mejor me largo de aquí».

Tobias lo vio alejarse mientras se metía en la boca lo último que le quedaba de comida. Se preguntó qué pensaba exactamente Marco que les mostraría a los guardias en la luna llena. Tobias nunca había estado en Contención Intensiva, donde estaban enjaulados los monstruos más peligrosos y donde iban los hombres lobo durante unos días de cada mes, pero pensar en las posibilidades lo distrajo del sabor en su boca. Lo enfermaba, pero al menos lo ayudó a tragarse la comida.

CADA GUARDIA TENÍA sus propias peculiaridades, y los monstruos inteligentes llegaron a conocerlos como torturadores individuales. A veces te mantenía más seguro, y a veces no servía de nada saber que Karl fumaba como una chimenea y que a Victor le gustaba hacer bromas que a nadie más le importaban. A veces podías oírlos venir, u oler el humo en sus ropas, y hacer algo como pararse de cierta manera, esconderse, poner la expresión que les gustaba y evitar o al menos minimizar el dolor. A veces solo significaba que sabías qué esperar cuando uno tenía una mirada desagradable en su rostro.

A Elmer le gustaba su garrote. Le gustaba manejarlo y golpear monstruos con él. Los otros guardias hacían bromas sobre eso, cuando estaba fuera del alcance del oído.

Hank Allendale fue el primero en cometer un desliz.

«Hola, miembro del club», llamó, caminando hacia Elmer. «El jefe quiere verte. Tiene algunas preocupaciones sobre...».

Elmer dejó que Hank se acercara a la distancia de un brazo antes de que lo agarrara por el cuello y lo estrellara contra la pared del cuartel, apretando el garrote contra su garganta. Justo en medio de las barracas, frente a un grupo de monstruos que Elmer había estado inspeccionando antes del toque de queda.

Victor, que había estado de servicio de inspección con Elmer, que era el único guardia al que parecía gustarle el nuevo extraño de ojos locos, se arrojó sobre el hombro de su compañero. «Carajo, amigo. Tranquilízate, Sloan».

Elmer se apoyó un poco más en su garrote y Hank se atragantó, con los ojos desorbitados. «No me llames así», gruñó. «No soy un maldito monstruo».

«Y actualmente estamos *frente* a un montón de jodidos monstruos», siseó Victor. «Él no quiso decir eso, no quiso decir nada con eso. Vamos, cálmate de una *puta vez*».

Elmer puso su mano sobre la cabeza del otro guardia, casi como una caricia. «Podría aplastar tu cráneo con mis manos», dijo. «Recuérdalo».

Cuando Elmer soltó a Hank, el otro hombre salió disparado. Elmer se volvió y continuó la inspección. Los monstruos fingieron que no habían visto nada. Elmer era uno que, incluso si sabías lo que le gustaba, sabías cómo sonaba acercándose, no siempre podías predecir lo que haría cuando tenía esa mirada en sus ojos.

Todos esperaban dolor, esperaban que descargara su ira contra uno de los monstruos en sus literas. En cambio, bajo los agudos ojos de Victor, Elmer era casi gentil, asegurándose de que todos los monstruos estuvieran a salvo en su catre, con una mirada complacida y distraída en sus ojos.

«Buenas noches, queridos», dijo, antes de que las cámaras de seguridad cambiaran a su posición activa de vigilancia. Él y Victor salieron, cerrando la puerta detrás de ellos.

Tobias no volvió a ver a Marco hasta la próxima semana, cuando el hombre lobo fue asignado para ayudarlo con la investigación. No muchos monstruos jóvenes se ponían a trabajar con los libros antiguos o se les confiaba que no sabotearían la información, pero como Tobias había estado allí más tiempo que la mayoría, nunca había causado ningún problema y siempre presentaba su trabajo de forma clara y sin errores, obteniendo el resultado justo, servicio bibliotecario liviano y con aire acondicionado la mayor parte del tiempo. Aún así, nunca lo daba por sentado. Especialmente cuando se asignaron nuevos y estúpidos monstruos para ayudarlo.

Marco estaba más apagado de lo que había estado en el comedor, y sus ojos recorrieron la habitación. Tobias explicó lo que estaban haciendo, no fue difícil, solo hacer una lista completa de todas las diferentes formas en que se usaban ciertos monstruos y armas en diferentes tradiciones populares, pero el niño estaba inquieto y Tobias no sabía si había entendido completamente. Eso lo irritó, porque si Marco se perdía algo, Tobias también se metería en problemas y podría perder su lugar en la biblioteca. Se aseguró de revisar todo el trabajo de Marco.

Había un guardia apostado junto a la puerta, pero desapareció alrededor del mediodía. Tobias siguió trabajando. Los monstruos nunca sabían cuándo volverían los guardias, y Tobias sabía que valía la pena darles una paliza si el guardia no los encontraba todavía trabajando.

Entonces Marco soltó: «¿No te mueres de hambre?».

Tobias miró hacia arriba lentamente. «Tomé el desayuno esta mañana. ¿Tu no?».

Marco resopló. «Si puedes llamar a eso desayuno. No, quiero decir, ¡almuerzo! ¿Nunca almuerzas?». Sonaba desesperado.

Tobias suspiró y se recordó a sí mismo que los nuevos monstruos no podían evitar ser tan estúpidos. «El almuerzo es para los seres reales. No para los monstruos. Tenemos suerte de recibir comidas dos veces al día».

Marco lo estudió de cerca de una manera que a Tobias no le gustó, pero todo lo que dijo fue: «¿Cuánto tiempo has estado aquí?».

Tobias se bajó la camisa para revelar su número de identificación. «Desde el 89».

«¿Cómo te atraparon?».

Tobias se encogió de hombros y volvió a su libro. «No recuerdo».

«¿Nada? ¿Nada en absoluto? Pero, ¿qué *eres*?».

«No soy un hombre lobo», dijo Tobias brevemente. «Nada que hayas visto antes, así que no te metas conmigo». Esa era su línea más nueva para mantener a los monstruos fuera de su espalda. A veces funcionaba, y otras veces simplemente hacía que quisieran ponerlo a prueba.

Marco hizo un ruido burlón. «Pero eres solo un niño. ¿Cómo has durado aquí tanto tiempo?».

Tobias había tenido suficiente. «No haciendo preguntas estúpidas», espetó, y tomó su pluma.

Marco no volvió a intentar hablar con él durante unos días. El viernes, Tobias fue enviado de regreso a la Casa de Trabajo para ayudar a empacar rondas de sal para un envío especial de cazadores. Marco estaba a solo un par de lugares debajo de él en la mesa, pero aparte de un parpadeo de sus ojos cada vez que Marco se limpiaba el sudor de la frente, Tobias no fijaba en él su mirada.

Solo habían estado trabajando durante una hora más o menos, en completo silencio en el taller, aparte de las botas de los guardias que caminaban por los pisos de madera, la sal que se filtraba y el chasquido de las carcasas de metal, cuando de repente, Victor apareció en la puerta. «¡Hola, Monstruo Bebé! Tienes una visita en el patio».

Tobias se detuvo, captando todos sus pensamientos e instintos que gritaban *Jake*, negándose a dejarlos despegar. En cambio, se concentró en la única tarea de no dejar que el casquillo se le escurriera entre los dedos. Deliberadamente lo dejó sobre la mesa, y con la misma intención se puso de pie, manteniendo la barbilla pegada al pecho para que nadie pudiera verle la cara. Esta era la parte más peligrosa.

Caminó rígidamente alrededor de la mesa, hasta que Victor gritó: «Levanta los pies, monstruo, no quieres hacer esperar a

Hawthorne», y luego Tobias echó a correr. Era una orden, ¿no? Todos lo habían escuchado, por supuesto, era mejor hacer lo que decían los guardias.

Disminuyendo la velocidad lo suficiente en la puerta para no tropezar con Victor, se deslizó hacia las escaleras, saltando de dos o tres a la vez hasta el siguiente rellano, luego salió disparado por la puerta hacia el abrumador calor de julio.

El brillo reflejó en sus ojos, y tuvo que detenerse, entrecerrándolos.

«¡Hola, Toby!».

Allí estaba él. Tobias se volvió hacia Jake, sonriendo, aunque todavía no podía ver, porque era *el mejor día, el mejor día*, y nada más de lo que había pasado antes o después podría importar. Estaba a salvo, más seguro que nunca en el Campamento Freak, y ligero como una pluma. Incluso el calor no importaba.

Jake se acercó a él, más alto de lo que Tobias recordaba, fuerte y confiado, y Tobias miró hacia el suelo porque en ese momento no podía manejarlo; era tan abrumador como el sol. El simple conocimiento de que Jake estaba *aquí*, aquí para verlo, era suficiente.

«Amigo, hace mucho *calor*», dijo Jake, como si él personalmente hubiera descubierto este hecho. «¿Ninguno de estos edificios tiene aire acondicionado? Vamos, busquemos sombra o algo».

Su mano aterrizó en el hombro de Tobias, y el chico no pudo evitar saltar, no por miedo, sino por la sorpresa y el deleite de que Jake lo hubiera tocado de nuevo, y Jake nunca lo tocaba para lastimarlo.

Pero si Jake se dio cuenta, no apartó la mano. En cambio, se inclinó hasta que Tobias pudo sentir el aliento de Jake contra su oreja. «Me colé un par de paletas heladas, y si somos rápidos todavía quedará algo. Puedo sentirlas goteando por mi *pierna*».

Tobias soltó una carcajada, un sonido extraño, raro para él, pero no le importaba estar cerca de Jake, y siguió a Jake hasta el otro lado de la recepción. Vio al nuevo guardia mirándolos, pero solo hizo que su corazón saltara por un momento. Luego se paró más cerca de Jake, tan cerca como pudo sin llegar a tocarlo, y se recordó a sí mismo que estaba con Jake, con un cazador. Ahora no podían tocarlo.

EL DÍA que Elmer obtuvo un nombre, Tobias estaba de pie en silencio pasando lista, cuando uno de los cambiaformas, un hombre demasiado delgado, de cabello castaño con lívidas cicatrices de quemaduras en los brazos por la plata caliente aplicada durante los interrogatorios, se quebró.

Victor llamó al 92SS448 sin obtener respuesta, y cuando Hank entró para "despertarlo a golpes", el cambiaformas fue directo a su garganta con dientes que no estaban diseñados para una boca humana. Elmer y Lucas, que trabajaban en el turno de "Dixon", como lo llamaban los otros guardias cuando un alto y poderoso Dixon intentaba hacer su trabajo por un día, se movieron al mismo tiempo, pero Elmer estaba más cerca. Apuntó un golpe feroz a la cabeza del cambiaformas.

Los cambiaformas, especialmente los desesperados, tenían reflejos que avergonzaban a los humanos normales. El cambiaformas le quitó el garrote de la mano a Elmer y lo alcanzó con las manos mostrando largas garras de hueso a través de la carne rosada que se desprendía.

Los guardias fueron por sus armas, sin estar seguros de poder llenar de balas al monstruo antes de que a Elmer le arrancara el corazón. Los monstruos miraban, sin saber si debían saltar o correr.

Entonces Elmer Sloan tomó la mano del cambiaformas, con una sonrisa feroz en su rostro. Antes de que el cambiaformas pudiera gritar, Elmer tomó su otra mano y la retorció hasta que pareció más una araña muerta que una mano.

El monstruo cayó cuando Elmer pateó su rótula derecha. Lenta y deliberadamente, el guardia pisó el hombro del cambiaformas y lo aplastó con el tacón afilado de su bota de hierro. La sonrisa en su rostro nunca vaciló. Con más presión, el cambiaformas gritó y se retorció. Todos en el patio podían escuchar cómo se rompían los huesos del hombro. Entonces Elmer le dio una patada en la cabeza hasta que la mandíbula del cambiaformas se rompió, y él se movió hacia el otro lado y le rompió el otro hombro.

Cuando Elmer se acercó al hueso de la cadera del cambiaformas, Hank dio un paso adelante. «Tranquilo, 'Triturador'», dijo. «Creo que ya está jodido».

Elmer lo miró con las pupilas hinchadas y la respiración irregular, y Hank, al darse cuenta de lo que había dicho, dio un paso atrás. «Sloan. . . lo siento, hombre, desliz de la lengua, no quise decir...».

«No, eso me gusta», dijo Elmer. «*Triturador*».

Después de eso, el silencio se prolongó como una bruja amordazada en un potro.

Lucas Dixon finalmente lo rompió. «Deberías sacar a ese bicho raro del patio», dijo. «Está ensuciando el patio con sangre».

Un par de guardias se rieron nerviosamente y Hank se acercó al cuerpo inconsciente.

«¿Puedo?», preguntó Triturador, dando un paso adelante. Hank se apartó de él y luego claramente lo lamentó. Miró a Lucas.

Lucas suspiró. «¿Quién me puso a mí a cargo? Sí, claro, hazlo Slo... Triturador. Investigación especial».

Triturador sonrió y se inclinó para recoger al monstruo. El movimiento fue casi suave.

Nadie vio adónde fue; si el monstruo no terminaba en

Investigación Especial, nadie haría preguntas, siempre y cuando el monstruo finalmente terminara en los incineradores. Lo que fuera que le hubiera ocurrido después de que Triturador lo sacó del patio, ese cambiaformas nunca regresó. Hank presentó su renuncia, alguien puso a Lucas a cargo de un equipo de recuperación de monstruos, pero Elmer "Triturador" Sloan se quedó, hizo amigos y cada día disfrutaba más su trabajo.

La luna llena era un mal momento para todos, no solo para los hombres lobo y otros monstruos centrados en la luna que habían sido trasladados a Contención Intensiva para sus períodos peligrosos. Los guardias tenían listas de a quién reunir, pero a veces se olvidaban y otras veces cometían errores deliberados. Errores como tomar monstruos que no tenían nada que ver con la luna, ya sea porque querían o porque esos monstruos eran "necesarios para experimentos basados en la transformación". Y a veces el error era al revés, por lo que ninguno de los monstruos podía sentirse seguro después de que las puertas del cuartel estaban cerradas por la noche.

Una vez, cuando Tobias aún era lo suficientemente pequeño como para acurrucarse con Becca en una litera, los guardias habían olvidado un nombre, o tal vez un empleado de papel en algún lugar había llenado mal los formularios, y un lobo se abrió paso a través de la mitad de los barracones y le arrancó el corazón a un guardia antes de que pudieran derribarlo.

E incluso si los guardias hacían todo bien, si los hombres lobo terminaban en Contención Intensiva y todos los demás monstruos permanecían en sus camas, no se sentía más seguro. El campamento no era tan grande, y quienquiera que hubiera diseñado la Contención Intensiva no se había molestado en agregar aislamiento acústico. No importaba qué tipo de mordazas usaban, cualquier persona con oídos en el Campamento Freak podía escuchar los gritos y gruñidos, sin importar cómo trataran de ahogarlos.

Algunos monstruos especulaban que los hombres lobo no tenían que hacer ruidos mientras se transformaban, y que los gritos eran causados por las *cosas* que los guardias hacían en Contención Intensiva para tratar de evitar que cambiaran de forma. Los hombres lobo no querían hablar de lo que les pasaba. Otros monstruos no estaban seguros de si era tan terrible que nadie se atrevía a hablar, o si los hombres lobo no podían recordar nada más que tres días de dolor.

Cada luna llena, la población del Campamento Freak disminuía.

Tobias no sabía lo que pasaba en Contención Intensiva. Y esperaba nunca saberlo. Nada en el Campamento Freak drenaba tan rápido a los nuevos monstruos de su esperanza, su desafío, que tres o cuatro días allí y el conocimiento de que esto sucedería el próximo mes, todos los meses, hasta el final de sus vidas.

Cuatro días después de la luna llena, observó para ver si Marco regresaba. No era que le importara. No podía importarle, y Marco no había sido amable, y no había razón para que le importara. Así que no lo hizo.

Todos estaban de pie pasando lista, y era entonces cuando los hombres lobo sobrevivientes volvían cojeando a través de las puertas, con los ojos magullados y hundidos por la falta de sueño, a veces sangrando a través de sus ropas por laceraciones plateadas. Mostraban un daño inquietantemente ligero, además del agotamiento y cortes ocasionales. La transformación del hombre lobo aceleraba la curación y evitaba que cualquier cosa que no fuera plata dejara heridas.

Marco estaba allí, cojeando hacia un lugar en la nueva fila, con la boca apretada y los ojos vacíos. No miró a Tobias. No miraba nada, en realidad. Pero cuando Triturador se movió hacia él, se encogió.

Triturador vio la respuesta y sonrió con ese gesto más brillante y aterrador. Se ahuecó los pantalones y miró a Marco, y cuando el chico no respondió, se rió y se volvió hacia el resto de la fila de monstruos dañados y silenciosos.

Tobias se sintió mareado de una manera que no tenía nada que ver con los retortijones de hambre antes del desayuno. Podía ser que no supiera qué pasaba en Contención Intensiva, pero pensaba que ahora sabía lo que Triturador le había hecho a Marco. Algo que los guardias hacían a los monstruos, generalmente a las hembras. A veces sucedía en las duchas, pero Becca siempre se había asegurado de no mirar. Sabía, sin embargo, que implicaba un contacto corporal cercano, mucho dolor y que quebraba a los monstruos muy rápido.

Marco se veía igual que otros monstruos que habían sido heridos de esa manera: vaciado, como si hubiera sido cortado tantas veces que las partes de él que lo hacían fuerte y desafiante hubieran sido arrancadas.

Era débil y era un monstruo. Pero debajo de esa mirada inexpresiva que le resultaba tan familiar, Tobias aún podía ver la temprana arrogancia, la juventud y la buena alimentación que en un inicio le habían recordado a Jake.

Esperaba no ver nunca a Jake con el mismo aspecto que ahora tenía Marco. Pero a pesar de decirse a sí mismo que no le importaba, se alegró de ver a Marco de vuelta.

«Sobreviviste», susurró Tobias, mientras continuaba el pase de lista. No miraba a Marco. Hizo un gran esfuerzo por no mover la boca en absoluto y no levantó los ojos de los dedos de los pies, ni siquiera levantó la vista de la tierra.

Marco no lo miró. «No hables».

Tobias sonrió brevemente, luego vació su mente y se centró de nuevo en el pase de lista. Pero al menos nadie cuyo nombre conociera había muerto hoy.

EL VIGÉSIMO segundo día después de la última visita de Jake resultó ser definitivamente el peor día.

El desayuno consistió en el decente pan (rancio) y gachas (insípidas y saciantes), pero Tobias había cometido un desliz y no había mirado su tazón lo suficientemente alerta, por lo que un cambiapieles se lo robó y quedó vacío antes de que Tobias pudiera siquiera pensar en volver a tomarlo.

Luego lo habían asignado fuera de la biblioteca, en tareas de limpieza en los barracones, Recepción y Administración, un trabajo agotador que no facilitaba los confines sofocantes y sin aire en todas partes, excepto en Administración. Pero Tobias odiaba entrar allí más que a cualquier otro lugar, porque era el cuartel general de los Dixon, y aunque los monstruos no desaparecían allí como lo hacían en Investigación Especial. . . ningún monstruo quería ser llamado al interior.

Se sintió aliviado de escapar al anochecer, corriendo a través del patio desierto hacia el comedor, rezando para que la cena fuera algo digerible, al menos...

«¡Oye, Monstruo Bonito!».

Tobias se detuvo bruscamente, recuperando el aliento. Ese no era su nombre, ese definitivamente *no* era su nombre, pero él era el único monstruo en el patio, y Triturador lo había llamado. Se quedó perfectamente quieto.

«Ven aquí, monstruo».

Tobias se dio la vuelta y caminó mecánicamente, pero no lentamente, hacia donde Triturador y Victor estaban fumando afuera de la sala de descanso (*la sala de perras*, así la llamaban los monstruos). Mantuvo la vista fija en el suelo apisonado y las botas con punta de acero de los guardias.

«Detente ahí», dijo Triturador, y los ojos de Tobias parpadearon lo suficiente como para verlo haciendo señas hacia la pared, directamente bajo la luz del reflector. Tobias se puso de espaldas, tratando de mantener las manos quietas y el pecho moviéndose normalmente, preguntándose si se había perdido algo en uno de los baños. Sin embargo, él no había hecho nada como lo que había hecho ese cambiaformas...

Las botas de Triturador se movieron frente a él, a menos de medio metro de distancia, y Tobias se concentró en inhalar y exhalar exactamente al mismo ritmo, dos segundos por cada uno.

Una mano se posó en la parte posterior de su cabeza, agarrando su cabello dolorosamente y sin un centímetro de holgura, luego tiró de su cabeza hacia atrás y levantó la barbilla. La feroz luz blanca atravesó sus párpados y Tobias perdió el control sobre el ritmo de su respiración.

«Así que tú eres Monstruo Bonito, ¿eh?».

Victor soltó una carcajada. «No, hombre, ese es Monstruo Bebé. ¿De dónde sacaste eso? No, ¿sabes qué?, no quiero saberlo».

«Monstruo Bebé, bien», dijo Triturador. «Así es como te llaman, ¿no?».

Tobias trató de tragar y falló.

«Todavía te queda la lengua, ¿no?».

«Sí, señor», jadeó.

«Bien», dijo Triturador, y torció la cabeza de Tobias hacia un lado. «Eso es bueno. Sin embargo, no la usas mucho, ¿verdad? Eres un fenómeno silencioso. ¿Crees que no podemos verte?». Algo duro y contundente presionó la mejilla de Tobias. Se percató de que era el garrote de Triturador, y no pudo hacer que su boca trabajara para responder. «Yo te veo», dijo Triturador en voz baja, y golpeó con más fuerza el garrote en la mejilla.

«Oye», dijo Victor. «Para que lo sepas, el Bonito, el Bebé, como quieras llamarlo, pero es el monstruo de Hawthorne».

«No veo su nombre por ninguna parte». Triturador sacudió la cabeza de Tobias de un lado a otro, como si buscara una marca en alguna parte que dijera *Hawthorne*, pero al menos bajó su garrote.

«Sí, bueno, es por eso que su hijo siempre lo saca. Supongo que lo están vigilando para algún proyecto a largo plazo, tal vez esperando que crezca lo suficiente como para colgarlo de un anzuelo. Tal vez el anzuelo de Hawthorne». Él se rió nerviosamente.

Tobias no escuchaba. No le importaba lo que dijeran, y no sabían nada sobre Jake. No podían siquiera entenderlo, porque Jake no se parecía en nada a ellos.

«Bueno», dijo Triturador, torciendo la cabeza de Tobias hacia un lado, «si lo quiere, será mejor que se dé prisa y lo agarre. El Campamento Freak es un lugar peligroso para los monstruos». Se inclinó cerca. «Y este me gusta, mira, es tan jodidamente *fácil*». Sacudió la cabeza de Tobias de un lado a otro de nuevo. «Como una maldita muñeca. Mira esa cara. . .».

Victor agitó su cigarrillo. «Sí, sí, veo caras raras todos los malditos días, Elmer-mi-hombre».

Triturador se volvió. «¿Cómo diablos me llamaste?».

«¿Qué? Triturador, por supuesto». Victor alzó las cejas con inocencia, el humo del cigarrillo encendido brotaba de su nariz. «Amigo, en serio, ese es el monstruo de Hawthorne. No jodas con Hawthorne. Incluso el anciano lo sabe».

«¿El director?», Triturador resopló, soltó el cabello de Tobias, lo dejó caer entre sus dedos y se alejó con una última caricia en la cara de Tobias con la parte posterior de los nudillos. «¿Qué me importa que ese viejo idiota le tenga miedo a su yerno? Ahora hay sangre nueva, mejor así. De todos modos, es un jodido crimen que Hawthorne pueda apartarse un monstruo, ya sabes, uno joven, y todos se inclinan ante él como si fuera un jodido dios. No está bien un trato especial como ese».

Tobias se alejó lentamente, no tan rápido como para llamar la atención, ni tan lejos como para estar seguros de que se había movido. Pero incluso la distancia más pequeña entre él y

Triturador lo ayudó a recordar cómo respirar. Si pudiera alejarse lo suficiente. . .

«Sí», estuvo de acuerdo Victor. «Y el hecho de que hayas reclamado a ese cachorro y todos nos mantengamos alejados mientras te diviertes no significa nada». Dio una calada. «Esa es una situación completamente diferente, ¿verdad?».

«Vete a la mierda, Todd», dijo Triturador.

Victor se rió. «¿Por qué debería? Tengo monstruos para hacer eso por mí».

Se rieron, pero Tobias no se quedó para ver si se volvían hacia él. Había llegado a la esquina, y desde allí salió disparado, con los pies quietos sobre la tierra del complejo, escuchando atentamente las señales de que lo estaban siguiendo. Si doblaban la esquina, tendría que detenerse. Los monstruos no corrían frente a los guardias a menos que tuvieran una buena razón para ir rápido a algún lugar. Y los monstruos definitivamente no huían *de los* guardias si querían sobrevivir y permanecer intactos.

Cuando llegó a la puerta del comedor, todavía podía escucharlos a lo lejos. Se detuvo y jadeó en la puerta, aguzando el oído en busca de una pista del tipo de problemas que se había traído a sí mismo por ese movimiento.

«Joder, ¿a dónde fue?». Ese era Triturador, la voz ronca con un toque de ira.

«Déjalo, hombre, él es de Hawthorne. Y diablos, el cachorro debería mantenerte ocupado durante una semana por lo menos».

Tobias se metió en el comedor y se sentó lo más rápido y en silencio posible. El guardia que patrullaba lo vio entrar y se acercó, golpeando su garrote en su mano. «¿Dónde diablos has estado, fenómeno?».

Tobias se humedeció los labios. «Triturador, señor». Eso era cierto. Pero si el guardia no le creyera. . .

El guardia lo miró fijamente y luego sacudió la cabeza.

«Maldito pervertido», dijo, casi para sí mismo. Y luego, burlándose de Tobias: «No te levantarás para comer. Te quedarás ahí o tal vez deje que Triturador juegue contigo también después de la cena. ¿Lo entiendes?».

Tobias mantuvo los ojos fijos en la mesa. «Sí, señor».

«Bien». El guardia se alejó.

Tobias dejó escapar un suspiro de alivio y miró a su alrededor.

Pan mohoso y papilla verde. No era una gran pérdida. Había muchos días que no había conseguido nada para comer, y varias veces se había quedado sin hacerlo durante dos días. Así que esa no era una buena razón por la que todo su cuerpo temblaba, por mucho que tratara de ocultarlo acurrucándose sobre la mesa.

Su nombre siempre había sido Monstruo Bebé. Excepto hace mucho tiempo para Becca, y en esos mejores días cuando Jake lo visitaba. *Entonces* él era Toby. Pero todos los guardias y otros monstruos lo conocían como Monstruo Bebé, y hasta ahora no se había dado cuenta de cuánta armadura representaba ese nombre.

Los guardias no eran tan creativos, por lo que los apodos se reciclaban cuando los monstruos entraban por la puerta de carga y finalmente salían por el incinerador. Marco no era el primer 'Cachorro', y todas las brujas solían ser alguna versión de 'Manitas'.

Los 'Monstruos Bonitos' eran diferentes. Les pasaban cosas malas. Cosas que Becca le había dicho que no debía mirar. Esos monstruos nunca duraban mucho.

Sin embargo, ese no era él. Victor le había dicho a Triturador que él era Bebé, Monstruo Bebé y que, además, era de Hawthorne. Eso era aún más importante.

De Hawthorne, pensó Tobias, repitiendo una y otra vez, haciéndolo uno con su aliento (*Haw* al inhalar, *thorne* al exhalar), hasta que a los monstruos se les permitió guardar sus platos impecablemente limpios y regresar a los barracones. *De Hawthorne.*

Él mismo nunca lo sabría, pero estaba contento de que hubiera otro mundo fuera del Campamento Freak para Jake. Tenía que haber algo más que miedo, dolor, hambre y apodos que predijeran cuánto duraría la patética vida de un bicho raro.

De repente, temblando de hambre y miedo en su litera, necesitaba saber que el resto del mundo existía. Incluso si nunca lo vería porque era un monstruo, incluso si no merecía nada mejor que estos muros en su vida, sabía que ese otro mundo tenía que existir porque a veces tenía a Jake. Necesitaba saber que estaba ahí afuera, o no sabía que sería capaz de seguir sentado en la misma nada y seguir creyendo que esto era mejor que Investigación Especial y el incinerador.

Tenía que haber más en el mundo que el dolor y el miedo y los monstruos gritando en la luna llena y desapareciendo en la noche. Tal vez Jake le contaría sobre eso si le preguntara.

LA SIGUIENTE VEZ que Jake se presentó, trajo una bolsa de papas fritas medio trituradas. Provocaron que la boca de Tobias tuviera una sed intensa en el caluroso día de verano, pero aun así las saboreaba mientras masticaba, porque nunca había tenido algo tan abrumadoramente... salado.

Agitaba una mano desdeñosa, tan casual, como si no fuera *nada*, así de increíble era Jake. Había puesto la bolsa frente a Tobias, diciendo que ya había comido un poco antes. Tobias había recibido sus comidas últimamente, pero todavía tomaba cada papa con la misma lenta reverencia con la que siempre trataba la comida de Jake. Incluso cuando tenía hambre, trataba de no mostrarlo ni hacer nada asqueroso como lo haría un monstruo. Ya era bastante sorprendente que Jake quisiera verlo y Tobias no iba a hacer nada para que lo reconsiderara. A veces, Jake preguntaba qué le gustaba más o qué quería que trajera Jake la próxima vez, pero Tobias generalmente se encogía de hombros o le decía que trajera lo que quisiera. *Siempre* era bueno, y Tobias estaba asombrado y contento de que Jake todo el tiempo tuviera acceso a buena comida como esa. Seguramente si le traía un poco, significaba que también él había comido mucho.

Tobias sabía que podía contar con que Jake le traería algo maravilloso, y no le importaba mucho más allá de eso.

Realmente no quería pedir nada, pensando que Jake haría todo lo posible por las solicitudes de un monstruo. Recordó la última vez que se había quejado con Becca por tener hambre. *"Todos tenemos hambre, Tobias"*, espetó ella. *"Los monstruos siempre tienen hambre. No es nada especial o diferente de las personas que te rodean, y no va a cambiar en el corto plazo. Nadie quiere oír hablar de eso"*. Pero más tarde ese día, ella le había traído un trozo de pan de la mitad del tamaño de su cabeza, todo para que él se lo comiera.

Mientras Tobias comía las papas fritas, Jake le contó a toda velocidad sobre su viaje por la costa de California tras un par de rumores de avistamientos de djinn. A Tobias le gustaba escucharlo hablar, y Jake sabía que Tobias no tenía muchas noticias que contarle ni nada interesante que compartir, por lo que generalmente era él quien hablaba.

Pero ahora, mientras la historia de Jake terminaba, Tobias aprovechó la oportunidad para preguntar acerca de lo que había estado esperando preguntar durante un tiempo. «¿Cómo es, ahí fuera, en el mundo real?».

Jake se detuvo por completo, mirándolo sorprendido, pero Tobias no apartó la mirada. Sabía que estaba bien, seguro, porque Jake quería que Tobias lo mirara a los ojos. Se lo recordaba a Tobias en cada visita.

«Es . . .», Jake se apagó, inusualmente perdido por las palabras. «¿Qué quieres decir, Toby? ¿Qué quieres saber?».

Tobias se encogió de hombros.

«No sé, solo que... es realmente grande». Jake agitó sus manos para separarlas. «Y la gente es en su mayoría igual donde quiera que vayas. Se creen las mismas historias, incluso si hablan un poco diferente de un lugar a otro. Pero, en su mayoría, es lo mismo...».

Tobias esperó pacientemente, pero Jake parecía más incómodo de lo que nunca lo había visto. Jugueteó con la goma descascarada del borde de su zapato de tenis y la confianza de Tobias se desvaneció. Estaba a punto de decirle a Jake que no se preocupara por eso, a punto de disculparse por hacer preguntas estúpidas, cuando Jake comenzó a hablar.

JAKE HABÍA VISTO MÁS del país que cualquier niño de su edad, pero ahora tenía problemas para expresarlo con palabras. Era difícil recordar que Toby no había visto nada de lo que Jake había vivido, no tenía un marco de referencia para comparar, no sabía ninguno de los chistes de la televisión o las películas. Por mucho que Jake tratara de describir los pequeños pueblos en los que papá y él se encontraban durante unos días o semanas, o un partido de béisbol de la liga infantil, o algunos idiotas fingiendo un fantasma en una casa abandonada, los ojos de Tobias nunca mostraban comprensión. Miró fijamente a Jake, escuchando cada palabra, pero no estaban llegando a ninguna parte.

Frustraba a Jake más de lo que podía decir, casi le dieron ganas de golpear algo. Llevar regalos a Toby lo hacía sentir bien, útil e importante, más que cualquier otra cosa en su vida, y esta era la primera gran cosa que Toby le pedía. Mataba a Jake que no pudiera dárselo.

Se mordió las palabras, dándose cuenta de lo que había estado a punto de decir: *solo espera, Toby, algún día te lo mostraré yo mismo, te llevaré allí*. No podía prometerle eso a Tobias. Tobias era un monstruo en el Campamento Freak, y los monstruos no salían de ahí. No hasta que murieran.

Jake desvió la mirada, frotándose las rodillas con las palmas de las manos mientras trataba de ignorar la fuerte presión que se acumulaba en su pecho. Dolía de la misma manera que cuando pensaba demasiado en mamá.

«¿Jake?», Tobias se acurrucó más cerca, casi apoyado contra el costado de Jake. «¿Qué pasa?».

Jake tragó, pasando su brazo alrededor de los hombros de Toby. No podría haber dicho por qué eso aliviaba el dolor interno, aunque notó cómo Tobias se relajó un poco, inclinándose hacia atrás en el toque.

«Nada, Toby», dijo, aunque quería decir, *Esto apesta. Odio esto.* «Te traeré algunas fotos la próxima vez, ¿de acuerdo?».

CUANDO REGRESARON de su siguiente viaje a México, Jake y papá se detuvieron en un motel en las afueras de El Paso y se repartieron montones de periódicos. Papá estaba tras la pista de otro monstruo, uno que tendía a la mutilación de ganado pero que no estaba por encima de los asesinatos misteriosos ocasionales, y quería comprobarlo todo.

Jake había terminado con los documentos estatales más antiguos. Aunque probablemente no supieran nada sobre su caso, la investigación era importante. Papá le había dicho eso, e incluso su abue... Elijah Dixon le había dicho eso, que era *casi* como si mamá también se lo hubiera dicho. Así que Jake leyó, bueno, hojeó, en busca de muertes inusuales o desapariciones misteriosas.

Estaba a punto de saltarse todo del diario *The Oklahoman* porque tenía un par de semanas y estaba bastante seguro de que papá ya lo había leído, cuando un artículo más pequeño en la primera plana le llamó la atención.

LOS DIXON Y ACS MIRAN HACIA EL FUTURO DESPUÉS DE LA MUERTE DEL PATRIARCA

Esta semana, la nación está de luto por un héroe, debido a la muerte de Elijah Dixon, padre de Sally Dixon-Hawthorne y director durante mucho tiempo de la Agencia de Control Sobrenatural (ACS) y de la Instalación para la Investigación, Eliminación y Contención de Seres Sobrenaturales (FREACS). Falleció a la edad de 64 años debido a una insuficiencia cardíaca. Las personas más cercanas a Dixon admitieron que había estado teniendo problemas de salud durante algún tiempo, pero que no estaba dispuesto a defraudar al país o debilitar a la ACS renunciando a sus extensos deberes.

"Si bien a todos nos aflige esta pérdida, seguiremos adelante", dijo Jonah Dixon, sobrino del fallecido y presunto sucesor en la dirección de ACS y FREACS. "El ACS no se detendrá porque Elijah nos haya dejado, no deshonraremos su memoria al vacilar ahora en nuestra misión. Pueden esperar que el ACS se fortalecerá, se volverá más vigilante y tomará nuevas medidas para proteger a nuestro país de la amenaza sobrenatural".

«Oye, papá». Jake colocó el diario sobre la pila de Leon. «¿Ya viste esto?».

Leon miró el periódico. «Sí, ya lo vi».

«¿Nos.... invitaron al funeral o algo? Quiero decir, no se caían bien, pero...». *Él era mi abuelo.*

Leon se encogió de hombros. «No he oído nada. No es como si fuéramos a ir de todos modos».

Jake asintió. «Por supuesto».

«¿Encontraste algún incidente en tus diarios?».

«Sí, pero solo unos pocos». Le contó a papá sobre el puñado

de mutilaciones que había encontrado en los periódicos nacionales, y estuvieron de acuerdo en que probablemente no eran significativas.

Leon volvió a sus periódicos y Jake se quedó con el de Oklahoma. Después de comprobar que papá estaba absorto en su investigación, volvió a leer el artículo. Era breve y no decía casi nada sobre la vida del hombre que en realidad no había conocido.

Jake dejó el periódico, insatisfecho. No estaba seguro de cómo se suponía que debía reaccionar. Por un lado, Elijah Dixon había sido su abuelo. Por otro lado, Jake solo lo había visto una vez, e incluso ese encuentro parecía borroso e incierto en su cabeza. Papá lo odiaba, y la nación lo amaba, y Jake se preguntaba si había algo malo en él por sentir tan poco.

Elijah Dixon era solo un extraño con el que había tenido una conversación una vez, y eso no significaba mucho en absoluto.

Tobias no buscó a Marco, sabiendo que era mejor para los dos mantenerse separados, pero tomaba nota cada vez que lo veía. A su pesar, tal vez porque Marco le hacía pensar en Jake, aunque fuera brevemente, Tobias se encontró esperando que Marco aprendiera a adaptarse y ajustarse incluso a lo que sucediera durante la luna llena.

Tobias sabía que no tenía ningún sentido aprender a sobrevivir, no había ninguna recompensa por ello, excepto que incluso con un peor día tras otro (tantos antes de que pudiera concederle un *mejor día* Jake), todavía sabía que esto era infinitamente mejor que Investigación Especial. Ningún precio era demasiado alto para evitarlo, que era lo que se recordaba a sí mismo cuando estaba limpiando los baños de los monstruos, soportando las asambleas o siendo castigado por ser un monstruo. Lo era, por lo que no podía esperar estar en ningún otro lugar que no fuera el Campamento Freak, pero si recordaba todo lo que Becca le había enseñado y se apegaba al sistema, no lo llevarían a Investigación Especial.

Aunque a veces Marco era un idiota, Tobias tampoco quería que fuera allí. Por eso, cuando tenía la oportunidad, cuando sabía que nadie los escuchaba ni se darían cuenta, como cuando los enviaban juntos a recoger la ropa de la Casa de Trabajo, le daba a Marco un pequeño consejo, como pensar siempre que este sería el peor día, o cómo evitar la atención de los guardias en las duchas. Marco no respondía mucho, pero por lo general hacía lo que decía Tobias.

Unos días antes de que se llevaran de nuevo a los monstruos lunares para la luna llena, Marco y Tobias estaban juntos de nuevo en la biblioteca. Marco estaba distraído, revolviendo sus papeles sin leer, estremeciéndose ante cualquier sonido de la puerta por donde entraban los guardias, ocasionalmente escondiendo su rostro entre sus manos.

Por fin, se volvió hacia Tobias. «¿Cómo has soportado tanto tiempo?».

Tobias se encogió de hombros. *Becca me enseñó.*

Marco lo observó. «Dicen que es porque eres la mascota de Hawthorne. Que tienen derechos sobre ti. ¿Es verdad? ¿Es por eso que el hijo de Hawthorne siempre viene a verte?».

Tobias inclinó la cabeza sobre sus libros y no respondió.

Marco lo agarró por el hombro. Tobias se apartó, pero el agarre de Marco se hizo más fuerte, acercándolo más para que Tobias pudiera ver sus ojos inyectados en sangre y sentir cómo le temblaba la mano. «Tobias, ¿cómo lo conseguiste? Tienes que decirme. Haré lo que sea, menos... vamos, Tobias, te lo ruego...».

Tobias saltó de la mesa, soltándose de su agarre, y Marco no lo siguió. «No sé. No sé por qué. Solo...».

Jake era la luz inexplicable de su vida, lo único bueno que

le había pasado, la paradoja dentro del Campamento Freak. Tobias no lo merecía, y no entendía por qué había conseguido a Jake, pero era lo que lo mantenía en pie: la esperanza de que Jake volviera, y tan solo por unos minutos, tal vez una hora, Tobias no tuviera que sentir miedo.

«No puedo. Lo siento».

Marco volvió a sus libros, pero sus manos aún temblaban. «Sí, como sea. No debería haber esperado que a un bastardo con suerte como tú le importara una mierda».

Tobias lo miró por un segundo. No era eso. Si Jake fuera una habilidad o una pieza de información, lo compartiría con Marco, incluso si no funcionaría tan bien para el niño mayor. Pero no *podía* porque él mismo no lo entendía, y no quería pensar demasiado en ello.

Trabajaron en silencio durante el resto del día y, después de que Marco se fue, Tobias revisó todo su trabajo y corrigió sus errores. No quería que Marco se metiera en más problemas de los que ya tenía.

Cuando los hombres lobo regresaron al final de la siguiente luna llena, Marco ya no estaba entre ellos.

5

CAPÍTULO CINCO

OTOÑO 1993–VERANO 1994

No fue fácil convencer a papá de que Jake hablaba en serio sobre dedicarse a la fotografía. Finalmente había ganado veinte dólares jugando a las cartas con algunos de los niños tontos en la siguiente escuela secundaria (nadie de su edad podría vencerlo en el póquer) y con su dinero, él mismo compró una cámara desechable. Tomar fotografías mientras viajaban por Arizona y Nuevo México fue mucho más divertido de lo que esperaba, y papá finalmente cedió y lo ayudó a pagar para que se revelaran las fotografías. Se veían bastante bien, pensó Jake, mientras guardaba el paquete de fotos en el fondo de su bolsa de lona hasta que giraron inevitablemente, hacia el norte, de nuevo hacia Nevada.

De todas las cosas que había introducido de contrabando en el Campamento Freak, las fotografías estaban entre las más fáciles. Metió el sobre en la parte de atrás de sus jeans, debajo de su chaqueta, con una bolsa de dulces en cada bolsillo. Le sonrió al guardia mientras paseaba a través de los detectores de metales, llegando por la salida al patio mientras papá continuaba hacia Investigación Especial.

Uno de los guardias, uno más nuevo, Jake podría haberlo

visto una vez antes, pero no sabía su nombre, caminaba sin rumbo, balanceando su garrote en un arco. Jake lo detuvo. «Oye, estoy buscando a 89UI6703».

El guardia lo miró con escepticismo, pero levantó la radio. «Karl, envía a Monstruo Bebé afuera. El hijo de Hawthorne está aquí para verlo». Un afirmativo crujió en el aire, y el guardia sacudió la cabeza hacia el edificio detrás de Jake. «Saldrá en un minuto».

Jake asintió brevemente antes de alejarse.

Efectivamente, Tobias salió trotando por la puerta lateral un minuto después. Jake, que se había quedado atrás para vigilar todas las puertas, saltó hacia delante para encontrarse con él. «Hola, Toby, solo espera hasta que veas lo que yo... amigo, ¿qué pasa? ¿Mis zapatos son más interesantes que mi cara?».

Siempre pasaban por esto. Toby se negaba a mirarlo a los ojos durante los primeros minutos de sus visitas, pero normalmente Jake le echaba un vistazo a la cara y sonreía al principio. Esta vez, sin embargo, Tobias tenía la barbilla pegada al pecho hasta que las palabras de Jake le hicieron levantar la cabeza.

Jake contuvo el aliento, agarrando la barbilla de Toby y apenas notando cuando Toby se estremeció. «¿Qué diablos pasó?». Se inclinó para examinar el ojo morado de Toby y el labio partido e hinchado.

Tobias se pasó la lengua por el corte, moviéndose sin apartarse. «Pelea de monstruos. No es tan malo».

«Mierda», Jake tocó con su pulgar el labio de Toby, alejándose cuando Toby hizo una mueca. «Necesitas un poco de hielo».

Toby inclinó la cabeza, confundido. «¿Para qué?».

«Para . . .», Jake suspiró. «No importa, probablemente sea demasiado tarde ahora».

Toby parpadeó con su único ojo bueno. «Ya no duele».

«Bien, eso es bueno», Jake sonrió torcidamente, luego se

estiró alrededor de los hombros de Tobias mientras caminaban alrededor del edificio hacia uno de sus lugares apartados. «¿Le dieron una paliza? ¿Al monstruo que te hizo eso?».

Sintió que Toby se encogía de hombros. «Él también se lastimó. Todos nos metimos en problemas».

Jake resopló. «Sí, bueno, eso es una mierda, ir detrás de un niño de tu tamaño. Hay un montón de monstruos más grandes para meterse con ellos».

La boca de Toby formó una sonrisa. «A los monstruos no les importa, Jake».

«Claro, por supuesto que no». Jake se puso en cuclillas contra la pared, solo entonces recordó el bulto escondido en su bolsillo trasero. «Oh, sí, tengo algo para ti». Se giró para estirar la mano detrás de él.

Toby se iluminó, sentándose. «¿Papas fritas?».

«No, M&M esta vez». Se detuvo para hurgar en su bolsillo y lanzarle una bolsa a Toby, quien rápidamente la abrió y se metió un gran puñado en la boca. Jake sonrió. «Te gustan esos, ¿eh?». Toby asintió, masticando felizmente, y Jake sacó el paquete de fotos. Esta es la otra cosa que te traje, lo que te prometí la última vez: fotos que tomé el mes pasado, cuando estuvimos en el sur.

El ojo izquierdo de Toby se puso muy redondo. «¿*Tú* tomaste estas?».

«Sí», dijo Jake. «No fue tan difícil». Las extendió y se lanzó a explicar cuál se había tomado en dónde. Había una de los chacales disecados que vio en la gasolinera donde compró la cámara. Una más tarde, fuera de esa misma parada, estaba papá frunciéndole el ceño mientras se apoya en el Eldorado. Las seis siguientes eran de diferentes ángulos del Eldorado: Jake no había podido decidir cuál era la mejor para mostrarle realmente su gloria a Toby.

La siguiente fue una de Independence Rock, desde bastante lejos, papá no había querido parar. Y luego una vista de las

Montañas Rocosas, y el Eldorado nuevamente en primer plano. Jake no se había dado cuenta de cuántas fotos había tomado hasta que todas estuvieron frente a ellos y Toby las miró fijamente, con los dedos tratando de alcanzar los bordes con cautela.

«¿Qué carajo estás haciendo, monstruo?».

Tobias dio un respingo y Jake cogió automáticamente su cuchillo, un poco incómodo porque él y Tobias se habían juntado para mirar las imágenes, y el cuchillo de Jake estaba encajado entre su cadera y la de Toby, pero ninguno de los guardias los estaba mirando. El mismo guardia con el que Jake había hablado antes se dirigía hacia un cambiaformas, que parecía aterrorizado.

«Te estoy hablando, fenómeno, ¿crees que puedes simplemente ignorarme?». El guardia trabó un gancho en el cuello del cambiaformas, lo levantó de un tirón, y luego vio a Tobias y a Jake. sonrió desagradablemente. «Mira eso», le dijo al cambiaformas, pero mantuvo sus ojos en Jake. «Estás molestando al hijo de Hawthorne. Creo que deberíamos tener una charla. Lo siento, muchacho». Empujó al cambiaformas y este tropezó y se perdieron de vista.

«¡Mi nombre es Jake!», Jake lo llamó, enojado e inquieto. El guardia no respondió, pero la mano de Toby se aferró a su chaqueta.

Cuando Jake se volvió hacia él, Toby se había encogido hasta donde había estado al comienzo de la visita, con la cabeza gacha y los hombros tensos. Había dejado caer la última foto para doblar una mano, la que no tenía un agarre mortal en la chaqueta de Jake, firmemente sobre su tobillo delantero.

Jake lo estudió, y tanto la adrenalina del grito del guardia como la alegría que había sentido hacía un segundo se desvanecieron, imposibles de atrapar y recuperar. Tomaría un tiempo, tal vez más del que tendría antes de que papá terminara, volver a convencer a Toby de que bajara la guardia.

Frunció el ceño en dirección al guardia, estirando la mano para tocar el hombro opuesto de Toby. El niño levantó la vista, con gran sorpresa en su rostro. Jake no soltó la mano, todavía frunciendo el ceño tras el guardia. «Son unos cabrones, ¿no?».

Tobias hizo un sonido suave, casi como un estornudo. Sobresaltado, Jake bajó la cabeza para ver el rostro de Toby, pero si había sido una risa, ahora no había rastro de ella.

Jake abrió la puerta esperando pizza y se encontró con Servicios de Protección Infantil, la temida SPI.

Primero vio al policía y le sonrió automáticamente. Algunos niños sonreían a sus abuelas por un poco de dinero extra, otros sabían cuándo lanzar un cumplido, pero Jake sabía que con los policías lo mejor era parecer alegre, tranquilo. *Nada se oculta aquí, oficial.*

«¿Puedo ayudarle?», preguntó, tratando de recordar si las armas eran visibles desde la puerta o si las había movido al dormitorio para limpiarlas.

El policía le devolvió la sonrisa. «Hola. Soy el oficial Elden, esta es la señorita Donatelli. ¿Está tu padre en casa?».

Papá estaba trabajando en un caso desagradable en un pueblo. Se había ido por tres días. Faltaban dos más antes de que Jake tuviera permiso para preocuparse. «Lo siento, no, acaba de salir».

«¿Tu madre?».

Dejó de decir la verdad después de darse cuenta de que tenía una reacción más fuerte que cualquier mentira que pudiera inventar. «Divorciados», dijo.

«¿Cómo te llamas, hijo?».

«Jake». Se devanó los sesos buscando el apellido que papá tenía en la tarjeta de crédito. Había comenzado con una H, por supuesto. ¿Holly? ¿Harold?

«¿Tu padre es Larry Hayes? ¿Este hombre?». El policía mostró una imagen demasiado rápido para que Jake la viera, pero probablemente era papá.

«Sí».

El oficial se acercó. «¿Podemos entrar, hijo?».

«¿Para qué división trabaja?», preguntó Jake, señalando con la cabeza a la mujer delgada y de cabello oscuro, la señorita Donatelli, que se encontraba detrás del oficial Elden.

«Servicios de protección», dijo ella.

Jake sabía lo que eso significaba. Parecía mayor para los trece años, pero eso apenas lo ponía en edad de conducir. «No», dijo, y cerró la puerta lo suficientemente fuerte como para empujar el pie del policía hacia atrás sobre el umbral. Echó el cerrojo y puso la estúpida cadenita en la puerta.

«Jake! ¡Jake, abre la puerta! Solo queremos hablar».

Jake corrió hacia el único teléfono dañado de la habitación y tropezó con el número del nuevo teléfono móvil de papá. Sonó, un contrapunto a su corazón acelerado y los golpes en la puerta. «Contesta, contesta, contesta», murmuró en voz baja.

En el momento en que escuchó el clic del teléfono respondiendo, comenzó a hablar. «Papá, están los de los SPI, están...».

«Jake, ya sabes jodidamente mejor que esto», la voz de papá espetó sobre él. Jake podía escuchar gritos de fondo, el sonido de una escopeta siendo recargada.

«Lo sé, pero están en la puerta, y yo...».

Algo se estrelló en el fondo, algo gruñó. «Son jodidamente humanos, Jake. Corre, no sé, no tengo tiempo para esto ahora mismo. ¡Resuélvelo!».

Entonces el teléfono se cortó.

«Está bien», dijo Jake. «Me ocuparé de esto».

Empujó la mesa desvencijada contra la puerta principal, tiró en su bolsa de lona su escopeta recortada y la caja de identificaciones y tarjetas de crédito falsas de papá, y salió por la ventana del baño antes de que llegara el portero para abrir la puerta.

Cuando Roger Harper levantó el teléfono y escuchó la voz de Leon, revisó su pulso para asegurarse de que todavía estaba vivo. Estaba bastante seguro de que la última vez que habían hablado, la conversación había terminado con Leon prometiendo verlo la siguiente vez cuando escupiera en su tumba, y con Roger pateando su trasero fuera de la casa con una escopeta apuntando a la cabeza de Leon.

«Roger», dijo Leon, lo suficientemente ronco como para que Roger tuviera que esforzarse para escuchar. «A él, no puedo encontrarlo».

Roger se congeló. Solo había dos *él* en la vida de Leon Hawthorne. Uno era el nebuloso enemigo al que Leon culpaba de la muerte de Sally, el epítome de todos los monstruos, un maldito sueño de crack, como le había contado más de una vez a Roger, aunque no esperaba que Hawthorne *escuchara* y el otro era Jake.

«¿Algo atrapó a Jake? Joder, ¿qué fue y *cómo*? Tu chico es condenadamente cuidadoso».

Leon emitió un sonido a través del teléfono que sonaba como si se estuviera ahogando con sangre, mitad áspera, mitad húmeda. Roger hizo una pausa. «Leon, ¿te atrapó a ti también?».

«Maldita sea, Roger, nada lo atrapó. Llegué a casa, y él no estaba aquí. El huyó . . .».

Roger no podía imaginarse a Jake Hawthorne huyendo de su padre. Claro, estaban en mal estado en todas las formas habituales, y en algunas que eran puramente Hawthorne, pero había visto cómo el chico siempre admiraba a su padre, seguía su ejemplo, hacía lo que le decía porque tenía tanta confianza en Leon.

La última vez que Roger y Leon habían "hablado", cuando sacaron las armas, Jake parecía listo para apuntar con su cuchillo a Roger si lograba obtener un buen ángulo. Más de una vez, Roger se había preguntado si le dispararía a Leon algún día o si Jake siempre estaría allí para recordarle que no valía la pena porque el idiota obsesionado realmente le importaba a alguien. Nunca había conocido a Sally, pero supuso que o bien había tenido la placidez y la paciencia de un santo o había sido lo suficientemente mujer como para patearle el trasero a Leon todos los días y hacer que él se lo agradeciera. No podía imaginarse a nadie más viviendo con Leon más de un fin de semana.

«. . . huyó porque le dije que lo hiciera, le dije que lo resolviera, y ahora *no puedo encontrarlo*».

«Reduce la velocidad, Hawthorne». A Roger le costaba creer que Jake hubiera huido, pero si Leon se lo había dicho, si a Jake no lo hubiera agarrado algo monstruoso, entonces había muchas posibilidades de que apareciera de nuevo, con una de esas sonrisas maliciosas en la cara, como cuando era un niño de jardín de infantes y terminó bajo el capó de uno de las viejas camionetas de Roger. Él lo había encontrado masticando un chupón, cubierto de grasa vieja de motor. Roger había tratado de darle una reprimenda, pero había sido condenadamente difícil con Jake tan feliz de verlo. El chico tenía un encanto que hacía que la gente lo quisiera y los convencía de que podían confiar en él. «Dime qué sucedió. ¿Estás herido?».

Leon luchaba por respirar, y Roger podía escuchar cada inhalación y exhalación como un jadeo, lleno de dolor. «Mi hijo se ha ido», espetó. «Le dije que se fuera y se fue y ahora no puedo encontrarlo, ¿qué te parece?».

Poco a poco, Roger se dio cuenta de que podría haber

lágrimas en la voz de Hawthorne. *Santo infierno, pensó, nunca pensé que escucharía llorar a Leon. No creía que pudiera hacerlo.*

«Leon, respira hondo. Jake es inteligente, ingenioso. Sabe cómo cuidarse solo». Se tragó más palabras mordaces sobre cómo perder a Jake era tal vez lo que Leon merecía por la forma en que había criado al niño. *Tú le enseñaste mejor que nadie cómo desaparecer.* «¿Cuánto tiempo ha estado fuera?».

«Dos semanas».

«Joder, Hawthorne». Roger esperaba que hubieran sido unos días, una semana como mucho. «Dónde . . . ¿qué sucedió?». No es que realmente quisiera saber. No creía que un cazador antisocial pudiera resolver los problemas de los Hawthorne. No sabía si Dios podría resolver los problemas de los Hawthorne.

«Estaba en una cacería, y él llamó cuando estaba a la mitad del caso, dijo que SPI estaba allí y yo no podía. . . Maldita sea, Roger, es mi hijo y le dije que se ocupara de eso. Tiene trece años y....».

«¿Qué pasó después de eso?», Roger no quería abordar las opciones de Leon y, lo que era más importante, en ese momento había que salvar a un niño.

«Yo . . . yo llegué a casa, de vuelta al apartamento en el que nos habíamos alojado, y.... no había nadie allí, estaba vacío, las cerraduras estaban cambiadas. Pregunté por el lugar, pero había algunos. . . problemas. Intenté seguir el rastro, pero hacía frío, mucho frío, Roger. . .».

«¿Cuánto tiempo pasó entre la llamada telefónica y cuando regresaste al apartamento?».

El silencio puso nervioso a Roger.

«¿Leon? Leon, puedo oírte respirar. ¿No te acuerdas, o...?».

«Me tomó tres días volver», dijo Leon sombríamente. «Supuse . . . Jake nunca ha estado en una situación que no pueda manejar, y pensé. . .».

Pensaste que podías tomarte tu tiempo porque estás tan acostum-

brado a que Jake sea su propio maldito padre. Roger no lo dijo. Lo había dicho en el pasado, y tenía un par de nudillos rotos para demostrarlo. No necesitaba decirlo ahora. Su silencio decía que ya era suficiente.

Se sorprendió cuando Leon rompió el silencio primero, y no colgando. «Ayúdame, Roger. Tienes que ayudarme. No puedo . . . No puedo ir a ellos y decir eso. . . No puedo decirles que perdí a mi hijo. Lo perdería para siempre. Han estado intentando quitármelo. . . no puedo perder a Jake también».

Roger tardó un largo minuto en darse cuenta de que Leon le estaba pidiendo que usara sus contactos de cazador, para pedir discretamente a la gente que estuviera pendiente de Jake. Tal vez incluso hablar con la ACS, en caso de que tuvieran los recursos para encontrar al niño.

Roger se preguntó ahora si tal vez Leon había desaparecido tan completamente de la red porque temía que los Dixon se llevaran a Jake y lo convirtieran en uno de los suyos, convirtiéndolo en "el hijo de Sally" y en absoluto nunca de Leon. Roger siempre había pensado que Leon estaba un poco loco, por la forma en que desaparecía, no confiaba en nadie, rara vez usaba su propio nombre, rara vez decía la verdad a alguien. Era un loco de la teoría de la conspiración, incluso en medio del grupo chiflado que Roger conocía como cazadores. Pero tal vez solo la mitad de eso se debía a la forma en que Sally había muerto. La otra mitad podría haber venido de tratar de mantener a un niño de cuatro años y un Eldorado de época fuera del radar de lo que se había convertido en la agencia gubernamental más poderosa del país.

A Roger le hubiera gustado pensar que los Dixon no habrían intentado llevarse a Jake, pero si *él* hubiera pensado en robarle al niño solo para que Leon dejara de joderlo con su particular marca de locura, no había muchas dudas de que los Dixon habrían ido tras cualquier cosa o cualquiera que consideraran uno de los suyos. Roger solo había visto a Elijah Dixon una o dos veces antes de morir, pero siempre había considerado que el hombre era disciplinado, inteligente, inquebrantable en una pelea, pero no agradable, no era un hombre fácil con quien vivir, no era un hombre que dejaría a cualquier extraño interponerse entre él y su familia. Y para los Dixon, Leon Hawthorne nunca sería familia. No importaba a cuántos vampiros estacara o a cuántos hombres lobo les disparara, él siempre sería *ese maldito civil con el que Sally se había casado.*

«Sí», dijo Roger pesadamente. «Te ayudaré. No te preocupes, Leon. Estoy aquí y lo recuperaremos». Solo esperaba no estar mintiendo tanto como Leon mentía a todos los demás.

FINALMENTE, Leon encontró a Jake gracias a las murmuraciones de las fuerzas del orden. Iba a los pueblos donde bebía despacio y nada más que cerveza; estaba allí para obtener información, no porque quisiera tener una maldita borrachera. Los policías a su alrededor comenzaron a hablar de un niño salvaje que había aparecido a un estado de distancia, en Jefferson, medio loco, más fuerte y más malo de lo que debería haber sido. El chico no decía de dónde había venido, cómo había sobrevivido solo, pero podría haber sido el hijo de algún forajido, podría haber sido solo una pobre mierda abandonada, o incluso una especie de monstruo. Nadie sabía de qué tipo, era horrible pensar que los monstruos también podían parecer niños, todos inocentes e indefensos, pero todo era posible. *¡Y deberías haber visto lo que el pequeño bastardo le hizo a uno de los oficiales que lo arrestaron!* No estaban seguros de cómo quedaría la nariz del oficial.

No fue un viaje tan largo, pero se sintió como una eternidad. Se sintió más largo que la primera noche cuando se había llevado a Jake en el Eldorado después del funeral de Sally, envolviéndolo en un abrigo en el asiento delantero, aunque no era tan seguro como el trasero; Leon había sido un hombre cuidadoso en esos días, y Jake había sido su bebé, lo único que aún le importaba, y condujo, manejando hasta que no supo el nombre de una sola maldita carretera. Pensó que si no sabía dónde estaba, los Dixon no podrían seguirlo. Si él no tuviera un plan, no podrían presentarse en la puerta de su casa con esa sonrisa cortés y poco sincera en su rostro, preguntando por Jake, preguntando si Leon lo estaba tratando bien, si tal vez le resultaría más fácil lidiar con su dolor sin la responsabilidad exclusiva de un niño de cuatro años también afligido.

"Es un niño", dijo Elijah. "Por supuesto que no puedes esperar que realmente entienda lo que está pasando. Estaremos encantados de tenerlo durante unos días si necesitas un momento para ti. . .".

"Puedes largarte de mi maldito porche", respondió Leon.

La sonrisa desapareció del rostro de Elijah, y aparecía el mismo bastardo que Leon recordaba de los días en que había estado cortejando a Sally, cuando Elijah lo miraba como el noble de Pensilvania de sangre azul que creía que era y como Leon era solo basura, nacido y criado en Virginia Occidental. "Cuida tu boca, Hawthorne. Ese chico es tanto nuestro como tuyo".

Leon amartilló la escopeta. Elijah parecía desarmado, pero no lo creyó ni por un segundo. "Vete y no vuelvas".

Elijah retrocedió. "No puedes sacarnos de la vida de Jake. Hablaremos más tarde". Se dio la vuelta y se alejó.

Llegar a la comisaría fue peor, porque recién entonces Leon se dio cuenta de que no tenía un plan.

La caza era fácil. La caza tenía sentido. Encuentra un monstruo y dispárale. Si no es humano, si está lastimando a la gente, entonces es un monstruo y lo matas. Había visto cómo cualquier tipo de poder, cualquier tipo de habilidad adicional podía volverse mala, podía retorcer a una persona por dentro hasta que ya no era realmente humana.

Demonios, sabía que tenía algunos aspectos negros, y también culpaba a los monstruos. Incluso algunos que a veces tenía que admitir habían estado allí antes de que Sally muriera. Era más fácil.

Si entraba en esa estación y decía que estaba allí para recoger al niño, comprobarían su identificación, y si Jake les había hecho pasar un mal rato, como esperaba (*ese es mi chico, que se jodan*), serían lo suficientemente minuciosos como para ver a través de las falsificaciones que generalmente funcionaban en civiles. Los civiles aceptarían cualquier cosa que dijera, pero estos policías. . . querrían saberlo todo, especialmente dados todos los rumores sobre el lugar de origen de Jake.

Rumores que hacían que entrar y admitir que Jake era su hijo, *que él era el maldito hijo de Leon, pedir que lo devolvieran ahí mismo*, sería realmente imposible. Sería una negligencia, *¿cómo puedes dejar solo a un niño de trece años durante una semana? Jesús, Leon, ¿cuándo te volviste tan bastardo?* Tal vez era un abuso; tal vez incluso tendrían las pelotas para atraparlo por algunas de las cosas que había hecho para mantenerlos con vida, cuando hubiera preferido escupir en su propio ojo que aceptar cualquier ayuda del puto gobierno que empleaba a los Dixon. Ahora aceptaba el estipendio, cobrando a través de tantos canales que nunca habían podido rastrearlo, pero a lo largo de los años había hecho de todo, desde estafas de poca monta y fraudes con tarjetas de crédito hasta hurtos en tiendas y robos. Sí, había hecho cosas de las que no estaba orgulloso, pero no pensaba mucho en ellas, y a nadie le importaba un carajo cuando estaba salvándoles el trasero del último poltergeist.

Nunca había tenido que pensar en nada de eso hasta ahora, cuando sabía que cualquier mención de su nombre podría llevarlo a una celda frente a Jake. Como mínimo enviaría una bandera roja, y un Dixon estaría allí dentro de un día, tal vez unas pocas horas, y luego le quitarían a Jake. Sabía que podían hacerlo. Había visto a los Dixon acabar con suficientes monstruos, los había visto convencer a suficientes senadores y civiles de que su campo de tortura no solo era una buena idea (aunque tenía que admitir que a veces era útil) sino también humana, que sabía cómo alejar a un niño de trece años de un cazador de criminales borracho y obsesionado y que no sería un problema para ellos.

Pero había una manera de sacar a Jake sin que nadie hiciera preguntas. Sí, los Dixon verían, y podrían sospechar, y les daría más maldita munición para usar contra él si alguna vez pudieran realmente atraparlo, pero él y Jake entrarían y saldrían antes de que alguien pudiera aparecer aquí. Golpearían el suelo, se dirigirían a Truth or Consequences y se quedarían tranquilos en casa de Roger durante unos días. Leon odiaba aceptar caridad, odiaba involucrar a alguien más en sus problemas, pero sería bueno tener otra cabeza, otro par de ojos mirando a Jake, asegurándose de que alguien estuviera cerca para protegerlo cuando Leon estuviera siendo un jodido idiota.

Ni siquiera tendría que decir que Jake era un monstruo. Podía simplemente mostrar la identificación y nadie haría preguntas, porque así era como funcionaba la ACS. Simplemente lo mirarían a los ojos y sabrían que había un monstruo en su edificio.

Lástima que siempre adivinaban al equivocado.

Dos estados, diez días, dos autos robados y tres accidentes cercanos (dos figuras de autoridad y un pervertido que no esperaba que supiera cómo romperse los dedos desde la posición donde estaba), después rye salir huyendo del apartamento, Jake fue atrapado y arrastrado a patadas, gritando en la oficina de la comisaría local.

Después de la primera nariz rota, dejaron de tratarlo como a un adolescente asustado y descarriado y le quitaron los guantes de seda. Jake era bueno, pero eran adultos completamente desarrollados, y había muchos de ellos, esposándolo y arrastrándolo al fondo de la estación de policía.

Mientras intentaba luchar contra ellos en una sala de interrogatorios, pateando las rótulas y llamándolos con todos los nombres sucios que conocía, y algunos que inventó en el acto, Jake se dio cuenta de que esta prisión, este confinamiento, era la vida de Tobias de todos los días. Atrapado en una pequeña caja, retenido, golpeado solo porque lo consideraban menos.

Como un hombro acomodándose en su lugar, un montón de cosas que Jake había estado sintiendo durante mucho tiempo, tal vez durante años, tomaron forma, y sabía lo que iba a hacer si alguna vez salía de allí, si alguna vez llegaba a salir al sol, quemar fantasmas o simplemente salir de la maldita celda.

En ese momento decidió que iba a sacar a Toby, sin importar lo que pasara. Nadie debería tener que vivir así, y especialmente, menos Toby.

No era una idea nueva. Se había estado gestando en su cabeza durante un tiempo. Pero cristalizó en el momento en que sus dientes se hundieron en la mano de un imbécil y un codo se estrelló contra su diafragma. Después de eso, solo Jake luchó contra ellos, luchó contra ellos con los ojos cuando tenía los brazos y las piernas atados, y esperó a que papá lo soltara. Sabía que lo haría. Papá siempre venía por él. Simplemente no sabía si sería un tiroteo, una bomba o una especie de atraco de extracción de un solo hombre, como en las películas.

Cuando papá finalmente llegó por él, fue terriblemente fácil.

Leon entró y mostró su identificación de cazador. La identificación de la Agencia de Control Sobrenatural que nunca usaba, apenas tocaba, y de la que no hablaría.

«Tienen al niño», dijo.

El policía tragó saliva. Miró el rostro del hombre y vio la muerte. Muerte fría, despiadada e inquebrantable.

«Sí. Quiero decir, sí, señor». Asintió ante la identificación.

«Tiene sentido que él sea un monstruo. Dio una gran pelea, y ¿qué tiene?, ¿quince años? Un par de nuestra gente tuvo que recibir atención médica. Supongo que tuvimos suerte».

«Más o menos es lo que esperaba», dijo Leon Hawthorne, metiendo la identificación rígida, prístina y con bordes plateados en su traje. «Necesito que quemen todo lo que tienen sobre él. Cada foto, cada archivo que haya creado. De hecho, deberían olvidar que alguna vez lo vieron. Es mejor así. ¿Dónde lo tienes?».

El oficial nunca antes había entregado un monstruo a la ACS, pero sabía cómo se suponía que debía funcionar. Sin preguntas, sin rastro de papel. «Primera puerta a la izquierda, señor Hawthorne».

Cuando Jake vio a su padre en la puerta, cuando el policía lo sacó de la celda, pero sin quitarle las esposas, se levantó sin decir palabra y se dejó empujar por los pasillos con una mano áspera entre los hombros. Durante todo el camino hacia la puerta, notó cómo los ojos se apartaban de él, temerosos de captar la atención del monstruo.

En el auto, el rostro de Leon estaba aún más frío y sin emociones que de costumbre. No miró a su hijo, incluso cuando le entregó una pequeña llave. Jake retorció las esposas y las tiró en el asiento trasero. «Lo siento», dijo, frotándose los brazos y mirando el tablero. «La cagué».

Leon no lo miró. «Al menos no estás muerto».

Los Hawthorne no volvieron a hablar durante los siguientes tres días.

∽

Tobias se inclinó sobre su comida, vigilando al nuevo cambiaformas. El recién llegado, apodado Hulk, medía más de un metro ochenta de altura y sus músculos sobresalían contra la fina tela de su ropa de campaña. La forma probablemente le había parecido una buena idea mientras los cazadores lo perseguían, pero en el campamento significaba que tenía más cuerpo para alimentar. La comida y la amabilidad eran difíciles de conseguir en el Campamento Freak.

Todos aquí entendían la necesidad de comida. Pero eso no significaba que apreciaran cuando alguien, como este imbécil, decidía ir tras las raciones de otros monstruos. Tobias observó el progreso del cambiaformas a través del comedor, acompañado por el puño ocasional en la cara, pequeños gritos ahogados de dolor cuando aquellos acostumbrados al abuso entregaban sus escasas porciones a Hulk. Aquellos que aún tenían la suficiente capacidad de autoconservación para notar las amenazas que se acercaban, presionaban su comida a sus bocas, masticando furiosamente.

Por lo general, Tobias habría estado entre los que se llenaban la boca con pan seco y papilla, pero hoy comió lentamente, observando el progreso del cambiaformas.

Los guardias, que normalmente habrían detenido al cambiaformas o le habrían hecho ser más sutil sobre su robo, y cuya presencia habría limitado las opciones de Tobias, estaban ausentes. Tina Dixon había estado entrando y saliendo de Investigación Especial toda la semana, y algunos de los guardias más nuevos se habían estado riendo a sus espaldas desde el primer momento en que entraba al patio. Los Dixon masculinos rompían algunas cabezas, pero finalmente Dave Donovan dejó caer un comentario sobre ella tratando de compensar su falta de bolas tomando prestadas las de los monstruos.

«Tina haría mejor en encontrar un hombre de verdad que le pusiera algo de acero en su columna vertebral», se rió mientras ella pasaba junto a él.

Se dio la vuelta, con la mirada alegre y enojada en sus ojos, la misma que le había valido el apodo de Maldita puta loca Dixon, o MPL Dixon, y contestó, «¿Qué tal si te rompo la columna y veo si tú tienes algo de acero de sobra?».

Ahora todos los guardias del comedor estaban afuera, animando a sus favoritos, apostando principalmente a que Dixon limpiara la suciedad con el trasero de Donovan.

Nadie estaba mirando el comedor para asegurarse de que los monstruos no se mataran entre sí.

Hulk se abrió camino por las mesas, deteniéndose junto a Tobias. El niño mantuvo los ojos en su plato mientras raspaba cuidadosamente lo último de su papilla con lo último de su pan. Sabía que parecía un blanco fácil, más joven y más pequeño que la mayoría de los monstruos del campamento. Tobias no parecía una amenaza, en lo que se refería a este cambiaformas, tan nuevo que la etiqueta verde amarillento en su brazo todavía rezumaba efluvio donde perforaba la piel y corría entre los huesos del brazo.

Hulk apoyó un rudo puño de en el hombro de Tobias y lo apartó de la mesa.

«Hola, Monstruo Bebé», dijo, arrastrando las palabras, sonriendo a Tobias en una impresión mediocre de Triturador borracho con los gritos de un pobre bastardo. «Entrégame ese plato. No querrás hacerme enojar, ¿verdad?».

La mano en el hombro de Tobias se tensó. Tobias miró alrededor de la habitación, encontrando ojos asustados o tan ansiosos como los guardias por ver dolor.

Tobias golpeó hacia atrás con el codo, clavándose este justo en el punto sensible del muslo de Hulk. Jadeando, el cambiaformas aflojó su agarre. Tobias agarró su mano, girándola sobre y frente a él, obligando a Hulk a caer de cabeza contra la mesa, justo cuando Tobias se levantó para descargar todo su peso a través de su antebrazo sobre el codo de Hulk. El cambiaformas gritó cuando su hueso se rompió, y Tobias lo hizo rodar sobre la mesa (era más fuerte de lo que parecía) y llevó el borde de su plato de plástico barato a la garganta del bastardo, justo debajo del rígido collar nuevo.

«No eres real», dijo Tobias, mirando fijamente a los ojos del monstruo. «Solo eres un bicho raro, igual que yo, y no debes joder con otros bichos raros. Nosotros respondemos. Y no me llames Monstruo Bebé, chico musculoso. ¿Lo entiendes?».

El monstruo gruñó tratando de alcanzar a Tobias con su brazo bueno.

Tobias le aplastó la tráquea con el plato y arrojó la considerable masa del cambiaformas fuera de la mesa.

Para cuando los guardias llegaron en respuesta tardía a la pelea, el chico ya se encontraba sentado en otra mesa, lamiendo tranquilamente su plato. Atraparon al cambiaformas justo cuando se tambaleaba sobre sus pies, con la herida en la garganta que ya se estaba desprendiendo. Gritó y cargó contra Tobias, y luego los guardias lo derribaron. *Ellos* habían usado plata.

Tobias echó un vistazo y luego volvió a su plato, satisfecho de que la situación quedara resuelta. Tal vez más tarde él y Hulk tendrían otra ronda detrás de los barracones. Pero el cambiaformas no era real, ni un cazador, ni un guardia.

Muy pocas cosas podían lastimar a Tobias, y Hulk no era una de ellas. Ya era hora de que Hulk se enterara de eso antes de que el Campamento Freak lo matara.

Mientras Roger se sentaba en su estudio y estudiaba detenidamente un pergamino antiguo, Jake limpiaba su escopeta en la sala de estar, siguiendo con el resto de las armas que papá le había dejado (machete, cuchillo, lanzallamas improvisado), además de darle a la mesa de café de Roger un brillo extra para quitar el limpiador.

Cuando terminó, entró en el estudio. «¿Puedo ayudar?».

Roger no levantó la vista. «¿Sabes leer japonés medieval?».

Jake se movió. «No».

«Entonces no».

Jake suspiró y se volvió hacia la puerta principal. Necesitaba un poco de aire. «Vuelvo en veinte», gritó, y recibió un gesto casual con la mano como respuesta.

La carrera alrededor de la chatarrería le sacó un ligero sudor que se enfrió debajo de su camisa. Truth or Consequences siempre tardaba un tiempo en refrescarse después del verano, pero casi podía sentir que el otoño estaba en el aire.

Primero recorrió el perímetro, comprobando que todas las líneas y trampas que Roger le había mostrado todavía estuvieran en su lugar y sin presas, y luego se abrió paso de un lado a otro entre los autos. Roger tenía algunas chatarras viejas, bastante destripadas y no funcionales. Jake notó algunos autos que le gustaría probar, si Roger le prestaba las piezas para que volvieran a funcionar. Papá le estaba enseñando su trabajo de respaldo como mecánico solo para que pudieran tener la misma tapadera.

Hizo su recorrido en veintiséis minutos, sin necesidad urgente de llegar a ningún lado, no como si tuviera algo más que hacer, y Roger todavía estaba detrás de su escritorio, con un libro nuevo debajo de la nariz.

Jake se apoyó contra la puerta del estudio y jadeó. Había acelerado en el último kilómetro más o menos, solo para poder sentir algo.

«Me alegro de que hayas vuelto», dijo Roger, aún sin levantar la vista. «Estaba a punto de ir a buscarte».

Jake miró el reloj de la pared. «Seis minutos más».

«Debemos ser demasiado cuidadosos».

«¡Dios!», Jake golpeó la pared detrás de él. «¿Va a tener eso en mi contra para siempre? Hice lo mejor...».

Ahora Roger levantó la mirada. «Lo sé, chico. No te preocupes. Solo por un tiempo, León prefiere...».

«Él me quiere poner una niñera. Tengo catorce años, Roger, y soy un inútil». Jake golpeó la pared de nuevo, con fuerza. La madera le dejó los nudillos doloridos, pero nada más cambió.

«¿Estás seguro de que no puedo ayudar? ¿Podrías...?, agitó una mano hacia los libros, «¿...enseñarme el maldito japonés o algo así?».

Roger enarcó las cejas. «¿En una tarde? No».

«Maldita sea». Jake volvió a la sala de estar, de vuelta a sus armas y la bolsa de lona que contenía todo lo que papá le había dejado.

«¿Sabes qué, Jake? Creo que he llegado lo más lejos que puedo con esto». Roger se levantó y cerró el libro. «Tengo que hablar con alguien en el Campamento Freak».

En dos pasos, Jake estaba de regreso en la oficina de Roger. «¿En el Campamento Freak? ¿Puedo ir?». Cuando Roger le dirigió una mirada sospechosa, extendió las manos. «¡Oye! Por favor, no me dejes aquí, no hay *nada* que hacer. Por favor, Roger. No querrás dejarme aquí solo, ¿verdad?».

Roger suspiró. «Que demonios. Sí, no quiero volver para encontrar el lugar reducido a escombros. Coge tu equipo, nos vamos a ir unas cuantas noches».

Jake se rió, golpeando el marco de la puerta con la palma abierta en señal de victoria esta vez. «Sabes, nunca antes había convertido ni siquiera una esquina de este lugar en escombros, pero tengo la sospecha de que esta vez podría hacerlo si me dejas solo. Tal vez invite a todos los chicos de T o C a una juerga y una orgía. No sé si podría evitarlo. Ya que soy un adolescente irresponsable, después de todo».

«Y me dices que no necesitas una niñera». Al pasar junto a Jake cuando salía de la oficina, Roger apuntó un golpe en la parte posterior de la cabeza del chico y este lo desvió fácilmente.

El viaje fue largo. Más tiempo del esperado porque Roger insistió en detenerse para dormir la siesta en el camino. Jake se había ofrecido a relevarlo en la conducción.

«Vamos, son las *cuatro de la mañana*. Manejaré al límite de velocidad y a la policía no le importará una mierda», pero lo rechazó. Aunque valió la pena cuando el Camaro de Roger se detuvo en el familiar estacionamiento de grava.

Jake trató de parecer tranquilo. Había visto cazadores muy nerviosos cuando entraban en el Campamento Freak, pero papá nunca lo estaba, y en todas las cosas, Jake tomaba las pistas de papá sobre cómo comportarse, como un cazador y un Hawthorne. Papá nunca se había visto más que estoico caminando por las puertas del campamento. Cuando Roger sacó de su maletero su bolso lleno de libros japoneses antiguos, también se veía sombrío, como si quisiera que el personal que los registró entendiera que él realmente no quería estar allí.

Era difícil lucir sobrio y profesional, pero Jake hizo todo lo posible para poner su cara de piedra. Sabía que los guardias notarían cualquier emoción (había estado aquí lo suficiente como para saber que no importaba lo descuidados que parecieran los guardias, realmente se daban cuenta de todo), pero esperaba que a Roger no le importara el entusiasmo de Jake. No estaba seguro de por qué a papá y a Roger no les gustaba el Campamento Freak, cuando tantos otros cazadores parecían disfrutarlo, pero Jake sabía que al menos debería intentar imitar su actitud. No quería ser visto como otro cazador de monstruos en busca de las recompensas. Era un Hawthorne. Él tenía una misión. No estaban en esto por el dinero, se trataba de salvar vidas para que nadie perdiera a alguien de la forma en que él y papá habían perdido a mamá.

La atención de los guardias era una de las razones por las que siempre llevaba a Toby a cualquier rincón escondido que pudiera encontrar, tan fuera de la vista como fuera posible, aunque los guardias tendían a caminar alrededor para poder vigilarlos. Probablemente estaban tan seguros como su padre de que Jake no podía arreglárselas solo. Siempre sacaba a Toby del alcance de los oídos de los guardias, por lo menos, y Toby no parecía más ansioso que Jake por que espiaran sus conversaciones. No era como si estuvieran planeando liderar un levantamiento de monstruos o bombardear el campamento ni nada por el estilo.

Jake trajo su propia mochila, muy parecida a la de Roger, pero la suya no tenía nada realmente útil para cazar, solo un sándwich y una bolsa gigante de M&M que había comprado en la última gasolinera.

Cuando estaban solos en el campamento, Jake siempre se aseguraba de estar entre Tobias y los guardias, para tratar de bloquear cualquier posible vista que los adultos pudieran tener del rostro de Toby, porque esas sonrisas... esas sonrisas eran de Jake, y no quería que nadie más supiera sobre ellas. Probablemente era una locura y una obsesión por su parte, pero la obsesión estaba bien. Había escuchado a su padre más de una vez llamar a un *bastardo obsesionado*, y cualquier cosa que viniera de papá era lo suficientemente bueno para Jake.

Los edificios de metal prefabricados tenían el mismo aspecto, tal vez con algunas abolladuras más y otra capa de suciedad. Jake sabía que los monstruos tenían que limpiar los edificios todos los meses, pero el calor y el polvo seguían acumulándose. Cada vez que lo visitaba, Toby parecía tener también otra capa de polvo, una capa de aburrimiento que se desvanecía a medida que pasaba más minutos con Jake.

Jake amaba eso también. Le calentaba las entrañas como el trago de whisky que papá le ofreció en Navidad, pero mucho mejor porque nunca olvidaba ni un segundo la emoción que sentía al estar con Toby.

Estaba tan distraído por la anticipación que se olvidó de ocultar lo impaciente que estaba, hasta que vio a Roger observándolo.

Jake se sintió repentinamente cohibido. En cualquier momento vería a Toby. Un guardia lo detectaría y sacaría a Tobias de donde fuera que estuviera, o un monstruo lo notaría e iría a decírselo al chico, o él simplemente estaría allí. Pero, por lo general, en este punto, la zancada larga de papá consumía la distancia hasta Investigación Especial, mientras que Jake se quedaba en el patio porque su objetivo, su monstruo, estaba justo aquí. Pero Roger seguía mirándolo, y Jake sintió que su impulso se detenía.

No sabía lo que veía en los ojos de Roger, pero sabía lo que habría visto en los de papá. Habían discutido tantas veces que Jake no retrocedía cuando papá sacaba el tema. Él simplemente asentía y lo dejaba pasar y ya no hablaba más de Tobias por un tiempo, mientras pudiera evitarlo, y para que se olvidara de nuevo. Entonces papá decía algo sobre cómo Jake tenía que dejar de pensar tanto en un monstruo, que los monstruos siempre eran peligrosos sin importar cuán inocentes parecieran.

Jake estaba agradecido de que papá no pudiera sostener una discusión por sí mismo. Con alguien más con quien pelear, podía enfrentarse para siempre, y por lo general terminaba siendo expulsado de donde fuera que estuviera, o perdiendo a otro amigo, otro contacto. Más de una vez, Jake había pensado que papá nunca volvería a hablar con Roger, y apenas recordaba a un puñado de otros cazadores que parecían decentes, pero con los que papá no había hablado en años. Y cuando Jake simplemente se calló, papá no parecía capaz de mantener la ira o el interés. Solo había una cosa en la que papá podía concentrar su ira, y nunca había sido Jake.

«¿Estás buscando a ese monstruo?», preguntó Roger.

Así empezaban también las discusiones con papá. Jake lo miró a los ojos. Roger no era papá. Jake no sabía cómo manejar la discusión con alguien que no era papá. Nadie más, aparte de los guardias a quienes Jake no les importaba una mierda, se había dado cuenta.

«Su nombre es Tobias», dijo Jake.

Roger se pasó una mano por la cabeza. «Chico…».

Por el rabillo del ojo, Jake vio que Toby doblaba la esquina al trote. Intentaba no mirar. Nunca había peleado con papá en el Campamento Freak (mantenían un frente absolutamente unido contra otros cazadores y personal de la ACS), pero hacía mucho tiempo que había decidido que de ninguna manera involucraría a Toby en esa pelea.

Pero Roger vio a Tobias al mismo tiempo y Jake tuvo que mirar por encima. No podía dejar que Roger mirara a Toby sin reconocerlo también.

Se puso entre otros cazadores, otros guardias y Toby, y sabía que también se interpondría entre Toby y papá. Y si le hacía eso a la familia, sabía sin lugar a dudas que se interpondría entre Toby y Roger. Se dio la vuelta y se alejó de Roger, dirigiéndose hacia Toby.

Toby no se detuvo, no parecía ver a Roger. Jake no pudo contener su sonrisa, tuvo que cerrar la mano en un puño alrededor de la correa de su bolso para evitar extender la mano.

Su corazón dio un brinco cuando una brillante sonrisa iluminó el rostro de Toby, más ancha de lo que Jake recordaba haberla visto, tan grande que en realidad podía ver un destello de dientes. En ese momento, Toby se veía *feliz*, como cualquier otro niño. Luego, los ojos de Toby se movieron hacia Roger, y en un segundo la sonrisa y toda su emoción desaparecieron, borradas de su rostro. Jake sabía que no se habían ido, que los sentimientos todavía estaban dentro de Tobias en alguna parte, pero mirando su rostro inexpresivo, la piel un poco descamada por la eterna quemadura solar, era difícil imaginar volver a encontrar esa sonrisa.

Tobias se había detenido, repentinamente vacilante y poco dispuesto a acercarse más. Se miraba los pies y luego a un lado, como si tratara de convencer a cualquiera que lo observara de que su afán había sido una ilusión.

Jake miró a su alrededor. Un par de guardias miraban y sonreían. En ese segundo los odió y casi odió a Roger también.

Roger miró al monstruo llamado Tobias. Maldición, el chico parecía de unos diez años y lo suficientemente delgado como para que Roger pudiera meterlo en la bolsa con sus rifles.

A Roger no le gustaban los monstruos, no le gustaba el Campamento Freak, no le gustaban los nuevos cazadores que buscaban recompensas. Demonios, a veces odiaba a los monstruos con una pasión que no le gustaba mirar demasiado cerca, pero ese niño no parecía que pudiera amenazar a una mosca.

Y la forma en que le había sonreído a Jake, por solo un segundo, antes de que desapareciera de su rostro, apretó el corazón de Roger de una manera que no había sentido en mucho tiempo.

«¿Ese es Tobias?». Roger no se había perdido la forma en que Jake se había alejado de él, acercándose al chico. Se preguntó si Jake y Leon discutían sobre esto a menudo, si el chico alguna vez se peleaba con su padre por el niño. Roger discutía con Leon con tanta frecuencia que le resultaba difícil creer que alguien pudiera vivir con el hombre y no querer partirle el cráneo a golpes para que algo de sentido común pudiera colarse. Pero incluso, cuando estaba más enojado, Jake adoraba el suelo por el que caminaba Leon.

Jake asintió. Parecía que no podía decidir dónde fijar su mirada: en Tobias, en los guardias que los miraban o en Roger. «Sí». Enderezó los hombros y finalmente miró a Roger a los ojos. «Él es Tobias».

Por el rabillo del ojo, Roger vio la tensión en los hombros del monstruo. Pensó que Jake también podría hacerlo. Roger suspiró y se volvió hacia el niño.

El monstruo no lo miraría a los ojos. Joder, el *niño* no lo miraba.

Roger levantó una mano, haciéndole señas. «Ven aquí, chico».

Tobias se adelantó de inmediato, con los ojos fijos en el

suelo. No miró a Jake, mientras que Jake no apartó los ojos del rostro de Tobias ni por un segundo.

«Mírame», dijo Roger.

Tobias levantó la vista, pero no hacia los ojos de Roger. Su mirada se posó en algún lugar del área de la oreja izquierda de Roger y se quedó allí.

Roger se movió para tocar la cara de Tobias, para tratar de hacer que el niño lo mirara a los ojos, pero bajó la mano cuando Jake se interpuso entre ellos, con la ira y la culpa mezcladas en su rostro. Roger no podía tocar al niño por la forma en que sus ojos habían cambiado del vacío a... no podía describir a qué. Había visto los ojos de un cambiaformas parpadear en imágenes de video, había visto los ojos de más de un demonio cambiar a un negro o rojo profundo, pero lo que sucedía en la cara de Tobias era peor que todo eso porque la respuesta parecía completamente humana. Ya no vacío y sin esperanza, sino preparado. No se había estremecido, no se había movido en absoluto, pero esos ojos decían, *conozco a los de tu tipo. Vamos, golpéame.*

Había criaturas que habían estado en Investigación Especial durante años, que no tenían ojos así.

«Rog», dijo Jake. «No . . .». Se mordió el labio y luego lo fulminó con la mirada. Roger vio más que un poco de su padre en él, lo que en parte enorgullecía a Roger y en parte le daba ganas de abofetear al chico.

Roger deseó poder ver a Jake emocionado de nuevo. Desde que toda la mierda había pasado cuando Leon había sacado a Jake de la cárcel usando su identificación de cazador, Jake había estado enojado, apagado de una manera que no podía expresar excepto corriendo o montando un campo de tiro casero para practicar tiro o deambular por la casa como un espíritu inquieto. A pesar de que su entusiasmo había sido por un monstruo, un niño que podría convertirse en una de las cosas peligrosas que Roger dejaba de lado sin dudarlo, hubiera sido bueno para Jake estar fuera de su miedo por un poco más de tiempo.

«No le haré nada». Roger miró a Tobias. «Tú. Párate allí por un segundo».

Tobias se retiró, aunque no le dio la espalda. Roger tuvo la sensación de que estaba observando cada uno de sus movimientos, tratando de que no lo vieran haciéndolo.

Roger empujó a Jake a un lado. «Se ve bien, y nunca ha tratado de lastimarte, ¿verdad?».

Jake se hinchó de indignación. «Maldita sea, Roger, nunca se ha acercado. ¿Por qué no puedes simplemente entender...?».

Roger levantó una mano, interrumpiendo a Jake. Ojalá eso funcionara tan bien con Leon. «Son monstruos, chico. Sabes que cada monstruo en este campamento hizo algo o fue una amenaza de alguna manera. Por eso están aquí».

«¡Tobias no hizo nada!». La voz de Jake se elevó, pero la controló, miró a los guardias y luego volvió a mirar a Roger. «Él no hizo nada», siseó. «Lo dejaron aquí antes de llevarlo al maldito jardín de infantes y no recuerda nada. ¿Cómo puede ser un monstruo?».

«Él dice que no recuerda nada», dijo Roger. «Eso no significa que no pasó nada. Los hombres lobo...».

«Tobias no es un hombre lobo, ni un vampiro, ni un psíquico o una bruja o cualquier maldita cosa a la que puedan ponerle una etiqueta. Es solo Tobias, y claro, está aquí, pero eso no significa...».

«Jake». Roger se sorprendió de que solo decir el nombre del niño lo hiciera callar. Tal vez estaba canalizando a Leon. Pensamiento escalofriante. «Él está *aquí*».

Jake miró hacia otro lado. «Eso no significa nada. Los papeles se joden todo el tiempo, de lo contrario no habría pasado semanas bajo el nombre de Jackie, recibiendo castigos por no aparecer en Economía Doméstica todo el tiempo que estuvimos en Buffalo».

Roger miró al adolescente malhumorado frente a él y al chico silencioso y desesperanzado que estaba fuera del alcance del oído. Casi podía creer que Jake sabía de lo que estaba hablando. Por otra parte, apenas tenía catorce años.

Pero diablos, Leon había abandonado a su hijo en manos del SPI, y Roger había cometido su parte de errores y habían estado bastante por encima de la edad de Jake. Roger solo esperaba que este no fuera otro más.

«Diablos», dijo al fin. «Voy a Investigación Especial. ¿Quieres venir conmigo?». No es que Roger quisiera a Jake cerca de ese lugar. Cuanto más tiempo pasara Jake sin estar expuesto a esa parte de la vida de cazador, mejor. Se sintió aliviado cuando Jake negó con la cabeza, aunque Roger podía sentir la amargura saliendo de él.

«Jake». El chico levantó la mirada. Maldita sea, ese niño era tan terco como su padre, pero Roger estaba bastante seguro de que su corazón estaba en un lugar más saludable. «Sé que vas a pasar el rato con ese niño, probablemente le darás los dulces de tu bolsillo, ¿verdad?».

El rostro de Jake se cerró, terco y enojado. «Tal vez, señor».

No había un tal vez al respecto, pero Roger no lo dijo en voz alta. El chico no necesitaba saber que Roger podía leerlo como un libro, y tampoco era un jodido japonés medieval. «Cuídate, Jake. Ten cuidado».

Jake se relajó un poco. Roger se preguntó si eso era algo que Leon le decía antes de irse, antes de mostrarle a Jake que confiaba en él. «Siempre lo tengo, señor». Sonaba confiado, pero un poco resentido. La experiencia reciente le había enseñado que tener cuidado no siempre era suficiente.

Roger deseó poder explicarle a Jake que Leon no estaba enojado con él, sino consigo mismo, y que Hawthorne nunca había sido bueno para canalizar su odio personal y su rabia hacia las personas y objetos que lo merecían, pero no lo hizo. Creía que Jake podría entenderlo. El chico nunca había sido responsable de nadie más que de sí mismo, y tal vez a veces de su padre. Nunca había conocido el amor furioso y profundamente arraigado que Leon tenía por él, incluso cuando Leon estaba haciendo un mal trabajo para demostrarlo.

En cambio, Roger dijo: «Lo haces bien, chico». Con una mirada más a Tobias, se alejó.

JAKE RESPIRÓ ALIVIADO cuando Roger se alejó. Había sentido que la discusión crecía, sabía que no sería capaz de evitar defender a Toby, y Roger podría haberse visto obligado a agarrarlo por el pescuezo y sacarlo del campamento a rastras, lo cual... habría ayudado a Toby, y entonces habrían discutido. Jake pensaba a veces que sería bueno pelear con alguien por Toby. Todavía no había podido llegar a ese punto con papá. No podía quitarse la certeza de que su padre sabía más, su padre sabía cómo mantenerlo con vida y Jake nunca debería cuestionarlo.

Por supuesto, estaba el hecho de que papá no hablaba con él, estaba tan jodidamente avergonzado de cómo se había comportado Jake con todo el asunto de SPI que se había ido y probablemente no volvería por mucho tiempo.

Pero ahora Roger se dirigía a Investigación Especial y no había nada que impidiera que Jake se dirigiera donde estaba Toby.

Tobias observó al cazador irse, con expresión tensa, y su mirada se dirigió a Jake y a los guardias alrededor del patio.

La energía nerviosa entre ellos le recordó a Jake que él y papá no se estaban hablando. Excepto que al menos él y Toby estaban juntos en la conspiración.

Ambos esperaron hasta que Roger hubo desaparecido por una esquina y luego, simultáneamente, soltaron un suspiro de alivio. Tobias se sobresaltó, pero Jake se rió. Era bueno, malditamente bueno estar cerca de alguien que no era un adulto, alguien que también se relajaba cuando finalmente lo dejaban solo.

«Hola, Toby».

Tobias le dirigió una sonrisa nerviosa y Jake no pudo contener la suya. Deseaba que Toby se viera tan feliz como cuando vio a Jake por primera vez, pero pensó que era demasiado esperar. Rara vez llegaba a ver a Toby emocionado. No había tanta emoción que alguien pudiera tener en una prisión, Jake lo sabía ahora. No era de extrañar que Tobias llevara tanto tiempo allí que ya no pudiera controlar la ira. Bueno, Jake podría estar enojado por los dos.

«Ven aquí». Jake sacudió la cabeza y Toby lo siguió hasta el costado de un edificio. Jake dio la espalda para bloquear la vista de los guardias de Toby, y nadie pudo ver sus labios moverse. No sabía si alguno de los guardias leía los labios, pero no se arriesgaría.

«Tengo algo que decirte».

Tobias parpadeó rápidamente y agachó la cabeza. «¿Qué... qué pasa? Tu papá...».

Jake le hizo señas para que se calmara. «No, esto no se trata de papá. Esto es...». *Esto se trata de mí, dándome cuenta de que no deberías estar aquí, que nadie tan bueno como tú debería estar encerrado como yo lo estuve.* «Es algo completamente diferente».

«Está bien», susurró Tobias. Él no estaba mirando hacia arriba. Tenía las manos juntas con fuerza como si se preparara para el golpe.

Jake quería que Toby lo mirara. Quería que Toby le creyera. Nadie más lo hacía, pero de todas las personas en su vida, Toby era en quien Jake más quería que confiara en él.

Ahuecó las manos de Toby entre las suyas como si fueran un pájaro frágil, acariciando la parte posterior de sus nudillos, hasta que Toby lo miró. «Te voy a sacar de aquí. Voy a sacarte del Campamento Freak, aunque sea lo último que haga».

Tobias se quedó mirando. Parpadeó un par de veces y luego sacudió la cabeza con fuerza, como si tuviera agua en los oídos.

«J... J... Jake, no bromees sobre. . .», Jake vio que el pecho de Toby subía y bajaba rápidamente, y ¿y esas eran lágrimas? «Por favor, no digas cosas...».

«Te voy a sacar». Toby tenía que creerle. De repente, en los catorce años de Jake, este era el objetivo más importante que jamás había tenido. Había defraudado a mucha gente últimamente, pero Toby tenía que creer que Jake nunca lo defraudaría mientras hubiera un respiro más en su cuerpo. «No es que esté jodiéndote. Es una promesa».

Tobias se quedó mirándolo. «Jake. . . no puedes. Quiero decir, sé que lo intentarías, pero no puedes sacar a un monstruo. Y yo solo. . .».

«Lo haré, Toby. Solo mírame. Te di mi palabra, ¿no?». *Y no mereces estar aquí.*

«Lo hiciste. Solo que no...». Tobias volvió a negar con la cabeza y luego respiró hondo. Cuando levantó la vista, tenía lágrimas en los ojos, pero Jake no pudo ver ningún rastro de duda o el pánico que había estado allí antes. «Es difícil de creer», susurró. «Es difícil . . .».

«No tienes que creerlo», le dijo Jake. «Porque voy a hacer que suceda, y luego no será un maldito cuento de hadas, será real».

Una vez que Toby estuviera fuera, Jake se aseguraría de que estuviera a salvo para siempre. De que nadie pudiera volver a asustar a Toby.

Y todos los demás podían irse al infierno, mientras tuviera a Toby.

6

CAPÍTULO SEIS

1995–1996

De vez en cuando, cuando Jake y papá visitaban el Campamento Freak, entrando o saliendo se cruzaban con otros cazadores.

A veces charlaban y, a veces, papá dejaba claro que los odiaba a muerte.

Esta vez el otro cazador era Henry Miller, y estaba sentado en una de las sillas de metal y plástico del vestíbulo de Recepción. La recepcionista de cabello oscuro y cara afilada, que Jake pensaba que se llamaba Deborah, se sentó frente a él para entregarle el papeleo. Una cambiaformas, claramente una reclusa del Campamento Freak por la ropa gris y la etiqueta verde brillante en su brazo, se encontraba sentada en la silla al lado del cazador. Tenía la forma de una mujer rubia joven y huesuda y parecía que no podía mantener la cabeza erguida. Sus ojos parecían incapaces de concentrarse en nada, y era tan desconcertante que Jake alcanzó su cuchillo involuntariamente.

«¿Qué excusa para una cacería te arrastró hasta aquí, Miller?», dijo papá. Había sido un viaje duro; se había cortado la pierna hacía unas semanas, y aunque Jake se había ofrecido, no había querido dejar que Jake condujera.

Si a Miller le importaba un carajo que Leon estuviera de mal humor, no lo demostró. Sonrió a los Hawthorne, deteniéndose en su papeleo. «Vaya, pero si es el equipo de ensueño de padre e hijo. Se rumoreaba que ya estabas jubilado en Florida, bebiendo esos Martini con sombrillitas».

«Oh, Miller, no soñaríamos con un viaje a la playa sin ti», dijo Jake, fingidamente dolido.

La cambiaformas en la silla junto a Miller se movió débilmente, retorciéndose en su asiento. Miller se giró y la golpeó con fuerza entre las costillas, haciéndola encogerse y toser, tirando de sus rodillas hacia el pecho. Fue entonces cuando Jake notó la resistente cadena de plata que sujetaba el collar del monstruo tanto a la mesa como al cinturón de Miller.

Los ojos de papá se habían entrecerrado en la misma cadena. «¿Qué diablos está pasando allí?».

«Solo reclamando un monstruo», dijo Miller. «Estoy cazando un nido de Bestias de la Carretera Bray, cerca de Elkhorn, y esas cosas son como tiburones: arrojas un poco de sangre al suelo y vienen directamente por ti. Claro que es mejor que caminar de un lado a otro de la zona rural de Wisconsin tratando de desenterrar el nido de esos pequeños hijos de puta».

La boca de papá se torció. «Eso es enfermizo, Miller».

Miller le dio una palmada al cambiaformas en el hombro, esta vez con más cariño. «No es como si estuviera usando un civil, Hawthorne, así que no te alteres. La sangre de cambiaformas y la sangre humana huelen casi igual para esos pequeños carreteros. Y además, esta cambiante probablemente me mantendrá abrigado y entretenido en esos moteles de mierda. ¿Puedes creer que no tienen cable en algunos de esos agujeros de mierda?».

Jake se quedó mirando. Este era un cazador, sacando un monstruo de FREACS. De acuerdo, no parecía que el tipo estuviera sacando a la cambiaformas por nada parecido a las razones por las que Jake quería sacar a Tobias; Jake se puso un poco enfermo al pensar que alguien sacaría un monstruo solo para joderlo y matarlo. Pero ver evidencia de primera mano de que realmente era posible lo que le había prometido a Toby, deshizo algo dentro de él, levantó sus esperanzas, incluso cuando papá se enojó más.

El rostro de papá era de piedra. «¿Y crees que eso me convencerá de que *no* eres un bastardo enfermo?».

Miller se encogió de hombros. «No todos podemos ser cazadores semidioses, Hawthorne. Además, ofrecen una recompensa decente por esas Bestias de la Carretera. No necesito tu aprobación si recibiré dinero en efectivo de Dixon».

Papá señaló con la barbilla a la cambiaformas drogada. «Básicamente estás *trabajando* con un monstruo, Miller».

Miller se rió y empujó su montón de papeles hacia Deborah. «No te preocupes, Hawthorne, la monstrua terminará muerta eventualmente. Puede que lleve un poco más de tiempo del que a ti o a ella les gustaría».

La cambiaformas se deslizó hacia abajo en su silla y emitió un gemido bajo y doloroso. Miller le frunció el ceño y miró al guardia que estaba junto a la pared. «¿Puedo poner un poco más de tranquilizante a mi monstruo? No quiero que pelee cuando la meta en mi maletero».

«Vamos, Jake», dijo papá, moviéndose hacia la puerta. «Estoy seguro de que Miller y su fenómeno serán muy felices juntos».

«Vete a la mierda, Hawthorne», gritó el otro cazador.

Papá lo ignoró, si se enojaba con todas las personas que le decían que se jodiera, no tendría tiempo para enojarse con las personas que cuestionaban su juicio o tenían opiniones diferentes, y Jake apenas miró hacia atrás, aunque realmente quería hacerlo, quería estirar la cabeza sobre el papeleo que Miller había firmado.

Probablemente Jake tendría que ser un cazador con licencia

para sacar a Tobias, y todavía faltaban tres años para su decimoctavo cumpleaños. Tal vez podría convencer a papá de que firmara parte del papeleo, si lo pedía de la manera correcta.

Pero mientras caminaban por la recepción, Jake tuvo que admitir que no era muy probable convencer a papá para que sacara a Toby, pero un niño podía soñar, ¿no?

Al menos papá estaba confiando en él nuevamente, dejándolo ayudar en las cacerías. Realmente ayudar, no solo dejar a Jake en el Eldorado como vigilante y conductor de escape. Papá había puesto su fe en Jake, lo había dejado usar su propia escopeta y lo traía para que le cuidara las espaldas. Tampoco lo dejaba solo en cuartos de motel de mierda con tanta frecuencia. Jake sabía que esto se debía, al menos en parte, a la tormenta de mierda de SPI, pero se sentía bien, como si él y papá fueran socios. Más de una vez, Jake había evitado que papá resultara gravemente herido, salvándolo mientras juntos salvaban a los civiles. Eran un buen equipo, y Jake trató de no estropearlo hablando demasiado de Tobias.

Al menos tanto como podía ayudar.

«¿Irás a ver a ese monstruo?», preguntó papá mientras salían al frío aire otoñal.

Jake metió las manos en los bolsillos y se encogió de hombros. Hoy, había traído manzanas, las más grandes que pudo encontrar en la gasolinera. Le había llevado chocolate a Toby las últimas veces y, aunque no podía imaginarse cansarse del chocolate, a Toby le encantaba la fruta. Jake también tenía una bolsa de papas fritas que había encontrado en el asiento trasero cuando buscaba el cuchillo que siempre traía consigo a FREACS.

«Sí», dijo. «Probablemente».

Papá frunció el ceño. «No entiendo tu fascinación. Y Miller de la Recepción, ¿te gusta?».

Jake lo miró boquiabierto. «¡Papá, qué asco, no!». No estaba seguro de si papá se refería a poner a Tobias como cebo para otros monstruos, o a los otros comentarios enfermizos de Miller, pero, de cualquier manera, *carajo no*.

«Porque al menos, yo entendería eso». Papá miró a Jake por el rabillo del ojo. Ya no tenía que *bajar* tanto la mirada. Estos últimos meses, Jake se había disparado casi tan rápido como un cambiaformas tratando de unirse a un equipo de baloncesto. «Ya te dije que no tengo ningún problema con que te balancees en ambos sentidos, pero al menos asegúrate de que sean humanos».

«¡Papá!», Jake no podía creer que estuvieran teniendo esta charla, y en el Campamento Freak de todos los lugares. Solo habían pasado un par de meses desde que papá regresó antes de lo que se suponía y sorprendió a Jake en la habitación del motel con un visitante semidesnudo. Dylan había sido la única parte redentora de ese pueblerino lugar con su suave cabello color arena, labios dulces y manos alucinantemente talentosas. Al menos papá se había hecho a un lado cuando Dylan salió corriendo por la calle. Habían pasado otras veinticuatro horas, y papá trajo a casa un paquete de seis para dividir entre ellos, antes de que él y Jake lograran tener una conversación tan breve como parecía necesaria. Hasta *ahora*.

Jake se inquietó, comprobando que ninguno de los guardias estuviera cerca. Demonios, que papá *preguntara* eso ya era bastante incómodo sin que ninguno de los malditos enfermos que custodiaban a los monstruos lo escuchara. «Eso no es lo que *significa* bisexual. Hemos pasado por esto. Y no significaría…, *vamos*, papá, ¿en serio crees que haría eso?».

«No, a menos que se te haya metido algo que necesitaría un exorcismo para sacarlo. Los Hawthorne no se follan a los monstruos». Sacudió la cabeza, ignorando la conversación. «Hoy estaré en Contención Intensiva. No será largo. Trata de no distraerte demasiado con…lo que sea que hagas».

«¡Sabes que no estoy poseído, ¡acabamos de cruzar el

maldito pentagrama!», Jake contestó, pero papá ya estaba al otro lado del patio.

Jake tardó varios minutos en encontrar a Tobias. Cierto, no estaba tan concentrado como de costumbre; por lo general, si no podía detectar a Toby, hacía que un guardia cercano lo llamara por radio. Hoy caminó lentamente por el patio, observando a algunos monstruos que apartaban bruscamente la cabeza de él. Miró la hilera de postes, espaciados en el patio, con las esposas colgando de la parte superior. ¿Cuántas veces había pasado junto a ellos sin siquiera preguntarse por qué estaban allí?

En algún momento desde que tenía diez años, este se había convertido en uno de los lugares a los que más ansiaba regresar, porque significaba que volvería a ver a Toby. Amaba a papá y le encantaba cazar (*salvaban* a la gente), pero a veces sentía que su vida, su vida, no era más que una serie interminable de moteles destartalados, chozas abandonadas, escuelas que eran una pérdida de tiempo y estafas que engañaban a todos, haciéndoles creer que eran alguien que no eran. No importaba mucho si estaban en Maine o Texas: las cacerías y los monstruos se encontraban en todas partes. Incluso las cacerías se confundían. Al final, un espíritu violento no era muy diferente de un wendigo. [Nota de la T.: *Un wendigo es un espíritu monstruoso y malévolo que ha poseído a un humano*]

Solo Toby era diferente a todos ellos. Él era especial, porque siempre era la misma persona. Jake podía mencionar una cacería que él y papá habían hecho en Las Vegas, que torpemente había resultado no ser un cambiaformas, sino un hombre de negocios con un fetiche particular y Toby se reiría porque lo recordaría. A Jake le encantaba hablar con Toby, pero más que eso, tenían anécdotas y una historia juntos. Jake supuso que él y papá tenían una historia en Morgantown, Virginia Occidental, donde habían vivido antes de que mamá muriera, pero esa historia era vieja y muerta, como mamá, y nunca habían regresado. Toby, junto con Roger, era lo único en la vida de Jake que esperaba volver a ver. Supuso que esa era la razón por la que su corazón saltaba cada vez que escuchaba a alguien decir *Campamento Freak*, y por la que siempre esperaba que su padre encontrara otra razón para regresar pronto.

Pero ahora, de pie en medio de su patio, se daba cuenta de que odiaba el lugar. Se le ponía la piel de gallina, y se sentía sucio y asqueroso tan solo estar allí, como cuando ese monstruo con tentáculos en Florida trató de luchar contra él usando su propia saliva.

«¡J... Jake!».

Al volverse rápidamente, vio a Tobias de pie contra la pared del comedor, con los brazos cruzados sobre el pecho y las manos agarrando su delgada chaqueta azul. Estaba mirando a Jake, más como verlo a través de su cabello, pero no había rastro de la sonrisa habitual que tenía cuando veía a Jake por primera vez. Parecía preocupado, incluso asustado.

«Toby». Jake se dirigió hacia él, luego se contuvo, mirando a su alrededor en busca de guardias o monstruos mirando. De repente estaba enojado con todo, incluido con él mismo. ¿Cuándo diablos le había importado antes? No tenía ni una maldita cosa de la que avergonzarse. Con el ceño fruncido, se unió a Toby contra la pared. «Hola, Toby».

Tobias parecía estar intentando desaparecer en la pared de metal detrás de él, metiendo la barbilla, aunque seguía mirando a Jake a vistazos. No dijo nada más.

Jake suspiró, sacudiendo la cabeza una vez, luego buscó en su bolsillo la bolsa arrugada de papas fritas. «Traje esto para ti». No podía mostrar su entusiasmo habitual. *A la mierda Miller*. Antes de que entraran en la recepción, había estado deseando ver a Toby tanto como siempre.

«G... gracias». Tobias sostuvo la bolsa, pero no la abrió. Luego dijo, sin levantar la vista, «¿Estás... estás bien?».

Jake resopló y se deslizó por la pared para sentarse en el

suelo. «Sí, Toby» Palmeó la tierra a su lado. «Estoy bien, lo prometo, solo traigo algo de mierda en mi mente. Nada que ver contigo. Adelante, come».

Tobias se arrodilló a su lado, pero solo toqueteó la parte superior de la bolsa hasta que Jake comenzó a contarle sobre este monstruo con el que él y papá se habían enfrentado en el norte de California que, *no es broma*, había tenido un ataque mortal de pedos. Al menos tres policías habían terminado en el hospital, mutilados y noqueados, a causa de la cosa. No había forma de saber cuántas personas acababa de comerse. Él y papá habían eliminado a la cosa, pero solo después de una semana y media de recorrer el bosque para encontrar su nido.

«Usamos *tapones en la nariz* todo el viaje, Toby. La nariz de papá parecía el doble de grande. Fue ridículo».

Tobias se relajó gradualmente, comiendo cada papa con cuidado y gusto, riéndose de las partes divertidas y fijando sus ojos con más confianza en la cara de Jake. Mientras lo hacía, Jake también se sintió mejor, más seguro de que, fuera lo que fuera lo que Miller o papá pensaban, no era cierto y no importaba cuando estaba aquí con Toby, riéndose de monstruos y cacerías, compartiendo una bolsa de papas fritas y una manzana.

De todos modos, Jake se abstuvo de inclinarse para golpear su hombro contra el de Toby. Con las palabras de papá resonando en sus oídos, simplemente no parecía correcto. Aunque no podía precisar qué estaría mal al respecto.

Fiel a su advertencia, papá salió de Contención Intensiva en menos de una hora. Jake se alegró de que un guardia lo encontrara y le dijera que su padre lo estaba buscando. Jake no quería que Leon los viera juntos, no ahora.

El pensamiento lo hizo sentir horrible, y tampoco sabía por qué se sentía *así*.

Jake se puso de pie y empujó la bolsa de papas fritas vacía en su bolsillo. Te veré luego, Toby.

Toby susurró algo y Jake se giró para mirarlo. Toby seguía agazapado en el suelo, mirándose las manos.

«¿Qué dijiste, Toby?», Jake sonrió, pero no pudo poner mucho corazón en ello. «Tal vez tengo uno de esos tapones para la nariz clavado en mis oídos».

Tobias levantó la vista. «Espero que regreses pronto. Yo solo … sí».

Eso no sonaba como lo que había dicho la primera vez. Parecía que Toby no esperaba que él regresara en absoluto.

Jake no creía que pudiera mantenerse alejado. *Caminaría* de regreso al Campamento Freak si tuviera que hacerlo. «Siempre volveré, Toby. Es una promesa». Jake sonrió y casi extendió la mano para alborotar el cabello de Toby, pero creyó escuchar a papá acercarse. Se dio la vuelta.

Jake sintió los ojos de Toby sobre él mientras cruzaba el patio, pero cuando miró hacia atrás, la cabeza de Toby estaba inclinada.

ADEMÁS DE NO GUSTARLE MUCHO TODA la institución FREACS, a Roger no le gustaban los Dixon.

Antes de la ACS, la caza había sido tradicionalmente una ocupación violenta, no remunerada y solitaria que volvía a un hombre paranoico por los pequeños sonidos, las sombras, las fallas eléctricas y las pequeñas inconsistencias en el comportamiento humano. Era una receta para chiflados y excelentes mentirosos, pero rara vez para un hombre de familia respetable, de buenos modales, trabajador de nueve a cinco. La teoría de Roger era que los cazadores eran generalmente idiotas arrogantes con cierto nivel de deseo de muerte, incluido él mismo, y funcionó a partir de ahí. De forma individual, probablemente preferiría matar cosas con sus compañeros cazadores que tener una pequeña charla.

Los Dixon siempre habían sido una excepción por la forma en que profesionalizaron la caza de monstruos generaciones antes de que Elijah Dixon creara la ACS. Esto significaba que, durante décadas, antes de la Masacre de Liberty Wolf, ya se consideraban a sí mismos como modelos de caza y, en general, era insoportable estar cerca de ellos por más de unas pocas horas seguidas. Y eso fue antes de que recibieran la bendición oficial del gobierno de los Estados Unidos en 1984.

Quince años después, los Dixon eran un caso de estudio perfecto de lo que sucedía cuando se combinaba la manía de cazar, una convicción inquebrantable en la rectitud y el patriotismo de su causa, una dinámica familiar posesiva y una tendencia a fusionar su propia identidad con la nacional. Todo resultaba en una pandilla de mentirosos patológicos armados que tendían a disparar primero y hacer preguntas después, si es que lo hacían.

Pero incluso si no le gustaban por la forma en que rechazaban a cualquier cazador fuera de su manada y lo orgullosos que estaban de los pequeños niños Dixon que manejaban escopetas y paquetes de sal casi tan pronto desde que iniciaban a caminar, no se quedaría al margen cuando lo necesitaran.

«Nos vendría bien tu ayuda, Harper», dijo la persona que llamó. «Rougarou, Silver City. ¿Disponible?».

Roger reconoció la voz como un Dixon, más por el tema y el uso de *nos* que por cualquier otra cosa. «Rougarous, ¿eh? Ha pasado tiempo». Más raros que los hombres lobo, los Rougarous eran más voraces. También eran más peligrosos si descubrían lo que eran, porque a diferencia de los hombres lobo, tenían la oportunidad en los primeros ciento un días de librarse de la maldición rougarou y recuperar su humanidad, pero solo si mordían a otra persona.

[Nota de la T.: *El Rougarou es una criatura legendaria en las comunidades francesas, conectada a las nociones europeas del 'hombre lobo'*]

«Tenemos un equipo aquí, pero algunos de ellos están verdes aún. Buscando aparentar al usar una barba gris».

«Yo no tengo barba, ni es gris ni de ningún otro color. Está bien, dame. . .». Hizo un cálculo rápido en su cabeza. «¿Dos horas?».

«Sí, bien. Te esperaremos. Puedes comunicarte conmigo a este número. ¿Listo?». El Dixon recitó un número y Roger lo anotó.

Cuando llegó a Silver City, era temprano en la tarde. Entró en el bar que tenía un estacionamiento abarrotado, demasiados para una multitud habitual de bebedores de mediodía.

Al entrar, estuvo a punto de recibir un disparo de un joven cazador impetuoso: un chico de cabello color arena, no un Dixon, sino un aprendiz de la 'ACS Hunter Academy', a juzgar por cómo saltó sorprendido y respondió automáticamente con la escopeta. El niño era nuevo. Si Roger *hubiera* sido un monstruo, habría podido arrancarle la garganta antes de que llegara al arma.

Lucas Dixon sacó una mano y tiró del codo del niño antes de que pudiera enviar un tiro al pecho de Roger, pero aún así apretó el gatillo. Otros dos cazadores se pusieron a cubierto detrás de la mesa de billar. El arma se quedó vacía. ¿El idiota había ido con un arma que ni siquiera estaba *cargada*? Pero Roger todavía tenía que esforzarse para evitar que su corazón latiera fuera de su pecho. Si el arma *hubiera* estado cargada, habría hecho un agujero de sal de roca a través de las botellas en la parte posterior de la barra, si no es que hubiera abierto la cabeza del cantinero.

Lucas simplemente suspiró y empujó al niño mortificado mientras los dos cazadores mayores parecían disgustados, ambos claramente Dixon por su estructura facial similar y la forma fácil en que se paraban con sus armas.

«Ese es Harper», dijo Lucas. «Mejor no dispararle». Al reconocer su voz por la llamada que había recibido, Roger se sintió viejo. Lucas había sido un mocoso la primera vez que se conocieron en 1985, cuando los Dixon se acercaron a todos los otros cazadores conocidos, pidiéndoles que se unieran. Roger les había dicho que no era de los que se unen a un club, pero un año después tuvo que ceder y solicitar su propia licencia de la ACS. Podía ser terco, pero no lo suficientemente estúpido como para dejar pasar un cheque de pago considerable por lo que solía hacer gratis, sin mencionar una tonelada de recursos y una excelente atención médica.

El cantinero se aclaró la garganta. «Oigan, muchachos, apoyo a las tropas tanto como cualquiera, y les puedo dar una cerveza gratis si regresan esta noche, pero mientras manejen armas de fuego...».

«Sí, sí», Lucas se enderezó de la barra y les hizo señas hacia la puerta. «Lo llevaremos afuera».

«¿Cómo nos encontró?», preguntó uno de los otros aprendices, una chica con dos largas trenzas marrones. Roger decidió que no iba a preguntar sus nombres. Probablemente estarían muertos en un par de años una vez que se soltaran de la correa de entrenamiento de los Dixon, si no es que antes. Esa pregunta simplemente no había sido tan brillante.

«Es un cazador», se rió uno de los Dixon. «¿Qué esperabas?». Tenía dientes torcidos que brillaban en la penumbra.

«Vudú», sugirió el otro Dixon, más alto, con una voz fingidamente espeluznante, pero sonaba como un imbécil sin cerebro y no como si estuviera haciendo una amenaza que Roger tendría que enfrentar.

Lucas estaba jugando al buen líder y manteniendo la boca cerrada. Por lo general, un sabelotodo, recordó Roger, pero estaba sonriendo.

«Hay muchos autos en el estacionamiento para esta hora del día», señaló Roger. «Y los cazadores tienden a reunirse en bares y no, digamos, en salones de belleza».

«Yo no, Harper», dijo Lucas. «Estaba totalmente a favor de vernos en el 'Chic Cuts', pero me superaron en las votaciones».

Roger lo ignoró. «Esta es una gran cantidad de personas para un rougarou».

Dientes Torcidos volvió a sonreír. «Ni siquiera estarías aquí si no fuera por los mequetrefes, viejo».

Lucas se encogió de hombros. «No te preocupes, Harper, obtendrás tu parte de la recompensa». Roger empezó a decir que eso no era lo que le preocupaba, pero Lucas continuó. «Te llamé porque creemos que tiene ayuda. Aún no se han reportado muertes, lo cual es extraño dado que el análisis de sangre de este monstruo regresó del laboratorio. El bastardo pensó que tenía algún tipo de infección estomacal, lo revisaron y obtuvimos la información. Pero desde entonces, no ha habido *nada*. No sabemos si este bicho raro se ha estado comiendo a los vagabundos o si todavía parece humano, y no sabemos por qué no nos llega más información».

«Nunca he oído hablar de un rougarou corriendo en manadas o con grupos», dijo Roger.

«Sí, ¿pero la audición no comienza ya a afectarte por tu edad?», preguntó Lucas con fingida preocupación. Roger le lanzó una mirada de *'Todavía puedo patearte el trasero'* y levantó las manos en broma. «Entonces, si estás dispuesto abuelo, podríamos aprovechar el refuerzo. Un refuerzo serio y profesional». Él sonrió. «Después de todo, Harper, puede que no seas de la familia, pero eres muy bueno».

Roger puso los ojos en blanco. «Ya estaba arrojando trolls de las montañas cuando necesitabas que te cambiaran los pañales. Ahora dime, qué es lo que tienes».

Lucas expuso la información y el plan con la típica eficiencia y profesionalismo de los Dixon. Cuatro cazadores por la parte de atrás, tres por el frente, extendiéndose a medida que avanzan hasta atrapar al monstruo.

«Creemos que la esposa puede estar involucrada», agregó Lucas. «Ayudando al monstruo».

«Como un Renfield, solo para un rougarou y no un vampiro», dijo 'Dientes Chuecos' Dixon. «Cristo, qué idea».

«Sí, yo tampoco quiero creerlo, pero hay amantes de los monstruos por ahí». El labio de Lucas se curvó. «Recuerda, si algo ataca, disparas al verlo. Si sigue apareciendo, lo incineras. Quiero al bicho raro vivo por la recompensa, preferiblemente. Los Rougarous son raros y nos vendría bien cualquier información nueva, pero no quiero que nadie haga algo estúpido para lograr una captura en vivo. Es solo dinero, información y gloria, amigos. No vale la pena perder cazadores».

Todos asintieron, los Dixon con aburrimiento, los novatos con entusiasmo. Si uno de ellos no hacía algo estúpido para obtener la recompensa, Roger se compraría un trago.

Al principio, el ataque se redujo sin problemas. Los chicos siguieron el ejemplo de los Dixon de manera silenciosa y eficiente, y el rougarou de aspecto demasiado humano apenas tuvo la oportunidad de lanzar un golpe a sus atacantes, Lucas, que esquivó el golpe con facilidad, antes de que los otros cazadores lo llenaran con dardos tranquilizantes.

La investigación del Rougarou fue mínima, por lo que Lucas les pidió que usaran una combinación de cordeles, hierro, seda, cobre, plata, catgut y pequeñas bridas de plástico. Estaban atando los últimos nudos cuando la esposa llegó a casa con las compras.

Atravesó la puerta principal, vio lo que le estaban haciendo a su esposo y dejó caer la bolsa llena de paquetes limpios de carne recién sacrificada.

Roger estaba en la cocina, descubriendo montones de filetes crudos envueltos en el refrigerador y el congelador, cuando escuchó los gritos y dos disparos de escopeta. Corrió, esperando escuchar el lanzallamas en cualquier segundo, pero en la sala de estar, el monstruo todavía estaba aturdido por los tranquilizantes. En cambio, uno de los cazadores novatos estaba tirado en el sofá, jadeando de dolor por un agujero en su pecho lo suficientemente grande como para caber un melón. La esposa, con el cabello castaño ondulado volando alrededor de su rostro enfurecido, tenía una escopeta humeante.

«¿Qué le están haciendo?», ella gritó. «¡Quítale las manos de encima a mi marido! ¡Suéltenlo!». Y en eso, giró la escopeta.

Lucas, que había estado asegurando el segundo piso, *apareció* de repente, le arrebató el arma de las manos, le rompió el brazo y le dio una patada en una rodilla. Cayó, gimiendo de dolor y rabia, pero aun así trató de llegar a los ojos de Lucas con su mano buena. Dientes Chuecos Dixon vació su cargador de tranquilizantes en su espalda.

Lucas se levantó y se echó el pelo hacia atrás con la mano libre. «Maldito amante de los monstruos. Son peores que los monstruos». Escupió en el suelo.

El Dixon más alto, que había estado examinando al joven cazador muerto, levantó la vista. «Entonces, ¿qué hacemos con la perra?». Arrugó la nariz con disgusto ante la mujer que yacía inmóvil en el suelo. «¿Supongo que no podemos simplemente dispararle y tirar su cuerpo en el vertedero? Deja que alimente a todos los demás asquerosos, ya que lo deseaba tanto». Le sonrió a Dientes Torcidos, quien se rió. Roger, no por primera vez, tuvo el impulso de golpear a Dixon en la cara.

Lucas miró a sus primos y se volvió hacia los dos jóvenes aprendices de cazador, horrorizados y conmocionados, mirando del monstruo a la mujer inconsciente y al cuerpo sin vida de su compañero de armas, cuya sangre ahora empapaba el sofá. Roger deseó poder decirles algo reconfortante, pero no sabía qué decir que no fuera una mentira o algo inútil. Esto era parte de la vida de los cazadores. Incluso si tenías suerte, la gente que conocías moría. Si tenías mala suerte, eran las personas las que más importaban.

«Dos camillas», les dijo Lucas.

Los chicos, agradecidos por una instrucción, corrieron hacia la puerta.

Cuando estuvieron fuera del alcance del oído, Lucas se volvió hacia su primo. La arrojaremos con el *roogy*. Si los tranquilizantes no la matan y él no la aniquila, dejaremos que el Campamento Freak se ocupe de ella.

El sudor se enfrió en la piel de Roger. Sabía lo que pasaba en el Campamento Freak. Por lo general, intentaba no pensar en ello. «Ella es humana», dijo. «Sabemos que es humana».

Lucas se encogió de hombros. «No podemos estar *seguros* hasta que la llevemos adentro, ¿verdad?». No lo decía como si esperara que Roger lo creyera. Solo estaba compartiendo la línea que usaban para los civiles para que todos pudieran mantener sus historias claras.

«Hijo de puta», dijo Roger. Lucas enarcó una ceja y los otros dos Dixon hicieron una pausa en sus actividades de limpieza, girando para mantener sus ojos en él, listos para los problemas. Roger habría sido un idiota al ignorar la forma en que sus manos se movieron hacia sus armas. «Ella es *humana*».

Lucas levantó las manos. «¿Qué quieres que haga? ¿Quieres que la deje con la policía local, que les cuente una historia de mierda sobre cómo entraron extraños armados, la golpearon y le robaron a su marido? La legislación contra los amantes de los monstruos no es lo que debería ser. Podrían tomar la palabra de la perra, y luego la ACS tendría que meterse con la policía local, y en algún momento del camino tendríamos que arrastrarla a través del sistema legal por dispararle a ese chico por haber ayudado a un *monstruo*. Quiero decir, ella es culpable como el infierno de albergar a un monstruo, matar a un oficial de la ley y enojar a los Dixon. Es más rápido, más fácil y menos complicado para todos solo dejarla con los monstruos que ama. A ver si todavía los ama cuando descubra lo que realmente son».

Roger tomó aliento, ignorando el zumbido en sus oídos. «¿Haces esto mucho, Lucas?».

Lucas se encogió de hombros. «Todos son monstruos, Harper. No importa si son monstruos o se los follan. El mundo es un lugar más seguro con menos de esta mierda en la calle. ¿Serás un problema con esto?».

Roger no respondió. Sabía que la pelea ya estaba perdida. Los Dixon se salían con la suya, ya sea en un escenario público o en escenas privadas como esta. Sin testigos, solo cómplices silenciosos y cabrones como el propio Roger, que se decían a sí mismos que armar un escándalo no le haría ningún bien a nadie. Incluso si también se sentía como si fuera la verdad.

Antes de la Masacre de Liberty Wolf, la caza nunca lo había enfermado tanto. En aquel entonces, un cazador podía aferrarse a su propio código que le permitía dormir lo mejor que podía por la noche. Ahora era el camino de los Dixon o ser arrestado por interferir con las operaciones de la ACS. Roger no se engañaba, si ya estabas en su lado malo, terminarías en una camioneta negra con dirección a Nevada.

«No me vuelvas a llamar, Lucas», dijo Roger finalmente. «No cuando asaltes la casa de un civil».

«Amante de monstruos», corrigió Lucas, «no civil. Pero pasaré la voz. Gracias por el tiempo. Teniendo en cuenta tus objeciones morales, supongo que no quieres tu parte del efectivo, ¿eh? Y probablemente tampoco ayudarás a cargar a la perra en la furgoneta». Él sonrió.

Ahí estaba el sentido del humor que Roger recordaba haber querido sacar a golpes del chamaco mocoso. «Vete a la mierda, Dixon».

Los Dixon se rieron, justo cuando los dos chicos sobrevivientes regresaron, cada uno empujando torpemente una camilla a través de la puerta. Parecían confundidos, pero no preguntaron sobre la broma.

«Hoy no, Roger», dijo Lucas. «Hay gente que ya hace eso por

mí. ¡Disfruta de tu vida santurrona!». Saludó cuando Roger salió por la puerta, sintiéndose enfermo. No miró a los Dixon, ni al rougarou, ni a la mujer, ni a los chicos o la mancha oscura donde uno de su equipo se había desangrado.

Tal vez los tranquilizantes detengan su corazón antes de que llegue a FREACS, pensó. Eso sería una misericordia.

Después de todo, los tranquilizantes habían sido diseñados para acabar con un rougarou completo. Nadie sabía lo que le harían a un ser humano real, no sobrenatural.

Enterró el pensamiento de que no había manera en el infierno de que eso fuera una medida de consuelo.

Acelerando a más de ciento sesenta kilómetros por hora, por una carretera desierta de Alabama, Jake descubrió que sus ojos se nublaban, aplastando las señales de kilómetros y las estrellas brillantes y nítidas en destellos de luz intermitentes que dibujaban su mundo.

O tal vez fuera la pérdida de sangre.

Pero probablemente no. El maldito monstruo jabalí apenas lo había tocado, y se había vendado la herida de inmediato. Lo más probable es que fuera la concentración necesaria para mantener el Eldorado firme en la carretera con una mano, mantener la presión sobre la herida de papá con la otra y, sobre todo, *no entrar en pánico*. El pánico nunca ayudaba. Solo tenía que llegar al hospital más cercano antes de que su mano se adormeciera o las tripas de papá comenzaran a rezumar entre sus dedos.

El reloj en el tablero del Eldorado marcaba las 12:02 a. m. y Jake se dio cuenta de que era el 5 de enero y cumplía dieciséis años.

La risa que brotó de sus labios sabía un poco a sangre y lo sacudió hasta que el camino vibró en su visión. El sonido fue lo suficientemente histérico como para sacar a papá de su desplome entre el asiento y la mano de su hijo, medio conmocionado, medio inducido por las drogas.

«¿Jake?».

«Está bien, papá».

«Hemos...».

«Sí, lo tenemos».

Papá frunció el ceño. «Estabas . . . llorando, o...».

Jake lo miró, preguntándose si podría mantener cerrada su propia herida, o al menos ayudar a Jake a envolverla mejor. Pero, ¿realmente querría volver a poner su mano derecha, cubierta con la sangre de Leon, en el volante? No era como si la sangre de Hawthorne no se hubiera empapado antes en el Eldorado, pero esta era la primera vez que Jake podía verla gotear y no hacer nada para detenerla, nada para mejorarlo, excepto conducir.

«Me acabo de dar cuenta», dijo, cuando vio que los ojos de papá se desenfocaban de nuevo, «que hoy cumplo dieciséis años». Quitó la mano del volante. «¡Mira, papá! ¡Ya puedo conducir!».

Papá trató de sonreír, pero no se veía bien.

¿Qué haría Jake si papá moría allí mismo? Su mente buscó el siguiente paso y luego se detuvo, retrocedió. Jake no podía, se *negaba* a imaginar un mundo sin su padre. Sin su mamá, el mundo se había hecho añicos, y papá había reconstruido algo que funcionaba, que los mantenía unidos. Sin papá, Jake no podía imaginarse construyendo su propio mundo. No habría suficientes piezas para coser juntas. Joder, ni siquiera sabía que sería capaz de detener el Eldorado cuando encontrara un destino. Con las señales moviéndose demasiado rápido, con su pie pesando sobre el acelerador, ya podría haber pasado la salida.

Jake comenzó a hablar. Trató de captar la atención de su padre, trató de evitar que se escabullera. La cabeza de papá volvió a caer, pero Jake siguió hablando. Le dijo a papá lo harto que estaba de ir a la escuela, lo que había visto en la televisión la semana pasada, el último sonido extraño que había notado en el motor del Eldorado, y de alguna manera terminó hablando de Tobias. Toby hablando con él, Toby sonriéndole, Jake leyendo libros solo para poder compartirlos con Toby y saber de qué estaría hablando la próxima vez que entrara en el Campamento Freak.

Habló hasta que se le secó la garganta y luego siguió hablando. Dejó de formar frases y pasó a impresiones, momentos, rincones oscuros, chicos y chicas bonitos, pero todo siempre giraba en torno a Toby.

«Claro, es un monstruo, lo sé», le dijo a la oscuridad y a su padre. «Pero no entiendo lo que podría haber hecho. Quiero decir, es más joven que yo y nunca lo he visto dañar nada, ni siquiera muerde muy fuerte los M&M, ¿sabes? Pero él está allí y todos dicen que debe merecerlo, pero no puedo aceptarlo. Quiero decir, ¿qué podría convertir a un niño como Tobias en un monstruo? Él es solo... *Toby*».

Jake no tenía idea de cuánto escuchaba su padre, y después de un tiempo ya no quería saber. Las palabras no eran importantes, y tal vez no debería haber dicho ninguna de ellas. Pero tenía que hablar, porque con cada mano agarrando una de las dos cosas que más amaba en el mundo, necesitaba escuchar una voz para convencerse de que Eldorado, papá y Toby no eran solo una ilusión, algo que él había inventado en la oscuridad para mantener la cordura.

El Eldorado ronroneaba bajo sus pies, y Leon Hawthorne sangraba entre los dedos de Jake, y Jake seguía conduciendo, seguía hablando de Toby, que estaba tan lejos.

El final de la primavera en el Campamento Freak era casi tolerable, especialmente en comparación con el inminente verano abrasador, pero todavía era lo suficientemente caliente como para quemar la piel de un vampiro y dejar a todos los demás enfermos y quemados por el sol.

Jake siempre se aseguraba de que al menos tuvieran un poco de sombra, ya sea porque no le gustaba el calor o porque le importaba. Tobias luchaba a veces con cuál podría ser, la voz de Becca y sus propios instintos en guerra entre sí. A veces, al ser el hijo de Sally Dixon, incluso podía hablar para entrar en uno de los edificios con aire acondicionado.

En esta visita, Jake había convencido a la gente de Administración para que los dejara pasar, y él y Tobias se sentaron en un rincón apartado debajo de una escalera, contra el fresco yeso de la pared, y compartieron lo que Tobias estaba seguro era la comida más grande que había comido en toda su vida.

«Papá estará ocupado durante horas», dijo Jake. «No hay necesidad de apresurarse, Toby. Tenemos mucho tiempo hoy».

No lo había creído cuando Jake seguía sacando comida de su bolsa. Dos bocadillos, tres manzanas, una bolsa enorme de papas fritas y dos pastelitos pequeños aplastados en envoltorios de plástico. Tobias casi se estremeció por el esfuerzo de no arrebatar algo de esa comida y metérsela en la boca antes de que alguien, un monstruo o un guardia, se la quitara.

Solo el hecho de que estaba con *Jake*, y Jake se veía feliz y relajado, lo que no siempre había hecho en las últimas visitas, evitó que Tobias actuara como un monstruo asqueroso y mordaz. Tobias sabía que Jake le daría algo de esa recompensa, porque Jake nunca había sido lo suficientemente cruel como para mostrarle comida y no permitirle comerla.

Jake le sonrió mientras sacudía la bolsa. «Éntrale. Me alegro de que en estos días me den menos importancia a la hora de traer comida».

Con cautela, todavía sin creerse del todo el festín que tenía delante, Tobias cogió un sándwich.

Cuando Jake terminó su sándwich y abrió la bolsa de papas

fritas, la ansiedad de Tobias había disminuido. Seguía intentando comer despacio, ya que demasiada comida a la vez, *buena* comida, podía volver a subir si la devoraba, y Tobias no quería perder *nada* de la maravillosa comida que Jake le había traído, pero estaba sonriendo y era capaz de reírse de las historias que Jake contaba alrededor de su bocado de papas fritas.

En las visitas recientes de Jake, a veces había tenido miedo. No porque tuviera miedo de que Jake lo lastimara, nada de lo que hiciera Jake podría lastimarlo, sino porque Jake a veces estaba tenso, distraído y se veía infeliz. Tobias suponía que tenía algo que ver con su padre, o tal vez con el mundo real, pero Tobias siempre tenía un miedo persistente de que era su culpa y que algún día Jake dejaría de venir por algo que Tobias había hecho sin saber qué podría ser.

Pero no hoy. Hoy, Jake sonreía y le acercó las papas fritas y sonrió cuando hizo bromas para que Tobias pudiera estar seguro de que se riera.

«El sándwich está bueno, ¿cierto?», preguntó Jake. «No estaba seguro de qué tipo comprar, así que elegí de todo».

Tobias asintió. «Sabe rico. P... p... pero. . .». Tartamudeó hasta detenerse, sin saber cómo preguntar. «¿Por qué tanto? . . . Quiero decir, me encanta, esto es increíble, pero. . .». Dios, la comida de Jake era tan buena. Se sintió lleno por primera vez en meses, estaba seguro de que no tendría que comer durante la próxima semana si tenía que hacerlo, pero ni siquiera podía pretender entender por qué Jake había hecho todo esto. «Es demasiado».

Jake se ruborizó un poco. Tobias parpadeó, sin estar seguro de poder creer que Jake rye estaba sonrojando por él.

«Bueno», dijo Jake. «Es abril. Sabes».

Tobias se quedó mirando. No tenía idea de qué estaba hablando Jake, a menos que. . . «Mi . . . ¿cumpleaños?».

«Sí». Jake se aclaró la garganta y apartó la mirada. «Quiero decir, sé que no hace mucha diferencia aquí. No es realmente una gran cosa como lo es afuera, pero quise hacer algo especial. Solo entre nosotros, así sé que estoy haciendo algo, ¿sabes? Y solo se cumplen doce una vez».

Tobias se quedó mirando mientras asimilaba la idea. A Jake le importaba mucho que recordara algo tan inútil como el día en que el chico había nacido y lo haría especial.

Tobias pensó en el año pasado. Por lo general, intentaba olvidar el día a día en el Campamento Freak. ¿Por qué querría recordar el dolor, el suyo propio y el de los demás? ¿Por qué debería estar al tanto de la mala comida, las miserables noches de hambre y los castigos repartidos a los monstruos que desaparecían antes de que pudiera saber sus nombres reales?

Pero recordaba cada una de las visitas de Jake. Las almacenaba como algunos monstruos escondían comida, porque lo ayudaba a superar los malos momentos. Como algunas de las raras historias que encontró en la biblioteca, cada una de las visitas de Jake era un momento en el que podía, al menos por un tiempo, escapar de todo lo que podría lastimarlo.

Si pensaba en el pasado, podía recordar claramente esta época del año pasado, cuando el clima había sido más cálido. Jake había traído un pequeño pastel en una caja ligeramente arrugada. Había sido un día aún mejor de todos los mejores días cuando Jake lo había visitado.

Por un segundo le costó respirar, pero no porque tuviera dolor o porque se sintiera mareado por el hambre. Era por Jake, que parecía tan avergonzado pero feliz. Porque Jake era bueno con él todo el tiempo y no esperaba nada de Tobias. Simplemente lo hacía porque le importaba. Tobias sabía que esto era cierto porque Jake nunca señalaba cuando estaba haciendo cosas amables, cosas que Tobias nunca podría pagar. Simplemente lo hacía y no pedía nada a cambio.

Tobias apretó la mano en su camisa para evitar alcanzar a Jake. Tenía los dedos cubiertos de sal por las papas fritas, además de un poco de salsa del sándwich de rosbif, y no quería pagarle a Jake ensuciándole la chaqueta.

No había ninguna posibilidad de que pudiera encontrar las palabras correctas, pero tragó saliva y dijo: «Eres el mejor», tan autoritariamente como pudo, seguro de este hecho. Jake no solo era la mejor persona de su vida, sino probablemente del mundo entero. Sin embargo, Tobias no estaba seguro de si alguien más lo sabía como él, y ese era un pensamiento extraño. Un monstruo raro no debería ser el único que pudiera conocer lo maravilloso que era Jake. Seguramente había muchos otros reales afuera que también lo eran y trataban a Jake como se merecía, de la misma manera que trataba a Tobias.

Cuando terminaron la comida, Jake le contó sobre la última cacería de él y su padre de un gul que había cruzado cuatro fronteras estatales y evadido tres escuadrones de caza de los Dixon. [Nota de la T.: Un **gul**, también **ghoul** es un demonio necrófago que, según el folclore árabe, habita en lugares inhóspitos o deshabitados y frecuenta los cementerios. Profanan las tumbas y se alimentan de los cadáveres, pero también secuestran niños para devorarlos]

«Así que escucha esto, los informes de noticias lo hicieron parecer como una manada de gatos monteses rabiosos, y toda la estúpida inteligencia de la ACS dijo que parecía que tenía cuatro patas. Le dije a papá que ninguno de ellos reconocería a un gul si se comiera todo su trasero, nunca antes habían visto huellas como esa...».

«A menos que sea una hiena tipo gul», dijo Tobias, luego se contuvo, ¿por qué era un fenómeno tan estúpido e insolente que interrumpía y corregía a *Jake*? Pero luego Jake le dedicó una sonrisa deslumbrante y chasqueó los dedos.

«¡Amigo, eso es! Pudiste haber hecho que toda la cacería terminara el primer día. ¡Pero nadie se acordó de eso! Ni yo, ni papá, ni todos los malditos Dixon del país. Mierda, debí tenerte en marcación rápida». Jake se detuvo en seco y apartó la mirada, el color subía de nuevo en sus mejillas.

De repente, Tobias se sintió enfermo. Era un pequeño monstruo estúpido que arruinaba uno de sus mejores días, sus pocas horas preciosas con Jake. «Lo siento, Jake. No debí haber dicho...».

Jake volvió a mirarlo a los ojos con una sonrisa torcida que aún parecía real. «No, no eres tú, Toby. Eres un genio rudo. Ojalá realmente pudiera, ya sabes».

Tobias no estaba seguro de saber qué, pero no se atrevió a decir nada más, con la esperanza de que, si mantenía la boca cerrada, podrían recuperar el estado de ánimo ligero de hace un minuto.

Para su alivio, cuando Jake le sonrió de nuevo, era tan genuino como cuando vio a Tobias por primera vez. «Entonces, allí estábamos sentados como idiotas, esperando el próximo ataque...».

Una o dos veces, un guardia o miembro del personal que pasaba por donde estaban, se detenía y los miraba, pero Jake los fulminaba con la mirada y luego se marchaban. Tobias no sabía si Jake tenía este poder porque era un cazador, un Hawthorne o simplemente porque era Jake. Con él, Tobias se sentía seguro, y se sentía como si parte de esa protección permaneciera con Tobias incluso cuando Jake no estaba.

Una hora más tarde, sintiéndose antinatural y agradablemente lleno, así como una especie de zumbido de ligereza a través de todo su cuerpo que solo podía adivinar que era *felicidad*, la forma en que la sentían los reales, Tobias sintió que alguien lo miraba fijamente. Levantó la vista de su juego de cartas esperando un guardia, y en su lugar vio a Leon Hawthorne.

Tobias olvidó todas sus lecciones de supervivencia y se quedó mirando aterrorizado. Tal vez así era como se sentía la carne fresca con los guardias regulares. Tembló solo por esa mirada, y podía sentir las cartas resbalándose de sus manos. Se obligó a bajar los ojos y se maldijo a sí mismo. Los monstruos no miraban a los guardias ni a los cazadores. Sobre todo, los monstruos no llamaban la atención mostrando miedo. Especialmente ahora, cuando podría costarle mucho más que una paliza. Trató de pensar en una manera de advertir a Jake que justo detrás de él se encontraba la única persona en todo el campamento, tal vez en todo el mundo, que podía lastimar a Jake.

Si Jake era castigado porque Tobias lo había contaminado simplemente sentándose a su lado, repartiéndole cartas y metiendo la mano en la misma bolsa de papas fritas, Tobias no sabía cómo podría volver a mirar a Jake.

Tal vez por eso Jake había estado tenso e infeliz antes. Tobias no había visto ronchas, cicatrices, quemaduras, cortes, magulladuras o incluso la rigidez que a veces tenía después de una golpiza u otro castigo, pero eso no significaba que no hubiera sucedido.

Tal vez si Jake golpeara a Tobias ahora, tratándolo como un monstruo merecido, estaría a salvo y Leon Hawthorne no descargaría su disgusto con su hijo.

«Tobias, ¿qué pasa?», Jake alcanzó su hombro.

Tobias se alejó, temeroso de que el padre de Jake viera la forma en que Jake lo tocaba, suave, amablemente, sin dolor. Solo entonces se le ocurrió que debería haberse estremecido.

«Tu padre», susurró Tobias, manteniendo los ojos fijos en sus manos y las cartas caídas. La jota de tréboles lo miraba con un ojo. «Puedes golpearme si...».

Jake se dio la vuelta. «¡Papá! ¿Qué estás haciendo aquí?».

Los ojos de Leon Hawthorne se movieron entre su hijo y Tobias, el ceño fruncido nunca se alteró. «La ACS está llena de imbéciles».

«Síííí», Jake alargó la palabra, como si fuera un hecho básico que no requería reconocimiento. «Pero pensé que ibas a pasar todo el día en Investigación Especial».

«Los protocolos de interrogatorio están sesgados a favor de los jodidos Dixon, y están tratando de decirme que tengo que volver en otro maldito momento para terminar mi... investigación. Estoy aquí para encontrar a alguien a quien pueda meterle esos protocolos por el culo y ver si se enoja tanto como yo. ¿Qué estás haciendo?».

Jake se encogió de hombros y señaló entre él y Tobias. «Solo hablando». Se enderezó a la defensiva. «Es una investigación propia. ¿No puedo investigar mientras tú lo haces? Es lo mismo, ¿no es así? Tú hablando con monstruos, yo hablando con Tob..., ¿otros monstruos?».

Tobias no levantó la vista, pero podía sentir los ojos de Leon Hawthorne clavados en su cabeza. Esperaba que tal vez si no se movía ni hablaba, Leon olvidaría que había estado allí, contaminando a su hijo.

Leon sacudió la cabeza. «Vamos, empaca tus cosas».

Jake se levantó de un salto y se apresuró a recoger la baraja de cartas. Sus manos rozaron las de Tobias, y este se sobresaltó. «¿Nos vamos? ¿Nueva cacería?».

«No, no nos vamos, pero tú no te quedas aquí».

Jake hizo una pausa en el acto de meter las cartas y envoltorios en su bolsa de lona. «Papá, si no nos vamos...».

«Deberías aprender cómo funciona esta mierda de administración de los Dixon». Cuando Jake no se movió, Leon dio un paso más cerca. «Jake, te vienes conmigo *ahora*».

Jake se enderezó como si lo hubieran abofeteado, pero su expresión aún era hosca, enojada. «Sí, señor».

Siguió empacando, pero más despacio. Tobias se alegró de que la ira nunca se hubiera dirigido a él, y se maravilló de la valentía de Jake, que podía estar enojado con un cazador como su padre. Tal vez era algo que resultaba al ser una persona real, o tal vez era solo Jake.

«*Ahora*, Jake», dijo Leon.

«Ya voy». Jake cerró la cremallera de la bolsa y se la echó al hombro. «Te veo luego, Toby».

«No, no lo harás», dijo Leon, y Tobias sintió que sus pulmones se paralizaban por segunda vez ese día.

Pero Jake ni siquiera se inmutó. «Bueno, tal vez no hoy». Miró a Tobias, pero las siguientes palabras todavía estaban dirigidas a Leon. «Pero volveré en algún momento».

En todo caso, el ceño fruncido de Leon se profundizó. «Vamos».

«Toby necesita...», comenzó Jake, pero su padre lo interrumpió.

«El fenómeno puede encontrar su propio camino de regreso al patio. *Vamos*, Jake».

Jake estaba hosco y muy molesto, pero para sorpresa de Tobias no parecía asustado. «Sí, señor», murmuró, y pasó junto a su padre, adentrándose en Administración.

Tobias esperaba que Leon lo siguiera, pero se quedó allí mirando a Tobias, el tiempo suficiente para dejar la respiración en su pecho se detuviera.

Justo cuando Tobias se había resignado a ser azotado, al menos golpeado o pateado un par de veces, Leon Hawthorne dio media vuelta y salió tras Jake.

Tobias respiró aliviado y salió sigilosamente de Administración, con cuidado de que nadie más lo viera.

Un 30 de octubre cualquiera, si los Hawthorne no estaban de cacería o en el hospital, se encontraban en un bar.

Este año era el 'Crossroads Inn', y Leon estaba medio borracho por el whisky más fuerte que pudo comprar.

Leon era un cazador de la vieja escuela, un ex Marine que había entrado en la gran lucha contra las amenazas inhumanas después de que su esposa muriera en el punto de inflexión de la guerra, cuando las cosas que se arrastraban en la oscuridad de repente salieron a la luz. Era un hombre difícil de conocer, tenía pocos amigos, y los que tenía solía hacerlos enojar, pero todos sabían que, con un arma en la mano, Leon Hawthorne era una de las cosas más aterradoras que los monstruos jamás verían.

Jerry Bentham se sentó junto al héroe y le invitó unas cuantas rondas de tragos. Era todo un honor. Y, lo suficientemente borracho, tal vez Leon podría dejar escapar algunos secretos, algunas ideas que, además de su obsesión despiadada, lo habían convertido en el mejor.

«¿Dónde está tu chico?», preguntó Bentham, señalando otro par de whiskies. «¿Él tiene qué? ¿Catorce, quince ahora?».

Leon soltó una carcajada. «Casi diecisiete y creciendo como un maldito tallo de habichuelas. Estuvo aquí, lo viste. Se fue con una chica».

Bentham parpadeó. Había notado al chico que tomó un par de tragos con Hawthorne y luego se fue con la rubia caliente agarrada del brazo. No había aparentado veintiún años, pero seguro como el infierno que no había aparentado dieciséis. Dieciséis era la edad del drama de la escuela secundaria y las espinillas, no esa evaluación fría de la habitación y la confianza descarada en su sonrisa hacia la chica.

«Maldita sea, Hawthorne, tienes un buen chico. Afortunado en todos los sentidos. Incluso he oído que te has reservado una maldita buena pieza de culo de monstruo. Buen material».

Los ojos de Leon ya no estaban confusos, sino sorprendidos y peligrosos. «¿Culo de monstruo? ¿De qué mierda estás hablando?».

Bentham se puso tenso. No sabía a qué estaba reaccionando Hawthorne, había oído que el tipo podía volverse muy santurrón si lo frotaban de la manera incorrecta, así que procedió con cuidado. «Hay un niño en la instalación de monstruos.

Ellos lo llaman. . .». *Monstruo Bebé*, sí, será mejor no ir por ahí. «89UI. . . algo como eso. He oído que tienes. . . ya sabes, que has mostrado interés».

Hawthorne resopló. «Ay, *Tobias*».

Eso sorprendió a Bentham. La mayoría de los cazadores, si llamaban a los monstruos de alguna manera, usaban los apodos de los guardias. «¿Conoces su nombre?».

«Jake habla de él». Hawthorne frunció el ceño. «No sé lo que ve en el monstruo, no importa cuán humano se vea. Si me saliera con la mía, le clavaría una bala, una estaca o una puta hacha a todos y los dejaría para los buitres».

«Entonces», dijo Bentham lentamente, «¿no te importa el chico? ¿no tienes... un plan para él?».

«¿Qué diablos haría yo con un monstruo? Todos estos cabrones que quieren estudiarlos, quieren acercarse a ellos, me ponen la piel de gallina. Justo a la altura de los pervertidos que se excitan con los niños pequeños». Hawthorne devolvió el último disparo. «Si veo un monstruo raro, lo mato. Fin de la historia».

Bentham se sintió aliviado de no haber hablado más sobre el monstruo. Si Hawthorne no lo hubiera destripado por insinuar que se estaba tirando a un monstruo. . . bueno, el tipo claramente no compartía ninguno de los intereses privados que Bentham tenía en común con algunos de los guardias del campamento.

Pero esto abría oportunidades para tipos como su amigo Victor. Y tal vez para sí mismo, si jugaba bien sus cartas.

«Así que no tienes ningún interés en ese maldito monstruo», repitió Bentham, solo para estar seguro. «¿Solo tu hijo, Jake?».

Hawthorne asintió. «Y será mejor que deje su estúpida obsesión antes de que lo maten. Se lo sigo diciendo».

Bentham pidió otro trago y chocó sombríamente las copas con el héroe. «Espero que así sea».

ESA MAÑANA, cuando Victor apareció en la puerta, Tobias llevaba en la biblioteca solo una media hora, investigando relatos de actividad internacional de círculos de cultivos y su conexión relativa con la actividad demoníaca registrada fuera del continente norteamericano.

«Este es un día especial para ti, Monstruo Bebé». Hizo girar en su mano una cuerda de plomo fea y pesada, del tipo que usaban para arrastrar a los monstruos grandes y desafiantes.

Tobias se quedó muy quieto antes de meter el papel en el libro y cerrarlo, con tanto cuidado que no hizo ruido. Empujó el libro al centro de la mesa con ambas manos, luego se puso de pie y mantuvo los ojos en el suelo mientras caminaba hacia el guardia.

«Manos afuera».

Tobias extendió sus muñecas, manteniéndolas flojas mientras Victor deslizaba los puños con cremallera sobre ellas y las apretaba con fuerza.

Pero cuando Victor sujetó la rígida cuerda de plomo en su cuello, la compostura bien afilada de Tobias se rompió. El suelo se inclinó debajo de él, su visión dio vueltas hasta que cerró los ojos, y un grito audible subió por su garganta, que sabía que era un error, podría habérselo dicho a cualquier otro monstruo. Cuando Victor dio el primer tirón a la línea, sus piernas casi cedieron.

«Oh, ¿qué pasa?». Tiró de nuevo y Tobias estuvo a punto de tropezar con él, recuperándose a tiempo. «¿No estás acostumbrado a traer correa? Has sido bastante privilegiado hasta ahora, ¿no es así? Nuestro pequeño monstruo mimado. Esos días han terminado, monstruo. No más trato especial para ti».

Tobias apenas podía salir de la habitación. La correa no se aflojó, solo unos pocos eslabones entre el gancho de seguridad y la varilla de metal rígido, lo suficiente para que girara en el agarre del guardia. No podía recordar la última vez que le habían puesto una correa. Podría haber sido cuando llegó por primera vez, pero eso fue hace tanto tiempo que apenas recordaba nada de esos días. Incluso el rostro de Becca estaba sombrío.

Ahora, con Victor tirando de él sin piedad, empujándolo un paso más o arrastrándolo hacia atrás, toda la coordinación de Tobias estaba mal. Tropezó repetidamente con puertas y paredes, a pesar de todas las veces que había visto monstruos con correas y pensó en cómo deberían cooperar para hacer las cosas más fáciles. No había forma de hacerlo más fácil. Nunca había sido tan consciente de su collar, no desde que le colocaron uno nuevo hace unos años, pero ahora parecía encogerse alrededor de su cuello. Lo estrangularían antes de que llegaran a donde lo llevara Victor.

¿Y a dónde más podrían dirigirse sino a Investigación Especial?

Tobias había visto a Jake por última vez hacía dos semanas. Jake, que le había dado un sándwich y luego le había encontrado una botella de buena agua fría en el interior de la recepción. Quien le había sonreído tan abiertamente, suavemente, luciendo completamente relajado de nuevo, y no había dudado en apartar el cabello de los ojos de Tobias y apoyar su mano en su hombro. Jake no sabía que sería la última vez. ¿Estaría molesto cuando viniera la próxima vez y le dijeran que 89UI6703 había expirado? ¿Cuánto tiempo pasaría antes de que Jake se olvidara de él, de ese pequeño monstruo patético que solía visitar?

El hombro de Tobias se estrelló con fuerza contra la puerta de al lado, y no pudo contener un gemido desdichado que no era por el dolor.

«Vamos, monstruo, no tengo todo el día», espetó Victor, arrastrándolo hacia adelante. Tobias perdió el equilibrio y se estrelló contra el suelo. Aunque la correa se sacudió en el agarre de Victor, el peso de Tobias todavía se enganchó en su cuello antes de golpear el suelo con los antebrazos y se atragantó, luchando por respirar, antes de que Victor lo levantara de nuevo.

Las piernas de Tobias estuvieron a punto de fallar de nuevo cuando llegaron a las escaleras al final del pasillo, pero Victor lo obligó a ir primero, sujetándolo lo suficientemente firme con la cuerda de plomo que incluso cuando Tobias hubiera perdido el equilibrio, no podía caer hacia adelante.

En el rellano del primer piso, en lugar de girar hacia la puerta exterior y cruzar el patio hacia Investigación Especial, Victor lo arrastró más adentro de Administración. Tobias no podía entenderlo, pero sus pies seguían tropezando.

Entonces Victor se detuvo, lo obligó a detenerse y abrió una de las puertas de acero sólida, excepto por una pequeña ventana ubicada a la altura de la cara de un hombre. Lo empujó al interior, donde Triturador y un cazador estaban esperando.

Esta sería la primera vez de Tobias en una sala de interrogatorios.

«Te tomó bastante tiempo», dijo Triturador. Los ojos de Tobias habían caído al suelo, fijándose en las botas con punta de acero del cazador en el momento en que cruzó el umbral, pero no necesitaba mirar hacia arriba para saber cómo Triturador lo estaba mirando.

«Sí, el fenómeno no está demasiado acostumbrado a llevar una correa». Victor lo soltó y Tobias no se movió.

Triturador soltó una carcajada. «Bueno, ya se acostumbrará».

El cazador se acercó, caminando alrededor de Tobias. «¿Este es Monstruo Bebé?».

«Sí», dijo Victor. «Ha estado aquí mucho tiempo, está muy bien entrenado. ¿No es así, monstruo? Toma asiento».

Tobias se movía rígido, pero sin pausa, sentándose en la

oxidada silla plegable de metal. Su mente no estaba lo suficientemente en blanco como para no notar las manchas marrones en el asiento ni reconocer que no eran óxido.

Victor apoyó su trasero en la esquina de la mesa, inclinándose sobre Tobias. «Manos sobre la mesa».

Se sentían como las manos de otra persona, no las suyas en absoluto, pero no tenía más remedio que obedecer. Les ordenó que se movieran, y las manos extrañas y entumecidas se posaron sobre la mesa.

«No». Triturador golpeó su garrote en el centro de la mesa, junto a un juego de esposas de metal atornilladas allí. «Aquí».

Tobias tragó, luego estiró los brazos más lejos, colocando las muñecas en las esposas. Triturador colocó los pernos en su lugar, luego se inclinó y colocó su garrote debajo de la barbilla de Tobias para levantar su rostro. «Vaya, vaya», susurró. «Pensé que nunca vería este día».

Víctor hizo rodar sobre la mesa un juego de cuchillos de diferentes tipos, incluyendo plata, hierro, bronce y algo que parecía vidrio negro, cuidadosamente guardados en un paño. Sacó uno, lo hizo girar una vez antes de colocarlo en la mejilla de Tobias, justo debajo de su ojo, y lo arrastró por sus labios, hasta debajo de su barbilla.

«Entonces, Monstruo Bebé. ¿Exactamente qué clase de monstruo eres?».

El ritmo cardíaco de Tobias saltó a un ritmo atronador, pero luchó por no reaccionar, luchó por no darle a Victor nada a lo que pudiera aferrarse, ninguna reacción que guiara el cuchillo. Luchó por pensar en todo, en sus ojos, su nariz, sus labios, no importaba, de modo que tal vez Victor los pasaría por alto, simplemente... deteniéndose.

Tobias se centró lo suficiente como para que la habitación se volviera gris, que su corazón pareciera distante y sin importancia, que incluso las palabras y preguntas del guardia se volvieran distantes y sin importancia. *Este es un buen lugar,* pensó. *Podría guardar algo para Jake si pudiera. Quedarme. Aquí.*

Era un buen lugar, el lugar más seguro en el que podía estar. Y cuando empezaron los gritos, apenas reconoció que eran los propios.

PARTE DOS
CAPÍTULO SIETE

Invierno 1997–1998

U*n año después*

Cuando la puerta entre Investigación Especial y Contención Intensiva se abrió y un nuevo cargamento de monstruos entró tambaleándose en el patio, aturdidos y parpadeando, Tobias estaba ciega y egoístamente agradecido. La carne fresca, sin las marcas del abuso y las dificultades del Campamento Freak, siempre desviaba la atención de los guardias de sus objetivos favoritos, al menos por un tiempo.

El invierno era un mal momento para que la carne fresca aprendiera las reglas del Campamento Freak. El insoportable calor del verano derribaba incluso a los monstruos más resistentes cuando se les obligaba a estar al aire libre durante horas en pleno día. Pero los inviernos, en opinión de Tobias, eran mucho peores.

En noviembre, la mayoría de los monstruos recibían un par extra de ropa, pantalones de lona gruesos y chaquetas raídas para usar sobre sus uniformes grises habituales. Se suponía que debían obtener una segunda manta cuando las temperaturas cayeran por debajo del punto de congelación, y una tercera cuando bajaban de cero, pero eso no siempre ocurría, especialmente si un monstruo no era tan cooperativo como querían los guardias. Algunos de ellos sabían cómo pagar por una en el callejón, entre los barracones, si un guardia estaba interesado.

Hasta el invierno pasado, Tobias siempre había conseguido sus mantas extra sin ningún problema. Era callado, no causaba problemas, nunca gruñía ni intentaba escapar cuando los guardias lo agarraban. Además, con los Hawthorne visitando el campamento con tanta regularidad como lo hacían y Jake siempre insistiendo en buscarlo, Tobias comprendía que tenía un frágil escudo a su alrededor, una señal invisible de 'No acercarse'.

Hace un año, algo había cambiado. Había ocurrido cuando lo llevaron a su primer interrogatorio. No podía entender por qué, a pesar de todas las noches de insomnio, pero el cartel de 'No acercarse', se había desvanecido. Los guardias habían decidido que era temporada abierta para Tobias, y no solo para interrogatorios.

Había desventajas con la llegada de nuevos monstruos. Se volvía aburrido verlos cometer los mismos errores, aprender las mismas dolorosas lecciones, que cada nuevo lote de monstruos sufría. Tobias pensaba que podría dar una orientación instructiva de media hora, no, ni siquiera de diez minutos, que les habría ahorrado una cantidad significativa de sangre y piel. Pero los guardias nunca lo habrían permitido, porque disfrutaban el proceso de allanamiento. Los nuevos monstruos gritaban de una manera que nadie más lo hacía porque todavía llevaban esas notas de indignación y conmoción.

Después de que Becca y luego Marco desaparecieron, Tobias había aprendido a no acercarse a ningún otro monstruo, no cuando se dirigían a Investigación Especial al día siguiente, y mientras tanto, probablemente le cortarían la garganta para obtener el último bocado de su pan. Tobias no confiaba en ninguno de ellos, sin importar lo bien que intentaran jugar. Si los ignoraba el tiempo suficiente, un día miraría a su alrededor y no estarían en ninguna parte. A veces duraban algunos años, pero no había nadie allí que hubiera vivido en la misma época que Becca. La mayoría de los guardias iban y venían por el mismo camino, y solo unos pocos se quedaban año tras año. Esos veteranos y Tobias eran las constantes del Campamento Freak. Todos los demás monstruos pasaban como las lluvias del desierto que se desvanecen en el aire sobre la tierra reseca, el cemento mugriento y la suciedad manchada de sangre del Campamento Freak: fugaces, sin rostro y olvidados.

Tobias había tenido años de práctica para separarse de los gritos y sollozos de los nuevos monstruos. Solo sentía irritación porque ni siquiera sabían lo mal que se iba a poner. Eran tan *estúpidos* y débiles, y a menudo deseaba que los guardias los golpearan más fuerte para entender el punto, o que simplemente se dieran prisa y murieran.

Pero no había tenido mucha experiencia en acostumbrarse a los sollozos de una niña pequeña.

Había sido una de las últimas en aparecer en el patio, con las muñecas diminutas atadas con una gruesa cuerda enhebrada con plata. Sus ojos castaños eran enormes en su rostro pálido, surcado por lágrimas y suciedad, y su cabello castaño todavía se veía brillante y suave, como si hubiera estado bien cuidado. Era más pequeña y más joven de lo que Tobias podía recordar de cualquier otro monstruo aquí, y escuchó a alguien cerca, no sabía ni le importaba quién, maldecir en voz baja.

«¿Cuántos años tiene, siete?».

Tobias no lo sabía. No tenía mucha experiencia adivinando edades, no tenía ningún sentido. Jake le había dicho cuándo era su cumpleaños, ocasionalmente le recordaba cuántos años tenía ahora, y Tobias escuchaba y recordaba porque era importante para Jake. Así que sabía que ahora tenía trece años (y Jake cumpliría dieciocho en solo un par de meses). De acuerdo con la fecha de entrada en su número de identificación, había estado en el Campamento Freak desde que tenía cinco años. Si el otro monstruo tenía razón y esta nueva chica monstruo tenía siete años, eso no era tan malo. Si él lo había logrado, ella tenía una oportunidad… ¿para qué? ¿Durar más para que Triturador se divierta? La boca de Tobias se torció y se dio la vuelta, tratando de olvidar que la había visto alguna vez.

Fue solo su suerte, por supuesto, que ella terminara en el cuartel cerca de él, a solo unas pocas literas de distancia, en una que había sido desocupada hacía una semana más o menos. Como era una cambiaformas, tenía el nuevo y brillante brazalete verde disparado entre los huesos de su antebrazo.

Tal vez todavía estaba llorando por la conmoción de ese dolor, pero Tobias pensó que era más probable que fuera por el frío. Karl había anunciado que había escasez de mantas y decidió que, dado que la nueva chica monstruo, a quien los guardias aún no habían decidido ponerle un apodo, era tan pequeña, podía doblar la suya como si fueran dos. Como si dos ayudaran cuando el agua de las tuberías se había congelado.

La manta de Tobias era tosca pero gruesa. No recordaba cuándo había aprendido a envolverse lo más apretadamente posible, sin agujeros, con la nariz y la boca para mantener el aliento cálido atrapado, y a frotarse las manos, los brazos y las piernas juntas todo el tiempo que pudiera para generar calor. Esta sería una de las lecciones de su orientación, si le permitieran ofrecer una. Sin embargo, no creía que la chica fuera capaz de escuchar y entender. No esta noche.

Así que se metió más profundo, trató de borrar todo lo que estaba escuchando, pero no eran solo las lágrimas constantes y predecibles de la niña. Otros monstruos murmuraban y silbaban, enojados, como si tuvieran derecho a la paz, la tranquilidad y a una buena noche de sueño. *Ja.*

Luego, se escuchó un sonido de trituración húmeda, seguido por el golpe de algo contra el piso de concreto. Gruñidos más fuertes llenaron los barracones, y no pasó mucho tiempo antes de que Tobias pudiera oler la piel desechada, el tejido y los fluidos provenientes de la litera de la niña. Estaba cambiando su piel, usando su único poder como si pudiera quitarle el dolor o sacarla de allí.

Tobias cerró los ojos y exhaló. Si todos se callaran, él sería capaz de bloquear todo y dormir.

Pero claramente eso no iba a suceder, especialmente cuando sonó un segundo *plop* húmedo y el tono de los sollozos de la niña cambiando nuevamente. Los gruñidos de los reclusos mayores se volvieron más amenazantes, con murmullos como '*Me levantaré y me encargaré de esto yo mismo*', y los más nuevos que se quejaban en fuertes protestas quejumbrosas que ilustraban lo poco que entendían. *Esto es jodidamente ridículo, ¿por qué nadie la detiene o hace algo?*

Tobias apretó los dientes y se dio la vuelta. Sabía exactamente cómo resultaría: alguien se levantaría para "encargarse" de esto, alguien más se levantaría para discutir sobre qué forma de violencia tomar, y en segundos, las luces se activarían y los guardias estarían llenando el lugar, con sus garrotes para golpear a todos los monstruos, tanto de pie como boca abajo, y nadie podría dormir esa noche. De cualquier manera, tal vez los guardias entrarían para ver quién estaba llorando, qué cambiaformas estaba violando las reglas sobre mantener una sola forma, y darle algo por lo que realmente llorar.

Solo había unas pocas formas de evitar ese resultado, y menos aún estaban en su poder. Tratar de hablar o gritar a otros monstruos solo lo convertía en un objetivo. ¿Por qué confiarían *en él*, incluso cuando tenía el número de identificación más antiguo de todos en el campamento? Y probablemente terminaría atrayendo la atención de los guardias primero cuando aparecieran. No era probable que la chica monstruo dejara de llorar pronto, incluso con todas las amenazas en su camino, a menos que le dieran una razón.

Tobias volvió a maldecir en silencio, luego rodó fuera de su litera, saltó al suelo y se cubrió con la manta. Caminó por la hilera de literas, ignorando las burlas lanzadas en su dirección. Se detuvo ante el catre de la niña, ignorando los montones de piel apestosa de cambiaformas a sus pies. Un cuerpo un poco más grande ahora se acurrucaba debajo de la delgada manta, y apenas podía distinguir el brillo de los ojos azules llorosos que lo miraban.

Quitándose la manta de los hombros, la dejó caer encima de ella y dijo: «Deja de llorar».

La barraca quedó en silencio.

Ella había reducido el llanto, mirándolo con asombro. Tobias esperó a ver si ella empezaba a llorar de nuevo. No estaba seguro de lo que haría si ella lo hiciera, pero no creía que golpearla la detuviera. Pero ella no hizo otro sonido, y tampoco ninguno de los otros monstruos que habían estado gruñendo y refunfuñando segundos antes.

Ahora el único problema que le quedaba era el frío que le adormecía los dedos de las manos y de los pies.

Tobias se alejó de la chica, de su propia litera y de todos los ojos de los monstruos puestos en él, para dirigirse hacia la puerta.

Sabía que alguien estaba mirando la cámara instalada en la esquina superior de la habitación. Si un guardia no estuviera ya en camino debido a la chica, estarían allí lo suficientemente rápido ya que había disparado el sensor de movimiento que se activaba en el toque de queda. Sin embargo, a nadie le importaba mientras los monstruos permanecieran en el callejón cercano.

Un momento después, la puerta zumbó bajo su mano y la empujó para abrirla. Victor estaba afuera, envuelto en su chaqueta acolchada y guantes. «Bueno, bueno. ¿Qué quiere el Monstruo Bonito?».

Tobias dijo: «Necesito más mantas». Trató de mantenerse quieto, de no temblar demasiado visiblemente. Al menos el viento no cortaba entre los barracones.

Victor suspiró ruidosamente. «Pero te dimos la tuya. ¿Qué sucedió? ¿No la cuidaste?».

Tobias no se movió. «Pagaré».

Victor echó la cabeza hacia atrás y se rió. «¿No eres codicioso?».

Claro, pensó Tobias. *Lo que sea*. No esperaba que Victor lo rechazara. Pero el guardia tampoco se lo pondría fácil.

Victor se adentró más en el callejón, en las sombras entre los edificios y el único punto ciego entre las cámaras. Se apoyó contra el revestimiento de aluminio detrás de él, con los pies en una postura amplia, y se desabrochó el cinturón. «Manos a la obra».

Tobias cayó de rodillas.

Después Victor suspiró. «Espera ahí, fenómeno. Veré lo que tenemos».

Tobias no reaccionó, ni siquiera ante la sugerencia de que no obtendría nada por su molestia. Sabía que era mejor ni siquiera pensar en amenazas si Victor nunca regresaba con nada. No había nada que pudiera hacer, excepto esperar que si se quedaba donde estaba sin moverse, pronto no sentiría el frío ni nada en absoluto.

Sin embargo, Victor volvió. Arrojó dos mantas andrajosas, mostrando agujeros lo suficientemente grandes como para que Tobias pasara la cabeza.

Tobias no sintió nada por la pérdida de la calidad general que había tenido antes. No se sorprendió. Así sucedía en el Campamento Freak.

Lección número uno de su orientación: no importaba lo

mal que pensaras que era, la vida siempre empeoraba. Cuanto más tiempo permanecieras con vida, peor se pondría.

Jake le había hecho una promesa hace más de tres años, y Tobias no perdería la fe en él, porque él era Jake, eventualmente vendría a sacar a Tobias, pero Tobias no creía durar tanto tiempo. Aun así, tenía que seguir tratando de mantenerse con vida. Si se rendía, sería como decir que no creía ni confiaba en Jake, y lo hacía, más que cualquier otra verdad del Campamento Freak que conocía en sus huesos.

Todavía tenía las visitas de Jake. No eran tan frecuentes como solían ser, pero Jake siempre parecía contento de verlo. A medida que Tobias crecía, no podía entender por qué Jake se preocupaba por él, por qué era diferente para Jake, más que cualquier otro monstruo. Sin embargo, no podía perder el tiempo cuestionándolo. Era, siempre había sido, lo único que hacía que la vida de Tobias valiera la pena. No cuestionaste lo que temías perder, lo que temías más que cualquier otra cosa que te pudiera pasar. Solo había que aceptarlo y esperar: *mañana, quizás mañana, él volverá.*

Tobias se levantó lentamente, tambaleándose más de una vez por el dolor que finalmente sintió en las rodillas, y se dio la vuelta para volver al interior, con las mantas en la mano.

Jake no llegó al día siguiente. En cambio, durante el desayuno, Tobias encontró a la chica cambiaformas acercándose poco a poco a él en el banco. Él la ignoró hasta que ella dijo, «Soy Kayla».

No quiero saber tu nombre, estuvo a punto de decir Tobias. *Tuviste más suerte de lo que te imaginas, pero pronto saldrás lastimada, y mucho. Suelen ir a por las chicas antes que por los chicos. No creo que vayas a durar mucho, y no quiero saber tu nombre.*

Pero no dijo nada de eso, porque no habría ayudado en

nada. No podía recordar lo que Becca le había dicho al principio, cómo le había hecho entender. «Tobias», dijo al fin, porque no había nada de malo en decirle su nombre. Era mejor de lo que todos los demás lo llamaban, todos excepto Jake.

Se deslizó más cerca, casi tocando su costado ahora, justo allí en el pasillo donde todos podían ver. Tobias se alejó. «No». Luego, porque no pudo evitarlo, y tal vez esta era una oportunidad de que alguien realmente lo escuchara, dijo «No puedes dejarles saber lo que te importa o lo que quieres».

Ella lo miró fijamente, demasiado sorprendida y desconcertada como para mostrarse herida. Algo en sus ojos parecía crudo y desnudo, y Tobias desvió la mirada. No le gustó. Le hacía sentir cosas, cosas que no había sentido desde que Becca había estado cerca, y al final solo lo lastimarían más.

Alejó el pensamiento de Becca como lo había hecho cada vez que ella había venido a su mente durante el último año, desde que había aprendido a sobrevivir como el 'Monstruo Bonito'.

Si esta chica cambiaformas pudiera entender, aunque fuera un poco, cómo funcionaba el Campamento Freak, no habría más escenas como la de anoche. Tal vez ella no estaría entre los que entraron quebrados, un monstruo menos que tendría que escuchar gritar.

Así que se inclinó hacia delante, con los codos en las rodillas, mirando hacia la mesa para que nadie supiera que estaba hablando con ella, y dijo. «Lo digo en serio. No puedes dejar que ninguno de ellos sepa lo que quieres, o te lo quitarán y lo usarán en tu contra. No confíes en ninguno de los otros monstruos, no importa lo bien que actúen: no son tus amigos, solo te están usando para lo que sea que puedan conseguir y no les importa lo que te pase. Tú tampoco deberías confiar en mí. Los monstruos no tienen amigos, especialmente en el Campamento Freak».

«No puedes luchar contra ninguno de los guardias. No lo

intentes, y ni siquiera pienses en cuestionar o discutir. Solo haz lo que dicen, dales lo que quieren. Si no, será peor». Se detuvo allí, ante la gran cantidad de detalles que podría haberle dado sobre qué hacer cuando decidieran que querían su cuerpo. Triturador probablemente lo haría primero. Le gustaban los que parecían más indefensos, inocentes, más propensos a retorcerse. Pero Tobias no podía contarle sobre eso. No era misericordia o bondad, pero no lo haría. Con suerte, cuando llegara el momento, ella recordaría su consejo sobre no pelear y no sacarían las uñas plateadas.

Kayla no dijo nada. Tobias se arriesgó a mirarla de reojo por debajo de su cabello.

Ella había inclinado la cabeza hacia abajo, como él, y se estaba hurgando la uña. «¿De dónde sacaste las mantas anoche?».

Tobias se movió, pero hizo que pareciera que solo se movía mientras comía. Nunca es buena idea que los guardias se interesen en la conversación de un par de monstruos. «Pagué por ellas».

Siguió mirando, aunque no tan directamente como antes. «¿Con qué? ¿Tienes dinero?».

Tobias resistió el impulso de enterrar la cara entre las manos, de bloquear sus ojos y el comedor. ¿Qué podría decirle? ¿Debía contarle a esta asustada chica sobre la mamada que le dio a Triturador cuando parecía que lo que realmente quería hacer era grabar su nombre en su espalda con un cuchillo de plata? ¿Debía decirle qué le gustaba a Victor que hiciera con la lengua o qué decirle a Karl para ponerlo duro?

Se arriesgó a mirarla, a sus ojos claros y bonitos, —*ni siquiera la mires a los ojos, recuerda, ella es una cambiaformas*—, y sabía que no podía. Becca no se lo había dicho, aunque mirando hacia atrás, ahora sabía de dónde habían venido todas esas comidas y mantas adicionales que Becca le conseguía.

Pero tampoco le mentiría a Kayla. Pretender que mejoraría

la mataría más rápido.

«Aquí no tenemos dinero», dijo. «Yo . . . hago cosas para los guardias».

Ella vaciló. «Como … trabajos, o...».

Tobias negó con la cabeza. «No, no, yo les hago cosas. . . los demás me llaman puta».

Los otros monstruos siempre llenaban la palabra con suficiente veneno como para que él se estremeciera en respuesta, pero no solo por la palabra, sino por la amenaza y el odio en sus voces. No estaba seguro de si simplemente estaban celosos de las habilidades que le valían sus mantas y comida extra, o si lo que hacía realmente era tan malo. Si en el mundo real era tan horrible y vergonzoso decir que sí a los guardias, cuando era eso o verse obligado a hacerlo de todos modos, con mucho más dolor, o pedirlo cuando podía sentir que se moría de hambre después de un día sin comida.

El callejón fuera de la barraca era solo un rincón oscuro donde llevaban a Tobias a que se arrodillara y le bajaban la cremallera de los pantalones. Para cuando llegaba allí, las negociaciones habían terminado, el regateo estaba hecho y ya no tenía la opción de hablar para salir de esa situación. Solo tenía que esperar que mantuvieran su parte del trato.

La mayoría lo hacía. Significaba que los monstruos trabajaban más duro por lo que querían.

Todos los monstruos eran jodidos de una forma u otra, pero los demás lo odiaban por la facilidad con la que obedecía. Un real no haría eso. Los otros monstruos todavía pensaban a menudo que eran reales, o mejores que los reales.

Qué diferente debe ser tener el lujo de pensar que merecías más que el dolor, la muerte y la vergüenza. A veces los odiaba, que pudieran creerse dignos de ser humanos. Por otra parte, había visto que esa creencia los destrozaba una y otra vez, y todavía seguía vivo.

«¿Duele?», ella preguntó.

No siempre, pensó Tobias. *No ahora que sé qué hacer.* «Sí, me duele», dijo. «Pero duele más si luchas contra ello. Te lastiman más», *y lo disfrutan más*, «si luchas».

Por el rabillo del ojo, Tobias vio al vampiro salir y se preparó, pero Kayla saltó cuando el vampiro empujó a Tobias contra la mesa.

Dolió, al tener el metal inflexible presionando contra sus costillas, pero no le hacía daño. Celler sabía que no debía lastimar gravemente a Tobias mientras Triturador y Lonny Fitzpatrick, a quien no le gustaba que se la chuparan, pero que le gustaba mirar, vigilaban el comedor. La mandíbula de Celler había sido permanentemente unida con un cable después de la segunda vez que logró zafarse de su hocico. Obtuvo su apodo más largo, Celulitis, por la forma en que su piel se veía roja y cruda después de freírse al sol. El guardia que lo había apodado, poco después fue transferido a Investigación Especial. Victor se burló de que "el joven vándalo era demasiado inteligente para estar atrapado arreando a los monstruos en general".

«¿Te encontraste una mascota, puta?», Celler murmuró. Debido a la forma en que habían conectado sus colmillos de vampiro a sus dientes humanos, y luego a su mandíbula inferior, cada palabra tenía que abrirse camino a través de dos capas de dientes apretados. Recibía su ración de sangre por vía intravenosa cuando los hombres lobo regresaban de la Contención Intensiva, si es que había sido "bueno". El límite de la inanición lo hacía incluso más desagradable de lo que solían ser los vampiros debido al bronceado solar. «¿Ya te pagó por lo de anoche?».

Tobias deseó que Kayla dejara de estremecerse. Movimientos como ese llamaban más la atención de los desagradables, ya fueran monstruos como Celler, o humanos como los guardias. Mantuvo su enfoque dividido entre el vampiro y Triturador, quien observaba desde su posición apoyado contra la pared.

«Tal vez solo te gusta abrirte de piernas. ¿Es eso, Monstruo Bonito?», Celler deslizó una mano por los hombros de Tobias. «Si tienes tanto calor como para ponerte de rodillas, ¿por qué no nos compras edredones de plumas a todos? Yo podría ayudar sujetándote».

Tobias sospechaba que Celler solo tenía envidia. Los vampiros no podían negociar con sus bocas y, a menos que pudieran hacer una paja particularmente competitiva, el otro tipo de sexo siempre dolía más.

Tobias esperó hasta que la mano llegó a su clavícula, de ninguna manera permitiría que un vampiro agarrara su garganta; había visto cambiaformas con sus gargantas arrancadas mientras un vampiro sostenía su boca debajo de la herida para que la sangre vital se filtrara a través del hocico. Entonces Tobias golpeó su cabeza y su cuerpo hacia atrás tan fuerte como pudo, desequilibrando a Celler y aflojando su agarre. Tobias lo tiró al suelo con un rápido empujón de su codo.

Celler se levantó casi al instante, silbando entre dientes, lo que habría sido un grito de rabia para cualquier otro monstruo, pero en ese momento, los guardias habían decidido darse cuenta. Cuando Celler fue por la garganta de Tobias, Triturador ya estaba allí.

El primer golpe del garrote de Triturador contra la parte posterior de la cabeza de Celler resonó con un crujido húmedo a través del comedor y golpeó la cabeza del vampiro contra el hombro de Tobias. Celler se derrumbó sin huesos en el suelo, donde gimió a través de su mandíbula alambrada y movió sus extremidades. Los siguientes tres golpes innecesarios silenciaron los gemidos.

«¿Estás jodiendo a mi monstruo, pendejo?» Triturador jadeó. «Es demasiado bonito para ti. ¿Sabes qué podría cogerte a ti? Creo que una vez vi un bulldog lo suficientemente feo como para follar tu fea cara».

Celler se revolvió contra el suelo, los brazos y las piernas no funcionaban del todo bien, y Triturador le dio una patada. «Maldita sea, levántate, Celler. Estás en la pasarela. ¿O quieres que te levante?».

El vampiro se arrastró debajo de un banco, metiendo sus brazos y piernas debajo de la mesa. Parecía ser suficiente.

Tobias lo esperaba, pero el golpe de Triturador aún golpeó su rostro contra la mesa. «¿Quieres follarte a un chupasangre, Monstruo Bonito? ¿Estás rodando esa lengua de puta hacia él?».

«No, señor», dijo Tobias a la mesa.

Triturador apretó los dedos en el cabello de Tobias y le levantó la cabeza, arqueando el cuello hacia atrás. «¿Qué dices, monstruo?».

«No señor. No voy a dejar que me folle, señor». *No voy a dejar que nadie, nadie. . .*

Triturador acercó su rostro. «Me estás esperando a mí, ¿verdad? Mi polla será la primera en tu culo». Se encogió de hombros. «Tal vez la segunda. No importa si Hawthorne va primero. Siempre y cuando grites por mí. Y gritarás por mí, ¿no?».

«Sí, señor», dijo Tobias.

«¿Crees que Hawthorne querrá mirar mientras te hago gritar, Monstruo Bonito?».

Tobias mantuvo la respiración uniforme. No era como si Triturador no lo hubiera dicho antes. «No lo sé, señor».

«¿Crees que debería preguntar...?».

«¡Triturador!».

Tobias no se relajó cuando el guardia se dio la vuelta. Si Triturador se daba cuenta, lo tomaría como un desafío.

«¿Qué?», Triturador contestó a Lonny.

Lonny sacudió la cabeza por la habitación, donde algunos monstruos se aprovechaban de la distracción de Triturador para acurrucarse y murmurar juntos. «¡Enfócate!».

Triturador resopló y murmuró por lo bajo sobre jodidos aguafiestas, pero soltó el cabello de Tobias después de otro golpe contra la mesa. «No dejes que vuelva a suceder, fenómeno».

Tobias buscó a Kayla después de que Triturador estuviera lo suficientemente lejos como para no interpretarlo como una especie de falta de respeto. Se había escabullido en la confusión tan silenciosamente que ni él ni Triturador se habían dado cuenta. Tobias la encontró a dos mesas de distancia, con la mirada baja.

Chica inteligente, pensó Tobias, aunque no quería. No quería que le importara nada ni nadie en el Campamento Freak, excepto él mismo. *Tal vez aprendas lo suficientemente rápido como para sobrevivir.*

No estaba seguro de si eso era algo bueno.

Esa noche, después del pase de lista vespertino, Tobias volvió a la barraca justo a tiempo para ver a Celler robarle la manta.

Por un segundo, una parte pequeña, débil e irracional de él pensó, *no es jodidamente justo*, pensamiento estúpido e inútil; era un monstruo, y se suponía que la vida no debía ser justa con él. Eso fue rápidamente tragado por la rabia.

Diablos, no, yo pagué por eso.

«¡Regrésala!». Aceleró el paso. Celler no iba a devolverla, Tobias lo sabía.

El vampiro se rió a través de su sonrisa fibrosa. «Cómprate otra, puta».

Tobias lo golpeó con todo su peso, poniendo un poco más de velocidad en el movimiento del ariete mientras el bastardo estaba distraído. Tobias arañó sus ojos y el vampiro retrocedió. Por supuesto que sí, Tobias nunca podría esperar igualar los reflejos de un sobrenatural identificado, pero había estado luchando contra otros monstruos toda su vida, tal vez incluso antes de que Celler se convirtiera en vampiro. Tobias no atrapó los ojos, sino que se metió los dedos en el alambre alrededor de los dos juegos de dientes de Celler. Sacudió la cabeza del vampiro hacia un lado y hacia abajo y escuchó el crujido de su cuello, destrozando los huesos que Triturador no había visto antes. Obligó a Celler a bajar la cabeza y con la otra mano tiró de la manta que sujetaba el vampiro.

Celler gruñó, se retorció y logró patear los pies de Tobias debajo de él, pero Tobias tiró con fuerza sobre el hombro y el brazo del vampiro mientras caía, arrojándolo sobre su propio cuerpo y de cabeza en otra litera antes de golpear el suelo de cemento.

Los espectadores gritaban, gruñían y maldecían. Alguien se quejaba de que los guardias vendrían en cualquier momento. "*¡Ay, para, por favor, para!*", pero lo único que realmente le importaba a Tobias era que Celler todavía tenía su manta.

Un monstruo inteligente lo habría dejado pasar, pero la cuestión era que realmente no podía comprar otra. Claro, a Victor le gustaba la boca de Tobias, pero también le gustaba la variedad, y Tobias tenía un buen instinto para saber cuándo Victor lo quería de rodillas y cuándo lo quería en una mesa de corte. Si Tobias intentaba conseguir *otra* manta, Victor recibiría su mamada y Tobias recibiría otro interrogatorio, si es que conseguía algo.

Así que ignoró el dolor de espalda por el golpe contra el cemento y se lanzó contra Celler. Cayeron juntos en otra fila de monstruos, y pronto todos estaban haciendo todo lo posible para arrancarse la garganta unos a otros.

En el caos, Celler y un par de otros vampiros se mantuvieron unidos, incluso cuando se odiaban; era una especie de instinto de unión de nidos y tendía a meterlos en problemas. Logró sujetar a Tobias al suelo, con la misma manta por la que había estado luchando y sujetó sus brazos. Celler se arrodilló sobre él, con las rodillas hundiéndose debajo de las costillas de Tobias.

«Te vamos a *desangrar*», gruñó, hundiendo sus dedos en la garganta de Tobias debajo de su cuello. «Luego, voy a sangrar *dentro* de ti, pequeño cabrón. ¿Quieres ser un vampiro como yo? ¿Quieres arder como yo? Veamos cuánta mierda consigues cuando cierren esa bonita boca con alambre».

Tobias corcoveó debajo de los vampiros, casi perdiendo el conocimiento por el pánico. Celler no podía, no debía quitarle la única habilidad de negociación a Tobias, no podía convertir a Tobias en uno de ellos. *Te matarán*, pensó frenéticamente. *No puedes, te matarán si me haces sangrar.*

Como vampiro, Tobias no tendría nada, menos que nada. En el Campamento Freak, los vampiros sufrían un dolor constante por el sol, nunca tenían suficiente sangre para llenarlos y podían sobrevivir a cantidades increíbles de daño sin morir, sin morir nunca. Tobias recordó a una mujer vampiro, cómo los guardias habían...

La mente de Tobias se alejó. *Ese podrías ser tú, debajo de Triturador.* Pocas cosas peores podía imaginar que ser despojado de la seguridad de la muerte.

Solo había una cosa peor.

Jake nunca podría sacar a un vampiro del Campamento Freak. Ni siquiera Jake podría hacer eso, incluso si fuera lo suficientemente estúpido como para quererlo.

Tobias luchó y peleó más duro de lo que nunca pudo o quiso contra los guardias, gruñó cada maldición y amenaza que había escuchado, sacudió sus brazos y piernas hasta que le dolieron las cuencas, pero los vampiros eran más en número y en ventaja.

Entonces Kayla saltó sobre la espalda de Celler y le clavó los dientes en el hombro.

Celler se echó hacia atrás, derribando a otro vampiro, y de

repente Tobias tuvo palanca para arañar y patear a los otros vampiros y hacerlos a un lado.

Luego, las rejillas de ventilación se cerraron de golpe, la última advertencia antes de que el gas entrara silbando en los barracones para noquearlos.

Los monstruos se dieron cuenta. En el pánico que siguió, Tobias giró hacia Kayla y la agarró por los hombros.

Casi le da un puñetazo en la cara, pero vaciló cuando se dio cuenta de que era él.

No lo dudes, pensó Tobias. *No confíes solo porque soy yo, no te haré daño. No confíes en que solo por mi cara bonita, porque soy yo.*

«Ocúltate», espetó. «Ahora. No salgas».

Ella lo miró. «Pero tu estás...».

«No dejes que te vean, haz lo que digo, escóndete *ahora*». Tobias la empujó bruscamente hacia una litera y giró justo a tiempo para atrapar una mano con garras antes de que le abriera la cara. Esperaba que ella lo hubiera escuchado. Durante las peleas, Becca siempre lo había hecho esconderse debajo de una litera en la esquina.

Los guardias irrumpieron, golpeando a todo lo que se movía lo suficientemente fuerte como para romper un hueso, y Tobias dejó de luchar en el segundo en que apareció un guardia frente a él. Silas Dixon golpeó con su garrote el diafragma de Tobias y lo dejó caer al suelo, jadeando. Los otros monstruos, aquellos que necesitaban un golpe extra para ser incapacitados, tenían más que el aliento perdido.

Los guardias los arrastraron hasta el patio. Tobias hizo a un lado su momento de alivio al no ver a Kayla entre ellos.

Cuando Tobias fue encadenado a un poste de flagelación, espalda con espalda con otro monstruo para que todos los pendencieros pudieran ser controlados, vio que Celler tenía ambas piernas torcidas en ángulos antinaturales.

Después de colgarlos, los guardias trabajaron un poco más con los instigadores. Tobias recibió repetidos puñetazos en el estómago y en la cara, y podía escuchar a Celler haciendo ruidos ásperos y ahogados unos cuantos postes más allá.

Finalmente, los guardias los dejaron. El viento helado atravesaba las delgadas ropas de Tobias, y el único calor provenía del cambiaformas encadenado a su espalda. Incluso los focos y las estrellas que Tobias apenas podía distinguir en la noche oscura hacían que pareciera más frío.

Espero que amanezca pronto, pensó Tobias, con las manos entumecidas. Pero sabía que no sería así.

A LA MAÑANA SIGUIENTE, después del pase de lista, todos los combatientes fueron azotados. Silas jaló la camisa de Tobias por encima de su cabeza. «No podemos cicatrizar esa linda boca, ¿verdad?». Pero no lo desencadenó.

Después de la asamblea y el desayuno, los alborotadores se quedaron en los postes de flagelación y el resto de los monstruos fueron encerrados y encadenados a sus literas de sus barracas, de la misma manera que habían pasado la noche después de la pelea. Tobias esperaba que los guardias no se hubieran desquitado con los otros monstruos. Solo haría la vida mucho más difícil si quisieran venganza.

Kayla lo encontró días después, cuando finalmente recuperó el uso completo de sus manos, aunque cualquier tipo de movimiento aún ardía en su espalda. Ella tenía un rostro ligeramente diferente, menos bonito e inocente que el original. Nada que los guardias se darían cuenta y reaccionaran, pero Tobias si lo vio y lo aprobó.

Se sentó junto a él y no lo miró, al menos no directamente. Tobias captó rápidas y furtivas miradas en su dirección. Eso estaba bien. Si alguien se daba cuenta, pensaría que tenía miedo, y el miedo era aceptable. Era mucho más seguro, para ambos, si la gente pensaba que su relación se basaba en el miedo y no en . . . cualquier otra cosa en la que se pudiera basar.

Era estúpido preocuparse por otros monstruos. No era lo suficientemente fuerte para ser Becca, y no tenía fe en que esta chica cambiaformas sobreviviría. Seguía siendo carne fresca.

«Me escondí», susurró.

«Bien».

Ella movió su plato ligeramente. No lo había lamido para limpiarlo. Debería aprender a hacerlo pronto. «No dijiste lo que te debo. Por la manta».

«No lo hice porque me importa», dijo Tobias con dureza. No podía permitirse el lujo de preocuparse. Y no lo hizo. No lo haría. «Los guardias entran cada vez que alguien hace ruido o se mueve. A veces le dan una paliza al instigador, a veces encadenan a todo el mundo a la cama y....».

«Como el encierro», dijo.

Tobias asintió.

«Aún así, podrías haberme golpeado», susurró ella.

Ni lo pienses. «Podría no haber funcionado».

«Me dijiste que me escondiera. Me salvaste de nuevo. ¿Qué te debo? Sé que te lo debo».

Tobias pensó. Quería decir que no importaba, le repugnaba pensar en quitarle algo, incluso su comida, pero *sí* importaba. Si ella no hubiera preguntado esto, él simplemente se habría ido y habría sido mucho más fácil más tarde escucharla gritar bajo los guardias. Más fácil cuando empezara a llamarlo *perra* y *puta rara.*

Ahora tenía que preocuparse, al menos de la misma manera que se preocupaba por cualquier cosa que pudiera mantenerlo con vida o matarlo.

«Nos ayudamos mutuamente», dijo al fin. «Me protegí dándote una cobija para que dejaras de llorar. Saltaste contra Celler por la manta. Te dije que te escondieras porque habías saltado sobre él».

Kayla parecía saber que él le estaba dando un trato fácil. «Todavía te debo algo».

Si no fuera por ti, ahora mismo sería un vampiro. «No somos amigos», se dijo Tobias tanto a sí mismo como a ella. "«Es una relación mutuamente beneficiosa». Las grandes palabras lo ayudaron a distanciarse.

«¿Qué significa eso?»

«Yo te ayudo, tú me ayudas. Seguimos debiéndonos favores».

«Así que . . . seguimos ayudándonos, ¿y al final se equilibrará?», preguntó Kayla, y él asintió. «Te salvaré algún día».

Tobias se estremeció. Nadie salvaba a nadie en el Campamento Freak. La única persona que alguna vez lo salvaría, *tal vez, posiblemente, por favor*, era Jake. «Como sea».

Tobias se quedó mirando su plato vacío —los guardias se estaban tomando su tiempo para expulsar a los monstruos del comedor hoy— hasta que tomó una decisión. Si fueran (*no amigos*) combinando recursos para sobrevivir, bien podría decírselo ahora. Al menos él podría no tener que oírla gritar.

«Cuando Triturador venga por ti», dijo, «no pelees, no luches, no llores, no hagas ruido. A veces, si estás en silencio», *en blanco, ausente*, «se cansan y terminan más rápido, y vuelven con menos frecuencia».

Ella lo miró. «Silencio».

«Es mejor si puedes quedarte en blanco. . . ausente . . . como si ni siquiera estuvieras allí. Así, no tienes que pensar en eso».

No podía leer la expresión en sus ojos de cambiaformas. Miró hacia otro lado, hacia abajo, y asintió.

Esperaba que las cosas que lo mantenían con vida también la ayudaran a ella. Solo porque ella todavía le debía y sería bueno, aunque fuera brevemente, tener un monstruo dispuesto a seguir su consejo.

Y tal vez, para cuidar su espalda. *No te hagas ilusiones, Tobias, la pelea fue algo de una sola vez, ella te lo debía.*

8

CAPÍTULO OCHO
ENERO–ABRIL 1998

Jake se despertó la mañana de su decimoctavo cumpleaños, zumbando por el doble subidón de los monstruosos culos y los analgésicos. Ayer había sido su primera cacería verdaderamente independiente. Papá había estado fuera por un trabajo, uno de los que no le contaba a Jake, murmurando que era algo que tenía que hacer él mismo, así que Jake se encargó de todo. Utilizar el transporte público para llegar a la gran biblioteca del centro de la ciudad para investigar, había sido vergonzoso, pero había valido la pena por la adrenalina de la cacería exitosa.

Jake había llamado a papá antes de que fuera tras los ogros, dejándole un mensaje de voz. Si no sobrevivía, papá sabría adónde habría ido y podría encargarse del problema después de él.

No esperaba que papá apareciera en el último minuto para alejarlo de los restos de la pequeña y pintoresca rueda hidráulica. Estaba bien que papá hubiera estado allí al final, porque Jake realmente no lo necesitaba. Aunque tenía que admitir que había sido agradable viajar cubierto con una manta en el asiento delantero del Eldorado, en lugar de tratar de colarse en un autobús sin que tuvieran que llamar a una ambulancia.

Jake se estiró experimentalmente para ver qué le dolía, bostezó y parpadeó para abrir los ojos, sin estar seguro de poder confiar en ellos. Leon estaba sentado en la otra cama, viéndolo con una mirada pensativa, casi suave en su rostro.

«Hola, papá», graznó Jake. Se incorporó para apoyarse contra la cabecera.

«Hola, Jake. ¿Te sientes bien?».

Le dolía la cabeza y el hombro, por fortuna no estaba roto. Ahí lo habían golpeado con un puño como un jamón, y tenía moretones por todas partes —malditos hijos de puta que lanzaban pelotas de golf—, pero se sentía bien. Realmente bien, a un nivel que no tenía nada que ver con moretones y huesos rotos.

«Impresionante», dijo.

Leon se miró las manos y luego volvió a mirarlas. «Lo hiciste bien, hijo».

Jake parpadeó y sonrió, un nuevo tipo de euforia ardía a través de él. Sabía que había triunfado en esa cacería: dos monstruos muertos, ninguna víctima civil y daños colaterales mínimos en forma de un campo de minigolf que parecía como si un tornado lo hubiera atravesado, pero había un mundo de diferencia entre la satisfacción de un trabajo bien hecho y uno de los raros cumplidos de papá.

«Gracias, señor».

Leon asintió. "«Dieciocho hoy».

Jake parpadeó. «¿Señor?». Solo había matado a los dos monstruos anoche. A menos que papá estuviera contando los fantasmas que había ayudado a quemar, en cuyo caso eran mucho más que dieciocho.

Leon le sonrió y Jake disfrutó del orgullo en su rostro, aunque todavía no entendía. «Ya tienes dieciocho años. Un adulto».

«Vaya. Sí, lo olvidé, ya sabes, con la caza. Pero da igual. Puedo fumar, follar, votar y....», Jake sonrió. «Papá, ya estoy haciendo todo lo que quiero».

Leon se rió. «Sí. Sí, lo sé». Él suspiró. «Jake, sé que me he perdido de muchos, pero feliz cumpleaños». Sacó una carta gruesa y un estuche de tapa dura para gafas de sol.

Jake tomó ambos con cautela. A él especialmente no le gustaba el aspecto de esa carta. Podría contener cualquier cosa, desde un juego nuevo de ganzúas hasta una carta de mamá. Bajo los ojos de Leon, lo abrió con su cuchillo.

Leyó los papeles y luego miró hacia arriba, con los ojos muy abiertos. «¿Me conseguiste una licencia de la ACS?».

«Sí». El rostro de Leon se abrió en una amplia sonrisa. Parecía extraño en su rostro normalmente tenso y concentrado. «Hice el papeleo por ti hace meses, mucho antes de esta cacería. Y luego saliste e *hiciste* el trabajo. . . estoy condenadamente orgulloso de ti, Jake».

Jake miró el papel. Hawthorne, especialmente el de dieciocho años, sin llorar. «Gracias, señor».

«Adelante, abre el siguiente. Supuse que ahora que eres oficial, te podrían gustar unas ruedas».

Jake abrió la caja de las gafas de sol. Sí, un auto sería muy agradable a veces, aunque solo fuera para no tener que viajar en el autobús como un perdedor o tratar de caminar a casa si se rompiera un hueso o algo así en una cacería, pero. . . él realmente no quería un auto nuevo. Nada sería tan dulce como Eldorado, y estar en Eldorado significaba que estaba en casa, que papá había regresado y que estarían bien. Incluso sin mamá, incluso sin comida, incluso con papá abriéndose camino a través de una bebida, estaría en casa. Difícil renunciar a eso para siempre abriendo un estuche de anteojos de sol con piel sintética descascarada.

Y luego su mandíbula cayó. Levantó la vista y se quedó boquiabierto, mientras Leon le sonreía.

«¡Estas son para el Eldorado!».

«Te encanta ese auto», dijo Leon, luego guiñó un ojo. «Sé que le quitarás las manchas de óxido».

«Mierda santa». Jake saltó de la cama y le dio a Leon un abrazo aplastante. No podía recordar la última vez que se habían abrazado, pero se sintió bien cuando su padre acababa de darle el mejor regalo posible.

Cuando se separaron, Leon todavía estaba sonriendo y mantuvo su mano en el hombro de Jake. «Por la forma en que amas ese auto, sabía que tenía que dártelo tarde o temprano. Te diría que lo cuides bien, pero estoy bastante seguro de que lo limpiarás antes que a ti».

Solo más tarde, después de que Jake salió corriendo y giró la llave en el Eldorado, que ya era *suyo*, todo suyo, se le ocurrió preguntarse qué conduciría papá si Jake iba a quedarse con el Eldorado.

Unos meses más tarde, Jake se encontró persiguiendo fantasmas en Massachusetts. Literalmente persiguiendo fantasmas, porque había una especie de estúpido camión de ganado embrujado, y era realmente estúpido.

Y tan lejos de Nevada.

Él también odiaba la camioneta. La gran camioneta negra de papá. En la que solía desaparecer de Jake más a menudo, alejándose cada vez más. A veces dejaba una nota, a veces solo un mensaje telefónico un par de días después. Si Jake hubiera sabido, cuando papá le dio las llaves del Eldorado, que papá se iría *más* veces, que tendría tanta fe en Jake que ni siquiera le avisaría antes de desaparecer. . . bueno, Jake no sabía si le hubiera arrojado las llaves a papá en la cara, maldición, amaba este auto, pero podría haber comenzado a investigar formas de sabotear Silverados, Tundras, F-150 y haber ido bajando en la lista. Como resultaba . . . Mierda. Solo mierda.

El negro estaba bien, y Jake supuso que una camioneta era práctica al menos, y tenía defensas especiales con púas de hierro/plata y costados de acero reforzado y un elegante maletero de artillería mecanizado —*¿cuánto tiempo planeaste esto, papá?* —, pero el Eldorado podría ganarlo en una pelea de cuchillos cualquier día.

A veces, cuando veía el enorme camión monstruo (para cazar monstruos, ja ja, no tenía gracia) en el estacionamiento contiguo al suyo, su maldito Eldorado, todavía tenía un impulso medio sofocado de cortar las llantas.

Sabía que no estaba siendo exactamente maduro al respecto, pero Jake estaba enojado, y cuando papá no estaba allí para enojarse, todo se acumulaba hasta que Jake quería romper algo. Preferiblemente una cierta pieza elegante de acero de escoria.

No fue hasta que papá se fue de *nuevo*, dejando a Jake en otra ciudad de mala muerte sin un solo chico o chica sexy, que Jake se dio cuenta de que no tenía que quedarse donde papá lo había dejado deprimido, bebiendo y follando. Tenía el jodido Eldorado, y donde había caminos podía conducirlos, y donde había puentes podía cruzarlos. El jodido Leon Hawthorne, a quien claramente no le importaba un carajo, que tenía su camioneta para hacerle compañía, podría encontrarlo si quisiera. Papá podría encontrar cualquier cosa.

Jake podía conducir a cualquier parte. Podía conducir hasta el Campamento Freak y ver a Toby si quería.

Como una bala de plata que encuentra el corazón de un hombre lobo, ese pensamiento dio en el blanco. Jake agarró las llaves del Eldorado, pagó la cuenta del hotel (otra vez una tarjeta de crédito falsa, papá se había llevado la mayor parte del efectivo) y salió a la carretera tarareando ante la idea. *Puedo ver a Toby cuando quiera.*

~

De rodillas con un cepillo, Tobias restregaba manchas recientes del suelo de las duchas de los barracones. La solución de limpieza astringente le picaba las manos, abrasando como ácido en sus quemaduras y cortes recientes, cuando un guardia entró detrás de él. Tobias miró hacia atrás a través de su flequillo, vio que era Triturador y luego se concentró en su trabajo.

Era un mal lugar para estar. Tal vez Triturador haría un trato, buscaría la mamada, y Tobias no tendría que arriesgarse a pelear con él. Un puñado de otros guardias se estaban acercando demasiado para su comodidad, pero Triturador siempre tenía ese borde de locura que lo asustaba de una manera que nadie más lo hacía.

«Levántate, Monstruo Bonito. Hawthorne te busca».

Tobias se guardó la primera ráfaga de alivio en su rostro. Un alivio tan intenso que le temblaron las manos y se sintió mareado. Triturador vería el temblor y pensaría que sería miedo. Podía que incluso se excitara pensando en ello más tarde, con algún otro pobre desgraciado metiendo en su boca su polla.

Esa imagen le recordó a Tobias lo que había hecho. Todas las veces...

No tuvo que fingir la mirada enferma en su rostro cuando se puso de pie. ¿Cómo podía enfrentar a Jake, mirarlo a los ojos (y Jake le decía que lo mirara a los ojos, siempre lo hacía, siempre inclinaba la cara de Tobias hacia arriba, tan suavemente, los callos de sus dedos rozaban la mandíbula de Tobias) cuando había estado a punto de hacer volar a Triturador para librarse de una paliza?

Tobias no quería ir. Por un segundo loco y sin aliento, consideró decir, «No, no lo veré», golpeando a Triturador, corriendo hasta que lo atraparan y cayera debajo de sus garrotes. Dejar que el dolor y la sangre lavaran la vergüenza hirviente que quemaba sus entrañas más que cualquier cosa que hubiera tragado. Mejor eso que estar en la misma habitación con Jake, mirándolo, contaminando lo único bueno en su mundo con la inmundicia que hacía todos los días y que ya ni siquiera lo afectaba.

No podía hacerlo. No podía entrar en esa habitación.

Pero correr sería un suicidio. De todas las formas en que Tobias podía suicidarse, decirle que no a un cazador no era la que quería elegir. Probablemente de todos modos, lo arrastrarían hasta Jake, lo arrojarían sangrando al suelo. Podrían disculparse de que Tobias no pudiera chupársela a Jake con la mandíbula rota de esa manera, pero al menos todavía tenía un trasero, ¿verdad?

Eso es todo lo que se necesita, Tobias, para hacerlo feliz.

Triturador lo empujó fuera de las duchas, y Tobias se limpió las manos en los pantalones, deseando poder detenerse para retirarse el limpiador antes de que Jake...

Antes de que Jake lo tocara. Cada visita Jake lo tocaba, ya fuera en el brazo, la cara o el hombro, totalmente diferente a la forma en que cualquier otra persona aquí lo hacía. Suave, lento, no para lastimar o apresurar o porque Tobias lo estaba mirando mal, pero. . . Tobias no sabía por qué Jake lo tocaba así, pero era una de las cosas en las que no podía dejar de pensar. No podía dejar de desear.

Tal vez Tobias no tendría que hablar, no tendría que decir nada. Tal vez hoy, sería el día en que Jake lo voltearía sobre la mesa y lo tomaría, sin preliminares, sin preguntas amables, sin sonrisas, sin bromas que Tobias no entendiera del todo, pero de las que se riera de todos modos. Tal vez hoy, Jake aplastaría su cara contra la mesa y se bajaría los pantalones, y los sueños escasos y patéticos de Tobias morirían al sentir a Jake abriéndose camino dentro de él.

Mierda, debería creer eso. Debería recordar lo que era: un monstruo sin valor, un fenómeno con un solo uso para su boca, y no debería creer que nada con Jake podría doler tanto. Que Jake nunca le haría daño.

Por supuesto, dolería. Tobias había estado en la habitación suficientes veces cuando los guardias se inclinaron sobre algún tipo que no quería o no podía sacarlo de allí, y sabía que le dolería como el infierno, que sangraría, probablemente gritaría, tal vez no se levantaría después si Jake estaba demasiado áspero. Pero él todavía quería eso. Quería que fuera *Jake* porque Jake estaría tocándolo entonces, sosteniendo sus hombros mientras se abría paso, tal vez sosteniendo a Tobias allí después de que terminara en lugar de dejarlo caer o decirle que se subiera los malditos pantalones y saliera de su visión. Nada de lo que Jake le hiciera podría ser tan malo si Jake realmente lo quisiera.

Mejor Jake que cualquier guardia, que cualquier otro cazador. Mejor que Jake obtuviera la última parte de Tobias que no había pasado por una docena de manos antes de que alguien más la tomara. De lo contrario, Tobias no tendría nada más que ofrecer. Jake podía tener cualquier cosa, ¿por qué querría lo que todos los demás habían usado y desechado?

Cuando Tobias cruzó el patio, estaba tranquilo, casi esperanzado. De todos en el mundo de Tobias, Jake era el único que podía ponerlo nervioso, podía enviarlo del horror a la desesperación, a.... algo así como la satisfacción en el tiempo que tomaba caminar de un extremo a otro de FREACS. Quería a Jake. Quería que Jake hiciera lo que quisiera con él. Cazador o no, real o no, Jake era lo mejor de su mundo. Cualquier día que veía a Jake era un buen día en el libro de Tobias. Eso sería cierto sin importar cómo terminara.

Entonces Victor le sonrió cuando llegó a Recepción, y su estómago volvió a caer.

«¿Has venido a ver a Hawthorne, Monstruo Bonito?». Hizo una marca en su portapapeles. «Buen chico. Jake se ve bien, ya sabes, un cazador adulto. Hoy tiene planes especiales para ti. Solicitó un interrogatorio privado en la Sala Tres». En todo caso, la expresión de Victor se volvió más desagradable. «Total vergüenza. Sin cámaras».

La mente de Tobias se apagó. Claro, un cazador no pediría cámaras si quisiera follar con un monstruo en privado, pero también podría pedir que no hubiera cámaras si quisiera descuartizar a un monstruo sin molestarse en hacer preguntas, sin molestarse en las formas y las pretensiones de un interrogatorio.

De repente, Tobias no podía pensar en Jake, un cazador, sin pensar en todos los demás cazadores, los otros guardias que lo habían atado y se reían mientras lo lastimaban, incluso mientras las cámaras seguían en marcha. Podía imaginarse a Jake sonriéndole mientras él...

Tobias abandonó el pensamiento, tomó medidas drásticas y se retiró hasta que no sintió nada, hasta que no pudo sentir el aire frío a su alrededor. Jake podía hacer lo que quisiera con él, por supuesto. Tobias era solo un monstruo. Eso era lo que se decía a sí mismo. Pero sabía, en el fondo, donde escondía todas las cosas que nunca podría admitir, ni siquiera ante sí mismo, que, si Jake lo ataba y comenzaba a cortarlo, que a Tobias no podría dejar de importarle. Y sin ese caparazón que lo había mantenido con vida durante nueve años, no creía que quedara nada de él. O cualquier cosa que Jake encontrara que valiera la pena salvar.

¿Qué estás haciendo, Jake Hawthorne?

La parte más difícil había sido recitar el número de identificación y no decir que quería ver a *Toby*. Lo habían conducido a una sala de interrogatorios, con las paredes de acero inoxidable, mesa y dos sillas.

Después de lo que pareció una hora, pero en realidad no

pudieron haber sido más de quince minutos, el pomo de la puerta giró y Tobias entró.

Parecía cansado, más delgado que la última vez que Jake lo vio, y no había pensado que el chico bajito y flaco pudiera volverse más delgado, con los ojos hundidos y oscuros. No se veía saludable, pero lo que detuvo el aliento de Jake fue la expresión vacía y hueca de Toby. Podría haber sido un sonámbulo o un fantasma. Un poco apanicado, Jake buscó algún tipo de reconocimiento, y creyó captar un destello de una expresión medio enferma, medio anhelante, pero luego el rostro de Toby volvió a cerrarse.

Se sentó sin decir palabra y puso las manos sobre la mesa, con las palmas hacia arriba y los dedos ligeramente curvados. No parpadeó.

Jake se movió en su asiento. Algo andaba mal. Algo estaba realmente jodidamente mal. «Hola, Toby». No tenía idea de lo que harían las palabras. Tal vez Toby realmente lo miraría. Tal vez se rompería. Jake no podía decirlo.

Gracias a Dios, el extraño de ojos hundidos frente a él se relajó un poco y se convirtió en Toby. No cambió su posición en absoluto, pero Jake pudo ver el borde agudo y quebradizo del miedo saliendo de él. Toby inclinó la cabeza y miró a Jake a los ojos. Intentó sonreír y fracasó. «Hola, Jake».

Aliviado, Jake se inclinó para descansar sus dedos dentro de las palmas de Toby. Toby saltó ante el contacto, pero eso no preocupó a Jake. Toby siempre se crispaba al primer contacto en cada visita. Jake frotó suavemente, con cuidado de no presionar demasiado la piel enrojecida, que olía a amoníaco. Toby debía haber estado de nuevo en algún tipo de trabajo de limpieza.

«Espero que no te importe el cambio». Jake levantó un hombro para señalar la sala que había elegido para su encuentro. «Me estaba cansando de que la gente nos mirara dondequiera que íbamos». Los ojos de Toby se posaron en la cámara montada en la esquina superior. «Les dije que la apagaran».

Otra capa de inexpresividad se descongeló del rostro de Toby. «Solo para que pudiéramos. . .». Tragó saliva, y una sonrisa y una emoción más profunda y suave brillaron con más fuerza en sus ojos, una chispa que casi podría iluminar.

Jake sonrió. Nunca dejaba de sentir una agradable sacudida al producir esa reacción en Toby. «Soy un Hawthorne. ¿Qué van a hacer, decirme que no?».

Tobias agachó la cabeza, pero Jake vio el destello de una sonrisa antes de que desapareciera.

Jake apretó los dedos. «Lo siento, ha pasado tanto tiempo. Estaba persiguiendo a un grupo de demonios por la costa este, luego me quedé atrapado cazando un monstruo de pantano en Florida. Y luego estuve en *Massachusetts*».

«Está bien», dijo Toby, como siempre lo hacía. Miraba las manos de Jake sobre las suyas, con la más leve sonrisa aún en su rostro. «¿Así que los atrapaste a todos?».

Jake se lanzó a sus historias sobre las cacerías, desde el comienzo del viaje desde Ohio y la familia rara que había conocido en el camino, junto con todos los otros detalles extravagantes que había archivado como 'Cosas para contarle a Toby'. Probablemente habló más sobre esas cosas que sobre las cacerías en sí. Una vez le había preocupado si era de mala educación contarle a Tobias sus aventuras matando monstruos, pero Toby insistió en que no le importaba. «Están haciendo cosas malas», había dicho. «Es bueno matarlos».

Aún así, Jake sabía que los monstruos no eran la parte interesante de sus historias para Toby. Se centraba más en las entrevistas, las mentiras que había inventado y cómo los pobres tontos caían siempre en ellas, porque era así de bueno. Toby sonrió casi todo el tiempo que habló, y también lo miró a la cara, aunque solo fuera porque la voz de Jake insistía en *mírame, mírame, Toby*. Jake era un narrador increíble, y él mismo lo decía.

Toby incluso se había quedado fascinado con la descripción de Jake de la misteriosa serie de vallas publicitarias camufladas sin ningún texto que había visto al costado de la carretera en Ohio.

«Pero, ¿para qué sirven normalmente? ¿Las vallas publicitarias?».

«Solo intentan que la gente salga de la carretera y compre su mierda. Recuerdos, hamburguesas y antigüedades». Toby todavía parecía perplejo, y Jake pasó a contarle -con facilidad, ya que tenía mucha práctica- sobre la extraña familia que había encontrado en una parada de camiones en el sur, que estaba haciendo un tour de museos de arte por cuatro estados. «Como bibliotecas, pero para cuadros y esa mierda», explicó Jake, y los ojos de Toby se abrieron con asombro, y Jake se descubrió contándole a Toby la vez que él y papá tuvieron que irrumpir en una galería de arte para incendiar un cuadro embrujado... no era exactamente lo mismo, pero Jake no creía haber estado nunca en un museo de arte.

Ahora, finalmente estaba llegando al clímax de la caza, que había sido bastante ruda, la forma en que había rastreado al monstruo vampírico gigante de gila a través de los pantanos y vigilado su guarida durante horas desde un punto de visión en lo alto de un árbol.

«Luego, justo cuando comenzó a arrastrarse hacia su hoyo, *salté* sobre su culo...». Agarró los antebrazos de Toby con énfasis, y Toby jadeó bruscamente, tirando de su brazo derecho hacia atrás.

Jake se detuvo. Estaba acostumbrado a las pequeñas sacudidas de Toby, pero esto no había sido así. «¿Toby?».

«Lo... lo siento», dijo, pero su rostro se había vuelto gris, y parpadeaba rápidamente mientras miraba un punto bajo más allá de Jake.

Jake soltó su brazo lentamente. Las mangas de Toby eran lo suficientemente largas para cubrir sus nudillos, pero estaban amontonadas alrededor de sus muñecas. Jake cubrió la mano derecha de Toby con la suya antes de darle la vuelta y subir la manga hasta el codo.

Toby volvió a jadear, ahora por la conmoción, y su cuerpo se sacudió hacia atrás, aunque no intentó apartar el brazo de nuevo. Jake no se dio cuenta. Sus ojos estaban fijos en una serie de pequeñas quemaduras circulares en el interior de los antebrazos de Toby, dos de ellas aún brillantes y rosadas, las otras más oscuras y con costras. Jake volvió la cabeza y vio que formaban una cara sonriente.

Solo después de que Jake se puso de pie y Tobias torció su cuerpo lo más que pudo con la mano de Jake alrededor de su brazo, Jake se dio cuenta de que se movía. Su respiración era lenta y constante, y su voz solo sonaba un poco tensa cuando preguntó: «¿Quién te hizo eso?».

Toby estaba temblando con su cabeza inclinada tan cerca de la mesa que nada de su rostro era visible. No respondió.

Jake sintió que su tenue control se desvanecía. Agarró el hombro de Tobias con su mano libre, lo sacudió y gritó, «¿Quién lo hizo, Tobias?».

Incluso mientras su cabeza se balanceaba hacia atrás, Tobias mantuvo los ojos bien cerrados. «K... K... Karl», se atragantó.

Jake lo soltó, empujándose hacia atrás de la mesa lo suficientemente fuerte como para derribar su silla mientras salía de la habitación.

Karl estaba asistiendo a otro interrogatorio en la Sala Cuatro. Acababa de deslizar un cuchillo caliente y bendito en el estómago del vampiro cuando Jake Hawthorne pateó la puerta.

«Qué carajo...». Se alejó del vampiro junto al otro interrogador, un cazador.

Jake tomó un atizador de hierro al rojo vivo, también

bendecido, del quemador y avanzó, con una mirada inexpresiva y salvaje en sus ojos.

Cuando el cazador intentó cargar contra él, Jake le dio un fuerte puñetazo en la mandíbula y lo envió contra el quemador, esparciendo brasas y cenizas por el suelo. Entonces Jake agarró a Karl por el cuello.

«¿Por qué diablos lo hiciste?», gruñó. «¿Te diviertes marcando a niños como Toby? ¿Qué diablos hizo? ¿Puedes decirme una maldita cosa que haya hecho, sádico hijo de puta?».

Karl arañó la mano de Jake, sus ojos se agrandaron cuando no pudo soltar el agarre. «¡Déjame ir, loco bastardo! ¡Baja ese puto atizador!».

Jake lo empujó y Karl se dejó caer, buscando el cuchillo que había dejado en el vampiro. Jake hizo girar el atizador, con la punta brillando, y lo golpeó en el pecho y el hombro. Escuchó huesos romperse, probablemente la clavícula, tal vez una costilla, pero aún podía ver las heridas rojas en el brazo de Toby, no solo esas malditas quemaduras, sino ronchas, cortes y viejas cicatrices que se habían desvanecido en su piel, y luego, creyendo que no había sido suficiente siguió rompiendo algunos huesos. Pisó con fuerza el hombro roto de Karl.

«Te voy a marcar, hijo de puta», dijo. Presionó el extremo brillante del atizador contra la cara del guardia.

Karl gritó y otros guardias irrumpieron en la sala de interrogatorios, listos para sofocar la amenaza.

Se necesitaron tres hombres para detener a Jake.

Eran mejores que los policías con los que había luchado cuando tenía trece años, pero aún así, tuvieron que sacarle el aire de los pulmones a puñetazos antes de poder llevarlo a una habitación en la oficina de administración más cercana.

Tiene sentido, pensó Jake. *Tienes más experiencia golpeando niños.*

Después de arrojarlo a la habitación, cerraron y bloquearon

la puerta detrás de él. La moqueta azul oscuro, el escritorio y las estanterías de madera noble y las sillas de cuero contrastaban notablemente con la habitación gris y desnuda, con la mesa y las sillas de acero donde había estado hablando con Toby. Las puertas eran tan sólidas como el resto del mobiliario. Lo único que tenían en común la sala de interrogatorios y esta era que ambas estaban diseñadas para que nada pudiera salir. Jake se enderezó lentamente, sintiendo los nuevos moretones en su mandíbula y tratando de recuperar el aliento.

La puerta se abrió de golpe bajo la fuerza de su primo Matthew Dixon, quien cerró la puerta detrás de él. La furia en su rostro puso rígida la espalda de Jake.

«¿Qué diablos te pasa, Jake?». Matthew buscó palabras para describir su indignación y no encontró nada. «¿Qué *demonios* te pasa?».

Jake le devolvió la mirada. ¿Quién diablos se creía Matthew que era, su padre?

«Déjame aclarar esto. Te reuniste con tu monstruo particular, 89UI... lo que sea, en la Sala Tres. Luego entraste a la habitación cuatro, noqueaste a un cazador, por cierto, también interrogaste ilegalmente a un monstruo, golpeaste a un guardia y luego lo quemaste con un atizador. ¿Se me olvida algo?».

Jake se cruzó de brazos y miró fijamente hacia atrás. No tenía obligación de dar explicaciones a estos Dixon.

«Mira, es posible que te hayas salido con la tuya cuando el tío Elijah era el director, pero Jonah no va a tolerar una mierda como esta. Tienes problemas con el personal, lo llevas fuera de FREACS. Si tienes problemas con los monstruos, llena el puto papeleo». Matthew estudió la expresión endurecida de Jake y negó con la cabeza. «Realmente crees que eres algo, ¿no? Tú y tu viejo, ambos».

«¿Qué estás tratando de decir?», espetó Jake.

Matthew levantó las manos con las palmas hacia fuera. «¡Nada! Jesús, chico, necesitas ocuparte del manejo de la ira».

«*¿Yo* lo necesito? ¡Yo no soy el que está *torturando* a los niños!».

Los ojos de Mathew se entrecerraron. «Niños monstruos, Hawthorne. ¿Olvidas eso?».

Jake siseó, con los dedos aún ansiosos por aplastar, por romper *algo*. Seguía estando tan enojado, todavía podía sentir la furia latiendo en su sangre. Le importaba un carajo lo que decía Matthew, qué argumentos tenía; no podía soportar la idea de que estos bastardos habían estado lastimando a Toby mientras Jake había estado fuera disparando cosas y teniendo sexo. «No tienes ningún maldito derecho».

Matthew comenzó a reír, luego se interrumpió. «Tenemos todo el jodido derecho, Hawthorne. Por otra parte, tú y tu padre nunca se subieron al barco familiar, ¿verdad?». Con su dedo índice hizo la mímica de disparar un arma entre los ojos de Jake. «El tío Sam te quiere». Se rió de nuevo y luego se detuvo con una mirada pensativa e intensa. «¿Qué estás diciendo? ¿Quieres poner algún tipo de… reclamo para este monstruo en particular?».

«Sí», dijo Jake. «Sí quiero».

Las cejas de Matthew se dispararon, su boca formando una pequeña O pensativa. «Bueno, entonces, deberías haber llenado el maldito papeleo, cabrón. O *decir* algo. Quiero decir, nos habíamos dado cuenta de que siempre ibas tras él, pero Hawthorne padre dijo...».

«Esto no tiene nada que ver con mi papá», interrumpió Jake. «Tobias es mío. ¿Lo entiendes? Él es *mío*. Dame todos los papeles de mierda que necesites para pasar eso por tus cráneos. No quiero que ninguno ye ustedes, hijos de puta, lo toque».

Matthew sonrió. «¿Tocarlo? Vaya, vaya, no tenía ni idea, Hawthorne. ¿Cómo se siente papá al respecto?».

«Cierra la boca, Dixon. ¿Me has oído? Tobias es *mío*». Cada vez que Jake lo decía, se sentía mejor, más seguro de que así debería funcionar el mundo, siendo Toby *suyo*.

«Sí, sí». Matthew se acercó a su escritorio. «Pondremos una nota en su expediente. Pero esto no te saca del apuro, Jake. Respetamos a los cazadores. . . nos interesan cuando podemos, pero legalmente, todos los monstruos nos pertenecen, y los tratamos de acuerdo a nuestra discreción. No tienes derecho a agredir a un empleado que solo está haciendo su trabajo, y no recibes un trato especial solo porque eres el hijo de Sally». Ignoró cómo Jake apretaba los puños. «Tienes suerte de que el director no esté aquí hoy. Te masticaría el culo y te escupiría el coxis. Haré un informe para suspenderte de FREACS durante las próximas ocho semanas, y tan pronto como salgas de esta oficina, serás escoltado fuera de las instalaciones. La próxima vez que vengas, no le metas atizadores en la cara a mi personal».

«¿Qué? No». Jake dio medio paso hacia adelante. «Necesito volver a ver a Tobias antes de...».

Matthew lo interrumpió. «Con la mierda que hiciste hoy, tienes suerte de que te dejemos volver a entrar. Confía en mí, esto es ligero, porque eres joven, estúpido y familia, pero no esperes volver a comportarte así». Él consideró. «Tal vez, podría reducir tu suspensión de ocho a cuatro semanas, si te discul- paras con Karl...».

«Cuando tus tetas se congelen en el infierno», respondió Jake.

«Sí, no lo creo». Matthew se encogió de hombros. «Fuera de mi vista, Hawthorne. Tómate un tiempo para refrescarte. Tienes la licencia, eres un verdadero cazador ahora, así que sé profesional y evita las rabietas. Intenta no mutilar a nadie al salir».

Jake fulminó con la mirada a Matthew, contemplando la satisfacción de golpearlo contra sus elegantes estantes de madera en lugar de irse con dignidad.

Eventualmente, más por el bien de Toby, para que todos tomaran a Jake en serio, pensó *regresaré, Toby, lamento haberlo jodido hoy*, se fue en silencio, aunque con algunos gruñidos para que los guardias no le tocaran las manos, y no miró atrás.

DESPUÉS DE QUE Jake se hubo ido, dando un portazo con la sólida puerta reforzada de hierro al salir, Tobias se derrumbó en su silla y se estremeció.

¿Qué había hecho? ¿Cómo había hecho enojar tanto a Jake? Eran solo quemaduras de cigarrillo. No debería haberse estremecido, eso estaba claro, pero no esperaba que Jake apretara justo donde las quemaduras rosadas aún estaban abiertas y tiernas. Karl le había puesto ojos a la sonrisa hace apenas un día, cuando la actuación de Tobias lo había decepcionado. La peor parte, absolutamente la peor, fue que solo había saltado porque había bajado la guardia, mierda, estar con Jake era el único momento en que se permitía relajarse y, sin embargo, cuando tenía más que perder, y luego cuando *dolía*, no había sido capaz de detener la reacción.

Quería escuchar el final de la historia. Quería seguir viendo sonreír a Jake. Quería contarle sobre el último libro que le habían permitido leer que no era sobre monstruos. Había sido sobre vehículos, y había una sección sobre cómo alterar los motores de las motocicletas para obtener la máxima velocidad del vehículo. Quizá Jake sabía cómo se podía aplicar la información al Eldorado. E incluso si no lo hubiera hecho, le habría *importado*.

Pero en lugar de eso, Tobias estaba solo en la sala de interrogatorios tres sin nada que hacer más que pensar. Había estado aquí cuando le preguntaron si alguna vez había tenido visiones, proyecciones psíquicas, pesadillas que se volvieron reales. Había habido un potro de tortura especializado, y le habían inmovilizado los brazos...

Tobias apartó su mente de un tirón. Los interrogatorios no

eran tan frecuentes y era mejor olvidarlos lo más rápido posible, y se concentró en la silla que Jake había derribado al salir. Había estado tan enojado, terriblemente molesto. El cuello de Tobias se sentía tenso por el temblor de Jake, y las heridas en su brazo y hombro le dolían donde Jake lo había agarrado.

Tobias no se atrevía a pensar que eso era todo lo que Jake iba a hacerle. No sabía por qué Jake estaba enojado, pero había tanta rabia en su rostro que Tobias sintió náuseas solo de pensarlo. Tal vez regresaría con una vara o un látigo para castigar a Tobias por lo que fuera. Ese sería el tipo de paliza que podría recibir cualquier día de cualquier guardia. No sería tan malo.

Pero cuanto más tiempo se alejaba Jake, más deseaba que regresara. *Trae los hierros candentes, los cuchillos desolladores, el agua bendita hirviendo. Trae las pinzas, los mayales, las pistolas eléctricas. Solo por favor, no te vayas y nunca vuelvas.*

Tal vez *supo* con solo mirar la carita sonriente lo que Tobias había hecho. Karl había dicho la primera vez, cuando empezó a dibujar la forma de la boca, que podía ser una cara sonriente o una cara con el ceño fruncido, que Tobias podía ser un chico bueno o un chico malo. Así que Tobias había sido bueno con Karl, Lonny, Dave y ese cazador que había hecho las preguntas, y Karl había cumplido su palabra.

Tal vez Jake sabía todo eso con solo mirar la sonrisita. *"Fuiste un buen chico, Monstruo Bonito. Solo voy a marcar mi sonrisa para recordarte que sigas siendo un buen chico"*, y estaba tan disgustado que nunca regresaría.

Tobias se sentó solo en la habitación, en el silencio. Hizo todo lo posible por no moverse, no crisparse, no mostrar su pánico o su miedo. Era todo lo que podía hacer para no rascarse las quemaduras curativas como si pudiera arrancarlas de su brazo, como un cambiaformas, Jake regresaría.

Habían pasado al menos dos horas. Tobias había comenzado a contar una vez que estuvo claro que Jake no regresaría *pronto*, cuando la puerta se abrió. Había estado analizando el suelo, trazando imágenes en las manchas de sangre desvaídas de la misma manera que Jake le había enseñado a hacer con las nubes, y miró hacia arriba con esperanza, pero era Victor.

Tobias tragó y dejó su mente en blanco.

«Levántate, monstruo».

Tobias se levantó y caminó hacia el guardia. Victor colocó una correa endeble en su collar.

«¿El cazador se ha ido?», preguntó Tobias. Había luchado con los riesgos de preguntar, pero tenía que saberlo. No era tan estúpido como para usar el nombre de Jake.

Victor frunció el ceño y lo abofeteó, pero no tan fuerte, ni siquiera lo suficiente como para que le castañetearan los dientes. Extraño. «Hawthorne Junior se ha ido, fenómeno. Debe haber decidido que no quería tu trasero hoy».

La boca de Tobias se secó. *Jake se fue, Jake se fue*. Se aferró a la única palabra que le dio incluso una sombra de esperanza. «¿Por hoy, señor?».

Victor levantó su garrote y Tobias se preparó (Victor siempre golpeaba donde podía reabrir sus heridas de cuchillo), pero después de un momento de vacilación, lo bajó.

«Maldito Hawthorne», murmuró con veneno. Tiró del cuello de Tobias con la cuerda de plomo, y Tobias lo siguió fuera de la habitación. «Será mejor que sigas haciendo lo que sea que haces para mantener a Hawthorne obsesionado con tu trasero, bicho raro. Porque en el momento en que se haya ido, te daremos de comida para Karl, y él sacará cada centímetro de su dolor de tu piel».

Tobias sabía que eso probablemente debería asustarlo. No sabía qué había hecho para mantener feliz a Jake, o por qué Karl estaba sufriendo, y ese tipo de incertidumbres podrían hacer que te mataran en el Campamento Freak.

Todo lo que entendía era que Jake se había ido, pero que volvería.

No fue un gran día. Hubiera sido mejor poder pasar más tiempo con Jake, pero él no se había ido para siempre, así que no estaba nada mal.

Cuando regresó al patio, todos los guardias se mostraban nerviosos a su alrededor, no lo miraban por mucho tiempo y ninguno lo tocó. Parecían hacer todo lo posible para evitar cualquier contacto.

Y eso hizo que también fuera un buen día.

9

CAPÍTULO NUEVE

VERANO 1998

«¡Hola, Monstruo Bonito!».

Tobias cerró los ojos antes de ponerse de pie.

Había sido agradable ser invisible por un tiempo. En el Campamento Freak, ser invisible era lo mejor que podía pedir un monstruo. Pero sabía que no duraría. Pensó que Victor sería el primero en romperlo. En un grupo de sádicos, matones y los Dixon, a los últimos no les gustaba ensuciarse las manos fuera de Investigación Especial, Victor era el más inteligente.

Victor le sonrió, observándolo acercarse. Tobias mantuvo los ojos bajos, los hombros hacia abajo. «Señor».

«¿Cómo estuvo la cena?».

Tobias tragaba por reflejo. Los gusanos de la harina se habían metido de nuevo en el pan. Podía decirse a sí mismo que todo lo que quería era proteína extra, pero una rebanada de pan que se movía vagamente y una taza de líquido tibio y sin sabor no habían hecho nada para que se sintiera menos como si se estuviera consumiendo él mismo en lugar de la comida. Había odiado tocar a los guardias, pero no se había dado cuenta de cuánto de su comida era una recompensa por lo que hacía de rodillas hasta que se acababa. Él no respondió.

Victor puso su garrote debajo de la barbilla de Tobias, empujando su cabeza hacia arriba. Tobias mantuvo los ojos casi cerrados. «Te hice una pregunta. ¿Todavía hambriento?». Golpeó el garrote contra la mandíbula de Tobias, y Tobias se estremeció. Apretó los puños, enojado por la traición de su cuerpo con un movimiento tan ligero.

«Sí, señor», murmuró, porque fuera lo que fuera que iba a pasar ahora, solo podría ser peor si mentía.

El garrote se cayó. «Tengo un buen sándwich gordo en mi oficina. ¿Lo quieres?».

La cara de Tobias no se contrajo.

«Vamos», engatusó Victor. «¿Ni siquiera quieres saber lo que estoy pidiendo a cambio?».

Tobias inhaló y exhaló profundamente por la nariz. También podría preguntar. «¿Cuál es el precio, señor?».

«Tú de rodillas en el pasillo entre las barracas. Pago único».

No era mucho trabajo, por lo general terminaba rápidamente. Sí, valía la pena. Solo tenía que esperar que Victor realmente tuviera un sándwich en su oficina. Tobias asintió con la cabeza.

«¿Entendí eso bien? Seamos absolutamente claros». Victor levantó las manos, abiertas y fingidamente inocentes. «No te estoy obligando a nada. Estás ofreciéndote voluntariamente a darme una mamada a cambio de algo extra que los monstruos no deberían recibir. Así que no vayas corriendo con Hawthorne con historias cuando te estoy haciendo un favor. ¿Entendido?».

«Sí, señor».

«Si no lo quieres, puedes irte ahora mismo. Si lo quieres, tienes que decírmelo».

Tobias contuvo el aliento. «No señor. Lo quiero».

«Bien». Victor se dio la vuelta y se alejó a grandes zancadas hacia la sala de descanso, sin mirar atrás para ver si Tobias lo seguía.

~

EMPEZARON de nuevo después de Victor, pero fue diferente. No solo lo forzaban a arrodillarse o a envolver su mano alrededor de sus pollas y lo lastimaban hasta que él los masturbaba. Siempre había algo después, un sándwich, una manzana, una manta, y siempre dejaban muy claro que él tenía que quererlo. No había interrogatorios en absoluto.

Tobias supuso que todo se debía a Jake (había visto cómo se veía la cara de Karl ahora, y no era bonita) y estaba agradecido por el espacio y aterrorizado, todos los días, de que Jake regresara y descubriera qué había hecho, lo que estaba haciendo. Jake lo quería intacto, y Tobias era todo menos eso.

Compartía con Kayla cuando tenía más de lo que necesitaba desesperadamente, acumulando crédito para cuando necesitara algo y no pudiera conseguirlo él mismo. No eran amigos, pero ella cuidaba su espalda, y era bueno tener al menos un monstruo que no intentaría cortarle la garganta por las mantas o simplemente porque era la puta. Ocasionalmente le daba un consejo, que ella cumplía. Los guardias ahora la llamaban 'Sueño', porque después de la primera vez que Triturador la folló, nunca hacía un sonido cuando la tocaban.

"El sueño del Carpintero", había dicho Triturador, empujándola a las duchas con los otros monstruos. "Yace inmóvil como una tabla, esperando ser clavada".

Victor levantó la vista. "¿No es de tu gusto, entonces?".

"Aburrida como el infierno", dijo Triturador.

[Nota de la T.: El Sueño del Carpintero, es una frase que se utiliza cuando una chica 'no pone de su parte' en un acto sexual, pero que permite ser penetrada sin problemas]

Un vampiro podría ser 'Dientudo', porque no podía retraer

su segundo juego de dientes, y las brujas se llamaban 'Manitas' si se sofocaban, el nombre viajaba de una bruja a la siguiente a medida que morían o avanzaban hacia sus ejecuciones. Pero Tobias llamaba a la chica cambiaformas Kayla, y ella no lo llamaba nada, porque no había hablado desde la primera vez que Triturador estuvo a solas con ella.

Entonces, un día, después de una demostración en la asamblea de un hombre lobo desnudo, atrapado tratando de atravesar la puerta de Recepción, ahora atado entre los postes de azotes, Tobias y Kayla encontraron un lugar donde no podían ver la tierra manchada de sangre. Tobias se apoyó contra la pared, tratando de pensar solo en lo buena que estaba la temperatura el día de hoy, que seguramente empeoraría, pero que en ese momento estaba buena, mientras Kayla se miraba las manos.

Entonces escuchó su voz: áspera y sin emociones, como si las palabras hubieran sido compuestas por alguien con una comprensión perfecta del significado, pero sin comprensión de las emociones involucradas. «Quiero arrancarles la verga y metérselas por la garganta».

Tobias la miró sorprendido. Después de un segundo, se humedeció los labios y respondió de la única manera que podía. «No podemos querer esas cosas».

Volvió la cabeza para mirarlo, con su rostro plano e inescrutable, hasta que habló con la misma falta de inflexión o sentimiento. «Quieres que ese chico cazador venga a verte».

Tobias se sacudió con fuerza y apartó bruscamente la cabeza. Había reaccionado mucho menos durante su última paliza. No era de extrañar que todos los guardias usaran eso en su contra, si era tan transparente.

Kayla todavía lo estaba mirando. «¿Por qué? ¿Qué es lo que te hace?».

Apretó sus brazos alrededor de sus rodillas, poniendo su barbilla entre ellas. ¿Cómo podía hablar sobre las visitas de

Jake, cómo Jake le *hablaba* de manera tan diferente a cualquier otra persona que hubiera conocido, cómo lo tocaba tan suavemente y nunca para lastimarlo, cómo nunca le pedía nada? No había palabras para eso, ninguna que Kayla pudiera entender o creer. Tobias no tenía palabras para eso mismo.

Estaba más allá de la comprensión, de los breves destellos de luz que eran las visitas de Jake, el hecho de que Tobias había estado alguna vez en su presencia. Simplemente lo era, y aunque no podía empezar a decir por qué Jake siempre volvía a verlo y sonreía como lo hacía cuando veía a Tobias, la verdad de que Jake volvería (*por favor vuelve, seré bueno contigo*), era la única razón por la que algunos días Tobias no apuraba a los guardias, con la esperanza de recibir una bala antes que un garrote.

La mirada de Kayla todavía estaba sobre él. Después de una larga pausa, ella preguntó: «¿Él te folla?».

Tobias tomó una fuerte inhalación por la nariz. «No».

Se inclinó más cerca para tener una mejor visión de su rostro. «Pero lo va a hacer, ¿verdad? Por eso nadie más te ha cogido. Eso es lo que todos dicen».

Jake nunca había dicho nada al respecto, ni un comentario ni una sonrisa sugestiva. Nunca había llegado más allá de tocar las manos de Tobias, el hombro, ocasionalmente su mejilla, pero nunca sus labios. Nunca había lastimado a Tobias, incluso esa vez que estaba tan enojado.

«Supongo que sí». No sabía por qué otro motivo Jake estaría tan interesado en él.

«¿Qué está esperando?». Por fin, el tono monótono de Kayla cambió y se elevó en una nota de incredulidad.

Tobias se encogió de hombros y se alejó. Deseaba poder responder, pero no lo sabía. Ella permaneció en silencio el tiempo suficiente para entender su silencio ahora.

～

No muy lejos de la suspensión de ocho semanas de Jake, comprendió por completo cuánto la había jodido.

Cuatro años atrás, Jake había prometido sacar a Toby. Nunca olvidó esa promesa, y siempre supo que sería jodidamente difícil y requeriría mucho trabajo, pero no era como si hubiera una cantidad de trabajo que lo detuviera o lo hiciera rendirse. No cuando se trataba de la tarea más importante de toda su maldita vida.

Pero de alguna manera, nunca se le había ocurrido que esta no era como cualquier otra cacería que requeriría investigación, trabajo preliminar, guardias nocturnas y la voluntad de ir mano a mano con algo aún no documentado, incluyendo cuántas extremidades tenía o si podría. escupir veneno o ácido. Joder, noche tras noche durante días interminables, deseaba que fueran todas esas cosas. Eso, él podría manejarlo.

Tenía que admitir que aún no había investigado mucho para sacar a Toby. Tal vez había asumido que le entregarían algún tipo de manual de instrucciones cuando cumpliera dieciocho años y obtuviera su licencia oficial. Pero para arrebatar a Toby del Campamento Freak, eso requeriría algo mucho peor que la cacería más sucia y maloliente que jamás hubiera hecho.

Jake iba a tener que *adular* a los jodidos *Dixon*.

En retrospectiva, agredir y marcar la cara de un guardia del Campamento Freak y negarse a disculparse no era la forma de adular, incluso en la experiencia muy limitada de Jake. Pero cada vez que recordaba esas quemaduras con caritas sonrientes en el brazo de Toby, sabía que era un cobarde pedazo de mierda. Por supuesto que besaría cualquier parte del cuerpo de cada Dixon que pudiera encontrar, mil veces, si pudiera poner a Toby a salvo.

Después de investigar y considerar, llamó a su prima Leah Dixon, que trabajaba en la oficina de Washington. Las pocas veces que había necesitado arreglar algo, ella había sido una jefa total para hacerlo más rápido que un wendigo saltando sobre una caravana dormida.

La llamada se sintió incómoda y antinatural como el infierno, pero Jake hizo todo lo posible para causar una buena impresión y preguntó sobre los procedimientos y protocolos para sacar un monstruo del Campamento Freak, y no con un permiso de cebo de corto uso.

Estuvo en silencio durante mucho tiempo al teléfono, lo que no era una buena señal. «Te digo la verdad, Jake, no estoy segura. No sé si alguien alguna vez ha recibido ese tipo de solicitud. Preguntaré y te haré saber si escucho algo».

Jake tragó, resistiendo el impulso de golpear su cabeza contra la ventana del Eldorado, que era donde estaba haciendo la llamada. «Gracias, Leah. Te lo debo todo, hasta mi puto trasero».

Ella se rió brevemente. «No digas eso, ahora. No sabes cuánto podría valer aquí en Beltway, y sin considerar a los paparazzi. Pero no voy a vender a mi familia».

Jake nunca había estado tan agradecido de que un Dixon lo llamara familia.

CUANDO JAKE finalmente volvió al Campamento Freak —ocho putas semanas nunca se habían sentido tanto como una eternidad—, al principio pensó que lo estaban molestando por lo que le había hecho a Karl, *aunque el hijo de puta se merecía algo mucho peor.* Se tomaron los análisis de sangre mucho más en serio, le arrojaron una taza de agua bendita sobre la cabeza y le leyeron un exorcismo. Hicieron un cacheo concienzudo cuando estaba pasando por seguridad, y por una vez no le permitieron quedarse con su arma o su cuchillo para entrar. La bayoneta estándar que le dieron, cargada con una mezcla de perdigones benditos de plata y hierro, rematada con una hoja de plata, se sentía como mierda barata en su mano.

También trataron de darle una mierda sobre el sándwich, pero finalmente lo dejaron pasar. Jake se guardó la opinión de su zalamería entre dientes e hizo todo lo posible por sonreír. Si parecía un poco como si estuviera enseñando los dientes, bueno, eso también estaba bien.

Solo cuando salió al patio, ya que no otorgaron el acceso a las habitaciones privadas sin cita previa, según la nueva secretaria Dixon de ojos fríos sentada en la silla de Madison, se dio cuenta de que tal vez se trataba de algo más que de él. Los guardias iban fuertemente armados y sudaban bajo el peso extra de los chalecos antibalas. Había muchos menos monstruos en el patio, y cualquiera que pareciera demasiado cercano a un guardia recibía un puñetazo en la cabeza o un garrote en las costillas. Jake vio cómo derribaban a dos monstruos en el corto camino desde la recepción hasta el área de los barracones.

Cuando preguntó dónde encontrar a Toby, 89UI6703, el guardia de cabello color arena con un rasguño en el cuero cabelludo le dijo, «Encuentra al monstruo tú mismo».

Jake sintió que algo en él se relajaba, un miedo que había estado creciendo en su pecho. No había visto a Tobias por ninguna parte, y había tan pocos monstruos en el patio, y claramente, algún tipo de mierda había pasado.

Finalmente lo encontró. Toby estaba acurrucado con un grupo de monstruos en una estrecha franja de sombra entre los barracones, pero en el momento en que vio a Jake, sus ojos se abrieron como platos y se apresuró hacia él, hacia la luz.

Primero, Jake vio la expresión de Toby. Un enorme alivio bañado en felicidad. Luego, Jake vio el daño.

La luz del sol, tan brillante que Jake entrecerraba los ojos incluso a través de sus gafas de sol, puso de relieve el moretón azul y púrpura a lo largo de la mejilla de Toby. También estaba cojeando.

Obviamente, no, pero Jake podía decir al observar a papá, y practicarlo él mismo con bastante frecuencia, que Toby estaba dando cada paso con cuidado para evitar mostrar debilidad.

Jake siseó, dando un paso adelante. «¿Qué diablos pasó, Toby?». No obtener suficiente información la última vez lo había llevado a ese agujero de mierda de ocho semanas. Esta vez no iba a abandonar a Toby en una sala de interrogatorios. Esta vez estaría tranquilo, sereno. Recopilaría información y sería cortés mientras completaba los *formularios* necesarios para golpear al tipo cara de mierda. O al menos *esperaría* hasta que el tipo saliera del trabajo para atacarlo.

Mira, Jake Hawthorne podría ser racional y profesional. *Chúpate eso, Matthew*.

Toby se detuvo, y Jake pudo vislumbrar la sonrisa que se desvanecía bajo puro miedo antes de que Toby bajara la mirada al suelo. Inmediatamente Jake se sintió como el completo idiota que era. Seguro, ocho semanas habían apestado para él. Pero ese había sido mucho tiempo para pensar en cómo Toby no sabía qué diablos estaba pasando, y Jake acababa de *dejarlo*.

Jake estaba tratando de armar una disculpa cuando Toby respondió. «Hubo una . . . redada. Hace unas dos semanas. Los monstruos intentaron. . . no sé, hemos estado encerrados y con alta seguridad desde que intentaron derribar la puerta de carga, y.... lo siento, no sé más, Jake. Lo siento». La mirada de Toby estaba fija en el suelo.

Ay, carajo. Jake se acercó y rozó a Toby ligeramente en el brazo. «Eso no es lo que quise decir». La cabeza de Toby se levantó de golpe, con los ojos muy abiertos, pero Jake le apretó el hombro. Una parte de él se sentía aliviada de que Toby no se estremeciera al tocarlo. Tal vez no había más *jodidas caras sonrientes* grabadas en su piel. «No, está bien. Supongo que es por eso que te ves un poco golpeado».

«Lo siento». Los ojos de Tobias cayeron tan seguros como la gravedad en algún lugar alrededor de la cintura de Jake.

Algo más estaba pasando aquí, algo que a Jake no le gustaba en absoluto. Pero temía que presionar, solo lastimaría más a Toby. Como una maldita quemadura. «Toby, no lo sientas. Solo quise decir que tu cara y...». Jake señaló la pierna que Toby había estado favoreciendo. Los guardias y los monstruos observaban, sin mirar directamente, pero Jake podía decirlo. Sabía por larga experiencia cuando alguien o algo lo estaba observando.

Toby pareció aliviado. Se llevó una mano a la cara, como para asegurarse de que no le había pasado nada más a la mejilla. «Sí. Es solo por la redada. Todo el mundo ha estado. . . alterado».

«Oye, Toby. Mírame». Jake esperó hasta que lo hizo. «Lamento haberme ido tanto tiempo. Perdí los estribos y... joder, lo siento. Estaba tan enojado porque te habían estado lastimando, y no sabía nada, estaba un poco perdido. No lo han vuelto a hacer… estás bien, ¿verdad? Ahora, quiero decir».

Toby lo miró fijamente, como si Jake solo hubiera dicho un galimatías, y luego sonrió. Era una sonrisa que avergonzaba a la luz del sol. «No, no te preocupes, estoy bien. No lo han hecho. . . se detuvieron después. . . de la última vez».

Jake asintió. «Bien. Si te molestan, Toby, dímelo, ¿de acuerdo? Estoy seguro de que hay algún papeleo que puedo completar para permitir que les aplaste la cara».

Tobias sonrió y agachó la cabeza. «Si, probablemente. Estoy realmente bien, Jake. No han hecho nada que yo no haya. . . no han hecho nada».

«Bueno. Y es mejor que siga así». Jake se estiró y se secó la frente. Ya era septiembre, pero todavía hacía mucho calor. «Oye, ¿quieres jugar a las cartas?».

Encontraron un lugar en la sombra. Jake se sintió un poco mal por cómo los otros monstruos se dispersaron fuera del lugar más fresco al lado de la recepción, pero cuando miró hacia las puertas de Administración y vio a los guardias apostados allí con armaduras pesadas, pensó que probablemente no sería capaz de que él y Toby entraran.

Jake rebuscó en los bolsillos de su chaqueta mientras Toby barajaba las cartas casi tan rápido como un crupier de Las Vegas.

«¿Ochos locos?», Toby preguntó, ya repartiendo cinco.

«Sí. ¡Ajá!». Jake sacó el sándwich aplastado de su bolsillo y ceremoniosamente se lo pasó a Toby. «Para ti».

Toby se congeló al ver el sándwich, las cartas revoloteando de sus manos.

Jake frunció el ceño. «Oye, ¿estás bien? Sé que es hamburguesa de pescado, pero nunca dijiste que tenías alergia a los mariscos... ¿Toby?».

Tobias se sacudió. «Lo siento». Su voz era un poco ronca. «He estado... comiendo mejor últimamente, y yo solo...».

Jake miró el sándwich. Le encantaba llevarle comida a Toby, y realmente estaba feliz de que Toby hubiera comido lo suficiente para variar, pero algo en la respuesta de Toby se sentía extraño. «Bueno... ¿todavía lo quieres? ¿Tal vez lo guardes para más tarde?».

«Sí, lo quiero, s...», Tobias dijo las palabras de memoria, sin emoción, hasta que se interrumpió moviendo la cabeza hacia un lado. Se acurrucó sobre sí mismo, encogió los hombros con la barbilla contra el pecho y apretó las manos sobre las rodillas. No pareció notar su agarre aplastando a la reina de corazones, a pesar de lo horrorizado que había estado la última vez que pensó que había doblado la esquina de una de las cartas de Jake.

Toda esta visita estaba resultando bastante extraña para Jake. Algo había pasado, y no tenía ni puta idea de lo que era. No sabía cómo preguntar, y no estaba seguro de lo que podría hacer incluso si Toby le diera una respuesta.

Así que se conformó con lo que sabía hacer. Empujó el sándwich hacia el regazo de Toby y se movió un poco más cerca de él. «Tiene salsa tártara. Espero que esté bien. Iba a parar en una hamburguesería como de costumbre, pero venía de la otra dirección y había una pescadería y pensé, 'Oye, nunca antes le has comprado a Toby un sándwich de aquí', así que me detuve, y esta chica del mostrador pregunta por qué nunca la llamé la semana pasada, y le digo que nunca había estado aquí antes, y ella dice que sí, y que había pedido como veinte sándwiches de pescado doble, lo cual no hice, y por qué alguien necesitaría veinte de esos, y ella. . .».

Jake hablaba y Toby abrió lentamente el sándwich, le dio un mordisco y sonrió. Jake habló hasta que Toby hubo terminado de comer, hasta que hubo repartido las cartas (no póquer, Jake no se sentía con ganas de póquer y no quería engañar a Toby en este momento) y jugaron a Guerra hasta que el sol se movió un par de horas en el cielo. Toby le sonreía, se reía un poco con él y le contaba sobre los libros que había leído y el trabajo que había hecho en el campamento. Un libro sobre cómo alterar motores sonaba como si pudiera hacer ronronear a Eldorado, y Jake pensó, una vez más, qué increíble sería que Toby pudiera quedarse aquí, nunca irse, y seguir siendo el niño más inteligente que Jake conocía.

Te voy a sacar de aquí, Toby. Simplemente, no sabía cuándo. Era momento de darle a Leah otra llamada de seguimiento.

Tobias observó a Jake irse, con una mano recorriendo su brazo donde Jake lo había tocado, una y otra vez, con el sabor de la salsa tártara en su lengua. Solo cuando ya no pudo ver a Jake, cuando los guardias comenzaron a notar que un monstruo estaba sospechosamente solo, regresó a la sombra. Durante las redadas, los monstruos eran asesinados por eso.

Kayla lo estaba esperando. Empujó a un hombre lobo fuera de la sombra y le mostró los dientes cuando hizo un movimiento de regreso al lugar que Tobias había tomado. Pocos sabían que Kayla podía hablar, pero todos sabían que podía morder.

Cuando Tobias se deslizó a su lado, el frescor de la sombra compensando el calor de demasiados cuerpos juntos, giró la cabeza ligeramente, sus ojos observándolo todo. Sus labios se movieron, sus labios a menudo se movían en silencio, Tobias había escuchado a algunos de los guardias decir que pensaban que tenía daño cerebral, probablemente por estar sometida a Triturador, pero él la había escuchado.

«Sin ser follado», dijo ella.

Hizo un breve asentimiento, un movimiento brusco de su cabeza hacia abajo.

Ocho semanas, y Jake seguía regresando a él. Tobias había sobrevivido a la redada y los nuevos interrogatorios de todos los monstruos, después del susto con el ataque externo, el director sospechaba que alguien desde adentro podría estar pasando información, y Jake había regresado, solo para jugar a las cartas, para darle un sándwich por el que Tobias no había pagado nada. Para sonreírle.

Nunca tenía ningún sentido, pero Tobias seguía siendo el hijo de puta más afortunado del Campamento Freak.

10

CAPÍTULO DIEZ
OTOÑO 1999

El Campamento Freak ponía la piel de gallina a Roger. Solo iba cuando no podía evitarlo en absoluto, como ahora, cuando un demonio capturado podría tener información sobre un caso en el que había estado trabajando durante los últimos seis meses.

Trataba de no quedarse nunca. Entraba, veía qué podía conseguir y se iba sin mirar por las ventanas de observación para ver qué era lo que provocaba *ese* particular grito que sonaba a humano.

Terminaba de trabajar con el demonio, lo suficientemente sencillo con una gran cantidad de sal, agua bendita y un crucifijo, y aunque el daño al huésped fue mínimo, el olor a piel quemada nunca era agradable. Solo pensaba en la ducha que tomaría en el motel. No le gustaba usar las duchas que proporcionaba la instalación; podrían lavar la sangre y el sudor del interrogatorio, pero tendría que volver a ducharse más tarde para quitarse de la piel el olor del Campamento Freak. Acababa de salir de la sala cuando escuchó su nombre.

«¡Harper! Bueno, mira quién anda por los barrios bajos en

el patio de recreo de los monstruos». Dennis Beam caminaba por el pasillo, sosteniendo unas varillas negras bajo el brazo.

Roger tomó su mano en un rápido apretón. Solo se había cruzado con el hombre en un par de cacerías, pero Beam estaba lleno de admiración por los conocimientos de Roger. «Solo llegué aquí esta mañana, y me dirijo a casa esta noche».

«¿Qué te tiene en vilo? Guerrero, Sanders y yo nos reunimos en 'Hunters' Deck' para una ronda. Sanders nos debe pagar una deuda después de que tuvimos que salvar su trasero de un grupo de duendes».

Roger negó con la cabeza. «En otra ocasión».

«Bueno, antes de que te vayas, déjame mostrarte algo que acabo de aprender de Sloan. Un buen truco para derrotar a los monstruos con sistemas nerviosos más blandos. Y ni siquiera deja marcas». Levantó una de las delgadas y relucientes varillas negras y señaló hacia la habitación detrás de él. «Ven a comprobarlo». Empujó la puerta y Roger entró de mala gana.

Su estómago se revolvió al ver el interior. Ahí estaba Tobias. Todavía podía reconocer al monstruo de Jake en el adolescente dolorosamente delgado que yacía en el suelo, con el pelo y la camisa empapados de sudor, las muñecas atadas delante del pecho con bridas de plástico y dos cadenas que se extendían desde cada lado del cuello hasta ganchos colocados bajos en paredes opuestas. Apenas había suficiente holgura en las cadenas para que él se levantara sobre los codos, aunque no sería capaz de hacer ni siquiera eso con las esposas. Sus ojos vidriosos no se movieron del techo cuando entró Roger.

«Mira lo bien que funciona esto». Beam dirigió la varilla hacia el pecho de Tobias, deteniéndose varios centímetros antes de hacer contacto, pero el cuerpo de Tobias se estremeció violentamente por la anticipación. Beam y el guardia, Sloan, por el nombre en su uniforme, se echaron a reír a carcajadas. Jadeando, Tobias volvió la cara hacia la pared, aunque su rostro no mostraba ninguna emoción.

«Enfermos de mierda», murmuró Roger. «¿Qué hizo?».

Beam lo miró, sorprendido. «Vamos, Harper, es un monstruo».

Fuera de la línea de visión del chico, Sloan empujó el muslo de Tobias con su propia varilla. Un grito gutural se desgarró de la garganta de Tobias cuando su cuerpo se agarrotó, sacudiéndose por varios momentos antes de caer quieto de nuevo, mirando en la dirección opuesta. Se atragantó y jadeó para recuperar el aliento, y Roger se dio cuenta de que el collar lo había medio estrangulado. El pecho de Tobias subía y bajaba tan rápidamente que parecía a punto de sufrir un infarto. Pero lo más desconcertante de todo fue cómo, incluso cuando sus extremidades aún se contraían, la cara de Tobias se había suavizado nuevamente hasta la inexpresividad total.

«Eres un bastardo sádico». Roger no podía apartar los ojos del chico en el suelo, no sabía cuándo su mano derecha se había deslizado hasta donde solía estar su arma. Se obligó a apartar la mano. «¿Qué diablos hizo? No puedes hacer pasar esto como un interrogatorio».

«No sé». Beam miró a Sloan. «¿Qué hizo?».

Sloan se encogió de hombros y se interpuso entre las piernas del monstruo. «Fue descuidado con sus dientes».

Un escalofrío recorrió los hombros de Tobias, pero no intentó cerrar las piernas, incluso cuando Sloan levantó la bota y lentamente presionó su ingle. Tobias se lamentó, con un sonido deslizándose alto y agonizante de entre sus dientes apretados.

«Ay, ¿de qué te estás quejando?», Sloan susurró. «Los monstruos no necesitan esto, ¿verdad, Boni...».

«¡Me está costando mucho decir quién es el monstruo!», espetó Roger.

Los ojos de Tobias se abrieron de golpe y miró a Roger, lo primero en lo que se había concentrado en la habitación. Roger no vio en sus ojos gratitud, súplica u odio, solo una curiosa intensidad mientras lo miraba. Roger tragó saliva, incapaz de romper el contacto visual.

«¿Qué has dicho?», dijo Beam, con el rostro torcido.

Roger frunció el ceño, levantando los ojos. «Me escuchaste. Montón de tipos rudos, afectando a un niño raro desnutrido con las manos atadas. ¿Así es como se excitan?».

«Bueno», dijo Beam, mucho más tranquilo, «si no te estás divirtiendo, Harper, no tienes que quedarte».

Roger volvió a mirar a Tobias, pero la mirada del chico se había vuelto a dirigir al techo, perdida y plana. Roger tragó, apretó los puños, la bilis deslizándose por su garganta, luego miró a Beam. «Pierde mi número. No quiero volver a saber de ti, no me importa lo que necesites». Cerró la puerta detrás de él.

Roger maldijo en voz baja con cada paso que salía del complejo, apenas se detuvo para firmar su salida y asentir con la cabeza a la siempre tan dulce recepcionista que se despidió de él por su nombre. Cuando la puerta de seguridad se cerró detrás de él, estaba marcando su teléfono celular.

«Hola, Rog, ¿qué pasa?». Jake sonaba alegre, ajeno, y solo aumentó el malestar en el estómago de Roger.

«Jake», gruñó. «¿Todavía estás interesado en sacar a ese niño Tobias del campamento?».

«S... sí, por supuesto que lo estoy».

«Bueno, será mejor que empieces a llenar el papeleo. No creo que lo soporte un año más».

«¿Qué?», Jake sonaba como si le acabaran de dar un puñetazo en el estómago. «¿Qué quieres decir?».

«Justo lo que dije». Roger colgó, demasiado furioso como para confiar en sí mismo para seguir hablando. Sabía que era estúpido en todos los niveles, emocionarse por un monstruo en el Campamento Freak. No podía terminar bien.

Pero no era capaz simplemente de permitir que dos sádicos torturaran a un niño y no hacer nada al respecto.

JAKE MIRÓ EL TELÉFONO. Eso había sido . . . no lo que esperaba cuando vio que la llamada provenía de Roger.

El teléfono móvil era nuevo. Todavía se sentía como una recompensa cuando alguien lo llamaba, aunque papá casi nunca lo hacía, a menos que tuvieran que reunirse, y no muchas otras personas tenían su número. Cuando Roger llamaba, por lo general era para indicarles la dirección de una nueva cacería o, a veces, solo para saludar. Jake lo consideraba como *un control sobre él*, pero eso no significaba que no se sintiera bien recibir la llamada.

Se giró para ver a papá observándolo con el ceño fruncido. Fue una de sus raras semanas juntos, cuando sus respectivas cacerías habían terminado, o una cacería diferente los había vuelto a unir, y papá estaba sentado en la segunda cama de la habitación del hotel limpiando sus armas, puliendo todo sobre la barata colcha andrajosa.

«Eso fue breve. ¿Harper está en problemas?». Su tono implicaba que Roger podía irse a la mierda, pero sus manos, dudando sobre el arma que estaba limpiando, decían que, si Jake decía la palabra, se pondrían en camino.

A Jake le gustaba eso, la forma como papá confiaba en él a veces, cómo prestaba atención cuando Jake le traía nueva información. No es que Jake supiera realmente nada que papá no supiera. Papá seguía siendo el mejor, y a Jake le encantaba trabajar con él, no solo porque eran familia, sino porque si Leon y Jake Hawthorne perseguían algo, ese algo terminaría acabado. Era solo un hecho de la vida. Juntos, los Hawthorne podían detener cualquier cosa.

Por lo general, eso le gustaba más. Pero, de nuevo, normalmente Roger no le acababa de decir que tenía que sacar a Tobías, *saca a Tobías ahora*, en un tono que Jake solo había oído antes cuando le decía a algún civil que se *bajara de una puta vez, que iba por su corazón.*

Jake respiró temblorosamente y luego buscó sus propias armas. «Roger está bien. ¿Sabes cómo sacar un monstruo del Campamento Freak?».

Leon Hawthorne se quedó helado y levantó la vista de su arma. «¿Por qué iba yo a saber una maldita cosa como esa?».

Porque eres mi papá y lo sabes todo. «Voy a sacar a Tobias», dijo Jake. «Pensé que te preguntaría primero porque normalmente sabes estas cosas. Ya llamé a Leah Dixon en Washington, ella no ha tenido suerte, así que tal vez pueda probar con una línea directa diferente de recursos de la ACS, y ellos puedan. . .».

Con el ceño fruncido, Leon arrojó un trapo grasiento al suelo, junto a la papelera. «Jake, pensé que habías superado esto».

La mente de Jake había estado dando vueltas, tratando de encontrar un punto de partida para sacar a Toby. La investigación siempre tenía un punto de partida, después del cual el perfil y las vulnerabilidades del monstruo encajaban. Incluso si esto era mucho más grande que confirmar un ataque de hombre lobo de una lista de ataques fatales de animales, o fijar una serie de muertes extrañas en un cambiaformas. *Por fin, por fin, lo vas a hacer, vas a cumplir tu promesa y dejarás de postergarlo como un cobarde,* pero en este momento, volvió al aquí y al ahora ante el tono de su papá.

«¿Señor?».

«Pensé que habías dejado de obsesionarte con ese monstruo».

Jake parpadeó y reflexionó. Todavía pensaba en Toby. Todavía pensaba en él todo el tiempo. Todavía . . . pero no, hacía tiempo que no hablaba de él, no con papá. No desde la pelea en el Campamento Freak y la suspensión de ocho semanas.

Él y papá habían discutido a gritos durante una hora sobre el comportamiento apropiado con otros cazadores y el personal de la ACS. De alguna manera, el punto al que papá había llegado era que todos los que lamen el trasero de la ACS realmente merecían una marca en la cara, de todos modos, solo por ser idiotas del Gran Hermano, pero Jake todavía era estúpido e impulsivo para hacerlo. Papá no había conectado esa pelea con Tobias, y desde entonces Jake había dejado de mencionar a Toby, porque el chico era suyo, y hablar de él solo enojaba a papá.

En realidad, no había hablado mucho de Toby desde que cumplió los dieciséis. Todo lo que había querido decirle a papá sobre él, lo había dicho entonces, a pesar de que el hombre no había oído una palabra.

«Señor, yo no diría obsesionado». *A menos que quieras decir que pienso en él todos los días. Y sonrío cuando veo unas M&M porque a él le encantan, y pienso en leer todos estos libros solo para poder compartirlos con él. Y mi corazón salta cada vez que veo chicos que se parecen a él.*

«¿Sí?, ¿cómo lo llamarías entonces?». Papá lo miró por un segundo, antes de girar la cabeza. «Apenas puedo mantener la cabeza erguida en un bar de cazadores con hijos de puta contando chistes sobre que estás fantaseando con ese niño monstruo. Todo el mundo lo sabe, Jake, y ya no tienes diez años».

Jake apretó los dientes antes de responder: «No, señor, no tengo diez años. Y creo que eso significa que, si digo algo así, es porque sé lo que estoy haciendo. O que al menos lo he pensado bien».

Leon resopló. «Déjame ser el juez de eso, Jake».

Lo peor era que Jake estaría perfectamente feliz dejando que papá fuera el juez de las cosas. Cuando cazaban juntos, Jake dejaba que papá tomara la iniciativa, hiciera preguntas, formulara teorías, lo enviara a investigar o a coquetear con una chica o un chico bonito. Papá siempre sabía cuál era el siguiente paso que debían dar. No hacía enojar a Jake, no lo ponía nervioso cuando papá ladraba órdenes sin escuchar su información. Jake había sabido durante toda su vida que cuando papá le decía que se tirara, debería tirarse, cuando papá le decía que corriera, él debería correr.

Jake confiaba en él en todo, menos en lo referente a Tobias. Porque en las noches en que papá no estaba, o estaba demasiado borracho para conducir, o inconsciente y sangrando, Toby siempre había estado en la mente de Jake. Nunca había sido capaz de explicarse del todo, ni siquiera a sí mismo, ni siquiera la noche en que cumplió dieciséis, todo lo que significaba Toby para él y por qué Jake sabía que no era un monstruo más. Era posible que solo hubieran pasado un par de horas juntos a lo largo de los años, pero Jake estaba tan seguro de Toby como de pocas cosas más en su vida. Captaba la misma mirada en el rostro de Toby en cada visita, cómo Toby le sonreía, cada vez que Jake lograba persuadirlo. Nada más en su vida era como eso. Y aunque no podía poner en palabras lo que Toby significaba para él, Jake sabía con absoluta certeza lo que significaba para Toby, y que rescatar a Toby del Campamento Freak ahora importaba más que cualquiera de los civiles que había logrado salvar.

Toby era su amigo. Toby se preocupaba sin exigirle cosas, aunque Jake estaría dispuesto a darle cualquier cosa, lo que fuera. Toby no era un monstruo.

«Nunca me preguntas lo que he pensado», dijo Jake lentamente, «entonces, ¿cómo puedes saber cuándo he pensado algo?».

Papá hizo una pausa y lo miró con extrañeza en sus ojos. «¿Qué acabas de decirme?».

«Dije que no escuchas», dijo Jake. «Dije que *había* pensado en esto».

«Este ser...?».

«Voy a sacar a Tobias», dijo Jake. Las palabras parecieron hacer eco en la habitación, como si el espacio se hubiera expandido repentinamente. «Y puede ayudarme, señor, o puede salir de mi camino».

Leon miró fijamente y luego colocó con cuidado su arma sobre la cama. «Estás sacando un monstruo del Campamento Freak».

«Sí».

«¿Te sientes bien? ¿Algún mareo o desorientación, algún detalle que no suene bien? ¿Vacíos en tu memoria? ¿Alguna duda en tomar estas decisiones?».

Jake se enojó porque papá todavía estaba convencido de que esto podría ser algún tipo de truco monstruoso. Si Toby tuviera la habilidad de torcer la cabeza de Jake, de alguna manera sobrenatural, y no solo con su sonrisa, habría hecho todo lo posible para salir de ese agujero de mierda antes, tal vez cuando le estaban quemando caras sonrientes en el brazo.

«Sí papá, me siento bien», espetó. «No es que esta sea una idea nueva».

«¿Me estás diciendo que has estado planeando sacar a un monstruo del Campamento Freak por más tiempo que solo esta noche?».

Solo durante los últimos seis años, papá. «Sí».

«¿Qué...?», la voz de papá se quebró, pero Jake no podía decir si era por enojo o preocupación. Se aclaró la garganta y volvió a intentarlo. «¿Qué harías exactamente con el fenómeno si lo sacas?».

«¿Hacer?» *Alimentarlo, para empezar.* Toby se veía más delgado cada vez que lo visitaba. *Llevarlo a un lugar seguro, principalmente.*

«Sí. Hacer. ¡Hacer! No puedes simplemente querer tener a un *monstruo* contigo». Leon sonaba asqueado, confundido, casi desesperado, como si quisiera que la situación tuviera sentido, pero sin importar cuántas veces contara, seguía sin haber suficientes armas, demasiados monstruos, una bolsa de sal menos de lo que esperaba. «Tiene que existir un propósito. Dame una *razón*, Jake».

«Como, ¿poder estacarlo en algún lugar para que otros monstruos vengan y traten de comérselo? O bien, ¿usarlo para cazar ciervos?». *¿Crees que disfruto lastimando cosas, usando el mal para perseguir el mal?*

«No uses ese lenguaje conmigo, chico. Es una pregunta válida, y si no puedes reconocerlo...».

«Es una *persona*, papá. Y no se merece...».

«Cierra la boca, Jake. Ahora mismo, ¡cállate!».

Leon se puso de pie, respirando con dificultad. Miró a Jake. Una parte distante de la mente de Jake notó que ya no estaba deprimido. Estaban frente a frente. «Hay algo que tienes que meter en ese duro cráneo tuyo, algo que deberías haber sabido hace mucho tiempo, pero supongo que no eres tan brillante, o te crié mal, o algo así pasó. Ese chico no es una persona. Es un monstruo. Un *monstruo*, Jake. No importa lo que se merecen o lo que no se merecen, tanto como importa lo que se merece un perro rabioso. Debería ser sacrificado. No me importa si no ha mordido a nadie todavía. Francamente, no me gusta la mierda que pasa en el Campamento Freak. Algunas cosas son básicamente imposibles de matar, pero sería mejor poner una bala a través de todo lo que se pueda desaparecer».

«Toby no es un monstruo», dijo Jake obstinadamente. «Él es solo...».

«Jake». Leon cerró los ojos. «No puedes seguir diciendo eso. No puedes seguir... no puedes seguir siendo tan estúpido. Puedes decírmelo. Puedes decirme cualquier cosa y nos ocuparemos de ello. ¿Quieres . . . dormir con eso? Sé que has estado llevando a casa hombres y mujeres, y no me importa, pero podrías hacerlo mucho mejor que con un puto monstruo».

«¡Papá!», Jake se dio la vuelta. «No se trata de eso. Se trata de lo que es correcto y de lo que sabía que quería...».

«No puedes simplemente decirme que quieres sacar a un monstruo de FREACS y que solo es porque *quieres*. Eso me hace pensar que quieres un monstruo como mascota porque nunca te compré un perro».

«¡Toby no es un perro!». Jake se dio la vuelta, la ira rompiendo su voz. «Y él no es un maldito monstruo...».

«Jake, sí lo es».

«... y lo voy a sacar del Campamento Freak, lo apruebes o no. Roger dijo que no tengo mucho tiempo si quiero...».

«Voy a destripar a Harper», dijo Leon abruptamente.

«¿Por qué haces eso?», preguntó Jake, acercándose lo suficiente para poder empujar a papá si quisiera. Por primera vez, quería hacerlo. «¿Por qué culpas a la gente por cosas que no son su culpa?».

«Si Harper te dijo que sacaras un monstruo del campamento...».

«Dijo que Tobias podría no durar mucho más, no que debería sacarlo. Jesús, papá, no siempre culpes a otras personas por cosas que tú...».

«¿Estás diciendo que es *mi culpa* que mi hijo quiera un monstruo como mascota?», Leon rugió.

Jake apretó los dientes y le dio un empujón. No duro, pero enojado. Más como un idiota. El pecho de papá contra sus manos se sentía igual que el de cualquier otro tipo al que había empujado, tal vez un poco más pesado, tal vez un poco menos flexible. Pero no había nada normal en esto. Se sentía extraño, incorrecto y correcto, todo al mismo tiempo. «Estoy *diciendo* que tal vez deberías intentar escucharme por una vez».

Leon se tambaleó, se llevó la mano al pecho y miró como si Jake lo hubiera golpeado. «No te escucho», dijo en voz baja, casi temblando, «porque se te ocurren ideas jodidamente estúpidas como esta, ideas que harán que nos maten a los dos».

«Bueno, gracias, papá». Jake estiró los brazos y dio un paso atrás antes de que realmente pudiera golpear al hombre. «Si soy tan mierda, ¿por qué cazas conmigo? ¿Me diste el Eldorado a pesar de que soy demasiada mierda para encontrar mis propias cacerías? Cuando te fuiste a beber o a torturar demonios o cualquier mierda...».

«Cuida tu lengua, o te haré entrar en razón a golpes».

Como si pudieras hacerlo, pensó Jake. «Voy a sacar a Tobias y no hay nada que puedas hacer para detenerme».

Los Hawthorne se congelaron, mirándose a los ojos. Era un punto de ruptura para algo que nunca habían pensado que podría romperse, para algo en lo que nunca habían pensado mucho. Un hombre no pensaba en sus huesos hasta que los sentía al borde de romperse.

«Es un puto monstruo, como el que mató a tu madre», dijo Leon al fin. «Él hará que te maten».

«No», dijo Jake. Le importaba un carajo lo que papá pensara que le estaba diciendo con ese no. Solo . . . no. No a todo eso. No, a todo lo que papá le había dicho alguna vez sobre Tobias, y un gran no, a sus ideas sobre lo que era bueno para ellos.

Jake se acercó a su cama y metió cosas en su bolsa de lona. No pensó en ello; no se molestó en volver a montar la escopeta antes de tirarla con barras de granola a medio comer y su par de calcetines de repuesto. Estaba esperando a que papá dijera algo, lo que fuera, y al mismo tiempo sabía que no diría nada de lo que Jake quería escuchar.

Jake se había echado el bolso al hombro y había agarrado el pomo de la puerta cuando la voz de Leon rompió el silencio, tan segura e irrevocable como un proyectil plateado que atraviesa el corazón de un cambiaformas.

«Si sales por esa puerta para ir por un monstruo, no esperes volver arrastrándote. No vuelvas en absoluto».

Jake se congeló, su mano en el pomo de la puerta. «No dices eso en serio», dijo, pero su voz no estaba segura. Papá nunca en su vida había arreglado una relación a menos que fuera una necesidad de vida o muerte. Cuando las aguas emocionales se agitaron, Leon Hawthorne corría como el demonio y no enviaba postales.

«Jodidamente es en serio», dijo Leon. Su voz era áspera. Jake podía pretender que eran lágrimas, pero pensó que lo más probable era que fuera rabia, y la piel de la nuca se le erizó con algo peligrosamente parecido al miedo. «No puedes ser mi hijo y un amante raro al mismo tiempo que mimas a un maldito monstruo».

«Toby no es un monstruo», dijo Jake automáticamente. No podía concentrarse en las otras palabras que lo que acababa de escuchar a su propio padre llamarlo. No podía admitir que esto era a lo que había llegado. Tal vez era un amante anormal, tal vez estaba equivocado, pero había hecho una promesa y no podía, nunca rompería una promesa a Tobias.

En ese momento, se dio cuenta de que este podría ser el final. Debido a Toby, podría abandonar al hombre que lo había mecido cuando lloraba, que lo había llevado dormido desde el asiento trasero del Eldorado cuando era un niño. El hombre que le había dado su primera arma, le había enseñado todo lo que necesitaba saber sobre cómo salvar a la gente y defenderse. Leon Hawthorne podría ser un dolor real en el culo, pero había sido la roca de la vida de Jake. Lo único a lo que aferrarse cuando la sangre, la muerte y los monstruos, algunos de ellos humanos, eran las únicas cosas reales en el mundo, y mamá no era más que cenizas esparcidas y un frío monumento de mármol.

Jake se dio cuenta de que podía perderlo todo, pero aún tenía que dar este último paso. Porque perder a Toby le dolería tanto. Y si no se iba ahora, todo lo que le enorgullecía, quién era, su identidad como Jake Hawthorne, no tendría ningún sentido. Sería una broma cruel.

Si Leon Hawthorne notó el momento, si pudo sentir la misma tensión en el aire que amenazaba con asfixiar a Jake, entonces no le prestó atención.

«Maldita sea, lo digo en serio», dijo. «Prefiero verte muerto que darle la bienvenida a un maldito monstruo a tu vida y en tu cama».

Jake agarró con más fuerza la puerta y la abrió de un tirón. «Lamento decepcionarlo entonces, señor», dijo, cuando no había nada más entre él y el aire de la noche que la débil esperanza de que papá se diera cuenta de lo que había dicho y se retractara. No es que Jake esperara eso. Después de todo, era el maldito Leon Hawthorne, y nunca había dejado de decir nada en serio: ni cuando amenazó la vida de un monstruo, ni cuando lloró por mamá, ni cuando le dijo a Jake que la mayor esperanza de su vida era un sucio deseo pervertido, malformado. Jake tomó las llaves del Eldorado y las puso en su bolsillo. «Pero me iré, y no puedes detenerme».

La cara de Leon palideció, y alcanzó el arma en su cama. «Carajo que sí puedo».

«¿Me vas a disparar, papá?», Jake se burló. Se burlaba de él para que no se derrumbara allí mismo. Tal vez para pedir perdón, o simplemente para gritar. No había esperado que papá entendiera. Pero tampoco había esperado esto.

«Jake, solo cierra la puerta y hablaremos de esto». Pero Leon todavía estaba alcanzando el agua bendita y su arma. Jake no había cazado con el hombre durante años sin reconocer las señales que significaban que pensaba que valía la pena matar algo frente a él.

«Nunca me escuchas, papá», dijo Jake, y luego se dio la vuelta y echó a correr.

Corrió hacia el Eldorado, metió las llaves en la cerradura y ya estaba fuera del estacionamiento del hotel y acelerando hacia la autopista antes de que se atreviera a mirar atrás.

Leon Hawthorne se quedó en el estacionamiento, mirándolo, con los ojos muy abiertos, angustiado y atormentado. Esa era la cara que ponía cuando recordaba a las personas que no podía salvar, o cuando hablaba de su hermosa y valiente Sally, muerta en una pira.

Gritó algo cuando Jake dobló la esquina, chirriando los neumáticos del Eldorado para poner distancia entre él y la conciencia de que estaba dejando atrás todo lo que alguna vez pensó que lo convertía en *él*.

No sabía lo que había dicho Leon, pero tenía una suposición bastante buena.

Estás muerto para mi.

«Bueno, vete a la mierda también, señor», dijo Jake a la carretera que se extendía ante él.

Estaba orgulloso de cómo su voz no temblaba en absoluto.

Cuando su teléfono celular se iluminó una hora más tarde, con el nombre de papá parpadeando, no contestó.

TRANQUILAMENTE, Roger tomaba un té caliente, con un poco de brandy para recompensarse después de una larga cacería, pero satisfactoria, cuando escuchó una de sus alarmas de proximidad colocada alrededor del borde del depósito de chatarra. El té se derramó de la taza y sobre la mesa, y Roger tomó una escopeta, un cuchillo de plata y un frasco de agua bendita y salió al porche, tratando de parecer casual mientras miraba a todas partes a la vez.

Tenía instalados muchos más cables trampa y protecciones en la parte trasera de la propiedad, incluido un sensor de movimiento. A menos que la cosa se moviera demasiado rápido para activarlos, recibiría otra advertencia antes de que sucediera algo.

Esperaba tener que esperar diez o quince minutos; cualquier cosa que pudiera rastrearlo en Truth or Consequences probablemente era lo suficientemente inteligente como para saber que perseguir a Roger en su casa iba a ser un festival de dolor para todos los implicados. Pero en el momento en que estaba pensando que debería haber llevado su té al porche para que no se enfriara antes de que la mierda cayera, el último enemigo que esperaba ver bajó por el camino de tierra.

Jake Hawthorne se veía desaliñado y un poco salvaje, como si hubiera sido invitado al infierno y hubiera saltado de la cesta a mitad de camino. Sus ojos parecían un poco locos, y su mano seguía desviándose hacia su pistola en su cadera, como si los autos chatarra y la maquinaria al azar pudieran saltar sobre él primero.

Roger se movió para dejar la escopeta en el suelo, después de todo, era *Jake*, pero su mano no la soltó del todo. Jake no se parecía a él mismo en ese momento, y Roger sabía que lo último que el chico querría, si estuviera loco o poseído, sería que Roger fuera destripado solo porque el enemigo tenía la cara de Jake.

El chico se detuvo lo suficientemente lejos para que Roger no quisiera arriesgarse a arrojar el cuchillo, pero lo suficientemente cerca como para que fuera fácil clavarlo con la escopeta. Observó el arma de Roger y su postura fingidamente relajada, y la mirada loca en sus ojos empeoró.

«¿Me vas a disparar, Roger?», él dijo. No sonaba como si estuviera bromeando. Sonaba como si estuviera enojado y aterrorizado, y ese tono golpeó duro a Roger.

«Hola, Jake. ¿Podrías arrojar tu pistola, chico?».

Jake miró hacia abajo, su mano moviéndose hacia el arma, y luego volvió a levantar la vista.

Roger sintió como si le hubieran dado un puñetazo en el estómago. ¿Jake Hawthorne estaba *llorando*?

«¿Por qué? ¿Quieres que lo haga jodidamente más fácil? Los desarmados son siempre los mejores, ¿no? Puedes tomarte tu tiempo para alinear las miras». La voz de Jake era burlona, pero desabrochó la funda de la pistola y la arrojó a un lado. No en un lugar al que no pudiera llegar con una buena zambullida probablemente antes de que Roger pudiera dispararle, pero lo suficientemente lejos como para que Roger pudiera sentir que la tensión se aflojaba en su espalda.

«¿De qué diablos estás hablando, Jake?», Roger dejó la escopeta contra su silla y dio un paso adelante. No estaba seguro de lo que estaba pasando, pero no creía que mejoraría con una escopeta cargada de hierro. Tal vez un poco de agua bendita ayudaría, pero esperaba que no. «Ven aquí».

«Pensé que papá ya te lo habría dicho». Jake no parecía más tranquilo, pero al menos se estaba acercando, subiendo las escaleras como si cada paso condujera a su patíbulo. «Solo esperaba. . . ya que prácticamente me *dijiste* que lo hiciera. . .».

Roger sintió una sacudida en el estómago, como si el porche se hubiera caído debajo de él o un fantasma lo hubiera arrojado por las escaleras. «¿Qué te dije que hicieras?».

Jake lo miró. Roger no podría haber dicho lo que había en la mirada, pero no era nada bueno. Nada que un chico de diecinueve años debería tener en los ojos. Por otra parte, este era un *cazador* de diecinueve años. Eso ya deletreaba siete tipos de mierda.

No pudo evitar que su mano temblara hacia su cuchillo cuando Jake buscó algo en su bolsillo trasero, pero era solo un pedazo de papel arrugado. Parecía un formulario para una licencia de conducir o tal vez un pasaporte.

Jake lo puso sobre la mesa entre ellos, alisándolo distraídamente, como si no pudiera entender cómo se habían hecho esas marcas de pliegues. «Voy a sacar a Toby del Campamento Freak».

La respiración de Roger se detuvo, la comprensión se apoderó de él con el mismo horror lento como un zombi con las piernas rotas. Jake había seguido su consejo y algo había salido mal. No es que Roger estuviera tan sorprendido, pero. . . había hecho esa llamada tal vez hace una semana. Menos que eso.

Trató de pensar exactamente cuándo había sido, pero no pudo recordarlo. Había estado en el Campamento Freak, y luego había ido a limpiar una guarida de trolls de montaña que se habían atrevido a volver a entrar en el territorio de Roger, y luego había regresado a casa...

Y ahora Jake estaba parado en su porche delantero luciendo como algo que el gato arrastraba. O tal vez el hombre lobo. Por lo general, cuando la mierda sucedía, Jake se paraba en el medio, balanceando bates de béisbol y maldiciendo y defendiéndose. Sin retirarse del porche de Roger con la apariencia de que un empujón lo derribaría.

«Jake...».

«¿Me ignorarás también, Roger?», Jake se rió. «Supongo que eso es lo que obtengo por ser un maldito amante de monstruos, ¿verdad?».

Roger tragó saliva. Ese fue un sonido horrible que Jake acababa de hacer, y palabras horribles para acompañarlo. «¿Quién dijo eso, Jake? ¿Quién te ignoró?».

Jake todavía no lo miraba, sus manos se movían sobre sus jeans donde solían estar el arma y el papel, como si hubiera perdido algo y no estuviera seguro de qué hacer con sus manos ahora que no estaban. «Tienes que decírmelo primero, Rog. ¿Qué piensas? ¿Qué piensas ahora que sabes que soy un amante de los monstruos y que sacaré uno del Campamento Freak para mis propios fines pervertidos, o lo que sea que quieran decir? Porque voy a sacar a Toby. Lo *sacaré* y no puedes detenerme. La cabeza de Jake se levantó bruscamente, gruñendo las últimas palabras en la cara de Roger.

Resistió el impulso de alejarse de la ira cruda y el dolor en el rostro de Jake. «Eso va a ser difícil», dijo al fin. «Tú... ¿tienes todo el papeleo?».

Por la mirada en el rostro de Jake, no esperaba eso. Bien. Roger sospechó que, si hubiera dicho algo que Jake *esperaba*, el chico habría ido a por su garganta, desarmado o no.

Jake respiró entrecortadamente y se dejó caer en una silla, la más alejada de la escopeta de Roger. Apoyó los codos sobre la mesa y la cabeza entre las manos. El papel crujió bajo su codo.

Roger se acercó más, como si Jake fuera un animal salvaje que podría morder si se asusta. Él no iba a tocarlo todavía. No hasta que supiera qué diablos estaba pasando.

«¿Quién te ignoró, chico?», preguntó de nuevo, acomodándose en su silla. Necesitaba la respuesta a esa pregunta. Y necesitaba whisky. Tan pronto como consiguió uno, pensó que conseguiría la otra.

Jake no levantó la vista, y cuando habló, la rabia había desaparecido de su voz. Roger no había notado antes cuánto de lo que hacía a Jake *Jake* era su humor, ira y arrogancia. Ahora, con la voz de Jake desprovista de emoción, Roger tuvo que evitar que su mano volviera a moverse hacia el agua bendita.

«¿Quién crees?».

Maldito seas, Leon, pensó Roger. *¿No pudiste solo haber . . .?* El pensamiento terminó ahí, porque no tenía idea de qué podría haber hecho Leon de manera diferente. Leon podría haberlo hecho mucho mejor, pero Roger sabía que Leon solo tendría una respuesta.

«Joder», dijo. Ahora era su turno de no mirar a Jake. «Pero . . . Estoy aquí. No soy . . .», *un pendejo como ese cabrón que se hace llamar tu padre*, . . . no voy a decir una maldita cosa. Quiero decir, yo, prácticamente. . .». Tomó un respiro profundo. Era un día para respirar con cuidado. Demasiadas cosas estaban muy cerca de hacerse añicos. «Es bueno verte, chico. Eres bienvenido aquí, como siempre ha sido».

Los hombros de Jake temblaban y, por un segundo, Roger pensó que estaba llorando. Entonces se dio cuenta de que era una risa, lo más cercano que un Hawthorne podía llegar a llorar en el patio de otra persona.

«Gracias», Jake dijo con voz áspera al fin, cuando dejó de

temblar y miró hacia arriba de nuevo. Sus ojos estaban enrojecidos e hinchados, pero Roger no podía ver ninguna señal de lágrimas. Jake forzó una sonrisa en su rostro, y fue una de las cosas más horribles que Roger había visto recientemente. No en su vida—demonios y hombres lobo y cambiaformas y fantasmas le habían dado algunos recuerdos bastante devastadores—pero tal vez en la última semana más o menos.

«¿Y?», dijo Jake. «¿Estás bien con todo lo de. . . Toby y yo? Sacarlo, quiero decir con sacarlo, digo es. . .». Sacudió la cabeza. «Estoy jodido, Roger. ¡Y no es culpa de Tobias!».

«No pensé que lo fuera», respondió Roger. «Sí, estoy bien con eso». *¿Te habría llamado si no hubiera pensado que ese chico merecía algo mejor?*

«Bien». Jake volvió a dejar caer las manos sobre el papel, alisándolo una y otra vez. Roger pensó que Jake tendría que imprimir un nuevo formulario antes de entregárselo a alguien. «Entonces, ¿estarías de acuerdo con . . . necesito otro par de firmas para decir que estoy. . . cuerdo, y cosas así, y no estoy seguro. . . quiero decir, hay algunas otras personas, pero. . .». Jake se detuvo. «Si no quieres, lo entenderé. La ACS y los Dixon pueden ser . . . unos cabrones. Sé que algunas personas no quieren estar en su radar».

Como Leon, pensó Roger. Sí, él tampoco quería meterse con la ACS. Pero, de nuevo, también quería patearles el culo, así que tal vez esto podría contar como ambos. «Por supuesto. No hay problema. Pásame un bolígrafo». *Si no fuera tan cobarde, lo habría hecho yo mismo cuando me di cuenta de lo mal que se había puesto. Y cuando me di cuenta de que ese chico no era el peor monstruo del lugar. Ni siquiera cerca.*

«Bien», Jake asintió y su expresión se convirtió en algo más cercano a una sonrisa real. «Bien».

Todavía se veía mal, pero tenía un poco más de cordura en su rostro, y eso hizo que Roger se sintiera más tranquilo. Lo último que necesitaban eran dos Hawthorne locos. Uno, *jódete*

Leon, era más que suficiente. «Puedes quedarte aquí, si quieres. Y dejar a el Eldorado. Todavía lo tienes, ¿verdad?».

La boca de Jake se torció. «Sí, él y yo hicimos una escapada rápida». Se puso de pie, estirándose como si hubiera estado en una posición estrecha durante demasiado tiempo. «Lo traeré. Entonces podemos empezar con el papeleo. Joder, Roger, deberías ver los formularios que necesito llenar. Y ni siquiera puedo falsificarlos, porque la ACS va a verificar todo. Maldita burocracia».

Roger pensó que preocuparse por un poco de papeleo era mejor que Jake pensando en su vida derrumbándose alrededor de sus oídos. Y podría recordarle al chico que tenía más personas en su vida que Leon.

«Soy un gran paquete de emociones», dijo secamente. «Puedes quedarte en la habitación de invitados todo el tiempo que quieras, y haré lo mejor que pueda con el papeleo. Y si necesitas algo más que mi firma, llamemos a Alex Rodríguez. Estoy seguro de que ella lo... entendería también».

Jake miró hacia arriba, frunciendo el ceño. «¿Quién?».

«Una vieja amiga de Tucson. Otra cazadora de la vieja escuela que trabaja medio tiempo, como yo. Dirige una antigua misión».

Ahora, que todo estaba en marcha, estaba un poco nervioso al pensar en Jake sacando un monstruo del campamento, haciéndose cargo de otra vida que había sido tan jodida y aún podría ser peligrosa, después de todo, el chico había estado en el Campamento Freak, pero ya era demasiado tarde para echarse para atrás.

Haría todo lo posible para mantener a todos cuerdos y alejados de los demás. Oh, podía ver momentos divertidos en su futuro.

Tal vez finalmente le dispararía a Leon.

Eso no debería haber sonado tan atractivo como lo hizo en el momento.

Triturador empujó la cara de Tobias contra la pared, torciendo su brazo detrás de él y empujando sus caderas contra el trasero del chico.

«¿Crees que puedes faltarme el respeto, fenómeno? Vi esa mirada en tu cara».

Tobias sintió la erección de Triturador, sintió la mano que no lo sostenía contra la pared deslizándose por su cadera, y se preguntó, casi distraídamente, cuándo tendría que dar el siguiente paso y romper el brazo del guardia. No es que fuera una idea inteligente, o una idea que le dejaría vivir el día de hoy, o incluso una idea que realmente detendría cualquier cosa, pero Tobias sabía que no sería capaz de controlar el pánico que giraba desenfrenado bajo la superficie de su cuidada calma en blanco durante mucho más tiempo. No había forma de que Tobias dejara que Triturador fuera el primero. Preferiría, literalmente, morir.

La mano de Triturador encontró su objetivo, sujetándose alrededor de su ingle, y Tobias hundió su propio rostro contra la pared, retorciendo su mejilla contra el yeso áspero para mantener sus gemidos bajo control.

«¿Sabes cuánto tiempo he esperado, Monstruo Bonito?, Trituradora siseó. «Desde *siempre*. Demasiado jodido tiempo para abrir tu apretado culo».

No era como si Tobias mereciera algo más que esto. Simplemente *no podía* dejar que Triturador hiciera lo que quería sin tratar de detenerlo.

Estaba a punto de quebrarse, de tirar por la borda toda esperanza, de tirar su vida a favor de romperle la mandíbula a Triturador y chocar con las balas de los guardias, cuando de la nada, apareció Karl.

«¡Triturador!». Golpeó su garrote contra su palma. La cicatriz de quemadura en su mejilla era brillante. «Deja que el monstruo se vaya. Guárdalo hasta que el resto de nosotros podamos verlo».

Triturador aflojó un poco su agarre, y Tobias respiró temblorosamente, sintiendo unas gotas de sangre correr por su mejilla.

«No te metas en esto, Karl», gruñó Triturador.

Karl se rió. «¿Crees que quiero interponerme entre tú y el trasero de ese monstruo?». Apuntó el garrote a Tobias. «Hawthorne lo quiere».

El alivio que invadió a Tobias casi lo enfermó. Cuarenta latidos atrás estaba listo para morir, para dar el último y miserable paso hacia la muerte. Ahora Jake había venido, no para salvarlo, Jake lo había prometido, pero Tobias sabía lo difícil que sería sacar a un monstruo, sabía que incluso si Jake lo intentaba, probablemente no funcionaría, pero solo era por esos breves momentos de bondad, de caricias suaves, de conversaciones casuales que no terminaban en dolor.

Casi corrió a la recepción, el nombre de Jake era una promesa de salvación, aunque solo fuera por una tarde.

El nuevo guardia, Charlie, asintió hacia la Sala Cuatro, y Tobias irrumpió, sonriendo involuntariamente, sabiendo que a Jake le gustaba verlo sonreír.

Leon Hawthorne se volvió hacia él.

La espalda de Tobias golpeó la puerta con fuerza. El frío metal atravesó el pánico ciego y el instinto de negar que esto estaba pasando, de insistir en que Jake tenía que estar allí, pero todavía estaba temblando, atrapado, aterrorizado. Cerró los ojos, luchando con todas sus fuerzas por recuperar ese vacío en blanco, dispuesto a someterse a cualquier golpe u orden sin un atisbo de reacción. Después de todo, Leon Hawthorne era un cazador. Eso era lo que querían los cazadores. Eso era lo que exigían los cazadores, *no Jake*, y él siempre había sido capaz de dárselo antes, como un pequeño buen monstruo.

Tomó demasiado tiempo, lo suficiente como para costarle la

vida. Pero mierda, mierda, *Leon Hawthorne* era la última persona que esperaba: había venido a ver a Jake, había corrido como si la alegría fuera una emoción que merecía sentir porque sabía que iba a ver a Jake, que quería verlo sonreír y mirarlo a los ojos. Jake era la única persona en el mundo por la que Tobias bajaría las defensas. Pero para su *padre*. . . su legendario cazador de padre. . . no, Tobias no se atrevía a pensar en la alegría en presencia de un cazador.

Pero si tuviera que elegir entre quedar atrapado debajo de Triturador o estar en una habitación con Leon Hawthorne, siempre elegiría al cazador. No era una cuestión de muerte o dolor; no había duda de que el hombre odiaba a los monstruos, pero sabía que Leon lo mataría cuando terminara, cuando Tobias dejara de ser útil. Y lo mataría limpio. Dos cosas que nunca podría esperar de Triturador. Era mejor aquí. Mejor.

Pero Tobias aún no podía dejar de temblar.

«Siéntate». Leon rompió el silencio con una orden, pero aún no contenía la promesa de dolor.

Las piernas de Tobias obedecieron de inmediato, gracias a Dios, llevándolo a la mesa y la silla. Colocó las manos con las palmas hacia arriba delante de él, tragó y cerró los ojos mientras *deseaba* que sus manos dejaran de temblar. Un miedo tan obvio solo empeoraba las cosas, siempre.

Por un largo momento, Leon se quedó en silencio, aunque Tobias podía sentir sus ojos en él. Por fin dijo, rotundamente: «No vine para eso».

Tobias respiró hondo y rápidamente, abrió los ojos y entrelazó los dedos para obligarlos a quedarse quietos. No sabía cuál podría ser la respuesta adecuada, así que optó por la ruta segura. «Lo siento, señor».

Leon lo estudió con la mirada. Tobias lo sintió, pero no se atrevió a levantar los ojos de la mesa. «Estoy aquí para ver qué clase de monstruo engañó a mi hijo. Mírame».

La respiración de Tobias se detuvo por un momento, pero

no dudó. Levantó la vista y por primera vez se encontró con los ojos de Leon Hawthorne, grises como los muros de hormigón del campamento, pero aún más fríos.

Su rostro no se parecía en nada al de su hijo, no tenía nada en común que Tobias pudiera ver. No se trataba del parecido físico; Jake nunca lo había mirado como si fuera un monstruo. Los ojos de Jake recorrían su rostro como si buscara algo que pudiera hacer sonreír a Tobias; Leon lo miró con el desprecio y el odio impasibles que Tobias siempre esperaba de los reales, todos excepto Jake.

Pero los ojos de Leon no contenían la misma malicia que los guardias y otros cazadores. Tobias pudo ver que Leon no tocaría a ningún monstruo a menos que fuera absolutamente necesario. Por la forma en que su mano seguía moviéndose hacia el arma en su funda, Tobias supo que el hombre preferiría dispararle en este momento antes que tocarlo de cualquier manera, incluso para administrar un castigo.

Los latidos del corazón de Tobias se hicieron más lentos hasta que sintió que ya no se le iban a salir del pecho con fuerza, y respiró hondo para tranquilizarse más. Pase lo que pase aquí, él estará bien.

«Bueno, te ves lo suficientemente humano». La voz de Leon era plana, su rostro tan vacío y duro como las paredes de la sala de interrogatorios a su alrededor. «Eso siempre lo hace más difícil cuando se ven humanos. Es igual de probable que un vampiro mate con los colmillos hacia dentro o hacia fuera, pero siempre es más difícil arrancarle la cabeza cuando se trata de una mujer asustada que te devuelve la mirada o de la cara de un pobre civil bastardo que no sabe lo que pasó a su hijo y por qué están cubiertos de sangre. Todavía me las arreglo. Así que eres *Tobias*».

El chico se encogió ante su nombre, bajó la mirada y luego la levantó de nuevo. El cazador le había dicho que lo mirara, así lo haría. «Sí, señor».

«Esa no era una pregunta». La voz de Leon permaneció plana, molesta. «Vine a verte. Vine para ver el monstruo que va a hacer que maten a mi hijo».

Tobias sintió como si lo hubieran golpeado en el pecho con un garrote, y se hubiera quedado sin aliento. Su cabeza se sacudió hacia abajo para mirar sus manos cruzadas, las abolladuras en la mesa, cualquier cosa mientras sus pulmones luchaban por llenarse de nuevo. No podía creerlo. Eso no podría ser cierto. No le había hecho nada a Jake, ni una sola cosa, y seguramente no podía ser tan intrínsecamente malvado que, con solo hablar con Jake, conocerlo, podría lastimarlo. Jake, que siempre fue fuerte, bueno y confiado.

Pero Leon Hawthorne no lo dijo como si quisiera hacer sangrar a Tobias por dentro: los guardias le habían enseñado a identificar esa ventaja, incluso cuando no podía construir defensas contra él. Leon sonaba como un hombre declarando un hecho: un hecho sombrío, desesperanzado y simple. «Él te habla como si fueras humano, se le ha metido en la cabeza que algunos monstruos no son monstruos, y un día se encontrará con algo en lo que confía, y caminará detrás de él y le cortará la columna vertebral».

«Yo no...». No pudo detenerse, no pudo romper las palabras a tiempo.

«Cállate. Sabes cómo murió su madre, ¿no?». Tobias asintió, encorvándose sobre sus manos. «Salió a intentar ayudar a la gente, salvar al mundo, ¿y qué obtuvo a cambio? La cortó por la espalda una bestia cobarde que ni siquiera estuvo dispuesta a mostrar su rostro. Eso le ocurrirá a Jake, quedará tendido en la mesa de un forense porque haber confiado en demasiados monstruos como tú».

Las uñas de Tobias se clavaron en su piel. Observaba, esforzándose mucho por no reaccionar, mientras la sangre se filtraba lentamente a su alrededor, como si las palabras de Leon se abrieran paso hasta su corazón.

«Cuando caiga, volveré aquí y te cortaré la maldita cabeza», prometió Leon.

Tobias susurró. «Eso espero».

Leon Hawthorne pateó su silla y Tobias se levantó de golpe. «¿Qué dijiste?».

Tobias negó con la cabeza violentamente. «Nada, señor».

Leon lo miró fijamente, con la mano apoyada de nuevo en su arma. Él era un cazador. Uno de los mejores. Pero Tobias no le temía como cazador. Los cazadores que lo hacían temblar eran los que entraban con grandes sonrisas y cajas de herramientas en la sala de recursos, los que disfrutaban atándolo, no porque fuera un monstruo, sino porque podían hacerlo. Leon Hawthorne lo odiaba, odiaba absolutamente a todos los monstruos, pero no había nada alegre en ese odio. Mataría a Tobias de la misma manera que acabaría con cualquier monstruo.

Leon podría matar a Tobias, sí, pero como la cerca eléctrica podría matar si Tobias se acercaba demasiado; no cazaría a su presa, no sonreiría escuchando los gritos. Tobias podría haberse sentido casi seguro si no fuera por las palabras.

«Tengo que mantenerlo a salvo de ti», dijo Leon. «Si le jodes la cabeza, no puedo perderlo. Él es todo lo que yo...». Cerró la boca de golpe y su mano apretó su arma. «No lo esperes, monstruo, no va a volver. No voy a dejar que un maldito monstruo bonito hunda sus garras en la cabeza de mi hijo y lo arrastre, aunque sea lo último que haga. Dejé ir a Sally. Ustedes bastardos, no se llevarán también a Jake».

Leon Hawthorne se puso de pie y caminó alrededor de la mesa, y Tobias se estremeció, pero el cazador no se dio cuenta mientras se dirigía a la puerta.

Tobias cerró los ojos con fuerza. «¿Me vas a disparar?». Oró por que sucediera. Mejor la muerte que una vida sin Jake. Tal vez estaría con Becca. Tal vez se desvanecería en la nada. Tal vez estaría en el infierno. Mejor cualquiera de esas situaciones que seguir en el Campamento Freak, sabiendo que Jake no iba a volver.

Escuchó a Leon hacer una pausa. «¿Qué sentido tendría? Tengo otros monstruos en los que gastar mis balas».

La puerta se cerró de golpe detrás del padre de Jake.

Los guardias dejaron a Tobias en la sala de interrogatorios durante mucho tiempo. El chico no se molestó en contar los segundos. Se miró las manos y se negó a pensar en nada.

11

CAPÍTULO ONCE
ENERO 2000

Por la noche y como de costumbre, después de que los guardias eligieran su trasero de monstruo y el resto de los monstruos se acomodaran con cautela en sus literas, Victor y Karl fueron a buscar a Tobias. Lo sacaron de la litera y el pánico hizo que Tobias se retorciera en sus brazos. Karl tiró de los brazos hacia arriba detrás de la espalda hasta que dejó de retorcerse y Victor apartó su pelo de la cara. Le había vuelto a crecer.

«El director quiere verte. Mejor asegúrate de que pueda ver esa bonita cara tuya. Vamos. No nos hagas dejar moretones donde él los vea».

Los dos guardias colocaron una correa en su collar, lo que duplicó su ritmo cardíaco y le hizo imposible no tensarse contra sus manos, pero ni siquiera tenía la libertad de caminar detrás de ellos con la correa. Prácticamente lo arrastraron hacia Administración.

La Administración estaba en el segundo piso, por encima de la recepción. Tobias solo había estado en una sala de ese piso, que era la biblioteca en la que había trabajado desde sus primeros días con Becca. Sabía que había otras salas donde los reales, incluidos los visitantes importantes, se reunían para discutir el progreso de FREACS en la neutralización de la amenaza sobrenatural.

Karl y Victor lo llevaron directamente más allá de cualquier cosa familiar y a través de las pesadas puertas de hierro por las que los monstruos tenían prohibido entrar.

Lo arrastraron a través de hermosos pasillos alfombrados, tan elegantes y limpios que Tobias sintió que los estaba ensuciando con solo arrastrar los zapatos por el piso, y finalmente llegaron a dos puertas enormes. La placa junto a las puertas decía Director Jonah Dixon. Karl dio dos golpes rápidos y empujó la puerta.

Cuando entraron, el director Dixon levantó la vista del papeleo en su escritorio. Karl tiró a Tobias al suelo y éste se golpeó las rodillas con fuerza. La rica y colorida alfombra debajo de él debería haberse sentido más suave, más fácil que el patio de concreto o la tierra apisonada que conocía demasiado bien, pero le produjo lo mismo, o algo peor, un escalofrío de horror a través de eso.

«¿Ese es 89UI6703?». El director se puso de pie. Su enorme escritorio estaba construido con una madera brillante de color rojo oscuro que reflejaba la luz del techo. Una larga mesa de conferencias a juego se extendía por un lado de la habitación, y una estantería ocupaba la mayor parte de la pared opuesta. «Bueno, no te quedes ahí parado mirando, ponlo de pie».

Karl tiró de Tobias por el pelo.

El director avanzó. Era un hombre mayor, delgado pero en forma, con ojos marrones en un rostro frío y pensativo. Con un agarre firme, tomó la barbilla de Tobias en su mano. El chico se encogió, pero el agarre de Karl en sus brazos se hizo lo suficientemente fuerte como para dejar moretones, y se obligó a quedarse quieto.

«He oído cosas interesantes sobre ti, 89UI». El director miró a Victor, que se movía incómodo detrás de Karl. «¿Cómo lo llaman los guardias?».

Victor vaciló. A través de su propio pánico, Tobias notó que Victor también estaba nervioso. «Monstruo Bonito, señor. Porque él es...»

«Un monstruo joven y atractivo en medio de una multitud de vampiros amordazados y con bozal», dijo el director. «Sí, entiendo, Sr. Todd. Siempre he dicho que a los guardias les falta creatividad».

Karl lo fulminó con la mirada, la lívida cicatriz de la quemadura que le cruzaba la mejilla se sonrojó, pero Victor mantuvo la mirada justo a la derecha del rostro del director, del mismo modo que Tobias miraba a los guardias.

«¿Es inteligente?», preguntó el director a Victor, ignorando la mirada de Karl.

Victor vaciló. «No estoy . . . seguro de lo que quiere decir, señor».

Tobias mantuvo los ojos en el suelo. Victor sonaba cauteloso, receloso, y siempre era el más inteligente de los guardias. Por principio, Tobias ya temía al director que estaba a cargo de FREACS y de la ACS, y una palabra suya podría destruir a cualquier monstruo o guardia en las instalaciones, pero ahora sabía que tenía otra buena razón para tener miedo.

«Me doy cuenta de que les pagamos para mantener a las alimañas bajo control y no pensar, pero ¿realmente necesito reformular la pregunta, Sr. Todd?».

Victor se enderezó. «No, señor. Él parece . . . lo suficientemente brillante». Tobias casi podía escucharlo luchando por encontrar una mejor respuesta. «Sigue bien lo que se le ordena».

«Obediente, bien. Verán ustedes, Sr. Todd, Sr. Horwitz, tengo la teoría de que el único monstruo que no debe morir en un potro, es un monstruo obediente, un monstruo que pueda usarse. La inteligencia en los monstruos solo es útil en la medida en que puede ser moldeada y manejada por un humano. De lo contrario, no es más que engaño lo que sirve para hacer que el monstruo sea más peligroso. ¿Están de acuerdo?».

Tobias se arriesgó a mirar a Victor. El guardia tenía una mirada agria y tensa en su rostro, como si supiera que estaba siendo vestido para darle una lección a alguien más y no le gustaba en absoluto.

El director abofeteó a Tobias, y su cabeza se echó hacia atrás.

La sonrisa del hombre parecía casi amable, pero había acero y veneno en sus ojos. «No mires a los humanos mientras les hablo. Eso es una falta de respeto y no será tolerado. ¿Entendido, 89UI?».

«Sí, señor», dijo Tobias, bajando los ojos. La bofetada había sido mucho más ligera que cualquier golpe de los guardias, pero el corazón le latía con más fuerza que durante la última paliza.

Nuevamente, el director agarró la barbilla de Tobias, obligándolo a levantar la cabeza. Miró a Tobias a los ojos durante un largo minuto y luego tomó una decisión.

«Pueden dejarnos, caballeros. Páseme esa correa. Pueden esperar en el pasillo. De forma natural, si se escucha como si estuviera siendo asesinado o algo por el estilo, siéntanse libres de venir a rescatarme». La boca del director se torció y tiró con fuerza de la correa de Tobias justo cuando Victor y Karl lo soltaban.

Tobias perdió el balance, apenas recuperándose a tiempo.

Buenos reflejos. El director lo llevó a la mesa de conferencias. Colocó en el chico los anillos de metal sólido del costado de la mesa a intervalos regulares entre las sillas. Un monstruo encadenado a esa mesa estaría cerca, pero no necesariamente en el camino. El director ató la correa a un anillo para que Tobias quedara apretado contra el alto respaldo de una de las elegantes sillas de madera. Habría tenido más espacio si se hubiera movido entre las sillas, pero el director tiró de la correa para asegurarse de que Tobias se quedara detrás de la silla y luego aseguró la correa en su lugar.

El director captó su mirada y sonrió levemente divertido. «La llave está en mi escritorio. Saldrás de aquí cuando yo te diga que puedes hacerlo, y ni un momento antes. Responde cuando te hablo».

«Sí, señor», dijo Tobias, mirando hacia abajo.

«Maravilloso. Puedes responder a comandos básicos. El Sr. Todd es un hombre inteligente, aunque ciertamente no es de la familia, pero nunca estoy seguro de si otras personas comparten las mismas definiciones de inteligencia y entrenamiento que yo. El tío Elijah ciertamente no lo hacía. ¿Eres obediente por lo demás, o eres castigado a menudo?».

Tobias tragó saliva. «No muy a menudo, señor».

«Bien». El director se frotó las manos. «Veamos si estás mintiendo, ¿de acuerdo? Pon tus manos en la silla frente a ti. Si te sueltas, levantas las manos, o te resistes de cualquier manera, llamaré al Sr. Horwitz para que comience a cortar las piezas innecesarias. Creo que todavía te guarda rencor por ese lamentable incidente que lo desfiguró. ¿Entiendes o tienes preguntas?».

Tobias se humedeció los labios y plantó las manos en el respaldo de la silla. «¿Qué piezas son innecesarias, señor?».

El director sonrió. «Él puede decidirlo».

Luego tocó a Tobias en el hombro.

Tobias inclinó la cabeza y apretó los dientes, aunque la mano era suave y considerada. Desde su hombro, el director enganchó sus dedos debajo del cuello y tiró de la cabeza de Tobias con fuerza, haciéndola a un lado. Tobias se atragantó un poco, pero se agarró con más fuerza a la silla, y el director sonrió y le dio una palmadita en la nuca.

«Inteligente», dijo. «Buen chico».

Cuando su otra mano se deslizó sobre la cadera de Tobias, este se enderezó y miró al frente, apretando el respaldo de la silla hasta que sus dedos se entumecieron, tratando de mantener el control para evitar el pánico.

El director no se follaba a los monstruos. Ese era el rumor. Tobias nunca había visto pruebas de ninguna manera, pero todavía esperaba que la mano se deslizara hacia donde estaba presionado contra la silla, para engancharse en la cintura de sus pantalones.

El director hizo una pausa. «¿Supongo que los guardias, como el Sr. Todd y el Sr. Horwitz, disfrutan usando tu cuerpo para su propia gratificación sexual?». Tobias respiró temblorosamente y se clavó las uñas en la cadera. «Contéstame, monstruo».

Tobias exhaló. «Sí, señor».

«¿Qué prácticas sexuales te han enseñado a realizar? Sé específico y exhaustivo».

No. No, no, no. Había tenido guardias y cazadores preguntándole eso antes, aunque no con esas palabras. La mano del director se aflojó y volvió a apretar, hundiendo sus largos dedos en los moretones. «Mamadas. Pajas. Me quedo quieto mientras se satisfacen ellos o yo... yo...yo se los hago. A... a veces mientras me interrogan, también parece ca... causarles sa... satisfacción sexual».

«¿Has sido penetrado analmente por algún objeto o parte del cuerpo?».

No pudo evitar un pequeño gemido. Peor aún, sabía que el hombre detrás de él lo escucharía, lo sabría. Estaba terriblemente consciente de la mano del director. Consciente del dolor que crecía lentamente en su cadera, aterrorizado de que esos largos dedos se relajaran y se deslizaran debajo de sus pantalones. «N.... n... no, señor».

«¿Por qué no? Parece que te han usado para todo lo demás».

Tobias no podía frenar el pico en su respiración o la forma

en que sus brazos temblaban delante de él, todavía agarrando la silla. «N... no lo sé, señor». *Por favor, por favor, por favor, no lo sé, pero por favor, que lo que sea que los mantenga alejados, continúe de esa manera, por favor, no hoy.*

«Mmm. ¿Te tocas para tu propio placer sexual o de los demás?».

Tobias sacudió la cabeza violentamente y recordó justo a tiempo mantener su agarre en el respaldo de la silla. Se echó hacia atrás un poco y el director lo empujó de nuevo contra la madera inflexible. «N... n... no», se atragantó. «No, señor. Nunca».

«Bien». La mano abandonó la cadera de Tobias. «Separa tus piernas».

Cuando Tobias no se movió para obedecer lo suficientemente rápido, no estaba pensando bien, no podía hacer que su cerebro y su cuerpo trabajaran juntos, o tal vez era porque su cerebro había dejado de pensar y todo lo que su cuerpo podía recordar era sujetarse a la silla; el director lo empujó hacia adelante con fuerza, sobre la madera curva y le separó los pies de una patada. Tobias jadeó, y el director sacudió bruscamente la cabeza.

La voz del director era tranquila, clara, como si estuviera recitando un manual de instrucciones. «Cuando te diga que hagas algo, lo haces con prontitud y sin dudarlo. Las vacilaciones serán castigadas. Los errores serán castigados. Cualquier señal de falta de respeto o rebelión será castigada, porque un monstruo sin obediencia es una alimaña portadora de plagas, consumiendo recursos que no merece y existiendo solo como una amenaza para la humanidad. ¿Lo entiendes o necesitarás instrucciones más explícitas?».

«Lo ent... ent... entiendo, se... señor».

El director usó su agarre en el cabello de Tobias para empujarlo hacia adelante y luego lo soltó. «Bueno. No moverás las piernas, no soltarás la silla y, por favor, mantén al mínimo el ruido».

Tobias tragó saliva, apretó los dientes y cerró los ojos cuando ambas manos del director se posaron en su cintura. Esta vez, no hubo nada casual o gradual en el toque. Las manos del director se movieron sobre su cuerpo como si estuviera inspeccionando una bestia en una subasta. Apretó los brazos de Tobias, pasó una mano por su pecho y luego tiró de su camisa. Tobias se estremeció, pero logró contenerse para no hacer ruido al sentir el aire fresco de la oficina contra su espalda desnuda y la caricia aún más fría de las yemas de los dedos del director.

«Fascinante patrón de cicatrices», dijo, medio para sí mismo. «Sobre cualquier otro monstruo, diría que eres un pedazo de mierda que debería ser quemado. Pero, por supuesto, la mayoría de los monstruos no sobreviven diez años y medio en nuestras instalaciones. Eres toda una anomalía, 89UI. Con la excepción de ciertos individuos en Contención Intensiva, eres nuestro monstruo más longevo. Encuentro eso fascinante».

Cuando el director enganchó los pulgares en los pantalones de Tobias y los bajó lo más posible con las piernas separadas, Tobias no pudo contener un grito ahogado, que repitió cuando el director comenzó a tocarlo por debajo de la cintura, a pesar de que tocó las caderas y el culo de Tobias con la misma minuciosidad desapasionada con la que había examinado los hombros y la espalda de Tobias.

El director se detuvo detrás del chico, con su mano en la parte interna del muslo rye Tobias. Sus dedos se apretaron con fuerza, como lo habían hecho antes en su cadera, y el joven volvió a sollozar. «89UI, ¿de verdad esperas que me excite al tocarte?».

Tobias trató de recordar cómo respirar. Era difícil forzar el aire en sus pulmones cuando una mano *estaba allí*, cuando había un humano real detrás de él. El director no se follaba a los monstruos.

Pero tal vez el director simplemente no dejó que saliera. Pocos hombres eran como Triturador, dispuestos a sacarse la polla durante un interrogatorio filmado, con los monstruos en la ducha o en el cuartel con las luces encendidas. Tal vez el director follaba cosas, pero cuando lo hacía, nunca más se les volvía a ver. El director de la ACS tendría formas de limpiar el desorden para que nadie hiciera preguntas.

La mano del Director se cerró como un tornillo de banco y arrastró sus uñas inesperadamente afiladas hacia arriba, cortando la piel de Tobias. Ahogó otro sonido, recordando apenas a tiempo de mantener las piernas abiertas y las manos en la silla. Sus dedos estaban tan apretados que ya no podía sentirlos.

Pero la voz del director era tranquila, suave, con un toque de advertencia. «Cuando te hago una pregunta, me respondes. ¿Necesito repetirme?».

Tobias negó con la cabeza. «No señor. No señor». Podía sentir la humedad goteando por su pierna, pero no podía decir si el director había extraído sangre o si solo era sudor.

La mano no se aflojó. «¿Estás respondiendo a mi indicación sobre no hacer que me repita, o estás respondiendo a mi pregunta original? Espero que seas específico y claro en tus respuestas, 89UI».

«Yo n... n... no... no espero nada, señor. No sé... no puedo . . . lo siento, lo siento». Tobias se sacudió y bajó la cabeza, tratando de controlarse, tratando de no rogar, porque no sabía por qué estaría haciéndolo.

Retiró la mano. El director dio un paso atrás. «Puedes quitar las manos de la silla». Regresó a su escritorio. Tobias soltó la madera lentamente, con los dedos doloridos. El director sacó un pañuelo de papel de una caja que había sobre su escritorio y se limpió meticulosamente la mano. Tobias no lo miró directamente, pero le pareció percibir un indicio de enrojecimiento.

«Vuelve a ponerte la ropa», dijo el director. «No tengo ningún interés sexual en los monstruos. Pero tengo un interés profundo y práctico en hacerlos útiles para los humanos, en lugar de la molestia que son naturalmente. Con ese fin, te presentarás ante mí todos los miércoles a las 6:30 p.m. para que puedas ser entrenado, educado y acondicionado para convertirte en el tipo de monstruo que merece la comida y el aire que consumes. El Sr. Todd te traerá la próxima semana para que sepas a dónde ir, pero espero que llegues pronto y por tu cuenta después de eso. ¿Entendido, 89UI?».

Tobias se subió los pantalones y se bajó la camisa. «S... s... sí, señor».

El director volvió y estaba sonriendo. Una verdadera sonrisa que llegó a sus ojos. «Bien». Abrió el candado que sujetaba a Tobias a la mesa y desenrolló la correa. «Puedes irte ahora».

Tobias se fue con la cabeza gacha, pasando junto a Victor y Karl sin detenerse a mirarlos. Mantuvo la vista en el suelo todo el camino hasta el cuartel. No podía dejar de temblar, incluso cuando estaba en la seguridad del aire de la noche.

MIENTRAS GIRABA el volante en las últimas vueltas en el sinuoso camino hacia el Campamento Freak, Jake tuvo que reconocer que estaba actuando más como un drogadicto a minutos de su próximo golpe que como un miembro honrado de la comunidad de cazadores.

Pero según Roger, así como Leon, aunque Jake ya no pensaba en eso, "miembro destacado de la comunidad de cazadores", significaba los Dixon y los lameculos Dixon. En cualquier caso, el papeleo de Jake se veía tan bien como lo podían hacer dos bastardos astutos y un veinteañero desesperado. Resultaba que Roger podía estirar la verdad mejor que incluso papá.

Entró en el estacionamiento de FREACS, cerró la puerta del Eldorado con más fuerza de lo normal y se dirigió hacia la entrada. A veces sentía que estaba perdiendo el control, y otras veces *sabía* que lo estaba perdiendo, pero en este momento necesitaba con urgencia un recordatorio de por qué estaba haciendo esto: abrir su vida para mostrársela a la ACS, dejando atrás la roca sobre la que había construido su vida. Si pudiera lograr que Toby lo mirara a los ojos durante unos segundos, si pudiera romper las barreras entre ellos, que parecían más impenetrables y más frágiles cada vez que se corría, la tormenta de mierda en la que se había convertido su vida entraría en perspectiva. Si pudiera lograr que Toby le brindara, aunque fuera una media sonrisa, Jake podría volver a encontrar tierra firme bajo sus pies.

Sí, ver a Toby sería una especie de éxito.

Su anticipación se estrelló de cabeza contra una pared en el mostrador de recepción.

«Lo siento, Sr. Hawthorne... *Jake*», dijo Madison, sonriéndole a través de sus pestañas. «Pero con su permiso de retiro pendiente, no puedo permitir su acceso a las instalaciones».

Jake parpadeó hacia ella. «¿Qué?». Se sentía aturdido y estúpido, la cabeza le zumbaba como si acabara de ser golpeado por un poltergeist.

«¿Su permiso de retiro de monstruos? Para...», miró hacia abajo a la computadora, «eliminación permanente de 89UI6703 de la instalación. Hasta que eso sea aprobado o denegado, no puedo permitirle el acceso».

No habían mencionado eso en la Sede. Acababan de tomar su información y le dijeron que estarían en contacto. Leah Dixon había manejado el proceso, y no había dicho una maldita cosa acerca de que a Jake no se le permitiera regresar al puto Campamento Freak.

Jake buscó a tientas una respuesta. «¿Alguna idea de por qué?».

Ella se encogió de hombros. «Es una medida de seguridad. La separación ayuda al comité de revisión a determinar si el deseo del cazador de eliminar al monstruo ha sido influenciado por alguna habilidad sobrenatural, como las que poseen las sirenas y los psíquicos. Es más seguro si el cazador no tiene acceso a *ningún* monstruo durante el período de revisión. Todos somos susceptibles».

No le había dicho a Toby que ahora estaba haciendo esto por él. Quería que fuera una sorpresa, o tal vez solo quería estar seguro de que realmente funcionaría antes de despertar las esperanzas de Toby. La idea de decepcionar a Toby dolía demasiado como para arriesgarse. Y ahora, esa indecisión había hecho que Toby no supiera que Jake venía por él, que no supiera por qué había desaparecido. «¿Sabes cuánto tiempo suele llevar esto?».

«¿Para una remoción permanente? Honestamente, no tengo idea, pero mi mejor suposición es de seis a doce meses». Ella interpretó el ruido estrangulado de Jake como una crítica y se irritó. «Nos tomamos la contención muy en serio. La verificación de antecedentes por sí sola puede llevar meses. Cualquier cazador que solicite eliminar un monstruo debe ser considerado absolutamente impecable, con un historial de cacerías exitosas y sin indicios de inestabilidad mental o contaminación sobrenatural. Como cazador, estoy seguro de que comprende lo difícil que es obtener un perfil preciso. Además, se debe examinar la historia y el perfil psicológico del monstruo para asegurarse de que, cuando se libere, el cazador podrá mantenerlo bajo control. El comité tiene que determinar si se necesitan medidas adicionales, como la extracción de colmillos para un vampiro o un arnés de hueso para un cambiaformas, para garantizar la seguridad tanto del cazador como de la población civil si un monstruo que alguna vez estuvo contenido escapa del control de su controlador. El proceso es complicado y no se puede apresurar».

Y sin garantía de que Jake pudiera sacarlo al final. El puto comité de los Dixon siempre podía decir que no. Entonces Jake haría todo lo posible para quemar el Campamento Freak hasta los cimientos y sacar a Toby de cualquier manera. «¿Hay alguna forma, alguna manera de que pueda acelerarlo?».

«No, a menos que necesite un monstruo específico para completar una cacería urgente, o tenga un permiso de cebo anterior, ninguno de los cuales puede influir, tendría que volver a la Sede». Ella le sonrió. «No se preocupe. Es *Jake Hawthorne*. Estoy segura de que el comité ya está trabajando para conceder su solicitud lo antes posible».

Jake no sabía si eso sería suficientemente bueno.

Cuando salió, la decepción lo golpeó con fuerza como un golpe en el cuerpo. Se apoyó contra la pared, luchando contra el impulso de correr alrededor del perímetro para encontrar un lugar donde pudiera escalar y saltar la pared. Todo lo que necesitaba era un minuto con Toby, un minuto para mirarlo, para asegurarse de que estaba bien, para decirle que Jake lo sacaría de allí de una forma u otra lo suficientemente pronto.

Jake se infiltraría en el campamento de cualquier forma que tuviera que hacerlo si esos viejos idiotas fruncidos se *atrevieran* a rechazar su solicitud. No tenía nada que perder. Si se tratara de eso, no dudaría en agarrar a Toby, salir disparado de FREACS y lidiar con la tormenta de mierda después de eso. Pero Toby se merecía algo mejor que una vida en fuga con Jake y Eldorado, moteles de mierda y fraudes con tarjetas de crédito, así que Jake tenía que intentar hacerlo de forma legítima, a través de las jodidas entrañas del gobierno. Y eso significaba mantener la cabeza recta. No podía hacer nada para poner en peligro su permiso, especialmente porque tenía mucha suerte de que Matthew no hubiera puesto una marca negra en su registro la última vez que arremetió dentro del campamento.

Sintió náuseas, pensando en cómo ese día podría haber acabado con todas sus posibilidades, todas las esperanzas de supervivencia de Toby. Tenía que ser mejor. Tendría que esperar. Y esperaba que Toby no lo culpara demasiado por el tiempo que tardara.

Se apartó de la pared y volvió a mirar a Recepción. Nada del interior del campamento era visible desde el exterior, pero no podía darse la vuelta. *Aguanta, Toby. Resiste. Te juro por la pira de mi madre que vendré por ti.*

Jake regresó a su coche.

AL DÍA SIGUIENTE, a mitad de la cena, Victor llegó al comedor, saludó con la cabeza a Karl y a Lonny y examinó las cabezas de los monstruos.

«Estoy aquí por Monstruo Bonito. El director lo quiere, dice que será liberado para ir a la Administración a esta hora todos los miércoles en el futuro inmediato».

Tobias lo escuchó, pero no registró las palabras. Eso sucedía a veces, cuando algo era demasiado horrible incluso para el peor día. No ayudaba que su cerebro simplemente decidiera que algo no era cierto, incluso cuando lo era. Eso haría que lo mataran algún día.

Karl se burló. «¿Crees que el jefe finalmente está follando algo?».

«Cierra la boca», espetó Lonny. «¿Quieres que te azoten como a Gómez?».

«Tómatelo con calma», dijo Victor. «Él no estaba aquí ese día».

«Sí, bueno, lo estaba, y no quiero volver a ver eso. O que sea yo. Así que cuida tu boca, Horwitz».

«¿Dónde está el monstruo?».

Lonny sacudió la cabeza hacia donde estaba sentado Tobias, con la cabeza gacha, congelado. «Por ahí».

Victor se volvió. «¡Oye, monstruo!», él llamó.

Los monstruos en la habitación levantaron la vista, con los ojos muy abiertos. Luego, vieron hacia dónde miraba Victor y bajaron la mirada.

Lentamente, con el mismo terror sordo que sentía antes de los interrogatorios en su garganta, Tobias se levantó y caminó hacia Victor.

Esperaba una correa, un golpe, una amenaza, *algo*, pero Victor solo lo miró como si fuera un pedazo de mierda que había encontrado en la suela de su zapato. «Vamos, monstruo. No queremos hacer esperar al director».

El camino a la oficina del director en Administración fue silencioso, tenso. Tobias tenía una sensación extraña, como si estuvieran caminando juntos hacia lo mismo, no un guardia y un monstruo, sino dos criaturas que se dirigían a un lugar al que no querían ir.

Victor llamó dos veces a la puerta del director y la abrió cuando escuchó: «Adelante».

Esta vez el director estaba apoyado en su escritorio, reloj en mano. Sonrió cuando se encontró con los ojos de Victor. «Gracias, Sr. Todd. Justo a tiempo».

«Por supuesto, señor», dijo Victor.

«Está destinado a grandes cosas, Sr. Todd», dijo el director. «Puede marcharse ahora».

Victor asintió una vez. Se detuvo un instante con los ojos en Tobias, la boca apretada en algo difícil de definir, no lástima, pero al menos reconocimiento de que no quería estar en el lugar de Tobias. Luego se fue por el pasillo.

El director se levantó de su posición en el escritorio y se dirigió a una puerta que Tobias no había visto antes en el lado más alejado de las estanterías. «89UI, ven conmigo».

Tobias siguió al director a la sala de interrogatorios. Suelo de hormigón desnudo, luces duras y brillantes y cerrojos colocados en las paredes a varias alturas para asegurar a los monstruos. Había tres o cuatro sillas destartaladas, una mesita cubierta con una sábana blanca, un grifo de agua y una manguera junto a la pared más cercana a la puerta y un desagüe en medio del piso. Dos cámaras estaban fijadas en esquinas opuestas y un gancho colgaba del techo.

El director señaló hacia una silla en la esquina. «Desnúdate y ponte esa ropa interior. No tengo ningún deseo de ver tus genitales, pero la piel es una necesidad».

Tobias se acercó lentamente a la silla y se desnudó. Dobló con cuidado todo lo que se había quitado, se metió en los ajustados pantalones cortos blancos y luego se dio la vuelta.

«En mi opinión», dijo el director, «solo hay una razón para tener un monstruo cerca, y es si es confiable y obediente. Ese es mi objetivo aquí, en lo que vamos a trabajar cada semana, para ver si puedo convertirte en un monstruo confiable. ¿Lo entiendes?».

«Sí, señor».

El director sonrió. «Realmente no creo que lo hagas. No todavía. Ven aquí».

Tobias caminó hacia donde le indicó el director, debajo del gancho.

El hombre tomó un par de puños anchos y acolchados de cuero de la mesa y los colocó sobre las muñecas de Tobias frente a él. El chico se quedó sin aliento, pero antes de que pudiera reaccionar, el director se subió a un taburete y tiró de los brazos del joven hasta que pudo deslizar la cadena entre los puños alrededor del gancho.

Cuando dio un paso atrás, pateando el taburete, Tobias quedó atrapado, estirado en toda su altura con los brazos extendidos. Tenía que permanecer de puntillas o su peso caería sobre sus hombros.

El director lo miró una vez más, luego se movió para acercar la pequeña mesa a la línea de visión de Tobias. A diferencia de algunos de los cazadores y guardias en la experiencia de Tobias, no añadió dramatismo cuando retiró y dobló la sábana, revelando las herramientas de interrogatorio. Cuchillos, astas, látigos, trituradoras: no la variedad más amplia que Tobias había visto nunca, pero todas las herramientas brillaban, pulidas y limpias, a la implacable luz de la sala de interrogatorios.

Llamaron a la puerta y Tobias se sacudió involuntariamente, el movimiento lo balanceó ligeramente y tiró de sus brazos. Ya estaba sintiendo el dolor.

«¡Adelante!», contestó el director.

La puerta se abrió y Triturador entró. Lo primero que vio fue a Tobias, y este pudo ver el parpadeo de locura en sus ojos. Cuando el guardia se lamió los labios, Tobias no pudo evitar hacer un pequeño sonido.

«Buenas noches, Sr. Sloan». El director se acercó a Tobias y apoyó una mano en su hombro. «Señor Sloan se ha ofrecido tan amablemente a ayudarme. Quiere que tú también seas un monstruo bueno y *obediente*, ¿no es así, señor Sloan?».

El guardia frunció el ceño. «Llámeme Triturador».

Distraído momentáneamente de trazar las cicatrices en la espalda y la cadera de Tobias, el director miró hacia arriba. «No», dijo. Sus uñas se clavaron en los moretones que había dejado en la cadera de Tobias el día anterior, y Tobias jadeó y se sacudió contra las cadenas.

Triturador hizo un ruido involuntario, y Tobias, tan cerca que podía contar las arrugas en la frente del director, vio el breve destello de una sonrisa antes de que la mano del hombre alcanzara las marcas de uñas en carne viva en la parte interna del muslo y las apretara. Tobias se retorció con más fuerza, y Triturador jadeó como lo hizo cuando Tobias supo que estaba a punto de caer de rodillas. Pero no lo estaba, porque era el director que lo había atado hoy, y era quien lo estaba lastimando ahora.

«¿Es eso un problema, Sr. Sloan, que yo use su propio nombre, brindándole el respeto que merece como un ser humano real y un guardia en FREACS? ¿O quiere irse y revolcarse con los otros monstruos?».

Triturador no respondió por un segundo. Tobias podía escuchar su respiración, y casi coincidía con la suya en cuanto a irregularidad, pánico. Luego, la mano del director se sacudió, Tobias se atragantó y Triturador respiró desesperadamente. «No», dijo.

La voz del director chasqueó como un látigo. «¡Muéstreme un poco de respeto! No, ¿qué?».

«No, señor».

El director provocó otro ruido de Tobias, y luego suavizó su voz. «Quiere ser útil, ¿no? Ayúdeme a hacer de este pequeño pedazo de mierda un monstruo obediente y útil, ¿no es así, Sr. Sloan?».

«Sí», Triturador jadeó. «Dios, sí. Joder, sí, permítame...».

El director deslizó los dedos por debajo del cuello de Tobias y lo atrajo hacia sí, lo apartó y lo hizo tambalearse. «Use las palabras apropiadas, Sr. Sloan».

Triturador respiró entrecortadamente. «Sí, señor, quiero eso. Director Dixon, señor».

El director sonrió de nuevo, para que solo Tobias pudiera verlo, y caminó hacia la mesa con sus instrumentos. Le pasó una picana eléctrica a Triturador. «Cuando yo le diga, Sr. Sloan», dijo, y luego recogió una fusta antes de volverse hacia Tobias.

«Veamos qué es lo que sabes», dijo el director, balanceando la fusta en su mano casualmente. La levantó y la apoyó bajo el rostro de Tobias, debajo del cuello. «Tengo una pregunta para ti, 89UI6703. ¿Qué eres tú?».

Tobias había sido llamado de mil cosas, le habían dicho que

era un montón de cosas sucias, pero él había tratado de olvidarlas, intentando bloquearlas de su mente. Ahora, entre la fusta y la picana eléctrica, arrastró los nombres y las maldiciones. Eventualmente encontró que era más fácil recordarlos.

«Basta», dijo por fin el director, cuando Tobias se había quedado ciego, tartamudeando incomprensiblemente por el dolor y el miedo, con los hombros ardiendo por los tirones de la cadena, las muñecas convertidas en un enorme hematoma por sostener su peso cuando sus piernas cedieron. El director, con aspecto satisfecho, como si un proyecto acabara de mostrarse prometedor, dio un paso atrás hacia la pequeña mesa con sus instrumentos y comenzó a limpiar con cuidado la cabeza de la fusta.

«¿Ve lo bien que responde?», dijo en tono de conversación, a pesar de que Triturador parecía demasiado absorto en la forma en que el cuerpo de Tobias se estremecía para prestar atención. «¿Qué tan minucioso y creativo puede ser? Muestra un nivel decente de inteligencia y observación, pero realmente no dice casi nada sobre el verdadero nivel de comprensión del fenómeno. Incluso un animal moderadamente entrenado puede producir respuestas mecánicas para evitar el dolor. Mi objetivo, *nuestro* objetivo, es infundir creencia y comprensión donde antes solo había memorización. ¿Me entiende, señor Sloan?».

Triturador fijó su atención en el rostro del director, claramente luchando por recordar la pregunta. «Él no puede simplemente decir las palabras. Tiene que decirlas en serio».

La boca del director se curvó en una pequeña sonrisa. «Exactamente. Muy bien, señor Sloan».

Tobias no pudo hacer nada, más que aguantar colgado y sollozar. En comparación con los interrogatorios que había tenido en el pasado, el dolor había sido relativamente leve. Incluso en comparación con una paliza dura, el daño era mínimo.

Pero fue peor, mucho peor, porque Tobias no había

podido irse. Tenía que quedarse allí, pensando, buscando en su mente cada cosa degradante que alguna vez le habían llamado, todo lo que le habían dicho que era un monstruo. Podría haberse rendido, permanecer en silencio, retirarse, pero la diferencia de dolor entre la fusta y la picana era tan grande que *no podía*. No podía retirarse cuando había una manera, *cualquier forma* en que el dolor pudiera ser menor.

Por lo general, después de un tiempo, a los guardias y cazadores no les importaba un bledo lo que estaba diciendo. Nunca tenían más que un puñado de preguntas para él, preguntas para las que nunca tenía una respuesta, y cuando degeneró en sonidos sin sentido y súplicas, era lo que realmente habían querido desde el principio.

La primera vez que un "No, *por favor*" salió de sus labios, el director hizo una pausa, lo agarró por el cuello y tiró de él hasta que sus pies dejaron el suelo. Tobias notó distraídamente, mientras jadeaba por la presión en su cuello, que el brazo del director ni siquiera temblaba por soportar su peso.

«¿Te di permiso para rogar?», preguntó.

«N... n... no, señor».

«Es lo que pensé». El director lo apartó y miró a Triturador. «Dos veces. Espaciados. Choques largos».

Después de eso, Tobias trató desesperadamente de no suplicar, de seguir respondiendo a la única y horrible pregunta del director, pero la súplica se le había enseñado durante tanto tiempo que no podía evitar que, *por favor, no* y *no, Dios* se le escapara. Y cada vez que el director asentía con la cabeza, Triturador le clavaba la picana en la piel.

La primera vez que había dicho *Dios*, no estaba seguro de creer en ningún tipo de dios, era solo una palabra que los monstruos usaban cuando tenían dolor, aunque sabía algo de la teoría religiosa debido a sus lecturas, el director lo había azotado fuerte, tres o cuatro veces, luego lo arrastró de nuevo.

«Dios no existe», dijo. «Y nunca escucha a los monstruos». Luego le dio el visto bueno a Triturador.

Ahora, incluso cuando parecía potencialmente terminado, Tobias no podía esperar nada. Una y otra vez, el director hacía cosas que Tobias no esperaba, y cada vez había dolor al final.

Mientras el Director limpiaba la fusta, Triturador sonrió con maldad y cambió la picana de mano en mano, apretando el botón para enviar descargas eléctricas entre los puntos. Cuando se acercó, Tobias trató de prepararse de nuevo para los voltios.

«Tal vez debería someterse a su examen físico anual con anticipación, Sr. Sloan». Por primera vez esa noche, la voz del director tenía un toque de ira.

Triturador vaciló. «¿Señor?».

«O tal vez sea su atención y no su oído lo que falta». El director colocó la fusta con precisión sobre la mesita, llamando la atención sobre todos los instrumentos que no había usado. «El castigo termina cuando yo digo y comienza también cuando yo digo. Si tiene algún problema con eso, Sr. Sloan, estoy seguro de que puedo encontrar a otra persona», su tono decía *algo* como «capaz de desempeñar sus funciones».

El director sostuvo la mirada del guardia durante un largo minuto, y Triturador miró hacia abajo primero. «No . . . señor. Sí, señor».

«Bien». El director miró la picana en la mano de Triturador. «Puede limpiar eso y ponerlo en el cargador. Está en la sala de recursos de la Administración».

Después de una última mirada hambrienta al cuerpo suspendido de Tobias, Triturador se retiró.

El director sonrió cuando salió de la habitación. «Buen chico», murmuró. Luego caminó hacia Tobias y pateó el taburete hacia sus pies. «Párate en eso. Suelta tus manos».

Observó sin expresión mientras Tobias luchaba por mover sus doloridos pies y sus brazos, entumecidos hasta que los movió, y luego comenzó a arder tanto que jadeaba por el dolor.

Le tomó tres intentos antes de que pudiera coordinar para sacar sus manos atadas del gancho.

Tobias se derrumbó en el taburete y se deslizó hasta el suelo. El director ni se movió para atraparlo ni para evitar su caída. Miró a Tobias, considerando algo que el chico no estaba seguro acerca de él. Después de que Tobias recuperara el aliento, el director inclinó la cabeza hacia la esquina. «Vuelve a ponerte la ropa».

Tobias tropezó y se puso la ropa. Le temblaban las manos cuando se quitó la camisa por la cabeza, y sabía que volvería a ser una agonía la próxima vez que se la quitara. Durante la noche, las marcas de los latigazos formaban costras en la tela y volvían a rasgar las heridas a medio curar cuando se quitaba la camisa.

Era como si el director pudiera leer sus pensamientos. Pero solo los monstruos podían hacer eso. «Te ducharás después de cada sesión», dijo. «No uses las duchas en Administración. Son exclusivamente para humanos, así que mientras no estés sangrando por todo el piso, espero que uses las instalaciones reservadas para monstruos. ¿Tienes preguntas?».

Tobias vaciló, con una pierna metida en el pantalón. El director no le había dicho que se quitara la ropa interior ajustada, así que no lo hizo.

La expresión del hombre se endureció. «89UI, aunque generalmente esperaré que obedezcas, responde y sométete sin preguntas, quejas o ruido excesivo; cuando te dé la oportunidad de hacer preguntas, es porque no me repetiré y espero un cumplimiento perfecto a mis expectativas. Ya sea que *conozcas* o no esas expectativas, en este caso, depende completamente de ti. Si bien, considero que estas son las primeras etapas del entrenamiento y, por lo tanto, tus errores serán castigados con más indulgencia de lo que permitiría de otro modo, eso no significa que pueda esperar que atienda tu extraña inconsistencia, debilidad, engaño y astucia maliciosa. No tengo intención de poner en peligro a mi especie por ignorar un solo error. Permitirte preguntar, incluso, cuándo debo dejarte fallar y luego ser castigado, es una bondad. Si eres demasiado perezoso y estúpido para hacer uso de mi bondad, dejarás de merecerla.

Tobias respiró entrecortadamente. «Señor, las duchas suelen estar cerradas después de la cena. ¿C...cómo puedo tener acceso?».

«Ya les he informado a los guardias que se te permitirá ducharte. Luego, las instalaciones se limpiarán por la noche, posiblemente por ti, y luego se cerrarán». El director se detuvo y esperó.

Tobias se humedeció los labios y luego ahogó la pregunta. «¿Y si estoy sangrando en el piso, señor?».

«Hazme *preguntas claras*, 89UI. No seas estúpido y descuidado».

«S... s... señor, ¿cómo me du... ducho si no puedo caminar o fu... funcionar debido a una pérdida de sangre o lesión?».

Una pequeña sonrisa. «Haré que te limpien».

La puerta se abrió y Triturador volvió a entrar en la habitación. Tobias se subió los pantalones apresuradamente y se puso de pie, temblando, con la mirada baja.

«Ah, bien. ¿Confío en que todo su equipo está debidamente guardado?», preguntó el director.

Triturador miró a Tobias y se mostró asqueado. Todavía seguía duro, visiblemente rígido contra sus pantalones, aunque Tobias casi esperaba que se masturbara mientras estaba fuera de la vista del director. Pero todo lo que dijo fue, «Sí, señor».

«Bien», dijo el director. «89UI6703, te reportarás ante mí todos los miércoles a las 6:30 p. m. de aquí en adelante. El personal de administración sabe que se te espera a esa hora y no te detendrán, aunque si intentas abusar de ese privilegio al ingresar al edificio sin permiso en otros momentos, te romperé las manos. Espero puntualidad y sin falta. No creo que necesite perder el tiempo de un guardia asegurándome de que llegues.

Si te adelantas más de cinco minutos, haré que te golpeen. No llegues tarde. También espero que te duches antes. ¿Tienes alguna pregunta?».

«Qué … ¿qué sucede, señor, si llego ta... tarde?».

El director frunció el ceño. «Me doy cuenta de que, como pedazo de mierda desagradecido, te resulta difícil apreciar lo que estoy haciendo por ti, pero si pierdes un segundo de mi tiempo, lo tomaré como una indicación de que eres una causa aún más perdida de lo que ya sé que eres. No me decepciones».

Tobias hizo un pequeño ruido, Triturador se movió incómodo y el director sonrió por un segundo. Luego se volvió hacia el guardia. «Señor Sloan, como usted ha solicitado este deber, naturalmente puede llegar al mismo tiempo o antes que el monstruo. Le pediría que, si no puede venir o va a llegar tarde, me informe lo antes posible».

«Sí, señor», Triturador asintió. «Y gracias, señor, por esta… oportunidad, señor, y … por el honor».

La boca del director se torció. «Es bueno trabajar con un hombre de su entusiasmo y experiencia. Si quiere, puede acompañar al fenómeno a las duchas».

Los ojos de Triturador se iluminaron. «Gracias, señor. ¡Fenómeno! ¡Ven!».

Tobias siguió a Triturador fuera de la habitación, y cuando el guardia lo empujó de rodillas en las duchas, fue casi un alivio, tanto por no tener que temblar como por saber lo que debía hacer, exactamente lo que se esperaba, y lo que le haría daño.

Cuando finalmente pudo entrar tropezando a la barraca, con la ropa limpia, su espalda y el pecho aún seguían en carne viva, y apenas pudo escuchar a los otros monstruos mientras lo maldecían. Cayó en su litera y se acurrucó con fuerza, todavía temblando.

Por lo general, antes de quedarse dormido, pensaba en Jake. A menudo no era seguro pensar en él en ningún otro momento del día. Pero cuando era capaz de reprimir cada cosa repugnante que había hecho y que le habían hecho a él y solo pensar en la sonrisa de Jake, en el toque de su mano, eso lo hacía seguir adelante. Algunas noches pensaba, *Tal vez venga. Tal vez venga la próxima semana*, y probablemente era algo que no merecía pensar, algo que no merecía esperar, pero sin eso, no tenía razón para seguir adelante. Y tenía que seguir, porque sabía que cualquier otra cosa decepcionaría a Jake.

Incluso después de que Leon Hawthorne le dijera que Jake nunca volvería (*vas a hacer que lo maten*), Tobias se aferró a la esperanza de que Jake aún vendría por él. Porque había dicho que lo haría, y Tobias había visto que Jake era tan valiente, tan fuerte, que incluso se enfrentaría a su padre.

Había pasado más de un mes desde su última visita, y Tobias todavía tenía esperanzas. Pero esta noche, acurrucándose de la única manera que podía para evitar sus heridas abiertas, Tobias cerró los ojos y supo que no podía pensar en Jake. Cada vez que respiraba sentía el dolor de la fusta y recordaba lo que había sido.

Monstruo, puta, zorra, inmundicia, bicho asqueroso.

Jake no debería volver. Jake debería mantenerse lo más lejos posible del Campamento Freak y de Tobias, porque Tobias no valía nada, era algo peor que inútil, y si Jake viniera a él, estaría contaminado con la misma seguridad, sería presa de algo y eso sería culpa de Tobias, todo sería culpa de Tobias, porque ese era el tipo de monstruo que era.

Tobias lo sabía. Lo había golpeado en su piel de monstruo sin valor, esta noche y las noches anteriores, pero todavía quería a Jake de vuelta. En algún lugar de su corazón de monstruo malo, deseaba tanto a Jake que, si Triturador o cualquier otra persona decía que podía hacerlo realidad, Tobias se inclinaría, Tobias rogaría. Tenía la esperanza de que la promesa se hiciera realidad, la esperanza de que Jake volviera, aunque solo fuera el tiempo suficiente para mirarlo con disgusto, para meterle una bala en la cabeza, aunque una muerte rápida era demasiado para esperar cuando Tobias se había jodido tanto.

Tobias quería a Jake y Tobias era un monstruo malvado, una puta sin valor, y no podía evitar lastimar las cosas que quería. Así que trató de no pensar en Jake, ya que no iba a volver, además de que nunca debería saber lo sucio y repugnante que era Tobias.

Pensar en Jake ya no era seguro. Simplemente le recordaba a Tobias lo monstruoso que realmente era su situación.

LAS LUCES HABÍAN estado apagadas durante un par de horas cuando la puerta se abrió. Varios monstruos saltaron en sus literas, incluida Kayla, pero solo Tobias salió tambaleándose. Kayla exhaló silenciosamente contra su manta. Había visto a Victor sacar a Tobias del comedor y había oído hablar del director. Este casi nunca solicitaba personalmente a un monstruo, y era aún más raro que después salieran de Administración.

Sin embargo, Tobias no parecía estar de una sola pieza. Tenía todas sus extremidades, y su rostro no había sido golpeado, pero faltaba algo que lo convertía en Tobias. Se detuvo un momento con la mano en el marco de la puerta antes de avanzar arrastrando los pies. No dio más que un par de pasos antes de tropezar con una de las literas y casi caer sobre un monstruo.

Varios monstruos gruñeron. El monstruo en la litera salió disparado y Tobias lo tomó, balanceándose hacia atrás peligrosamente, y luego más monstruos gruñeron por todo el lugar, sonidos feroces sin palabras con un significado claro: *cállate y no molestes.* Todos habían sido azotados hace dos meses por altercados nocturnos, y nadie quería que se repitiera, o que los guardias decidieran que merecían algo más duro.

Tobias los ignoró cuando normalmente les hubiera respondido con un gruñido. Parecía que necesitaba hasta el último gramo de fuerza de su cuerpo para mantenerse erguido. Su respiración dificultosa era audible incluso para Kayla al otro lado de la habitación. Se tambaleó hacia su litera, más de una vez parecía que iba a desplomarse en el pasillo, pero lo logró antes de que se le doblaran las rodillas.

Las manos de Kayla se soltaron del borde de la manta y se dio la vuelta para mirar hacia el otro lado. Tobias había vuelto a su propia litera. Por supuesto que estaba bien. Maltratado, claro, pero estaba acostumbrado a eso, más que cualquier otro monstruo que aún estuviera alrededor. Estaría bien por la mañana.

Pero Tobias no se levantó por la mañana.

El timbre sonó en el rincón, convocándolos al exterior para pasar lista. Los monstruos salieron rodando de sus literas murmurando maldiciones, empujándose unos a otros sin vehemencia. Nadie tenía energía para esa primera cosa en la mañana cuando una pelea no ayudaría al suministro de mantas o comida de un monstruo.

Kayla ya había gruñido en su camino hacia la fila cuando miró hacia atrás y vio un cuerpo inmóvil todavía en su litera. Estaba a punto de encogerse de hombros y alejarse, pensando en el *desafortunado bastardo*, cuando se dio cuenta de que era Tobias.

Se salió de la fila y mantuvo la cabeza gacha mientras los otros monstruos salían. Nadie la miraba. Probablemente pensaban que iba a tratar de hacer rodar al monstruo inconsciente, y no pensaron que llegar tarde a la llamada de asistencia valdría la pena por la comida o las baratijas que la víctima podría haber escondido. Ella habría pensado lo mismo si no hubiera sido Tobias.

Una vez que el último monstruo de la fila salió, se agachó

ante la litera de Tobias. Tenía los ojos cerrados y no se había movido en absoluto.

Muy lentamente, Kayla llevó sus dedos debajo de las fosas nasales de Tobias, lo suficientemente cerca como para sentir las pequeñas bocanadas de aire cálido en sus nudillos. Todavía vivo, entonces.

Le dio un fuerte golpe en el hombro.

Los ojos de Tobias se abrieron y se movieron sobre su rostro, pero sin reconocimiento ni enfoque. Ni siquiera se movió. Su rostro estaba en blanco, más vacío de lo que jamás había visto, incluso cuando Triturador lo tenía inmovilizado.

Así que finalmente había sido jodido. Por el director, nada menos. Kayla se preguntó si eso era algo así como ser follada por Triturador. Ella nunca había visto al director, pero había escuchado lo suficiente, y nunca había creído que tuviera una restricción particular con los monstruos.

Hawthorne esperó demasiado, pensó para sí misma con el disgusto que sentía por los cazadores, así como algo de la ira ardiente que sentía hacia los guardias. Siempre había odiado a Hawthorne por esto, había jodido a Tobias en todos los sentidos excepto en el que se suponía que debía hacerlo. Había roto todas las reglas de Tobias, incluso las que Tobias le había enseñado. Había hecho que Tobias esperara algo que nunca obtendría. Y menos ahora.

Observó el rostro de Tobias durante un poco más de tiempo, pero nunca cambió, nunca mostró ninguna conciencia de ella. No podía hacer que se levantara, y no tenía ningún sentido si él no lo hacía por sí mismo. La supervivencia en el Campamento Freak tenía que ver con la fuerza de voluntad, y la suerte, y hasta hoy habría dicho que Tobias tenía la voluntad más fuerte de todos los que estaban allí. Tal vez todavía la tenía. Tal vez su suerte se acababa de agotar.

Fue a la llamada de asistencia y al desayuno, y después,

cuando se coló en la barraca con la mitad de un panecillo pequeño y seco, Tobias seguía sin moverse.

Kayla dejó caer el rollo en su catre, frente a su cara. Los ojos de Tobias se abrieron y luego se posaron en su rostro. Acababa de empezar a preguntarse si él ya la reconocía, cuando su expresión se torció como si alguien le estuviera clavando un hierro candente en la espalda. La mueca de agonía permaneció fija durante casi un minuto, los músculos de su espalda se tensaron y se arquearon, y luego la miró de nuevo. Sus ojos estaban desesperanzados, tristes, resignados, pero el nudo en el pecho de Kayla se alivió, porque esto le resultaba familiar. Así fue como ella lo conoció.

Tobias se incorporó, tambaleándose hasta que se apoyó en el borde de la litera. «No deberías haberlo hecho». Asintió al rollo. Su voz era ronca, un poco irregular por los gritos y el abuso, pero eso tampoco era desconocido.

Ella se encogió de hombros, inquieta. «Me lo comeré, no lo quieres».

Lo pensó. Lo pensó mucho más de lo que debería, ya que le había dado comida extra más de una vez, y ella sabía que él tampoco había comido mucho en la cena la noche anterior. Esperó el tiempo suficiente para que se le retorciera el estómago y para que ella pensara en empujarlo por la garganta para que él se quedara allí y no fuera a donde fuera en su cabeza cuando no quería sentir nada en absoluto. Era el mismo lugar en el que había aprendido a confiar, y por lo bien que cada uno de ellos lo sabía, nunca podrían estar allí juntos.

Luego tomó el rollo y se lo comió en dos bocados rápidos. Se puso de pie y salió cojeando del cuartel sin decir una palabra más.

Contó hasta veinte para que no los vieran juntos y lo siguió.

12

CAPÍTULO DOCE

JUNIO 2000

Las sesiones con el director se convirtieron rápidamente en una de las partes más predecibles y menos seguras de la vida de Tobias.

Todos los miércoles entraba en la oficina del director y se enfrentaba a la mirada fría y reflexiva del hombre. Todos los miércoles trabajaban para convertirlo en un monstruo *obediente*. Los errores siempre se castigaban y Tobias siempre fallaba.

Pero ahí era donde terminaba la previsibilidad. Las sesiones podían adoptar cualquier forma, desde castigos por sus errores hasta recitaciones de conocimientos de caza y cómo incapacitar a otros monstruos, hasta Tobias sentado, absolutamente silencioso, absolutamente quieto, en un rincón de la oficina mientras el director leía informes o firmaba documentos en su escritorio. Ni siquiera el dolor era constante, aunque los azotes y las palizas eran comunes. A veces el director lo castigaba solo porque era un monstruo y eso era lo que se merecía.

En última instancia, lo único en lo que Tobias podía confiar era que las sesiones se realizarían los miércoles y que no podría confiar en nada. El comportamiento que había sido elogiado o ignorado un día podría hacer que otro día lo colgaran en la sala de interrogatorios. Algunos miércoles no pasaba nada realmente malo, y esos lo dejaban igual de conmocionado, igual de aterrorizado.

Solo el director era constante. Se había interesado personalmente, y se esforzaba mucho en reafirmar lo agradecido que Tobias debería estar de que un hombre ocupado, el mismísimo director de la ACS, un verdadero ser humano, estuviera interesado en su educación. Siempre estaba ahí, explicando por qué Tobias había fallado esta semana; escuchando, fusta en mano, mientras Tobias se abría paso a tientas a través de un exorcismo desconocido en latín; llenando formularios en silencio mientras Tobias mantenía sus ojos en la alfombra estando atento cada segundo a las manos del director.

Tobias estaba convencido por completo de que el director lo sabía todo. Sabía lo que comía Tobias, a quién había mamado durante la semana y lo bien que dormía. Sabía cuándo Triturador hacía una mueca a sus espaldas, y sabía si Tobias respiraba mal en su presencia.

Parte de eso, por supuesto, eran las cámaras colocadas por todas partes en la oficina del director, escondidas detrás de superficies reflectantes y en los paneles de madera oscura. Pero parte de eso era quién era el director.

Después de dos meses de entrenamiento, el director comenzó a asignar a Tobias la tarea de servirle la cena siempre que se quedaba a dormir en el campamento en un día que no fuera miércoles.

«Deberías estar agradecido de que te esté dando la oportunidad de ser instruido fuera de las sesiones habituales», le dijo a Tobias. «Quizás con estas horas adicionales, aprenderás más rápido cómo dejar de ser un monstruo inútil».

Tobias estaba agradecido por el tiempo extra con el director. Estaba agradecido por cualquier cosa que detuviera el dolor.

Durante la segunda semana de cenas con el director, Tobias se arrodilló al costado de la larga mesa de conferencias, con el rostro inclinado hacia los pies del director mientras sus ojos buscaban cualquier señal o indicación. El hombre se sentó en la cabecera de la mesa comiendo desordenadamente, con un segundo lugar vacío a su lado.

Tobias había aprendido desde el principio que él no sería el que estuviera sentado en ese segundo lugar. No es que realmente hubiera esperado comer con el *director*, pero la primera vez que hizo incluso movimientos tentativos hacia la segunda silla, Karl lo tiró al suelo y lo golpeó hasta que no quedó ni un centímetro de su espalda que no quedara negro y azul al día siguiente.

Esa primera cena había sido casi tan mala como una sesión de miércoles. Pero después de saber lo que se esperaba, por una vez fue posible la perfección que exigía el director. Mientras permaneciera arrodillado en silencio, respondiera instantáneamente a la menor indicación de una orden, mantuviera lleno el vaso de agua del señor, en general estaría a salvo.

No habría estado nada mal, excepto por el hambre. Habían vuelto a poner el campamento a la mitad de las raciones, algo relacionado con el comportamiento negativo. Dos pedazos de pan duro como una roca y un tazón de sopa aguada durante los últimos dos días lo dejaron sintiéndose vacío y débil, como si su cuerpo estuviera consumiendo todo dentro de él.

Lo peor de todo era cuando el director terminaba su comida, siendo un hombre minuciosamente deliberado y preciso, comía como un monstruo, sobras por todas partes, trozos de comida esparcidos por la servilleta que metía meticulosamente en la parte superior de su camisa, y tiraba todo lo que quedaba en la bolsa de basura que Tobias le traía. Cada vez, Tobias trataba de no estremecerse al ver desaparecer en una bolsa de plástico negra pedazos de carne, papas y vegetales jugosos y prístinos que no podía nombrar, pero que perfumaban el aire con sabores que apenas podía imaginar.

Esta noche el Director lo miró entre bocado y bocado. Hizo que la boca de Tobias se secara de miedo, pero no se movió.

«¿Hambriento?», preguntó el director.

Tobias se congeló. No había una buena respuesta para eso. Pero eso no significaba que pudiera mentir. El director lo sabría. «Sí, señor».

El hombre sonrió, y otro trozo de carne cayó de su tenedor sobre la mesa al lado de su plato. «Las sobras de la cena de los niños», murmuró. Luego, deliberadamente, sacudió la carne de la mesa y la tiró al suelo. «Si tienes hambre, come».

Con cautela, sintiendo el truco, pero sin saber cómo evitarlo, Tobias se inclinó hacia adelante. No debería estar haciendo esto, lo sabía, pero *no* podía mirar ese fragmento, escuchar la invitación e ignorarlo.

Cuando sus dedos estuvieron sobre la carne, el director le dio una patada en la cabeza.

Tobias se cayó, fingiendo que había sido golpeado más fuerte de lo que había sido, a pesar de que el hombre probablemente sabía hasta la última gota de presión lo fuerte que realmente había pateado. Tobias se acurrucó para protegerse la cabeza y siguió mirando al director, esperando el siguiente golpe, pero el señor no parecía enojado. «Cómelo bien», dijo, «por lo que eres».

De inmediato Tobias comprendió lo que quería decir. Una parte profunda dentro de él estaba aterrorizada por lo fácil que era entenderlo. Pero esa no era la parte de él que lo mantenía con vida. *Es verdad, lo eres*, pensó. *Solo hazlo*.

Volvió a ponerse de rodillas, se inclinó hacia delante y recogió la carne del suelo con los dientes. Cuando levantó la vista, el director estaba sonriendo. Empujó deliberadamente otra pieza de comida fuera de la mesa.

«Buen chico», dijo. «Chico inteligente».

Ese miércoles, el director hizo que Triturador castigara a Tobias porque no le había dado las gracias por la comida.

Las sesiones del Director generalmente duraban dos horas, pero ni siquiera eso era seguro. Una sesión solo tomaba el tiempo suficiente para que Tobias recitara un exorcismo en latín. Sabía que lo había hecho bien porque el demonio encadenado en la sala de interrogatorios del director se retorcía, saliendo de la boca de su anfitrión y desapareciendo por el desagüe, mientras que otra sesión se había prolongado más allá de la medianoche, y Triturador lo había lavado con manguera en la sala de interrogatorios en lugar de que Tobias intentara llegar a las duchas.

Todos los miércoles, Tobias aprendió cómo no había cumplido con las expectativas del director, estudiaba cómo podían trabajar juntos para hacer de Tobias un monstruo menos inútil y qué castigos lograrían mejor ese objetivo. A veces, las lecciones venían antes del dolor, a veces después, a veces durante, y las lecciones iban desde el conocimiento general de las vulnerabilidades sobrenaturales hasta el trabajo con cuchillos.

Tobias absorbió las lecciones rápidamente. Su memoria siempre había sido buena, y ahora era una habilidad de supervivencia. No podía dudar, no podía distraerse. Tenía que interpretar correctamente cada una de las indicaciones que le daba el director y realizar la tarea rápidamente y sin errores, o recibiría uno de los castigos, que eran diferentes a cualquier interrogatorio que hubiera soportado antes.

Si Tobias tenía suerte, el director le daría las instrucciones, paso a paso, y le dejaría hacer preguntas. Otras veces, simplemente le decía a Tobias que repitiera lo que había hecho hace tres miércoles. Se castigaban los errores o las vacilaciones. Una vez, durante exactamente diez segundos, le mostró una imagen de un sigilo, luego le dijo que lo reprodujera con tiza en el suelo. Observó a Tobias rebuscar en los detalles, luego le pidió que repitiera cada pieza hasta que lo hizo bien, esta vez mientras Triturador le aplicaba brasas ardiendo en la parte posterior de las pantorrillas.

La semana siguiente, Tobias lo dibujó perfectamente la primera vez. Luego le dieron otra tarea.

Después de tres meses de miércoles, cuando Tobias entró después de escuchar el brusco "Entra" del director, vio a otro hombre sentado en la mesa frente al director. El hombre tenía una cerveza y los restos de una buena comida frente a él. Tobias sintió que se le revolvía un poco el estómago, pero el desayuno había sido comestible, y pronto no querría nada en el estómago de todos modos, mientras el director bebía su te helado.

Tobias se acercó a su posición habitual al lado de la puerta. No sabía si se trataba de una prueba o si su sesión se retrasaría, pero era mejor comportarse como si fuera una prueba. Si aún no lo era, el director podría hacerlo en cualquier momento.

El director podría beber alcohol cuando estaba en casa, pero Tobias nunca lo vio beber nada más que té o agua. El hombre creía que absorber cualquier tipo de influencia mientras trabajaba con monstruos equivalía a caminar desnudo, acostarse boca arriba y descubrir su cuello. Si un guardia fallaba una prueba de alcoholemia al comienzo de su turno, era inmediatamente despedido.

El invitado de la mesa miró a Tobias y resopló. Era un hombre corpulento, con un traje impecable, y su reloj y anillos resplandecían en oro. «¿Así que este es el monstruo? ¿Tan bien entrenado que podrías chasquear tus dedos y él haría lo que quisieras?».

El director sonrió. Tobias vio la expresión en su visión periférica, pero mantuvo sus ojos en las manos del director. Como le había explicado anteriormente, a menudo estaba demasiado ocupado para perder el tiempo hablando con basura como Tobias cuando un gesto podía ser suficiente. Tobias vio el tic de dos dedos, y se arrodilló con gracia.

El chico se había preguntado distante cómo el hombre tenía las pelotas para burlarse del director. Incluso los guardias que lo llamaban un mojigato abstemio tenían cuidado de decirlo a sus espaldas, tan a sus espaldas que ya ni siquiera lo decían frente a Tobias, por temor a que pudiera escapársele algo durante un interrogatorio en una conversación privada, pero ahora la cabeza del hombre se volvió hacia Tobias, y luego volvió a mirar al director.

«¿Le dijiste que hiciera eso?».

«Lo hice. Con algo de trabajo, 89UI6703 se ha vuelto confiable de varias maneras».

«Haz . . . haz que haga otra cosa».

Tobias vio el movimiento de *ven aquí*, pero no junto con la ligera elevación que significaría *levantarse primero*, así que se arrastró. Se arrastró sobre sus manos y rodillas y mantuvo la cabeza gacha hasta que estuvo a medio metro del director y luego se detuvo, sentándose sobre sus talones. Eso era lo más cerca que podía estar de un real, sin más permiso.

No miró la cara del extraño, pero pudo escuchar el asombro y algo más en su voz con sus siguientes palabras. Tobias dejó que sus ojos se movieran de lado a donde estaba Triturador, con una mano sosteniendo un látigo cortante, y la otra apretada a su costado. Triturador estaba, como era de esperar, duro, y tenía la familiar lujuria brutal en sus ojos.

Tal vez pueda sacarle un sándwich más tarde, pensó Tobias ociosamente, antes de volver a mirar la mano del director.

«¿Cómo haces eso? Cuando dijiste que estabas entrenando a los monstruos para que fueran útiles, pensé que estabas desquiciado o que nos estabas mintiendo, Jonah, pero eso. . . eso es algo. El perro de mi esposa no obedece así, y lo ha llevado a más escuelas que un estudiante de doctorado que haya abandonado sus estudios».

«Es un monstruo, senador», respondió secamente el director. «Por mucho que odie admitirlo, es un poco más inteligente que un perro. Uso gestos cuando no quiero molestarme en vocalizar instrucciones básicas. Por supuesto, este ha tomado el entrenamiento bastante mejor que la mayoría, pero solo arrodillarse y gatear no es tan impresionante. Puede hacer mucho más que eso, ¿verdad, señor Sloan?».

Triturador comenzó a prestar atención y asintió. «Sí, señor. El Monstruo Boni… bueno puede hacer muchas cosas, señor».

«Qué…». El senador dejó su cerveza. «¿Qué tipo de cosas?».

De todos los hombres en la sala, solo el director estaba completamente tranquilo, a gusto. Tobias no pudo evitar que su ritmo cardíaco se aceleraba. Dudaba que al senador le importara la historia de los wendigos en América del Norte.

El director reflexionó, con los ojos fijos en él, antes de pasar a Triturador, pasar a Tobias y luego volver al senador. «Según todos los informes, es bastante hábil con la boca. ¿Te gustaría verlo por ti mismo, senador?».

«Su . . . ¿boca? ¿Te refieres a…?». El senador se echó hacia atrás, limpiándose los dedos grasientos en la servilleta que tenía en el regazo.

«A eso mismo», dijo el director. «Señor Sloan puede comprobarlo».

«Sí», dijo Triturador. «Él es … sí. Yo … sí. Señor».

«¿Te interesaría, senador?». El director levantó la jarra y se sirvió otro vaso.

El hombre miró.

«Señor», dijo Triturador, dando un paso adelante. «Si el monstruo boni… si el bicho raro se lo está chupando, ¿puedo…?».

«No, señor Sloan». El tono del director hizo que Tobias se

estremeciera, agradecido de que no estuviera dirigido a él. «No, no puede».

«Pero, señor...».

El director giró en su silla para mirar directamente al guardia. «Se controlará y hará su trabajo, Sr. Sloan, o dejará esta habitación, ¿entendido?».

El guardia se retiró a la pared. «Sí, señor».

«Bien». El senador tosió. Tobias solo podía ver sus dedos moviéndose nerviosamente sobre sus rodillas. «Si me estás ofreciendo una..., una demostración, será mejor que la acepte yo mismo, solo para saber que no estás echando humo, o, ya sabes a lo que me refiero».

El director soltó una carcajada breve, entrecortada y sin humor. «Sí». Señaló con la cabeza a Tobias e hizo otro gesto.

Tobias hizo lo que le dijo. Fue más fácil de lo habitual, ya que el hombre nunca soltó su agarre mortal de los brazos de su silla y parecía que no podría hacer nada más que emitir gemidos y quejidos agudos.

Después, cuando Tobías se deslizó hacia atrás los 60 centímetros necesarios, el senador resopló: «Mierda».

«¿Supongo que se desempeñó bien?», El director dio un sorbo a su té.

«Él, uh, podrías decir eso».

«Puedes ayudarme, entonces, con tu opinión. ¿Se desempeñó lo suficientemente bien como para renunciar al castigo habitual por tocar a un humano real sin pedir permiso?».

Tobias se congeló, incapaz de respirar, de sentir algo debajo del latido en sus oídos. ¿Cómo había podido ser tan estúpido? Siempre había una prueba, siempre más bajo las órdenes del director, y él debería haberlo sabido mejor que asumir que estaría bien solo porque claramente no era el único al que el director estaba entrenando hoy.

Tocar a un real sin permiso ni órdenes explícitas, aun cuando le hubieran dicho que sí a la mamada, aun cuando claramente lo quisieran, o lo estuvieran tocando, equivalía a pegarle a un guardia. Los monstruos perdían extremidades o desaparecían de forma rutinaria en Investigación Especial incluso por insinuar que podrían defenderse.

Necesitó todo su autocontrol para no entrar en pánico, no arrojarse sobre su estómago y suplicar y disculparse, no correr y esperar que Triturador lo matara accidentalmente. Porque esto también era una prueba, y Triturador nunca lo mataría, nunca se saldría tanto de la línea, a menos que el director dijera que podía hacerlo.

Y suplicar no ayudaría. Nunca había servido de nada, a menos que eso fuera lo que el director le dijera que hiciera. Luego, a veces, si lo hacía lo suficientemente bien, si repetía suficientemente bien lo que el director le había dicho sobre lo inútil que era, sobre cuánto merecía el dolor, si creaba nuevas formas de decir que lo sentía, entonces el director detendría el dolor, porque Tobias habría entendido sus lecciones.

Pero tenía que entenderlo de verdad. No podía simplemente decir las palabras. El director sabría la diferencia.

«Él . . . ¿tenía que pedir permiso?», preguntó el senador.

«Por supuesto. Es solo un monstruo. Podrías haberlo hecho rogar por el privilegio, o decirle exactamente lo que debería hacer con su lengua».

El senador respiró hondo. «Quizás . . . ¿tal vez la próxima vez?».

El director sonrió. «Sí, la próxima vez. Todavía estoy esperando tu opinión sobre el castigo».

«Creo que fue lo suficientemente bueno esta vez. . . esta vez . . .».

«Solo esta vez», dijo el director suavemente. «Eso suena razonable. Pero un poco demasiado misericordioso. ¿Te importaría si modifico eso un poco y lo disciplino ligeramente?».

El senador soltó una risa temblorosa. «Bueno, tú eres el jefe aquí. Seguro que pareces saber lo que estás haciendo».

«Gracias». El director miró a Tobias. «Esta noche te quedarás de rodillas en un rincón, permanecerás en silencio a menos que te hable, como si estuvieras atado y amordazado. Si te mueves, si haces algún ruido, serás castigado y haré lo que sea necesario para educarte. ¿Lo entiendes?».

«Sí, señor».

El director asintió y se volvió hacia el senador.

«La próxima vez que quieras amenazar el presupuesto de la ACS, Senador, quiero que recuerdes dos cosas. Una...», señaló a Tobias, «... el buen trabajo que hacemos aquí, limitando, controlando y entrenando seres sobrenaturales para tareas útiles. Y dos...», señaló hacia el techo, «... que tengo un video con tu polla en la garganta de un monstruo».

Cada rincón del Campamento Freak tenía su propia cámara de video. Tobias sabía que las de las oficinas del director eran estrictamente privadas.

Hombre estúpido, incluso siendo un real, pensó mientras el senador miraba boquiabierto al director. *Defenderte, solo te hará daño.*

JAKE GIRÓ hacia el sur en Tucson, finalmente quitándose el sol de los ojos, aliviando el dolor sordo en su cabeza. Se suponía que debía salir de casa de Roger esa mañana, pero la noche anterior había ido a Las Cruces para, a falta de una mejor excusa, desahogarse. No había regresado hasta cerca del mediodía, y Roger lo había vuelto a regañar diciendo que no le sería útil a Tobias si destrozaba el auto y a sí mismo al costado de la carretera. Esa también era la razón por la que, hace unos días, Roger había encerrado su propio licor y confiscado la bolsa de caza de Jake, después de que el último intento desastroso de una cacería en solitario casi hizo que Jake fuera masticado por el cachorro de hombre lobo más pequeño que jamás había visto.

Jake sabía que Roger tenía razón. Estaba extremadamente jodido, y dos semanas en lo de Roger no lo habían ayudado mucho a encontrar el equilibrio. Nada de eso era culpa de Roger. Sabía cómo patearle el trasero a Jake mejor que nadie, bueno, no tan bien como... pero Jake no iba a ir allí.

Veinte minutos después, por la carretera, tomó la salida a Sahuarita. En una gasolinera, preguntó por la dirección de la Iglesia de Gracia y Fe. Se quedó unos minutos más frente a la sección de refrigeración, preguntándose cómo reaccionaría la cazadora Alejandra Rodríguez si él apareciera con un paquete de seis; luego se sacudió y se volvió hacia Eldorado.

Cuando se detuvo en el estacionamiento de la iglesia de un solo piso, ya había algunos autos estacionados. Tomó el lugar más cercano a la carretera y la salida, luego salió lentamente del auto, tomándose un momento extra para estirar y girar el cuello mientras estudiaba la iglesia. No parecía gran cosa con sus paredes de adobe manchadas por el sol, bordeadas de arbustos achaparrados.

Él y Leon nunca habían ido a la iglesia, excepto para acceder al agua bendita y otros equipos necesarios para acabar con cualquier trasero demoníaco que les estuviera dando problemas esa semana. Jake solo recordaba haber ido a un servicio dominical un par de veces cuando papá lo había dejado con una niñera cuyos nietos eran muy molestos y propensos a delatar.

Mientras miraba, se abrió una puerta lateral y apareció una mujer hispana en el umbral, indicándole que se acercara. «Tú debes ser Jake».

Hizo una mueca, luego asintió y lentamente cruzó el terreno de grava hacia la iglesia.

Alejandra era bajita y de complexión sólida, un poco más de metro y medio, su largo cabello negro estaba recogido en una suave cola de caballo. No usaba maquillaje, y era difícil saber su edad, aparte de las líneas de expresión que le surcaban las comisuras de los ojos.

«Llámame Álex». Ella le estrechó la mano, apretándola con fuerza y seguridad, luego abrió más la puerta para que él la siguiera al interior.

Lo llevó a un comedor con varias mesas redondas. Cruzando hacia otra puerta, llamó: «¿Qué puedo traerte de beber? ¿Té helado, café?»

«El café suena bien». Jake inspeccionó la habitación con sus sillas que no hacían juego y las paredes cubiertas con dibujos de la escuela dominical de los niños.

Regresó con una taza de café y un plato con azúcar y un envase de leche, y él negó a ambos con la cabeza. Ella levantó las cejas. «Está bien, pero es amargo como el pecado, para que lo sepas». Ella le hizo un gesto para que tomara asiento en una de las mesas redondas.

Jake tomó un gran trago y, gracias a sus años de entrenamiento intensivo como cazador, apenas evitó hacer una mueca. Al menos no mucho de una cara, ya que captó la sonrisa de Alex antes de que ella se volviera a la cocina.

Regresó con su propia taza de café y se dispuso a abrir el envase de leche y removerlo. Jake la miró, parpadeó y se dio cuenta de que estaba a punto de quedarse dormido. Realmente debería haber dormido más y bebido menos la noche anterior. Quizás las próximas semanas. Tomó otro sorbo de café y no se inmutó en absoluto.

Brevemente, había hablado por teléfono con Alex en la casa de Roger, resultando ser una conversación incómoda para poder conocerse antes de que ella accediera a ayudar. Roger le había dicho que ella era tan sólida como parecía y que no amaba a la ACS ni ningún tipo de organización, así que le había dicho su nombre real. Por años de costumbre, lo había hecho a la manera de James Bond: *es Hawthorne. Jake Hawt-*

horne, y al segundo siguiente se dio cuenta de que no quería volver a decirlo de esa manera.

Lo había jugado muy bien, y él pensaba ahora, sentado frente a ella en la mesa, que no necesitaba jugar nada bueno.

«Entonces», comenzó ella. «Agradezco lo que me dijiste por teléfono y por venir hasta aquí para hablar un poco más antes de ver cuánto puedo ayudar con este papeleo. ¿Roger te ha hablado mucho de mí?».

Jake se encogió de hombros. «Solo que él te querría a su espalda en cualquier cacería. Y tú, eh, tienes esta iglesia».

Ella se rió, sus ojos se arrugaron en las esquinas. «Según algunos, sí. Otros no están de acuerdo, pero aún no han logrado echarme del edificio. La gente, si quiere, viene aquí los domingos».

«Tú ... ¿predicas?».

«Lo intento. Me pongo al frente y hablo y leo las Escrituras y les digo a todos cómo me he equivocado, y que mi objetivo es hacerlo mejor al día siguiente. No me alargo mucho como otros, y creo que eso ayuda».

«Yo no creo en Dios». Jake no había querido decir eso, pero algo en su comportamiento tranquilo y práctico lo motivó a decirle la verdad. «Nunca fui parte de ninguna iglesia, pero las visitábamos con bastante frecuencia por el agua bendita, la plata bendita y lo demás. Hay alguna razón por la que esas cosas funcionan contra hombres lobo y cambiaformas, pero ¿por qué la sal derrite una babosa? Nada de lo que he visto me ha convencido de que hay un dios manejando todo detrás de escena. Si lo hay, tiene mal sentido del humor».

Alex asintió, imperturbable. «Veo muchas razones para eso. Se necesita mucho para tener fe y no mucho para perderla. No culparía a nadie por eso. Y no es mi trabajo hacer que la gente crea algo que no quiere. Trato de estar aquí para aquellos que quieren hacer preguntas, que no pueden entender todo el dolor que trae el mundo, porque todo es tan malditamente injusto».

Jake contuvo el aliento. No había esperado escuchar eso, o que ella lo mirara directamente mientras hablaba. Como si ya supiera lo de Toby, lo enojado que se sentía Jake todo el tiempo. La vida también había sido una perra para ella.

Se tomó un minuto antes de hablar. «Bueno, vine aquí con una pregunta, y es si puedes ayudarme a sacar a un amigo de un lugar que lo va a matar en cualquier momento».

Sus cejas se juntaron y se inclinó hacia adelante sobre la mesa, sujetando la taza entre sus manos. «Haré lo que pueda. No soy una hacedora de milagros, pero tomo la palabra de Dios de que mi fe puede mover montañas. Solo tenemos que apuntar a las montañas correctas. Ahora...». Ella le sonrió, recostándose. «Háblame de Tobias».

EL DIRECTOR DIO un último bocado a su bistec, se quitó la servilleta manchada de salsa de su cuello y se recostó satisfecho. «El cocinero de aquí es realmente excelente. Me sorprende que no esté en Nueva York, con lo que puede hacer con un solomillo básico».

No estaba hablando con Tobias y, por lo tanto, no esperaría una respuesta. Tobias, de rodillas junto a la mesa de conferencias, mantuvo los ojos fijos en el área de las manos del director, con su respiración perfectamente regular, su expresión vacía pero alerta, e hizo todo lo posible por no oler la comida, no mirarla, no pensar en ello.

Entonces su estómago gruñó.

No pudo evitar que su respiración se atascara con la repentina oleada de terror. *Espera, espera, espera*, se dijo a sí mismo, clavándose las uñas en las palmas de las manos para concentrarse en el pánico. Mudarse ahora solo empeoraría las cosas. Rogar antes de que le dieran permiso solo empeoraría las cosas.

Cuando el director empujó su plato por el costado de la

mesa, estrellando la cerámica barata contra el piso de madera y esparciendo comida por todas partes, Tobias no pudo evitar estremecerse. Pero se las arregló para no hacer un sonido.

El director se recostó. «Límpialo . . . de la manera que quieras. Siempre y cuando recuerdes lo que eres».

Tobias se arrastró hacia adelante, con la cabeza gacha, las palabras brotando automáticamente, requiriendo poco pensamiento consciente. «Gracias, señor. Gracias por la comida, señor». Bajó la boca hasta los trozos de bistec y las papas tibias y comió lo más rápido que pudo sin hacer ruido.

Se estremeció involuntariamente cuando sintió la mano del director en su cabello, pero el hombre hizo el ruido que significaba que Tobias debía continuar haciendo exactamente lo que había estado haciendo, así que siguió comiendo, esperando que en cualquier momento el director le levantara la cabeza o lo pateara. Pero no hubo dolor ni golpe. En cambio, comió mientras el director acariciaba su cabello.

Tobias estaba exhausto. Vaciado, hambriento y agotado por no dormir y no comer lo suficiente. El miércoles no había sido malo en lo que se refería a 'los miércoles', pero los jueves siempre era peligroso dormir, bajar la guardia aunque fuera un poco, incluso cuando sabía que Kayla le cuidaría la espalda, al menos en cuanto a hacer ruido si alguien trataba de acercarse sigilosamente a él.

Ahora era viernes y estaba arrodillado en silencio contra la pared, con los ojos fijos en las manos del director mientras cenaba.

Triturador se paró en la esquina, golpeando lentamente su garrote contra su muslo mientras observaba a Tobias.

Después de unos minutos, el director dejó el tenedor y se

volvió hacia Triturador. «¿Podrías dejar de hacer eso? Estoy cenando. Agua».

Eso último había sido para Tobias. Rápida y silenciosamente se levantó, recuperó la jarra de agua helada filtrada de la bandeja más abajo en la mesa y volvió a llenar el vaso del director. Se concentró mucho en mantener la mano firme. No podía dejar que se derramara una sola gota.

«No me gusta, señor», dijo Triturador.

Si el director hubiera mirado a Tobias de esa manera, se habría dejado caer, pero Triturador parecía inquieto. «No tiene la obligación de protegerme, Sr. Sloan».

«Eso no, señor». Triturador señaló con la cabeza a Tobias. «Es solo que. . . mencionó que el progreso ha sido bueno, pero el pequeño monstruo todavía. . .».

«¿Sigue sin comportarse de la única manera que importa a usted?»

«Sigue sin estar identificado, señor».

La mueca en el rostro del director se desvaneció y se quedó pensativo. «Cierto». Miró a Tobias, y aunque no parecía tan irritado como antes, el chico no pudo detener los leves temblores en sus manos. «¿Qué tiene en mente? Tenga en cuenta las restricciones que he puesto en marcha».

Triturador se encogió de hombros, tratando de parecer casual, pero Tobias podía ver cómo los músculos se habían tensado en sus brazos, sus caderas se balanceaban hacia adelante. «Solo un pequeño y duro interrogatorio, señor. Uno más, solo para asegurarme de que el bicho raro no está escondiendo algo desagradable detrás de esa cara bonita».

El director lo consideró. Tobias se encontró contando cada suave chasquido del gran reloj colocado en las estanterías, tratando de calmar los latidos de su corazón.

«Creo que eso es razonable», dijo el director, lentamente. «Pero recuerde las restricciones».

Triturador sonrió y Tobias perdió el control de su respiración. «Sí, señor», dijo. «Puedo hacer eso, señor».

HACÍA mucho tiempo que no le preguntaban a Tobias qué tipo de monstruo era. Supuso que cuando era la mascota de Hawthorne, o la puta de los guardias, o el proyecto del director, en realidad no importaba qué tipo de bicho raro era.

Esta vez resultó diferente. Terriblemente diferente. Había cinco o siete hombres, Tobias no podía seguirles la pista, parecían cambiar, y mantenían sus ojos vendados la mitad del tiempo. Lo empujaban, cada uno de ellos se turnaba para hacerle lo que pudiera, cualquier cosa que no le marcara demasiado, le hiciera perder un miembro o le dejara cicatrices en la cara.

Después de que le vendaron los ojos, así como el bozal que mantenía su boca abierta para que no pudiera morder, ni siquiera por accidente, comenzaron a empujarlo para que se arrodillara. Voces que conocía, voces que no conocía, seguían haciendo la pregunta, burlándose de él para que les *demostrara que era un bicho raro*, aunque a esas alturas no creía que esperaran nada.

Si tenía algún don, algún poder, deseaba que ahora se mostrara. Deseaba poder matarlos a todos. O que todo terminara más rápido. A veces solo quería que se acabara, que lo empujaran más allá del punto de sentir algo nunca más y que no quedara nada más que hacer que arrojarlo al incinerador.

Cuando llegaron al ahogamiento, Tobias no estaba seguro de cómo seguía respirando. Habían tratado de no golpearlo lo suficientemente fuerte como para romperle algo, pero ya estaba bastante seguro de que tenía un par de costillas rotas. Y era difícil, tanto que cuando le metían la cabeza en un balde sucio o le ponían un paño húmedo en la cara, era tan duro esperar hasta que hubiera aire para llenar sus doloridos pulmones.

¿Por qué no respiras, joder?, susurró la vocecita que no estaba entumecida ni lejana. *Sería tan fácil. Nunca se darían cuenta. Podrías morir de todos modos.*

Eso despertó viejos recuerdos. *Jake.* Tenía que seguir con vida, tenía que seguir jadeando a través de la garganta herida, en carne viva por los gritos y las arcadas. Jake lo había prometido, y aunque Tobias no creía que regresaría, sabía que Jake no se merecía que lo hiciera, no podía darse por vencido. Eso sería como decir que no creía en Jake.

Estaba llorando, ahogándose, desmoronándose, los delgados bordes entumecidos de su mente se disolvían y se deslizaban hacia la bendita inconsciencia y a la aún más bendita muerte. *Lo siento, Jake. Lo intenté, realmente lo hice, pero no puedo detenerlos*, y en ese momento, Triturador acercó su cabeza.

«¿Quieres que se detenga?». Sus dedos se clavaron en la garganta de Tobias debajo de su cuello. «Puedo hacer que todo termine».

Tobias lo miró. Fue solo un movimiento de sus ojos, la función motora parecía haberse interrumpido hace un tiempo, y lo habían estado pasando de un lado a otro como una muñeca de trapo, pero Triturador vio. Se inclinó tanto que Tobias pudo sentir su cálido aliento en la oreja.

«Déjame follarte», susurró. «Solo di que sí, fenómeno. No podrán tocarte si dices que sí».

Tobias había pensado que había superado el miedo. El miedo se había desvanecido hacía horas en el entumecimiento, en la nada en absoluto. Ahora, había una oleada de puro terror, de la repentina necesidad de luchar, de gritar. Pero no podía mover la boca del todo bien (carajo, ¿le había roto la mandíbula?), y todo lo que podía pensar era *No, no, no, solo Jake, solo Jake, no, no, no.*

De alguna manera logró pronunciar la palabra, la única palabra que quería. «No».

Triturador le gruñó en la cara, su mano se apretó alrededor de la garganta de Tobias antes de arrojarlo de nuevo a los brazos de otro guardia.

«Deshazte de él», dijo. «Ni siquiera puede responder bien una maldita pregunta».

Y cada vez después de eso, Tobias seguía respondiendo que no, hasta que ya no pudo escuchar las preguntas.

CUANDO TOBIAS ABRIÓ los ojos y la sombría sala de enfermería se enfocó, no tenía idea de quién era el monstruo vestido de gris sentado en la silla que lo miraba fijamente. Entonces recordó que Kayla había adquirido recientemente un nuevo y más feo rostro.

«Los escuché decir que eres tan tonto como un perro», dijo, con una voz monótona tan plana como siempre. «Pero no es verdad. Eres aún más tonto».

Tobias parpadeó dos veces, preguntándose si esto tendría algún sentido si no hubiera recibido tantas patadas en la cabeza.

Ella siguió mirándolo, con el rostro tan inexpresivo como la pared blanca y vacía detrás de ella. Tal vez los cambiaformas tenían que acostumbrarse a mostrar emociones en caras nuevas, o tal vez solo era Kayla. «Incluso los perros saben cuándo darse la vuelta y morir. Todo animal estúpido lo hace. ¿Por qué tú no, Tobias?».

Cerró los ojos, pero ella siguió hablando.

«Estúpido, afortunado, *estúpido* hijo de puta. Si a mí me dieran *una* sola oportunidad, la habría aprovechado. Ya hubiera pasado por el incinerador, *fiuuu*, donde ninguno de ellos podría volver a tocarme. ¿Por qué *tú* no, Tobias? ¿Es verdad, entonces, te *gusta* lo que te hacen?».

Ante eso, Tobias reunió lo que le quedaba de su voz, destrozada por los gritos. «No». Dolía, sacarlo.

«Entonces, ¿por qué no te *mueres*, puta estúpida?». Kayla no levantó la voz, pero salió en un siseo furioso y contorsionado. Eso podría haber sido emoción, pensó distantemente. «Ríndete. Tan solo ríndete y ya. Has estado aquí más tiempo que cualquiera de nosotros, es hora de que te *vayas*».

Tobias sacudió la cabeza, con los ojos aún cerrados.

Ahora la voz de Kayla subió de tono, aunque todavía la mantuvo lo suficientemente baja para que ninguno de los guardias afuera la escuchara. «¿Por qué? ¿Por qué carajo *no*? ¿Qué está *mal* contigo?». Él no respondió, y después de un momento su voz volvió a ser monótona. «Es por ese chico cazador, ¿no? Lo estás esperando. Porque él dijo...».

Tobias no respondió. Ni se movió.

Kayla hizo un sonido extraño, casi como si tosiera. Podría haber sido un intento de risa. Las patas de la silla chirriaron cuando ella se puso de pie. «Realmente eres tonto como la mierda. Te está jodiendo como cualquier otro cazador, como cualquier otro de los reales. Él *no* vendrá por ti, Tobias. Probablemente se estaría riendo ahora mismo si supiera cuánto le crees».

Tobias rodó, alejándose de ella, aunque sus costillas y su cabeza casi lo hacían gritar. «Vete, Kayla».

Después de un momento, escuchó suaves pasos en el piso y la puerta se cerró.

Él lo prometió. Jake lo prometió. Y siempre ha cumplido sus promesas.

Tobias no creía que sobreviviría hasta que Jake viniera por él. Si era honesto consigo mismo, tenía más fe en su propia muerte que en que Jake lo sacara de las instalaciones a tiempo.

No cortejaría a la muerte. No les pediría eso. No sería él

quien rompiera la promesa de Jake. Pero podía sentir la muerte por encima del hombro, más cerca cada semana, con más seguridad de lo que nunca había estado la promesa de Jake.

Ni siquiera tenía la fuerza para odiarse a sí mismo por rendirse.

~

CUANDO TOBIAS ENTRÓ COJEANDO en la oficina del director, con la cabeza gacha, el director estaba como siempre: con su presencia y ojos fríos. Pero esta noche había un conjunto diferente en su expresión, algo más en su mente comprimía sus labios en una línea apretada.

El guardia en la esquina era nuevo. Nuevo en el Campamento Freak, no solo en las sesiones del director. Tobias lo miró un poco más de lo debido. Le dolía moverse, le dolía respirar, y eso ralentizaba sus tiempos de reacción, peligrosamente. Sabía que tenía que ignorar el dolor, no lo mantendrían en la enfermería por mucho más tiempo, pero era difícil.

El director vio la mirada. Veía todo. Tobias no podía encontrar la energía para tener más miedo. Se había sentido entumecido desde el interrogatorio. Vacío. Estaba dividido entre el terror de este sentimiento vacío y la esperanza de que se mantuviera hasta que muriera. No sería tanto tiempo ahora, no con lo poco que le importaba su propia conservación.

«El señor Sloan ha sido suspendido, al igual que el Sr. Gómez. Aunque sospecho que, por esta maniobra, el Sr. Sloan estará fuera por un buen rato y no se reunirá con nosotros para nuestras pequeñas conversaciones. El director sonrió, pero no con una sonrisa feliz. «No tenía la debida autorización para el daño que infligió».

El director estaba enojado, pero no con Tobias. Tobias se preguntó si aún le dolería.

Pero en lugar de enseñarle a Tobias cómo la había jodido

esa semana, y la semana anterior, cuando había estado en la enfermería, el director le dijo que le trajera un vaso de agua antes de volver a su papeleo.

Ese miércoles, por primera vez en mucho tiempo, Tobias tuvo una hora tranquila sin ningún dolor nuevo, y después volvió a la enfermería donde no tenía que temer a los otros monstruos en la oscuridad.

No pensó que duraría, pero por ahora, se acurrucó, ocultó sus ojos y durmió lo más profundamente que pudo.

13

CAPÍTULO TRECE

JULIO 2000

Otro miércoles, Tobias se encontraba arrodillado contra la pared de la oficina del director. Seguía entumecido, vacío, rígido por la noche que casi lo mata, pero podía sentir que eso se desvanecía y eso lo aterrorizaba más que cualquier otra cosa. El director podía ordenar que lo golpearan, ya lo había hecho la semana pasada porque Tobias había dudado demasiado antes de responder a una de las órdenes del senador durante otra visita, pero nada podía doler más que volver a sentir.

Aún así, algunas de sus habilidades de supervivencia estaban regresando, y supuso que debería estar agradecido, incluso si no lo sentía, aunque si el director preguntaba, lo diría y lo diría en serio. No necesitaba mirar más del director que sus manos, y Tobias ya no era consciente de hacerlo. Cada dedo largo estaba enterrado profundamente en su cerebro, encerrado en su columna vertebral donde todos los impulsos nerviosos irradiaban, y cualquier movimiento de su dedo, cualquier movimiento de su muñeca podía hacer que Tobias actuara sin pensarlo conscientemente. *Ven aquí, recógelo, detente, siéntate, arrodíllate, gatea* y Tobias se encontraría moviéndose.

Estaría aliviado si hubiera sentido algo. Las respuestas tan arraigadas como instintivas no le harían ganar una paliza, lo mantendrían con vida sin requerir que sintiera, pensara o procesara.

Victor permaneció rígido junto a la puerta. Fiel a la palabra del director, Triturador nunca más se unió a sus sesiones, y otros guardias aprendieron rápidamente lo que le gustaba al director, lo que quería, lo que significaban sus pequeños movimientos de cabeza y gestos. Hoy, estaba sentado en su escritorio garabateando su elaborada firma sobre una pila de formularios de color rojo pálido. Usaba una pluma estilográfica oscura que le daba a su 'J' un aspecto particular que traspasaba las hojas en el papel blanco normal que guardaba debajo de ellas.

Tobias reconoció el color de los papeles. A veces le habían asignado la tarea de ordenar montones de papeleo de la ACS, y las solicitudes de permisos de ejecución siempre eran de ese tono. Había estado agradecido, en ese momento, de no encontrar sus números o los de Kayla en los papeles. Ahora se preguntaba aburrido quién iba a morir en los próximos días y si ya llevaban mucho tiempo en Investigación Especial, o si parte de lo que autorizaban los formularios era su inducción en ese lugar.

El director dejó que Tobias se arrodillara por un momento, el rasgueo de su bolígrafo era el único sonido en la oficina, y luego levantó la vista e hizo un pequeño movimiento espasmódico con la mano izquierda. *Ponte de pie y ven aquí.*

Tobias se levantó y caminó hacia adelante. Se detuvo cuando la mano del director le indicó que se detuviera.

La pequeña mesa que usualmente sostenía las herramientas de interrogatorio del director estaba en medio de la habitación; una pistola negra descansaba sobre la prístina sábana blanca. Tobias no la miró, no dejó que sus manos se desviaran.

El director firmó la última hoja con una floritura y punteó

una 'I' con la fuerza suficiente para hacer un agujero en el papel. Tobias se estremeció, había fregado el escritorio del director una vez, tratando de sacar esos pequeños puntos negros de la madera dura, pero por lo demás no reaccionó.

«Bien», dijo el director. «Está hecho». Volvió toda la fuerza de sus ojos castaños hacia Tobias, y el chico sintió una punzada de terror bajo el vacío y el entumecimiento. Los ojos del director se posaron en el arma y luego volvieron al rostro de Tobias. «Recógela».

Con los ojos fijos en las patas con garras del escritorio del director, Tobias tomó el arma. Sus manos temblaban ligeramente. Quería que dejaran de hacerlo.

«Quítale el seguro, ponlo en tu cabeza y aprieta el gatillo».

Era un ángulo incómodo, y Tobias no podía manejarlo tan bien como debía. La torpeza le dio tiempo, demasiado maldito tiempo, y los pensamientos se precipitaron como granizo sobre los techos de aluminio de los barracones, como cuerpos destrozados arrojados desde una furgoneta negra.

¿Era este realmente, el momento de la muerte, el momento de la liberación? ¿Debería inclinar la explosión para que la materia cerebral volara más hacia el área menos costosa y más fácil de limpiar alrededor de la mesa de conferencias, o moverla para asegurarse de que Victor no recibiera nada de la sangre? ¿Qué haría Kayla cuando se enterara? ¿Le dolería? ¿Seguiría entumecido en el infierno? Oh Dios, ¿realmente el director lo haría tan fácil? ¿Sabría Jake que estaba muerto? ¿Le importaría? ¿Había pedido que sacrificaran a Tobias porque, después de todo, no podía venir a buscarlo?

¿Esperó el director a firmar mi formulario de ejecución para dar la orden? fue el último pensamiento de Tobias antes de apretar el gatillo.

El chasquido vacío de la cámara resonó fuerte en la habitación, y el martillo vibró a través de su cráneo. Cerró los ojos con fuerza, habían estado abiertos, fijos en el escritorio, bloqueados en las manos del director, y luchó por evitar cualquier otra reacción en su rostro, cualquier sonido que saliera de su boca.

Por supuesto, el director nunca lo pondría tan fácil. Lo habría hecho en el patio o en su sala de interrogatorios, no en su oficina. Tobias había sido un monstruo estúpido incluso para adivinar, para preguntarse, para tener esperanza.

Debería haberlo sabido mejor desde el principio que desear que el arma estuviera cargada o no. Esa era la lección.

Se obligó a abrir los ojos de nuevo, enfocándose en la mano del director. Mantuvo el frío cañón del arma presionado contra su sien y esperó que su expresión no revelara nada, a pesar de que el director lo sabía todo.

«Límpiala. Ponla de nuevo en su sitio. Sal de aquí», dijo el director.

Tobias usó rápida y silenciosamente la hoja blanca para frotar el arma, sacar las sucias huellas dactilares del monstruo negro brillante, colocarlo de nuevo en el centro de la mesa, girarse y marcharse. No cambió su ritmo mientras salía de Administración, cruzaba el patio y entraba en las duchas. Hizo sus movimientos tan metódicos, impersonales y obedientes como lo habían estado al limpiar el arma.

EN LA BIBLIOTECA, Tobias se inclinó sobre el enorme libro de hechizos, revisando ocasionalmente que las notas en su cuaderno aún fueran legibles, a pesar de que su mano había estado acalambrada todo el día. Se tomó un momento para cerrar los ojos y masajear su mano derecha, ignorando cómo la carne en curación le gritaba. Había estado alejado de las computadoras durante la semana desde que no informó sobre un posible avistamiento de un demonio. El director no quería que volviera a los dispositivos electrónicos hasta que sus manos sanaran lo suficiente como para ser decentemente rápido en el teclado.

"¿Por qué no reportaste los cambios de clima?", le preguntó la voz seca una vez que hubo controlado el lloriqueo involuntario.

Tobias jadeó contra las delgadas cuerdas que lo ataban a la silla, con las palmas de las manos sobre la mesa. "No había suficientes datos para probar de manera concluyente ningún tipo de actividad sobrenatural. Era una micro irregularidad y no había sido confirmada con datos no meteorológicos, ni siquiera como algo más que un mas...mal funcionamiento mecánico.

"No tienes la cualificación para decidirlo", dijo el director. Asintió al guardia, uno nuevo, que de nuevo empujó la picana eléctrica en el hombro de Tobias.

Después de que dejó de temblar, el director se acercó y colocó un interruptor delgado sobre su muñeca. "89UI6703, no tienes derecho, ni habilidad, para juzgar con precisión qué es y qué no es importante. Si encuentras una señal como esa, repórtala. No me importa si está sustentada. Creo que pensaste que estabas haciendo lo que te habían dicho, pero no fue así. La próxima vez que omitas que una señal como esta se informe, asumiré que estás protegiendo al enemigo, y tus castigos reflejarán ese hecho. ¿Lo entiendes?".

Tobias respiró entrecortadamente. "Sí, señor. Fue un accidente, señor. Informaré de todo, señor".

"Bien". El director le entregó el interruptor al guardia. "Me complace que entiendas tus fallas. Debido a que esto fue simplemente por tu estupidez, tu castigo será leve". Asintió al guardia. "Golpéale las manos como te dije. Asegúrate de que el daño no sea permanente. Y amordázalo primero".

Tobias no estaría en una computadora por otra semana, pero eso no significaba que no pudiera continuar investigando.

Todavía le gustaba el olor de la biblioteca, el papel y las encuadernaciones mohosas, y a veces casi podía oír la voz de Becca en su oído. Ahora, lo disimulaba mejor. Mantenía la misma expresión en blanco si el director decía que le estaba sirviendo la cena, o si Victor le estaba dando a elegir, o si lo enviaban a la biblioteca. Pensó que funcionaba. Las palizas habían disminuido desde que dejó de. . . desear esta sala, la sensación de las páginas bajo sus dedos, la silenciosa fiabilidad de las palabras. No estaba seguro de por qué no lo había dejado por completo, no lo había dejado pasar realmente, como si hubiera dejado de esperar hace mucho tiempo que los miércoles terminarían, o que su estómago alguna vez se sentiría lleno, a menos que fuera porque esto era el único lugar y momento en el que podía fingir que Jake aún regresaría, que su vida era tal como había sido antes del director.

Una ilusión peligrosa, pero que lo mantuvo en marcha. Aunque ya no estaba seguro de por qué quería hacerlo.

La otra razón por la que le gustaba la biblioteca era que a menudo estaba solo. No es que eso lo mantuviera a salvo, pero la cámara en la esquina no lo captaría cerrando los ojos, frotándose las manos o tomándose el tiempo para pensar en nada. Mientras hiciera el trabajo, nadie lo atraparía sin trabajar.

Cuando la puerta se abrió, él no se inmutó.

«¡Monstruo, te vas!», Lonny se paró en la puerta y golpeó su muslo con su garrote. «El director dice que guardes todo, no vas a volver».

La mandíbula de Tobias se apretó. Eso podría significar cualquier cosa, desde *Él no necesita lo que estabas investigando*, hasta *Nunca volverás a la biblioteca*. O algo peor.

Pero no dejó que se le notara en la cara. Cerró sus libros y los volvió a colocar en los estantes, archivando mentalmente los números de página y las notas en caso de que el director se lo pidiera. Cerró su cuaderno y lo colocó en el estante con el resto de los documentos de investigación.

El primer indicio que tuvo Tobias de que se le había acabado la suerte fue cuando Lonny sacó una pesada cuerda de plomo de su cinturón y le enganchó un extremo en el cuello.

Tobias se congeló, demasiado conmocionado y horrorizado para no dejar que se notara.

El guardia le sonrió. «Te lo dije, fenómeno, te *vas*», y tiró de la cuerda hacia abajo con fuerza, enviando a Tobias al suelo.

Se puso de rodillas, pero ¿cuál era el punto de mantenerse firme cuando su suerte se había terminado? Once años de supervivencia, once años de aferrarse a nebulosas esperanzas, y aquí estaba el resultado final.

Te vas.

Solo había un lugar al que Tobias podría estar yendo. Donde iban las brujas para sus ejecuciones, donde iban los monstruos cuando no podían comportarse. Era el lugar al que iban los monstruos para que los cazadores pudieran estudiarlos hasta que terminaban en el humo salado de los incineradores.

Por las escaleras, tropezando detrás del guardia, Tobias no podía dejar de temblar. ¿Qué importaba? ¿Qué mierda importaba ya? Podía sentir que todo en él se apagaba, tratando de prepararse para. . . el final. Había deseado la muerte con tanta frecuencia en los últimos seis meses, pero desde que el director le había pedido que se pusiera el arma en la cabeza, comprendió que era algo demasiado bueno para que él se lo concediera tan fácilmente.

En lugar de abrir la puerta al patio, Lonny se volvió hacia la recepción. Cuando Tobias tropezó de nuevo, el puro terror lo hizo tambalearse, el guardia lo levantó por el cuello. Tobias dio la bienvenida a la forma más normal de dolor. Ya había estado aquí antes. Había caminado de esta manera hacia los interrogatorios y esos breves momentos relámpagos con Jake.

Lonny se detuvo frente a la sala de recursos, se agachó y salió con una pequeña pila de ropa que empujó a los brazos de Tobias. Luego arrastró a Tobias más adentro de los pasillos oscuros. Otros pasillos de Recepción eran para los visitantes importantes, por los que transitaban senadores y civiles; los pasillos rayados y parpadeantes como este eran para monstruos y guardias. *Papeleo*, pensó Tobias. *El monstruo entra, el monstruo sale, tienes que tener las formas correctas con los números correctos.*

En la última puerta del pasillo, una de metal pesado con sigilos que impedían que los demonios y otros espíritus malévolos cruzaran el umbral, el guardia se volvió hacia Tobias y soltó la cuerda de plomo. «Quítate la ropa».

Tobias no podía saber lo que quería, si obediencia rápida o un espectáculo. Lonny podía ir en cualquier dirección, según el día y su estado de ánimo, así que se comprometió a ir rápido pero de cara a él.

Cuando estuvo desnudo y temblando bajo los fluorescentes, con ropa gris vieja cuidadosamente doblada en un montón, el guardia apuntó con su garrote al segundo juego que Tobias había llevado. «Ponte esos».

Silenciosamente, Tobias se agachó para recibir la ropa nueva. Los bóxers y los jeans, como los que usaba un cazador, como los que usaba un *puto cazador*, solo el pensamiento hizo que sus manos temblaran, eran como sus pantalones habituales, hasta que llegó a los botones y cremalleras. Había abierto suficientes moscas para conocer la teoría, pero hacérselo a sí mismo era diferente, sus manos tropezaban. Los botones de la camisa tardaron mucho en abrirse y luego volver a engancharse meticulosamente, pero el guardia no dio indicios de que comenzaría a golpear a Tobias con el palo que golpeaba contra su muslo.

Cuando estuvo vestido, con la cabeza gacha y las manos quietas, Lonny se volvió hacia la puerta con un gruñido y marcó una serie de números en la caja de llaves. Esperó unos minutos, murmuró algo por el intercomunicador y luego la luz roja sobre la enorme puerta de hierro se volvió verde. Tobias solo escuchó a medias. Probablemente podría recordar tanto la contraseña como la secuencia numérica si tuviera que hacerlo. Últimamente todo lo que veía iba directamente a la memoria a largo plazo, una habilidad de supervivencia inducida por el director, pero en ese momento no podía importarle menos lo que estaba haciendo Lonny.

No sabía qué juego enfermizo estaban jugando con la ropa. Tal vez lo estaban disfrazando de cazador, preparándolo para matarlo a golpes por la osadía de pretender ser una persona real. Eso sería al menos mejor que ser estudiado formalmente en Investigación Especial.

Becca le había dicho que nunca temiera a la muerte, que la esperara como algo que lo llevaría a un lugar infinitamente mejor donde ninguno de los guardias podría tocarlo, pero Tobias había dejado de creer eso en algún momento mientras Triturador había usado los hierros calientes de acuerdo con la fría instrucción del director. Era demasiado esperar, y había aprendido bien la otra lección. Era mejor no creer en nada que sonara bien. La muerte sonaba demasiado agradable. No esperaba esa transición hacia la paz y la oscuridad. Mucho más probable era que el infierno de la Investigación Especial se deslizara sin problemas hacia el infierno después de la vida. Dudaba que pudiera haber mucha diferencia.

Pero cuando Lonny volvió a agarrar la cuerda principal y tiró de Tobias a través de la puerta abierta, todo lo que había esperado se hizo añicos en una vasta e incierta claridad.

De pie en la habitación blanca desnuda más allá de la puerta, con el rostro de perfil, las manos en los bolsillos de los vaqueros, estaba *Jake*.

Y Tobias no podía imaginar la muerte, ni el infierno, ni el verdadero dolor, si Jake estaba allí.

CUANDO EL GUARDIA entró con Tobias siguiéndolo con la correa, Jake casi se tambalea por la sorpresa.

No se le había ocurrido pensar que nunca había visto a

Toby con otra cosa que no fuera la camisa y los pantalones grises proporcionados por la instalación. Con jeans y una de las camisas abotonadas de Jake, Toby parecía una persona que Jake nunca había visto antes, una con el aspecto de un superviviente a largo plazo que no tenía los recursos para sobrevivir mucho más tiempo. La camisa de Jake sobre él era holgada, varias tallas más para el cuerpo y huesos de Toby.

«Aquí tienes, Hawthorne», dijo el guardia mientras cerraba la puerta de un empujón. Llevaba la correa de Tobias como si fuera un arma más, como el garrote que también sostenía. «Vestido y bonito como querías. ¿Madison ya te ha entregado la documentación?».

«Todavía no», dijo Jake.

«No puedes irte hasta que consigas eso». El guardia sonrió. «Siempre es mejor inspeccionar la mercancía antes de firmar el contrato. Especialmente artículos de segunda mano». Le dio una palmada a Tobias en el hombro, y este hizo una mueca y se tambaleó.

Jake tragó duro con sus manos apretadas. Quería echar un vistazo a Toby, un buen vistazo. Parecía delgado como un rayo y pálido, como si no hubiera recibido tanto sol como antes, y había algo más en él, algo quebradizo que Jake no había visto la última vez hace seis malditos meses. Jake quería identificar la diferencia, pero primero necesitaba que este imbécil del guardia se fuera. De lo contrario, nunca lograría que Toby lo mirara, no sería capaz de ver si Toby podía perdonarlo por demorarse tanto, por no decirle siquiera a dónde había ido Jake. Estaba sacando a Toby, eso no era una pregunta, pero si Toby se quedaba con él o no. . . eso dependía únicamente del chico.

«¿Puedes dejarnos?», preguntó Jake. «¿Tal vez ir a revisar dónde están los formularios?».

La sonrisa de Lonny se desvaneció, pero solo un poco. «Sí.

Por supuesto. ¡Oye!». Extendió la correa. «¿Quieres esto, o debo colgarlo en el tablero de la pared?».

Jake sintió que se le saltaba la mandíbula, y el guardia debió haber visto algo de la ira en su rostro, porque retrocedió hasta la puerta, pasó la correa por el gancho de la pared y salió por otro par de puertas hasta el mostrador de recepción, detrás del cristal antibalas. La cabeza de Tobias siguió el ejemplo, su cuerpo se inclinó hacia la puerta, pero no movió los pies, no se movió de ninguna manera que no fuera necesaria.

Jake esperó hasta que la puerta se cerró detrás del guardia antes de avanzar. Toby se apartó de sus manos, un ligero movimiento que Jake podría no haber notado si no estuviera mirando, pero ahora no podía resistirse o vacilar. Atrapó la cara de Toby entre las palmas de sus manos y lo empujó hacia atrás con el mismo movimiento, acercándolo a la pared para que la correa no le torciera la cabeza.

«Toby, ¿estás bien?». *¿Estás* bien? En serio, ¿eso era lo mejor que podía hacer cuando acababa de *abandonarlo*? Pero Jake no tenía nada mejor.

Toby lo miró fijamente, con una especie de asombro en su rostro, y luego casi sonrió. Fue un ligero parpadeo en su boca, en sus ojos, que desapareció en un instante, pero incluso ese ablandamiento redujo la tensión de Jake. Pero luego sus ojos bajaron de los de Jake a sus hombros. «Jake».

Jake pensó que eso era lo mejor que iba a conseguir. «Vamos a quitarte esta puta correa». Buscó debajo de la barbilla de Toby donde la línea se conectaba con el collar.

Toby respiró hondo, tembloroso, pero inclinó la cabeza hacia arriba, con los ojos cerrados, mientras las manos de Jake buscaban a tientas los broches. Cuando sacó la cabeza de la correa del collar de Toby, Jake arrojó la puta cosa tan fuerte como pudo contra la pared.

Cuando Toby saltó, Jake le puso una mano en el hombro y

le sonrió. «Nunca más tendrás que usar una de esas malditas cosas, Toby. Te lo prometo».

Toby asintió y luego se apartó suavemente de él, alejándose de su mano, cuando la puerta se abrió para dejar entrar al primer guardia, a Madison, y a un hombre mayor con el cabello desvaneciéndose a canas en sus sienes y una pequeña sonrisa que no alcanzaba a llegar a sus ojos.

Tobias no conocía a la mujer, era bonita, estaba bien alimentada, vestida con chaqueta y falda de negocios, cargando una pila de papeles, pero con el director *y Jake* en la misma habitación, le costaba respirar.

Había sido fácil olvidar, aunque solo fuera por un segundo, lo que era y lo que podía esperar cuando Jake lo estaba tocando, deslizando su mano debajo de la barbilla de Tobias, descansando su mano sobre su hombro, no para contenerlo sino, por lo que Tobias podía decir, solo por el contacto. Había sido capaz de olvidar el siguiente paso lógico después de una mano en su hombro, el puño en su estómago, la orden de arrodillarse, y dejar que la pequeña voz en su cabeza dijera el nombre de Jake una y otra vez, la sorpresa, la alegría tan abrumadora que le oprimía los pulmones.

Dios mío, estás viendo a Jake de nuevo. Incluso una vez más, que era más de lo que le quedaba de esperanza.

Pero ahora: imposible, impensable, olvidar nada con el director en la sala.

Jake miró a los otros humanos reales, con la tensión en la línea de su cuello, pero no el pánico absoluto que sentía Tobias. Jake parecía listo para una pelea, una que sabía que ganaría. Era la misma confianza descarada que Tobias había visto desde el primer día en que se conocieron, y la primera vez que Jake le sonrió y lo hizo sentir casi como una persona real.

La mujer se quedó atrás, mirando a Tobias con cautela, pero el director se adelantó. Tobias hizo todo lo posible por no correr, por no llamar la atención. Ya se había apartado de Jake, y el director lastimaba todo lo que amaba, Tobias no podía arriesgarse a que Jake estuviera demasiado cerca de él, pero era difícil no tirarse al suelo o tirar de la correa alrededor de su cuello para demostrar que él no había tenido la intención de fingir ser algo que no era.

Para alivio de Tobias, el director lo ignoró por completo. Para su horror con la garganta apretada, el director le tendió una mano a Jake, sonriendo, y Jake la tomó, todavía tenso incluso sin darse cuenta de a quién estaba tocando, sin darse cuenta de lo cerca que estaba del dolor, la muerte y una voz tranquila que dirigía el látigo.

«Jake Hawthorne», dijo el director, estrechando su mano, sin dejar de sonreír. «Es un placer conocerte por fin. He oído cosas buenas sobre ti. El hijo de Sally, por supuesto». Cuando Jake se puso tenso, el rostro del director se transformó en claras líneas de simpatía, boca hacia abajo, ojos tristes. «Lo siento, eso fue insensible de mi parte. Jonah Dixon, director de las instalaciones de FREACS y la ACS. ¿Puedo llamarte Jake?».

Jake asintió. «Claro, Sr. Dixon».

El director se rió y Tobias se estremeció. «Por favor, llámame Jonah. Aunque la mayoría por aquí solo me llaman director. Parece que renuncié a los nombres de pila cuando me puse en los zapatos del tío Elijah». La sonrisa del Director invitó a Jake a la broma, compartiendo con él sus presiones de la responsabilidad. «Algunos días desearía poder volver allí donde lo peor de lo que tenía que preocuparme era un par de wendigos apareados y sin respaldo. Ahora tengo que lidiar con los políticos y las fuerzas del orden».

Cuanto más hablaba el director en ese tono brillante y coloquial que reservaba para las cosas de las que quería algo, más tenía Tobias que luchar contra el impulso de estremecerse o gemir, pero las palabras parecían aflojar algo en Jake, aliviando una línea de tensión en su espalda.

«Policías», resopló Jake.

Tobias quería gritarle a Jake que corriera, que no creyera ni una sola palabra de esa voz fría y suave, pero tenía miedo de romper la ilusión que el director estaba creando. Le importaba un carajo lo que le pasara, pero ¿y si Jake hacía algo que hiciera que el director lo viera como una amenaza? Jake era fuerte y había luchado contra monstruos más duros que Tobias, pero no había forma de que pudiera derrotar al director. Tobias bajó la cabeza y se concentró en no dar ninguna señal de que sabía que la alegría y el encanto falsos eran una mentira.

«Por cierto». El director cambió de tono suavemente. Tobias reconoció este nuevo como uno que hacía preguntas, buscando la respuesta correcta. Cualquier otra respuesta terminaba en dolor. «Puedes imaginar que ya no tengo mucho tiempo para el trabajo práctico, pero cuando escuché que estabas solicitando la remoción permanente de uno de nuestros reclusos, mostré un interés especial. ¿Sabías que este es el primero que aprobamos en más de dos años?».

«Ahora lo sé», dijo Jake. «Pero se escuchan rumores de que salen todo el tiempo para los permisos de uso como cebo».

«En absoluto. Bueno, te aseguro que de nuestra parte no debería haber problemas con tu nueva carga, pero si los hay, debes saber que siempre podemos recuperarlo o brindarte apoyo. En cualquier momento, si el monstruo demuestra ser inmanejable, lo recuperaremos. El hecho de que estés firmando la responsabilidad permanente de sus acciones no significa que no estemos aquí para ti, Jake».

Tobias no se atrevió a levantar la vista para ver la reacción de Jake, y su voz no traicionó nada. Podría haber estado cualquier cosa, desde enojado por la sugerencia hasta sinceramente agradecido. «Aprecio el comentario, Jonah».

«Bien». El director parecía menos que complacido, pero le

hizo señas a la mujer para que avanzara. «Entonces, dejaré el resto de los detalles a Madison, quien es más capaz que yo para mantener los formularios juntos. Sin ella y el resto del personal, esta organización se quemaría más rápido que un fantasma salado. Si tienes más preguntas, no dudes en contactarme a través de cualquiera aquí o en la sede. Buena suerte».

Dicho esto, el director apretó la mano de Jake en un último apretón amistoso y luego se volvió para salir por la puerta.

Solo entonces Tobias se dio cuenta de que Jake no estaba allí solo de visita. Jake se lo llevaría.

Era cierto. El director había hablado con Jake, el director se alejaba y Tobias todavía estaba cerca de Jake, sin correa, sin ser arrastrado de vuelta a través de las puertas de Investigación Especial. El director no había dicho nada acerca de Tobias para dejarle claro a Jake cuán desperdiciador de tiempo era, como un perro desobediente e inútil.

Jake estaba firmando los papeles, se lo llevaría. Era real, todo real, no una fantasía o una alucinación. Jake se llevaría a Tobias.

Tobias cerró los ojos, mareado y sin aliento y con tanto miedo de mostrar todo lo que sentía, todo lo que nunca había esperado sentir. Solo a la distancia se dio cuenta de que el director detuvo a Lonny, susurrando algunas palabras antes de irse. Vagamente vio las miradas asustadas que la mujer le lanzaba mientras le entregaba a Jake página tras página para que las firmara. Cada vez que tomaba el documento firmado y lo volvía a colocar en la carpeta, Tobias se sentía más y más liviano. Estaba mareado imaginando días tras días con Jake, cada día sería un buen día en el que solo una persona podría lastimarlo. Jake nunca lo había hecho, pero podía hacerlo y a Tobias no le importaría, solo tendría una persona a la que complacer, y estaría dispuesto y feliz de darle a esa persona cualquier maldita cosa que quisiera.

Tobias evitó desmayarse respirando profundamente y

recordándose que esto no sería para siempre. Al fin y al cabo, no valía nada, él lo sabía, se lo habían dejado muy claro, y tenía pocos recursos o habilidades que despertaran el interés de un hombre como Jake. Pero incluso un año, un mes, una semana, *cualquier* momento que pasara con Jake sería un tiempo que podría conservar por el resto de su miserable y corta vida. Incluso era fácil creer en la muerte, en la paz y la alegría, cuando el cielo había venido por él.

Jake y la secretaria se trasladaron a una de las mesas para terminar el papeleo, pero Tobias se quedó donde estaba, observando a Jake por debajo del cabello, abrumado porque la promesa de Jake se estaba haciendo realidad. Jake había regresado. ¿Qué diría Kayla si pudiera verlo ahora? Esperaba que ella lo descubriera, que supiera que no había ido a Investigaciones Especiales. Casi podía imaginar su rostro, bueno, uno de sus rostros si viera que Jake realmente había venido por él.

No se dio cuenta de que Lonny se acercaba a él hasta que agarró a Tobias por el cuello y acercó la oreja de Tobias a su boca.

«No te engañes pensando que Hawthorne te hará una mascota mimada», susurró. «Él es un cazador, y te tratará exactamente como te mereces, prostituyéndote con sus perros. Y cuando dejes de ser una buena perra, terminarás aquí de nuevo».

Tobias no se inmutó. Sabía que Lonny solo estaba tratando de ponerlo nervioso y no iba a funcionar. Sabía que esto no era para siempre, sabía que no era lo suficientemente bueno para que Jake lo mantuviera, pero no iba a dejarse desanimar por una amenaza que no era cierta. A menos que algo grande hubiera cambiado en los últimos seis meses, sabía que Jake ni siquiera tenía perros.

Finalmente, se firmó el último papel, y la mujer puso el último sello y le dio a Jake una sonrisa tensa y esperanzada. «Eso es todo, señor... Jake».

«¿Podemos irnos ya?», preguntó Jake, mirando de nuevo a Tobias.

Ella asintió, marcando algo en el borde de una forma.

Jake le sonrió. «Bueno. Vamos, Tobias».

Tobias se apresuró al lado de Jake, y mantuvieron un paso constante a través del último pasillo.

Salir del Campamento Freak y dar esos primeros pasos fuera de las instalaciones fue tan irreal que Tobias tuvo problemas para poner un pie delante del otro. Cuando la última puerta se cerró detrás de ellos, Tobias tuvo que luchar para mantener la vista fija en la grava suelta bajo sus pies. El cielo parecía más azul, el aire seco del desierto más fresco, aunque sabía que era el mismo aire, el mismo cielo, que había conocido toda su vida.

Habría reconocido el Eldorado en cualquier lugar por las amorosas descripciones y fotos de Jake, pero el elegante auto negro parecía más grande, más peligroso y vivo, cuando el vehículo real brillaba ante él a la luz del sol.

Vio la sonrisa de Jake por el rabillo del ojo. Le gustó la reacción de Tobias. Eso significaba que Tobias estaba a salvo demostrando que estaba feliz. Solo la idea de estar *seguro* para ser feliz se sentía jodidamente bien. «Estoy muy contento de que puedas verlo por fin», susurró Jake.

Cuando se detuvieron junto al Eldorado, Tobias cerró los ojos y respiró hondo. Ser capaz de mostrar felicidad era una cosa, pero este sentimiento, este subidón. . . todavía estaba a punto de desmayarse, y Jake no le había hecho nada más que sonreír.

Jake estaba apoyado contra el Eldorado, con los brazos cruzados, sonriéndole, cuando abrió los ojos de nuevo. «Bueno, Tobias. Lo hice. Te saqué. Lo siento que haya tomado tanto tiempo.

«Está bien», logró decir Tobias más allá del nudo en su garganta y la ligereza en su cuerpo. «Regresaste».

Le encantaba ver sonreír a Jake. No podía creer que estaba aquí, fuera del Campamento Freak, de pie junto al auto de Jake, mirándolo sin miedo porque los guardias estaban detrás del alambre de púas y ahora él era todo de Jake.

Jake tampoco parecía poder dejar de sonreír. Luego sus ojos parpadearon hacia abajo, frunció el ceño y se separó del auto. «Oye, deberíamos salir a la carretera, pero antes de que pongamos este agujero de mierda en nuestro espejo retrovisor, hay algo de lo que debemos ocuparnos».

Abrió el baúl y sacó un par de cortadores de alambre de alta resistencia tan largos como su antebrazo. El cerebro de Tobias se apagó de inmediato mientras lo preparaba para el dolor. No era una reacción nueva o una que él pudiera evitar: era la misma respuesta automática que tenía cuando veía la picana eléctrica o al director manejando un látigo. Estaba a punto de perder. . . ¿un dedo? Quizás. Probablemente no su nariz, Jake no querría que se viera más raro. Consideró brevemente sus genitales. Le habían dicho muchas veces que no los necesitaba ya que no eran útiles, en todos los sentidos, para un cazador, pero todo lo que sabía sobre Jake le decía que no le cortaría algo a Tobias solo porque no era útil para él, solo porque le dolería. No era como los guardias.

Probablemente solo una oreja, entonces. Eso era probable. Incluso suponiendo que Jake cortara el canal auditivo y dañara algo interno en lugar de simplemente quitarse la piel exterior, Tobias aún podría escuchar órdenes bien con el que le quedara. Aún mejor, esto podría significar que Jake lo quería por algo más que un duro viaje de un par de semanas, quería marcar a Tobias como suyo. Y *eso* estaba más que bien. Si era de Jake, era mucho más probable que Jake lo salara y lo quemara en algún lugar cuando se cansara de él que dejar que una vieja posesión pasara de un lado a otro en FREACS.

Tobias podría lidiar con la pérdida de cualquier parte del cuerpo en este momento si fuera algo que Jake estuviera haciendo para reclamarlo como suyo. E incluso si tenía demasiadas esperanzas, si Jake no tenía ningún problema en dejarlo en el Campamento Freak después de haberlo usado, al menos sería un recordatorio de que una vez había sido de Jake.

El proceso de pensamiento de Tobias duró solo un par de segundos. Cuando Jake se acercó a él, el ritmo cardíaco de Tobias había vuelto a bajar, y miró a Jake y los cortadores de alambre casi con esperanza, tratando de no dejar que sus sueños se fueran volando con él.

«Inclina la cabeza hacia arriba», dijo Jake. «Quiero obtener un buen ángulo para no lastimarte».

La última frase no tenía ningún maldito sentido, y casi hizo añicos el borde de la calma feliz de Tobias, pero obedientemente cerró los ojos e inclinó la cabeza hacia arriba, esperando que Jake no hubiera notado cómo la sangre latía con más fuerza en su yugular.

El deslizamiento del frío metal del cortador de alambre contra su garganta y el fuerte *chasquido* junto a su oreja le hicieron apretar la mandíbula. La falta de dolor casi lo hizo entrar en pánico porque, *oh Dios, ¿qué pasaba que ni siquiera podía sentirlo?*

Entonces algo golpeó el suelo. Algo que sonaba demasiado pesado para ser una oreja.

Tobias abrió los ojos y Jake le estaba sonriendo, con esa sonrisa que siempre hacía que el corazón de Tobias se acelerara de una manera que no tenía nada que ver con el dolor o el miedo. Jake arrojó los cortadores de alambre de nuevo en el maletero y se acercó a Tobias, haciéndolo estremecerse ligeramente, y apoyando una mano en su cuello. Su cuello desnudo.

Tobias miró hacia abajo, la mano de Jake cálida y suave contra la piel desnuda de su cuello, y vio el collar en la tierra a sus pies. Lentamente, casi sin poder creer que no tocaría la sangre y los huesos, se tocó el cuello del lado opuesto al que descansaba la mano de Jake, rozando con sus propios dedos la piel expuesta.

Levantó la vista, tan lleno de emociones que ni siquiera podía mencionar. ¿Era esto conmoción, terror, asombro? Miró directamente a los ojos de Jake, incapaz de esconderse, de no mirar y de hacerlo hasta saciarse. No podía leer el rostro de Jake, pero lo que Jake vio en la expresión de Tobias hizo que sus ojos parpadearan con algo a lo que el chico no pudo poner nombre, que lo ponía nervioso sin tener miedo.

Entonces Jake envolvió a Tobias en sus brazos, atrayéndolo hacia su pecho en un apretón que era cálido y seguro, pero extrañamente no limitante. Tobias sintió un calor diferente a todo lo que había conocido extendiéndose por su cuerpo, dejándolo con las rodillas débiles. Dejó que sus ojos se cerraran. Jake estaba tan cerca que cuando tomó aliento, Tobias sintió que su propio pecho se elevaba. Era una sensación, como electricidad zumbando a través de su cuerpo, pero sin dolor, que le hizo comprender un sentimiento que nunca antes había experimentado.

Se sentía seguro.

Jake lo sostuvo, anclándose juntos, y Tobias no podía pensar en nada más que hubiera en el cielo.

Acabó. Por supuesto que terminó, y dejó a Tobias tembloroso pero sonriente, sin miedo de abrir los ojos y sonreír. Jake le devolvió la sonrisa.

«Vamos, Toby», dijo, deslizándose a su alrededor y abriendo la puerta del pasajero del Eldorado. «Salgamos de este basurero».

Tobias entró, torpemente, en el espacio desconocido, y no pudo evitar una sonrisa en su rostro. Y no le importaba. Mientras Jake caminaba hacia el lado del conductor, Tobias pasó ambas manos por los asientos de cuero saboreando el olor del auto de Jake, la sensación de la vida de Jake bajo sus manos, el conocimiento de que Jake había regresado por él, lo había alejado del infierno. Había cumplido su promesa.

No importaba cuánto duraría, no importaba lo que le sucediera después de este momento, Tobias no creía que nadie pudiera quitarle esta alegría, esta paz.

Campamento Freak

conocimiento de que Jake había regresado por él, lo había alejado del infierno. Había cumplido su promesa.

No importaba cuánto duraría, no importaba lo que le sucediera después de este momento, Tobias no creía que nadie pudiera quitarle esta alegría, esta paz.

~

¡Gracias por leer Campamento Freak!
Significaría mucho para nosotras que dejaras una reseña. Nos
encanta leerlas todas.

La serie continua con 'Miedo' (Fear).

**Para tener más historias y traducciones del Campamento
Freak, visite freakcamp.com**

AGRADECIMIENTOS DE LAURA

Esta historia nunca se habría escrito sin mi mejor amiga de más de quince años, Bailey R. Hansen, quien se aventuró conmigo en octubre de 2010. Sabíamos desde la primera noche que realmente podría ser algo, pero sigo asombrada de la magnitud de lo que creamos juntas.

Muchas gracias a Mackenzie Walton por editar esta historia. Estoy increíblemente agradecida de haber contado con su experiencia y orientación desde el comienzo de mi viaje editorial y con una historia híbrida tan extraña como Campamento Freak. Gracias también a mi corrector, Adam Mongaya, quien hizo un trabajo brillante. Todos los errores restantes son mis persistentes fallos.

Muchas gracias a Christine Griffin, la brillante ilustradora y diseñadora de la hermosa portada de este libro, quien también ha apoyado esta historia durante tantos años. Sus ilustraciones y entusiasmo ayudaron a que su potencial fuera mucho más real para mí.

También estoy muy agradecida con Kate Rudolph y Melanie Greene, autoras de novelas románticas fantásticas, por permitirme molestarlas tan a menudo sobre cómo hacer todo este asunto de las publicaciones de manera profesional. No sé dónde estaría sin ustedes dos, Quell y Mel (y toda mi familia de Slack. Los aprecio mucho, chicos y perras).

Muchas gracias más a todos mis lectores beta, especialmente a aquellos que han dedicado años de dedicación a la historia del Campamento Freak. ¡Te estoy hablando, Carole M. Stokes! Gracias también a Abbe M. Longman, Amanda Stenson, Birgit, CarolAnn Grafe, Casey679, Dai U, Elphie Dickinson, Jayce Chow, Lightning's Daughter, Lily McGlaughlin, Meghan Parsons, Rachel Willhoite, Rebecca Res, Rebekah JJW, Rita Hattori, Shea Brannen, Sumbul Danish, Tammy Berlin y muchos más.

Gracias a Angela James y su comunidad de Written to Recommended, que me brindaron muchas de las herramientas y la confianza para realmente terminar esta historia con éxito y hacerle justicia.

También quiero agradecer a mis profesores de Escritura Creativa en la Universidad de Evansville por sentar las bases de mi éxito: Paul Bone, Rob Griffith, Margaret McMullan, Mark Cirino y Arthur Brown.

Y gracias, gracias, gracias a quien también ha estado aquí desde la concepción de la historia en 2010 y hasta el día de hoy. Todo el mundo del Campamento Freak no existiría en sus muchos matices de gloria de colores brillantes sin ti, y yo sería una pobre escritora más. Me has enseñado mucho sobre escribir y vivir, y solo puedo esperar que algún día el mundo también tenga el regalo de tus historias que cambian la vida.

Finalmente, gracias a mi madre que prepara el mejor rollo de canela de todas las madres, y también a Jud, por unir a nuestra familia con verdadero espíritu vikingo durante algunos de los años más duros. Me hace muy feliz verlos a ambos felices.

AGRADECIMIENTOS DE BAILEY

Cuando empezamos a escribir Campamento Freak, nunca podría haber imaginado lo grande que crecería o cuántas vidas tocaría. Me siento humilde y honrada, y muy profundamente agradecida a Laura Rye. Si bien este Monstruo fue un trabajo de amor mutuo durante mucho tiempo, en los últimos años ha hecho literalmente todo lo posible para que este libro llegue a sus manos. Es la mejor amiga y coautora que una chica podría desear.

Gracias también a mamá y papá, quienes han alentado, comentado y criticado mi escritura a lo largo de los años. Ustedes son mi roca y estoy muy contenta de tenerlos como padres.

Escribir un libro requiere el apoyo de todo un pueblo (¡o al menos escribir y publicar un buen libro lo requiere!) y Laura ya ha hecho un gran trabajo llamando a las muchas personas que hicieron que este trabajo funcionara mejor a lo largo del camino. Quiero agregar un profundo agradecimiento a los primeros lectores de esta historia cuyo amor nos mantuvo escribiendo. Este libro no existiría sin ustedes.

SOBRE LOS AUTORES

Laura Rye creció en la bulliciosa ciudad cosmopolita de Houston, Texas. Después de enamorarse de las montañas, el mar y cada uno de los árboles del noroeste del Pacífico, ahora vive en Portland, Oregón. Se graduó de la Universidad de Evansville con una Licenciatura en Bellas Artes en Escritura Creativa y ahora escribe cosas aburridas de día y divertidas de noche. Un día, muy pronto, el tipo divertido será su trabajo de tiempo completo. FREAK CAMP es su primera novela.

Manténgase en contacto con Laura en **freakcamp.com** y en Instagram: @lauraryewrites

Bailey R. Hansen pasó su infancia poco convencional viajando por los Estados Unidos continentales con un payaso y un clarinetista (también conocido como sus padres). Se graduó de la Universidad de Evansville con un Licenciatura en Bellas Artes en Escritura Creativa, vivió algunos años en España y desde entonces se ha establecido en Wisconsin. Consultora técnica de día, escribe felizmente en cualquier momento tanto por amor como por dinero. FREAK CAMP es su primera novela.

Lea más sobre la ficción de Bailey (también conocido como Belén con sus amigos españoles) y otros proyectos en **baileyrhansen.com**. Contacta con ella en bailey@baileyrhansen.com

www.ingramcontent.com/pod-product-compliance
Lightning Source LLC
Chambersburg PA
CBHW010734310726
48971CB00010B/2835